鳳尾香羅

世情小說
系列

新校版

高陽

目次

心有靈犀一點通 005
欲書花片寄朝雲 015
郎君官貴施行馬 085
十年泉下無消息 135
楚天雲雨盡堪疑 213
洛陽花雪夢隨君 307

心有靈犀一點通

「『身無彩鳳雙飛翼，心有靈犀一點通！』」大腹便便的李夫人，重複吟哦著這兩句詩，終於領悟了，嘆口氣說：「原來五年前他們就有意了。」

長壽寺的鐘聲，隨著西風飄到枕邊，她心中一動，下床掀開帷幕一角；窗紙上隨即出現了微芒，堂後畫樓中人，顯然還未歸寢。

是一個人呢還是兩個？她在心中自問；隨即輕輕喚道：「阿青，阿青！」

在她床前打地鋪的侍女阿青，從夢中驚醒，一仰身坐了起來，揉著眼問：「娘子叫我？」

「輕一點！你到對面去看一看，郎君是不是睡著？」李夫人叮囑：「你不要出聲，只在外面細聽，有沒有打鼾的聲音好了。」

「我知道。」

小青披衣起身，躡手躡腳地走了出去；很快地轉回來覆命。

「屏門虛掩著，房門也是開的。」小青又說：「郎君今晚上服了藥，必是藥力發作，上東廁去了。」

「喔！」李夫人心裡稍微寬鬆了些，「你去睡吧！」

小青一睡下來，便有輕微的鼾聲；李夫人卻了無睡意，不由得又撿起枕邊的那張黯舊的詩箋，低聲吟道：「『昨夜星辰昨夜風，畫樓西畔桂堂東。身無彩鳳雙飛翼，心有靈犀一點通。隔座送鉤春酒暖，分曹射覆蠟燈紅。嗟余聽鼓應官去，走馬蘭臺類轉蓬。』」

「五年了。」她又自語：「七年了。」

七年前——先帝文宗開成三年六月。她的身分改變了，由涇原節度使的第十四小娘子，成為前一年剛成進士的李商隱的續絃夫人。

這頭親事，是她的十姊夫，也是李商隱的同年韓瞻所促成的。本來前一年新進士發榜，舉行「曲江宴」時，長安有及笄之女的貴盛之家，依照開元以來的習俗，都驅車城南，選新貴作女婿；韓瞻與李商隱都在被選中之列。但李商隱是再娶，涇原節度使王茂元不願愛女作填房，因而作罷；以後心意的改變，發端於韓瞻的力勸。

「李義山，」李商隱字義山，「是才子。」韓瞻這樣向王茂元說：「他是彭陽公的得意門生——。」「彭陽公」指令狐楚，由河東節度使拜相後，進封彭陽郡開國公；當李義山十七歲時，令狐楚正任天平軍節度使，以偶然的機緣，激賞李義山的才氣及好學。令狐楚工於章奏制敕，典麗堂皇，號稱第一；李義山盡得其傳，韓瞻認為他將來一定會以翰林學士「知制誥」，入閣拜相，遲早間事。王茂元為他說動了，邀至涇原，請他代草章奏，果然不同凡響；於是不以愛女作填房為嫌，結為翁婿。

其時李義山尚無官職。原來唐朝的進士雖很名貴，只是取得任官的出身；入仕尚須經過另一次銓選，由吏部主持，通稱為「釋褐試」，由於人數眾多，過程繁複，每年自十一月初一開始，至第二年三月底，歷時五月，方始畢事。銓選的項目，共有「身、言、書、判」四事，「身、言」是看容貌、聽語言；「書」是書法；「判」是判斷是非，假設離奇古怪的情況，要應試者作判三條。

李義山所「判」的三題之一是，有一婦人之夫，為盜所殺；此婦求人殺盜報夫仇，而以身相許，作為報恩。有人責備她失節；此婦不服。試問如何判決？

他認為其夫為盜所殺，應該由官府緝盜，置之於法；做妻子的，並無採取此種手段的必要。引《詩經．柏舟》，謂婦人既嫁，「之死矢靡他」；又引《禮記．郊特牲》所言：「一與之齊，終生不改，故夫死不嫁」，援筆判云：「夫仇不報，未足為非；婦道有虧，誠宜有恥。詩著『靡他』之誓，百代可知；禮垂『不嫁』之文，一言以蔽」。引詩禮之文，是倒裝句法，結句更為有力，自然是選中了。

唐朝選官，定制「三注三唱」，選中以後，由吏部主辦官員，擬定應授何職，通常都是從九品的縣尉，這便是所謂「注」；注後唱名，不願者可以申請改注；改注兩次為限，總計即是「三注三唱」。

一改再改，李義山仍不滿意；主管的吏部官員對他說：「以你的判來看，一定是個好地方官，你為甚麼不願意盡你所長呢？」

「說實話，我不願意當風塵俗吏；我自以為我應該在秘書省供職。」

進士「釋褐」只能當九品官，外則縣尉，內則秘書省校書郎，出身於清要之地，是第一等的資格，所以人人要爭。但編制多寡，不成比例，開元以後，天下疆域分十五道，統轄郡府三百二十八，有縣一千五百七十三，便有等數的縣尉，而秘書省只得四個校書郎，簡直爭都無從爭起了。

「足下如果不願屈就，那就『冬集』吧！」

意思是到下一個十一月初一，重新銓選。下一回雖是如願以償了，但不能久居其位；不過幾個月的工夫，仍舊外調為弘農尉。

其時李義山家住洛陽——王茂元曾為韓瞻在長安起造新宅；及至李義山入選出仕後，以洛陽崇讓坊的住宅相贈。李夫人記得，丈夫在接到外調的命令後，萬分不願，經她多方勸解，方始決定在洛陽過了年，隻身赴任；開成五年正月裡，她的兩個哥哥王十二、王十三，都來聚會，最小的同母妹妹十七姨原就一直跟著她住，連日家宴話別，熱鬧非凡，最後一天更是長夜之飲，到得五更時分，李義山就在筵前上馬，迤邐西去，到函谷關的弘農縣上任。

不久，他就寄來這一首七律；十七姨盛讚這首詩，說一望而知是在馬上所作，清晨所見的星辰，所吹到的風，與昨夜無異，但酒暖燈紅、藏鉤射覆的歡娛境界，一變而為踽踽獨行的淒涼，兩相對照，其情之難堪可想，真所謂「不著一字，盡得風流」，起句真是神來之筆。

然而「身無彩鳳雙飛翼，心有靈犀一點通」，是何所指呢？當時心裡懷疑，卻不便問十七姨；後來跟丈夫提起，他說得好：「我在路上，恨不得插翅飛回你身邊，這雖是妄想，不過可以斷定的是，我之想你，猶如你之想我，這就是『心有靈犀一點通』。」當時對他的解釋非常滿意；現在才知道，他如果身有雙翼，是飛向畫樓。

至於畫樓芳心，是不是也有一點靈犀呢？她希望根本沒有。但看樣子是要失望的，「姊夫真是才子！」她一想到十七姨常常當著李義山說這句話時，水汪汪的雙眼中所流露出來的仰慕的情意；尤其是最近，已不能用「愛才」二字來形容了。

如果真有這一點靈犀，無論如何要塞住它！這是不容易的事，最要緊的是不能操之過急。

突然，她聽得帷幕外面有輕微的響動，似乎是闗屏門的聲音。他回來了，如廁要這麼久嗎？

她撫著自己膨脝的腹部，滾下兩滴熱淚；不知道是恨丈夫無情，胞妹無知，還是她自己無能？

「昨天廁上得句，枕上做了半首；今天把它足成了。你看！」

「喔！」十七姨剔亮了燈，拿起詩箋看了一下！隨口便問：「甚麼叫『藥轉』？」

「你先看了詩再說。」

十七姨點點頭唸：「『鬱金堂北畫樓東，換骨神方上藥通。霧氣暗連青桂苑，風聲偏獵紫蘭叢。長籌未必輸孫皓，香棗何勞問石崇？憶事懷人兼得句，翠衾歸臥繡簾中。』」唸完，她抬起頭來笑了，豐腴白皙的圓臉上，露出兩個深深的酒渦。

「無聊吧？」

「真難為你！第一聯寫如廁寫得如此蘊藉。『換骨』形容得真深刻；如今很輕快了吧？」

「自然，數天祕結，一旦得解，真如羽化登仙。不值錢的偏方，居然靈得很。」

「藥不論貴賤，管用就是神方上藥。」十七姨指著詩句問：「第二聯的『長籌』自然是廁籌，我在《法苑珠林》上讀過這個故事；『香棗』，我記得《世說新語》上，不是這樣說的。」

「不錯。」李義山答說：「《世說新語》上記王敦如廁的笑話有兩個，一個說金谷園石崇家，廁所都有麗服藻飾的婢女伺候，平常客人往往發窘，不能如廁，只有王敦傲然自若。另一個說：王敦尚舞陽公主，在廁所中將塞鼻子的香棗，吃得乾乾淨淨。到了白老著《白帖》，將兩個笑話合而為一，就變成王敦在石崇家如廁吃香棗了。」

「姊夫，你把《白帖》借給我看看。」十七姨突然又說：「喔，姊夫，我倒問你一件事，聽說白老很喜歡你的詩，曾經說過，他死了能投胎做你的兒子，於願已足。有這話沒有？」

「荒唐！」李義山笑道：「那有這話？」

「那麼，他到底喜歡不喜歡你的詩？」十七姨說：「我看你們的詩路不同。」

「白老」便是白居易，他的詩老嫗都解，與李義山的精密華麗，確是兩路。不過李義山亦很推崇白居易。

「白老亦自有其不凡之處，他的〈秦中吟〉、〈新樂府〉，足可與老杜的詩史媲美。」李義山拿起詩箋說：「像我的這種詩，真是太無聊了。」說著，便要撕掉。

「慢點！」十七姨急忙捏住他的手阻止，「這個題目的出典，你還沒有告訴我呢！」

「這個典故出在〈嵇康與山濤絕交書〉上面。」李義山說道：「我不知道你們女人怎麼樣；在我們男人，半夜醒過來尿如果急了，撥一撥腎囊，可得片刻輕鬆，名為『轉胞』。我服藥使便祕得解，借用這個轉字，便是『藥轉』。」

「有這麼多講究！」十七姨笑道：「我看你是跟自己過不去，也是跟後來作詩話的人過不去。」

「後人我不知道；跟我自己過不去，也許是實話。」李義山嘆口氣說：「年逾而立，一事無成，做這種無聊的詩，打發日子。」

十七姨知道他的抑鬱不得志，但也是運會使然——五年前他一到弘農尉任上，便因為審理一樁盜案，寧願失出、不願失入，而大忤上官之意；李義山本不願當此常受骯髒氣的小吏，因而辭官，請求「從調」；便是犧牲過去的年資，重新請求銓選。

其時朝局大變，新君登基，改元會昌；他在會昌二年赴選，三年春天選為秘書省正字，得遂所願，不道這年夏天，王茂元卒於軍中；接著老母下世，丁憂解職，葬親於鄭州祖塋以後，隻身寄居河東蒲州永樂縣；境況極其艱苦，只靠賣文為活。直到這年——會昌五年初春，方回洛陽。

父母之喪，名為三年，定例二十七個月便算服闋，由會昌三年七月算起，到本年十月，便可除服，官復原職；十七姨只好拿這一點來安慰勉勵他了。

「姊夫，否極泰來；一進京就好了。」十七姨又問：「進京打算住在那裡？」

「晉昌坊。」

「對了，晉昌坊！」

這是指令狐楚的次子令狐綯家。他們是師兄弟，交情一向很厚；李義山之成進士，即得力於令狐綯向當年的主司高鍇的推薦。令狐綯雖非進士出身，但以父蔭得官，由「拾遺」、「補闕」的諫官，轉為戶部員外郎，昇任尚書省管理兵、刑、工三部總務的右司郎中，就在不久以前，外放為湖州刺史。李義山〈藥轉〉詩中，「憶事懷人兼得句」，所懷的正是令狐綯。

「他跟我有點誤會；惟其有誤會，所以我要住在他家，以見交誼的親厚。」

「怎麼回事？」十七姨關心地問：「是甚麼誤會？」

「還不是小人挑撥。」

「挑撥甚麼？」

李義山不願多談，因為牽涉到王家；王茂元與令狐楚黨派不同，當開成二年，李義山得令狐綯之力中進士後不久，令狐楚歿於任上，令狐綯居家守制，正需要有人襄助時，李義山卻西入涇原，成了王茂元的東床快婿。於是令狐楚門下有妒嫉李義山的人，在令狐綯面前進讒，說他「背恩」；又說他勢利，婿於王氏，是貪圖王茂元的家業富厚。這是件使他很痛心的事，自然不願觸及創傷。

無奈十七姨軟語央求，追問不休；李義山想了一下，只好這樣答說：「我唸一首詩給你聽，你就可以約略想見了。」

「慢慢！」十七姨搖一搖手，輕聲喊道：「紫雲！拿筆硯來。」

等她的心腹侍女紫雲取來筆硯，磨好了墨；十七姨搦筆在手，看著李義山，示意他唸詩。

「詩題叫『安定城樓』。」

「是在爹爹涇原任上做的？」

「不錯。」李義山唸道：「『迢遞高城百尺樓，綠楊枝外盡汀洲。』」

「倒像江南的風景。」

「你只聽『青溪嶺』、『三香水』這些地名就知道了。」李義山又唸：「『賈生年少虛垂涕，王粲春來更遠遊。』」

「賈誼上書，王粲登樓。」十七姨抬眼說道：「姊夫，原來你的襟懷如此！」

「你要問我的襟懷？我告訴你：『永憶江湖歸白髮，欲迴天地入扁舟。』」

「好！這一聯擺在老杜的集子裡，又有甚麼兩樣？」十七姨寫好重吟，復又問道：「你是說，雖有江湖之志，但必得迴旋天地，白髮功成，方始縱扁舟於五湖？」

「解得好！」李義山握著她的溫暖的手，好久才說：「你的兩個姊姊都不及你。」

「你是說我的手？」

「不是。說你肚子裡的墨水。」

「怪道！」十七姨臉上，忽然泛起一陣紅暈，「十四姊的手是你捏慣了的，你又怎麼知道十姊的手不如我？莫非你也偷偷捏過？」

李義山笑一笑不答；然後正一正臉色說：「你寫結句：『不知腐鼠成滋味，猜意鵷雛竟未休。』」這兩句詩的典故，出於《莊子》的一則寓言，當惠施為梁國宰相時，莊子遊梁，有人跟惠施說：莊子此來，將取代你的相位。惠施大恐，搜索莊子的蹤跡；莊子便去見他，說：「南方有鳥，名為鵷雛，自南海飛往北海，途中非梧桐不棲息；非結於竹子上的練實不食；非醴泉不飲。其時有一頭鴟獲得一隻腐鼠，恰好鵷雛飛過，鴟以為要奪牠的腐鼠，仰而相視，大喝一聲：『嚇！』你現在要拿梁國嚇我嗎？」

寓言的本身，很容易明白，但李義山寓意，卻很晦澀；腐鼠何所指呢？

「我講晉昌坊的牡丹給你聽。」他唯恐她究根問柢，所以顧而言他。

這一談，不覺又到三更；李義山連宵「翠衾歸臥繡簾中」，略感精力不濟，而且終不免提心吊膽，所以這夜決定回書房去睡，但十七姨卻戀戀不捨。

「你快走了。」她央求似地說：「多陪陪我。」

李義山何忍堅拒？但住是住下來了，那份對妻子歉疚的心情，也越來越濃重了。

這天是為李義山餞行的家宴。飯開在他最喜愛的東亭，亭西是大小兩個池塘，題名「芙蓉塘」，李義山詩中稱之為「迴塘」，塘中遍種紅白荷花，七月底的天氣，尚未完全凋落。西岸一片竹林；崇讓坊以出大竹知名，這片竹林，尤其茂密，斜陽不透，夏日傍晚，在東亭飲酒賞荷，是最愜意不過的事。

「姊夫，」十七姨舉杯說道：「祝你一路順風，鵬程萬里。」

「多謝。」李義山乾了酒，看著妻子的腹部說：「家裡要請你多照應。」

「你請放心。到十四姊坐月子的時候，凡事我會跟劉二娘商量著辦。」十七姨轉臉問道：「十四姊，今天穩婆來看了，怎麼說？」

「說產期在十月裡。」

「好啊！」十七姨興高采烈地，「那時候姊夫補官，又生貴子，真正雙喜臨門。」

與她相反的是李夫人的表情，淡淡一笑中，帶出一絲幽怨，飄現在眉宇眼角；看一看丈夫、又看一看胞妹，沒有說甚麼。

李義山感情纖細，見此光景，不免想到，妻子也許已知道他的祕密，只是隱忍不言而已。

這一轉念間，自覺內愧；想到結褵以來，境遇拂逆；服官日少、俸錢無多，全虧得妻子善持家務，出私蓄維持日用，而從無一句怨言。

此時最使他自責的是，自涇原回洛陽以後，妻子未離崇讓一步，而他行蹤無定；暫居永樂，亦因無力接眷，丟她一個人帶著女兒在洛陽。七年之中，會少離多，算起來只有這半年相處的日子最長，而居然又在她懷孕時，做出對不起她的事來，不知將來如何彌補這分罪過？

忽然天氣變了，風搖萬竹，繁響嗚咽；半空中飄散著如雪如霰的細露；長梗上殘留著的荷瓣，東搖西擺，終於禁不住西風摧撼，紛紛墜落水面。李義山悲從中來，不自覺地吟道：「『浮世本來多聚散，紅蕖何事亦離披？』」

「爸！」七歲的小美，奔到他父親面前問道：「要不要拿筆來？」

大家都一愣，十七姨便問：「拿筆幹甚麼？」

「爸作詩啊！」

「小東西，」十七姨笑著將她摟在懷裡，「你也懂得甚麼叫作詩！」

阿青倒是真的取來了紙筆；李義山心中一動，正不妨以詩明志，安慰妻子，因而持著一杯酒，起身在亭前徘徊，到得一杯酒喝完，詩也有了。

「『露如微霰下前池，風過迴塘萬竹悲。浮世本來多聚散，紅蕖何事亦離披？悠揚歸夢惟燈見，濩落生涯獨酒知。豈到白頭長只爾？嵩陽松雪有心期。』」寫完又加上一個題目：「『七月二十九日崇讓宅讌作』。」

安慰之意在下半首，不是他不顧家；常作歸夢，惟燈可見。濩落即《莊子．逍遙篇》的瓠落：「瓠落無所容」，頻年境遇不順，不能不到處飄泊，惟有借酒澆愁。不過他不信到得白頭，仍然如此。這三句，十七姨都能解釋給他姊姊聽，惟有結語，她不能不問李義山。

「潘尼〈懷退賦〉：『由抗跡於嵩箕』，嵩山箕山，隱者之所居。」李義山又說：「由指洗耳的許由。」

「那麼，嵩陽呢？」

「山南謂之陽，嵩山之南，即是嵩陽。不過我是指洛陽。」

「洛陽應該在嵩山西北，不是山南。」

「可是你也別忘了，洛陽別稱『嵩京』。」

「喔，我明白了，這是遷就平仄，不能死看。」十七姨又問：「松雪呢？」

「李白的詩：『倚巖望松雪，對酒鳴絲桐。』」

「嗯、嗯，這是隱士的生活。」十七姨看著他姊姊說：「姊夫心裡打算好了，期待將來跟你在這裡偕隱，喝喝酒，彈彈琴；當然也要作作詩。好寫意的日子噢！」

李夫人終於浮現了愉悅的笑容；但十七姨卻不免自問：這種寫意的日子，能容第三者分享嗎？

欲書花片寄朝雲

由於宰相之一的中書侍郎李回是李義山的「座主」，而且一直很欣賞他的才氣，所以他的補官，非常順利；但秘書省正字，品秩比校書郎還低，雖同為正九品，而後者為「上階」，前者為下階。因此，當他的朋友表示要置酒相賀時，他半自嘲、半牢騷地說：「官越做越小，何賀之有？」

話雖如此，他對前途是樂觀的，因為李德裕當政，進用人材，不遺餘力，從「平澤潞」後，以太尉進封衛國公，得君甚專。同時，他待令狐綯，亦很不薄；先擢之為右司郎中，繼而命他出守湖州，那是浙西有名的大郡，為的是培養他的資望，一旦召還，必當大用。有李回、令狐綯的關係，加上李德裕用人惟才，不拘資格的作風，一經保薦；或者參加「制科」，得中高第，那時青袍脫卸換紅袍，亦是計日可待的事。

但不無憂慮的是，大局或將有變。唐朝自安史之亂以後，藩鎮、宦官相繼為禍，在李義山八歲那年，宦官陳弘志弒憲宗，奉太子恆即位，改元長慶，是為穆宗；這是宦官擅行弒立的開端。

穆宗在位，嬉遊無度，朝政荒廢，以致黨爭大起，而宦官擅權於內；藩鎮跋扈於外，到得長慶四年，穆宗因服金石藥而崩；十五歲的太子繼位，即是敬宗，與他父親一樣遊幸無方，起居無節，而且喜怒無常，在位三年，為宦官劉志明所弒，立敬宗之弟為帝，是為文宗，改元太和。

太和九年發生「甘露之變」，領禁軍的宦官仇士良，殺大臣朝士，一千餘人；第二年改元開成。文宗受制於宦官，開成五年正月，鬱鬱以終。仇士良矯詔擁立文宗之弟潁王瀍為「太弟」，繼而登基，改元會昌，便是當今皇帝。

皇帝即位，首召淮南節度使李德裕入相，信任極專。李德裕的手腕，非常高明，竟能從宦官手中，收復兵權；以致仇士良不得不告病退休。當然，他們是不肯善罷甘休的，但只要皇帝支持，李德裕自然無懼於此輩。

使李義山懷有隱憂的，便在這裡；皇室好神仙方士，寵一個叫趙歸真的道士，就在李義山將要進京之時，皇帝聽了趙歸真的話，下詔大毀佛寺，西京長安、東都洛陽、左右兩街各留寺兩所，每寺留僧三十人；天下節鎮，各留一寺，其餘限期拆毀，財貨田產，沒入公家，僧尼勒令還俗。同時皇帝因為服金石藥的緣故，性情躁急、喜怒不常；朝中充滿了疑懼不安的氣氛。李德裕幾次進諫，而皇帝一意孤行；最令人感到不吉的是，皇帝經常有病痛，而趙歸真認為無礙，說這是「換骨」必有的現象。

皇帝萬一不諱，皇子幼沖必受宦官控制，那時李德裕、李回是否還能在朝？大成疑問。這一點，在李義山看，跟他的前程有關，所以一直密切注意著；當然，心情也不會太開朗。

此外還有件事，足以影響他的情緒的是，當年讒毀他的一些令狐楚的門客，如今大半在京師，而且頗得令狐綯的信任，其中一個叫孫覽，由於令狐綯的提拔，在工部當屯田主事，是個很有油水的好缺，令狐綯在晉昌坊的府邸，便由他在照料。

還有一個叫張守林，明經科出身，亦是由於令狐綯的汲引，得任敕令所刪定官。令狐綯性情機敏，長於言辭，而文字平平，所以章奏函牘，常由張守林代筆；他亦自命為令狐綯最重要的助手，一旦「府主」拜相，必定會攜帶他入閣。但李義山一來，而且住在晉昌坊，他知道他在令狐綯心目中的地位，勢將一落千丈；因而不由自主地，處處流露出對李義山嫉視的態度。

不過，李義山也有值得安慰的地方，令狐綯的家人，對他頗為禮遇，尤其是田二姨。

令狐綯有三妾，田二姨居長，年已三十四、五，但仍看得出來，年輕時是個絕色美人。她又不獨容貌，而且多才多藝，能吟小詩，亦善音樂，調笙吹簫，般般皆能。更難得的是操持家務，井井有條；令狐綯的正室，體弱多病，所以主持中饋之責，便落在田二姨身上。令狐綯出刺湖州時，無法帶她同行，就因為老母在堂，京邸少不得她之故。

田二姨對李義山另眼相看的原因，除了愛才以外，也是為令狐綯打算，她曾這樣向孫覽叮囑：「請你多照應李郎；將來郎君拜相，少不得他這樣一個老相公十年培植，工於制敕的人。」這話傳入張守林耳中，再想起「安定城樓」那首詩的結句，暗暗咬牙，跟李義山勢不兩立了。

當然，李義山絕不會想到，他已在無形中樹下這麼一個大敵；更不會想到張守林已祕密聯絡孫覽，在令狐綯的長子，嫡出而與田二姨不甚和睦的令狐滈面前，不斷進讒。

一年將盡，李義山很想回洛陽度歲，看看他的取名為「袞師」的兒子；當然也想對畫樓中人，一償相思之苦。但新年仍須在秘書省值宿，補官未幾，不便請假；兼以令狐楚的長子，隨州刺史令狐緒，因公上京，未帶幕僚，有些文書央求他代為料理，自是義不容辭的事，所以打消了回洛陽的念頭。

令狐緒住在開化坊「老宅」——令狐楚去世後，兄弟析居；令狐綯別遷晉昌坊，這座以牡丹出名的「老宅」，便歸令狐緒繼承。不過李義山雖間日一至開化坊，住則仍住晉昌坊。

令狐緒在京一住住到三月初，尚未回任，因為皇帝自正月十三起，即不視朝，連宰相請見亦不許。令狐緒未見皇帝述職之前，不敢擅自離京；同時，皇帝久不視朝，看樣子病將不起，大局隨時可能發生劇烈的變化，亦以留京觀望為宜。

長安的三月，稱為「櫻筍時」，最行樂的季節，由清明前後，隨著暖風豔陽，一天比一天熱鬧，到得三月十五，大慈恩寺看牡丹，是個滿城喧闐的大日子。

大慈恩寺就在晉昌坊，占東面半坊之地。這裡本來是隋朝無漏寺的故址；貞觀二十二年，高宗還是太子時，為他的嫡母文德皇后冥中祈福，復建為寺，所以題名「慈恩」，規模宏大，有十幾個院、一千九百間屋子；到得高宗即位，住在大內之東，稱為「東內」的大明宮，恰與慈恩寺成一直線，高宗特命高僧玄奘，督工建一座三百尺高的浮圖，以便每日清晨，望塔遙拜，感念慈恩。這座慈恩寺塔太高了，每到黃昏，常為飛雁翔集棲息之地，所以稱之為「雁塔」；同在「左街」的薦福寺，也有這樣一座塔，高度不及，因而以大小來區分。武則天以後新進士的「雁塔題名」，指的是大雁塔。

大慈恩寺中，各院皆有牡丹，最先開的是元果院；殿後的是太平院中白牡丹。不過，遊客必到之處是浴室院，那裡有兩叢牡丹，每開有花五、六百朵，雲蒸霞蔚，一大鉅觀。

然而大慈恩寺的牡丹，亦祇占得一個「盛」字；倘論名貴，還得數令狐家在開化坊老宅中的黃牡丹。令狐楚愛好花卉，更喜菊與牡丹；牡丹名種，號稱「魏紫姚黃」，所謂紫實在是深紅，已很難得，但較黃又遜一籌；《牡丹譜》中說：「人謂牡丹花王，今姚黃真為王；魏紫后爾。」所以開化坊的牡丹，是真正的花王。

李義山久慕此花，但開化坊老宅雖來過好幾回，無奈不是春天；這一年可是遇到了。令狐緒也知道他有此心願，特為置酒相邀，孫覽與張守林亦在被邀之列。

一見驚喜，徘徊不捨；主人幾番催請，方始入席。「義山，」令狐緒舉杯相屬，「今天，你不但不可無詩；而且還得是好詩。先乾一杯，潤潤詩腸。」

李義山正有此意，矜持地微笑著，一杯酒下喉，吟出兩句：「『錦幃初卷衛夫人，繡被猶堆越鄂君。』」

「一開頭就用對仗，可又押了十一真的韻，這也可算變體，一定是好的。」令狐緒將他這兩句詩唸了兩遍，露出欣賞的笑容，「第一句你用『子見南子』的故事，形容花的雍容華貴，也還罷了；第二句寫葉，虧你怎麼想來的？」

「大郎，」孫覽說道：「孔老夫子到了衛國，衛夫人南子，一定要見他；老夫子迫不得已去朝見，《典略》中說：『夫人在錦幃中，孔子北面稽首，夫人自幃中再拜，環佩之聲璆然。』義山道他見此花的感受，如同孔子見南子那樣驚豔，這容易明白。第二句我就不知道出典了。」

「這個典故出在劉向的《說苑》上。『越鄂君』是鄂君在越——。」

鄂君是楚國的公子，他的姊姊是越國的太后；鄂君遊越，泛舟湖中。由於他是有名的美男子，所以被稱為「枻女」的船娘，爭相愛慕，一面打槳，一面作歌，既欣幸於「今日何日兮，得與王子同舟」；又感嘆「山有木兮木有枝，心悅君兮君不知」。及至鄂君登岸，船娘「行而擁之，舉繡被而愛之」。用「繡被猶堆越鄂君」來形容牡丹的綠葉重疊，意象豐富，匪夷所思：所以令狐綯有「虧你怎麼想來的」這種讚嘆。

「起風了！」令狐綯說：「搖曳多姿又是一種寫法了。」

這等於出題目考試，李義山點點頭，凝神細看，風是著地倒捲上來的，所以先是綠葉飛舞，映光的葉片，擘紋明暗可見，彷彿翡翠所雕的環佩；李義山脫口唸道：「『垂手亂翻雕玉佩』。」垂手是一種舞曲的名稱，有「大垂手」、「小垂手」、「獨垂手」等等名目，但「垂手亂翻雕玉佩」只是助舞；「牡丹雖好，綠葉扶持」，這句詩亦無非寫扶持之意。

「下一句要寫風中之花了。義山，」令狐綯提醒他說：「你這一句要壓不住，就把前面的好句都埋沒了。」

「一定壓得住！」李義山望著突出於上，軟枝飄搖，隨風低昂，向背萬態的十餘朵黃牡丹唸道：「『折腰爭舞鬱金裙』。」

「好！」座客不約而同地拊掌。

「對得真工！而且妙造自然；毫無雕琢之痕。然而，」令狐緒有些替他擔心，「難乎為繼了。」

「花葉動靜，都寫到了。」張守林說：「應該轉了吧？」

「不！還有色與香可寫。」李義山又唸：「『石家蠟燭何曾剪？荀令香爐可待熏。』」

「『香爐』不典。」張守林搖搖頭：「『荀令君至人家，坐處三日香。』習鑿齒的《襄陽記》可沒有說香爐。」

令狐緒一聽這話，便轉臉問李義山：「其有說乎？」

「有。」李義山答說：「看一看昭明太子的〈博山香爐賦〉就知道了。」

這一指出來，顯得張守林的腹笥，不如李義山之寬，他自不免羞慚；不過，他還是抓住了李義山的一個弱點。

「白老的〈牡丹芳〉詩，有一句：『百枝絳焰燈煌煌』，寫牡丹的色；『石家蠟燭何曾剪』，無非襲用此意，似難免剽竊之譏。」

講是講得不錯，但「剽竊」二字用得太重了，令狐緒忍不住要抱不平。

「本來宇宙之間無新意，千古文章一大抄，只看說得好不好而已。白老那句詩語直意淺；不如用石崇家以蠟燭作炊的典故，倒可以寫出牡丹的富貴。」令狐緒緊接著又說：「六句寫六事，跟一般七律的章法不同，倒真是難得一見的變體。不過收尾兩句，又要轉、又要合。你怎麼結？」

李義山的結句已經有了，但不願也不便公開，笑一笑說：「誠如尊論，真的難以為繼了。等我回去，從容推敲；改日寫了請大郎斧正。」

原來李義山這首為令狐緒誤認為押真韻，而實為押文韻變體的七律，明則歌詠黃牡丹的花葉；暗則模擬十七姨的形相，自覺非關人力，純由天授，有如江淹少時，夢人授以五色筆，從此文藻日新；

這份得意的心情，只有告訴十七姨，得她的讚賞，才是最高的滿足，所以結句是：「我是夢中傳彩筆，欲書花片寄朝雲。」宋玉〈高唐賦〉中所寫，楚襄王所會的「巫山之女」，自道「旦為朝雲，暮為行雨」，因而楚王為之立廟，號曰「朝雲」，後人的註解，說此巫山之女是赤帝之女，名叫瑤姬、或作姚姬。十二文的韻中，有雲字可用；李義山便用朝雲來比擬十七姨，兼與「夢中」呼應，是很精細的筆法。但這個典故，又何可與人細論？

三月二十一日，內侍宣召百官，會集大明宮延英殿。此殿密邇中書省，是皇帝常朝聽政之處，這是正月十三以後第一次開延英殿，而又是傳宣百官，李義山與他的同僚，都以為必是立儲，但四個皇子，不知誰會中選？

不道延英殿中宣詔：「皇子沖幼，須選賢德，光王怡可立為皇太叔，更名忱；一應軍國政事，權令勾當。」儲位竟落在長皇帝四歲的光王身上。

皇位傳叔而不傳子，大非人情之常；而且朝官多知道光王素為皇帝所輕視——敬宗、文宗與當今皇帝，兄終弟及，都是憲宗之孫、穆宗之子；光王則是穆宗之弟，生母出身微賤，姓鄭，福建人，原是鎮海節度使李錡之妾。李錡是高祖之弟淮安王李神通的後裔，憲宗元和二年因謀反被捕，腰斬於京師；眷屬沒入掖庭，鄭氏為憲宗所召幸，生子名怡，封為光王。

光王在宮中，從小便受歧視，說他愚笨；賦性沉默寡言，所以大他一歲，後來繼位為文宗的姪子，遇到家宴時，每好逼他開口，作為笑樂；武宗天賦豪邁簡略，對這個叔叔，更無禮貌，每稱之為「獃子」；如今以神器之重，付託給「獃子」，豈不令人驚異？

但更令人驚異的是「獃子」並不獃；當他以皇太叔的身分在延英殿接見百官時，哀戚滿面，絕非獃子麻木不仁的模樣，而在裁決庶政時，處置明快合理，是大有隱德之人。

但是，皇太叔之被立，卻另有密謀；原來皇帝自三月初十以後，即口不能言。唐朝的政權在皇帝專斷之下，由南北兩司分享，南司為宰相；北司為宦官，掌兵權、專宮禁，皇帝既已不能召見宰相，君權便落入此輩手中；祕密計議，認為皇子年幼，奉之為君，大權將仍歸李德裕掌握，如果想排除李德裕，最好是讓一向不滿李德裕的光王繼位。因而有此迅雷不及掩耳的舉措。

兩天以後，皇帝終於崩逝了。接著是皇太叔在太極殿即位，四月初一，正式聽政，第一道詔旨是尊生母鄭氏為皇太后；第二道詔旨，便是驅逐李德裕，外放為荊南節度使；第三道詔旨，以翰林學士、兵部侍郎白敏中同平章事，也就是拜相了。

深知李德裕與白敏中關係的李義山，看到這兩道連在一起的詔旨，頗為困惑。四年以前，大行皇帝想起用致仕的刑部尚書白居易，徵詢李德裕的意見；李德裕不喜白居易，說他衰病侵尋，無法任事；又說白居易的同祖弟，左司郎中白敏中，辭章不輸他的從兄，而且頗有器識，可以大用。白敏中因此得以擢升為翰林學士。

如今白敏中拜相，足見他為嗣君所看重，既然如此，又何以不為於他有舉薦之恩的李德裕說話？佛云：「不可說！不可說！」當李義山問到令狐綯時，他閉目搖手，不願多談。

這就盡在不言中了，但李義山還是要問：「莫非以怨報德？」

令狐綯先是不答，過了一會才張目說道：「他跟北司很接近，你知道嗎？」

原來白敏中已背恩投向宦官了！李義山本來因為白居易的緣故，很敬重白敏中；這一下，感想完全不同了。

「義山，」令狐綯說：「你替我寫一首昭肅皇帝的輓辭。」

昭肅皇帝便是先帝，廟號武宗。李義山為令狐綯捉刀，寫了三首五律，典麗工切，以為必可邀得令狐綯的欣賞，那知他讀了只是皺眉，久久不語。

「那裡不妥？」

「這三首詩，好是好極了。可惜不能用！」令狐緒說：「你鋪敘先帝的武功，固然不錯；可是先帝的武功，由李衛公而成，頌先帝即是頌李衛公。今上會不高興。」

這於令狐緒前程有礙，李義山只好另擬。不過，令狐緒為了表示歉疚，送了他一筆很豐厚的潤筆；李義山本來打算著請假回洛陽看兒子，只為連年賦閒，在洛陽有些債務，不回去可以拖著；一回去就不能不料理清楚，因而遲遲其行，如今有了這筆款子，可以上路了。

就在摒擋行李，辭別同官之際，秘書監柳公權著人來請。此人工於辭賦，書法為當代第一，愛才好士；對李義山非常客氣，離座相迎，殷殷問訊，然後才拿出一封信來，「舍姪有事奉煩。」他說：「有書札在此，請過目。」

柳公權的姪子，便是京兆尹柳仲郢，他的父親，也就是柳公權的長兄柳公綽，治家嚴正；柳仲郢又有賢母，教子有方，所以書讀得很好。他早年受知於牛僧孺，在李德裕當政時，自以為黨派不同，仕途一定不會得意；那知道李德裕竟保薦他充任京兆尹，不免喜出望外；但他向李德裕致謝時，卻特意聲明，他仍舊會跟牛僧孺交往。就因為這一點，李義山雖不識其人，心裡卻是很敬重的。因此，看到柳仲郢給他叔父的信，說希望他能介紹李義山相見，有「筆墨相煩」時，毫不遲疑地許諾了。

「既承不棄，容舍姪略設杯盤，折柬奉邀。」

「不必，不必！」李義山答說：「他是大京兆；服官京師，在他治下，應該我去謁見。」

當天他就到京兆府去投帖，柳仲郢降階以迎，延入後廳，互道仰慕，漸漸談入正題。

「我聽人談起，足下為令狐刺史擬了三首昭肅皇帝輓辭，竟未能用；可容拜讀。」

「不敢當。乞假筆札。」

等侍役取來了筆墨，李義山將那三首五律寫了出來。柳仲郢雙手捧著細細看；一面輕吟，一面不斷點頭。

「輓大行的歌辭，必以此三首為壓卷之作。」柳仲郢問說：「可能掠美？」

李義山沒有想到，他願意用這三首詩，略想一想答說：「辱承見賞，自當從命。但實以不用為宜。」

「何也？」

「頌揚先朝武功，定致今上不悅。」李義山語重心長地說：「連日親李衛公的，多遭斥逐，如果因為這三首詩，加柳公以『李黨』之名，那就是我的罪過了。」

「不礙。」柳仲郢說：「我就是不遭斥逐，也想請調了。」

原來，李德裕之用柳仲郢為京兆尹，是因為他一向亦以為僧尼過多，不事生產，坐享其成；而且處事明決，是執行武宗詔旨撤毀佛寺最好的人選。但當今皇帝即位，李德裕被逐後，釋道的命運，又為之一變，會昌年間，大走鴻運的道士趙歸真、軒轅集等人，或則杖殺、或則流放；先前勒令還俗的僧尼，重新發給「度牒」，京師左右兩街，原來只准各留兩寺，復命各增八寺。拆寺、建寺都是柳仲郢，自覺是件很窩囊的事。

最窩囊的是，遊僧鬧事，竟無法制裁。當前一年撤毀佛寺之詔既頒，天下奉行；山西五臺山的和尚，一向習武，此時多投向各藩鎮，自願從軍。這不是好事，因為藩鎮養兵太多，且為勁卒，便容易萌生作亂之心，所以李德裕奏准武宗封刀數口，交付鄰近各關隘守將及地方官：「有遊僧入境者斬。」柳仲郢亦奉頒了這樣一口刀，遊僧不敢輕易入境；如必須借道，亦是改裝易服，悄悄溜過。及至僧尼復給度牒，和尚便都大搖大擺，揚長而行了。五臺山的和尚，孔武有力、行為粗魯，不大肯守法度；柳仲郢的斬僧之刀，已為朝廷收回；曾經杖責過兩三個鬧事的和尚，不道白敏中竟這樣說：「如今已不是李衛公當政了；你要善體今上的意旨，對方外人不必過於認真。」

為此，柳仲郢已決心請求遷調；也就不在乎這三首昭肅皇帝輓辭，會不會引起任何人的不快。「先帝的武功，邁於前朝，又篤好神仙，很像漢武帝；足下這三首詩，多用《西京雜記》的典故，宏整工切，華贍而不失悽惋，實在是大手筆。不過，」柳仲郢用徵求同意的語氣說：「最後一句，可否改動一個字？」

「請教。」

最後一句是「轝動滿清塵」。大行皇帝的靈車謂之「轝」；昭肅皇帝的奉安大典，定在八月初舉行，所以柳仲郢想將「清」字改作「秋」。這一改改得更貼切，李義山自是欣然同意。

及至事畢告辭，剛回到晉昌坊，柳仲郢已派人送來了潤筆，朱繩貫穿，出爐不久，簇簇新的「大中通寶」錢二十貫，比他一個月的俸錢還多。

這一回行囊是很豐盈，可是洛陽之行，竟不能實現。因為白敏中得知他要請假時，將柳公權找了去說：「奉安大典，為期不遠，禮儀繁複，有許多祭文誄詞，要作要寫；李商隱是一把好手，怎麼離得開？」

柳公權將這話轉知了李義山，他只好取消行期，留在京城。第二天，又特為到京兆府，向柳仲郢致謝厚贈。

一回生、兩回熟，柳仲郢改了稱謂，見面以別號相呼，「義山，」他說：「你來得正好，我有個故人之子，要為你引見。」接著關照左右：「把裴郎請來。」

請來的是一個二十歲左右的少年，生得非常清秀。經柳仲郢介紹以後，李義山才知道他叫裴釧，字鍾坤，山西太原人；出身世家，這回進京，是準備明年應試。

裴釧先期到京，是來投「行卷」。唐朝的習俗，舉人將自己所作的詩文，先期投送達官貴人，希望向主考官推薦，這便是投「行卷」；所謂之「求知己」。如投而不問，再投一次，稱為「溫卷」；溫仍冷淡，則熱中之士甚至攔在門前、執贄相求。

不過，裴鉶此來，除了投「行卷」以外，亦有訪求良師益友，切磋學問之意；為此，頗得柳仲郢的看重，願意助成他的志向，特地為他引見李義山，正就是這種意思。

「義山久在彭陽門館，詩文無不佳妙；目前雖屈居下僚，終有魚化為龍之一日。你要好好向前輩求救。」

「不敢，不敢。」李義山急忙謙謝；隨即又向裴鉶說道：「我寄居晉昌坊令狐刺史家，休沐之日，請過來談談。」

「是，是！一定要來向義山先生求教誨的。」

「言重了。」李義山感於柳仲郢的盛意，裴鉶的謙誠，倒是有心指點，便又說道：「崔郎近來有何佳作，可容拜觀？」

裴鉶毫不遲疑地答說：「有詩一卷、傳奇三卷，即當錄呈。」

「何謂『傳奇』？」李義山一問出口，旋即省悟：「顧名思義，當是傳瑰奇之事？」

「是，小說家言，君子弗為。」

「這倒不然。宰相諫官，亦嘗為此；所以不取者，只是〈周秦行記〉而已。」

宰相指與白居易齊名的元稹、字微之，他是李義山的小同鄉，但年輩不相及，所以沒有見過。元稹在穆宗長慶入相以前，作過一篇〈鶯鶯傳〉，又名〈會真記〉，其中的男主角「張生」，實為元稹的夫子自道。

諫官指德宗貞元年間，儒臣許康佐的胞弟許堯佐，官至諫議大夫，作過一篇〈柳氏傳〉，記「大曆十才子」之一的韓翃的一段戀情。至於〈周秦行記〉則非事實，相傳為李德裕的門客所撰，用意在謗訕牛僧孺。李義山相信李德裕不致如此無聊，竟會命人撰小說罵政敵；大致是他的門客獻媚而作，為李義山所卑薄不取。

其時杯盤已具，僕人來請入席；席設後園三楹精舍，面臨曲池，池旁楊柳，長條拂至水面。主人剛剛肅客入座，門官送來尚書省的一封文書；柳仲郢即席拆開來看完，仍舊封好，神色如常地舉杯邀飲。

「此席權當離筵。」他說：「我要調任了。」

事出突兀，李義山與裴鉶，都錯愕不知所答，只是注視著他，等他作進一步的說明。

「我調鄭州。」柳仲郢問：「義山，你老家是鄭州？」

「是。先人墳塋所在。」李義山說：「沒有想到柳公會成了我的父母官。」

「言重、言重。」柳仲郢又說：「州牧範圍太小，我不便委屈你，不過歡迎你來盤桓。」

「是。」李義山想了一下說：「來年春天掃墓，一定會奉謁。」

「好、好，一定！」柳仲郢舉杯說道：「義山，我有兩事陳情。」

「太言重了。請柳公吩咐。」

「第一，」柳仲郢指著裴鉶說：「我把他託付給你，請你在文字上多指點他。」

「指點不敢當。盤桓切磋，必貢一得之愚。」

「多謝義山先生！」裴鉶站起來為李義山斟滿了酒，三人一起都乾了杯。

「第二，」柳仲郢又說：「你該有首詩送我。」

「敢不如命！」

「好！你是捷才。」柳仲郢回顧左右：「筆硯伺候。」

這是逼著他要當筵交卷。李義山只好開始構思；鄭州雖為大邑，但京兆府是首善之地，由京兆尹調鄭州刺史，顯然是貶斥，而原因不問可知，當今皇帝與白敏中之流，已將他列為「李黨」了。

這是件很令人不平的事，但發抒不平，卻只宜出以含蓄，庶幾得怨而不怒的風人之旨。這樣想著，抬眼望見池畔楊柳，頓時有了靈感。

等青衣侍兒將一張設著筆硯紙墨的半桌，抬到筵前；注水磨墨已畢，他的詩也有了，一揮而就，雙手捧上，口中說道：「請斧正。」

「我來看！」柳仲郢視線一落紙上，便有驚喜之色，「只看題詩，便知必是好的。」接著他朗聲唸道：「『娉婷小苑中，婀娜曲池東。朝珮皆垂地，仙衣盡帶風。七賢寧占竹，三品且饒松。腸斷靈和殿，先皇玉座空。』」

「結句妙！」裴銂失聲大叫。

這首題作「垂柳」的五律，著重是一個「垂」字，象徵柳仲郢的貶落，首言無論小苑、曲池、楊柳都是婀娜多姿；第一聯寫柳的姿態，亦如寫牡丹之有動靜兩面，長條靜則如朝服珮帶之垂地，風起而動，則如仙衣飄袂。第二聯言柳之委屈，竹柳皆尋常之物，晉朝七賢，寧遊於竹林，不在柳下，即為重竹而薄柳；「三品且饒松」的「饒」字作退讓解，武則天曾封嵩山少林寺的松為三品，槐為五品，而不及柳。然而楊柳真個不能見賞於君王嗎？是又不然。

南朝齊武帝時，張緒風流清雅，每次朝見，都為武帝所矚目。後來有益州刺史獻蜀中楊柳數株，枝條甚長，狀如絲縷，武帝植於靈和殿前，賞玩之際常說：「此楊柳風流可愛，似張緒當年時。」說：「腸斷靈和殿，先皇玉座空」，暗寓武宗駕崩，柳仲郢始遭貶斥之意，運典入化，既涵蓄，亦明顯，自是好詩。

本來很沉著，不以得失縈懷的柳仲郢，因為這兩句詩，想到先帝與李德裕的知遇，大為感傷，情不自禁地垂下淚來；卻又強笑道：「得此一詩，就貶官也值得了。」

由於柳仲郢的重託，兼以裴銂本身好學，所以李義山打算為他引見兩個與他齊名的朋友。一個叫溫庭筠，本名岐，字飛卿，太原人；與裴釧雖生同鄉里，卻未見過，因為溫飛卿生長在京師。他是貞觀年間名相溫彥博之後，比李義山小五歲，是令狐綯長子令狐滈的朋友。

這溫飛卿，是個浪子，與長安的一班貴公子，包括令狐滈在內，經常在平康坊縱酒狎妓，且又好賭，呼盧喝雉，通宵達旦。家業早已為他敗落，但有一班貴公子為友，一賭輸了，伸手借貸；但如贏了，一揮千金，毫無吝色，所以在平康坊中是個很有名的客人。

除了賦性慷慨不羈以外，他在勾欄中別有受姐兒歡迎的原因，第一是貌如潘安；第二是鼓琴吹笛，樂器無一不精；第三是少年敏悟，過目不忘，走馬萬言，筆底豔麗非凡——那班貴介公子亦由於愛才，所以常能容忍他的近乎無賴的行徑。

但是儘管他替人作槍手，至少已有五個人因而成了進士；而他屢試不第，至今白衣。不第的緣故是因為他的聲名太壞，兼以恃才傲物，常常看不起主司，以致每遭黜落。

另一個叫段成式，字柯古，原籍山東臨淄，寄籍湖南荊州；他是穆宗宰相段文昌的兒子，年長於李義山，現任禮部員外郎。家中藏書極多，而且多奇篇秘籍；段成式博學強記，無所不覽。他的文章與李義山、溫飛卿一路，深奧精致，喜用典故，非淺人所能解，號為「三十六體」——唐朝重門第，同祖或同曾祖的從兄弟，每每一起排行，這三個人都行十六；「三十六」即是三個十六之意。

李義山本想先為裴釧介紹溫飛卿，因為他們年齡相仿，身分相似，籍貫相同，易於結交；但讀了裴釧的「傳奇」，他的想法不同了。

「傳奇」三卷，最奇的一篇名為〈崑崙奴傳〉，說代宗大曆年間，有個東宮的警衛官，職稱叫做「千牛備身」的崔生，奉父之命，到當朝一品，平安史之亂、封為汾陽王的郭子儀府中去探病。

崔生之父是掌權的宰相，所以郭子儀另眼相看，召入內室；看他舉止安詳，發言清雅，更加欣賞。命隨侍在側的三名家妓接待，時值暮春，櫻桃上市；此物在長安是珍果，新進士曲江宴，若無櫻桃，便非盛筵，盛於杯中，上加奶酪，用小匙舀食，不過郭子儀府中，格外講究，櫻桃的食器，是金杯金匙。

「來！」郭子儀對一名著紅綃衫的家妓說：「舀櫻桃給崔郎。」

崔生害羞，當紅綃舀著櫻桃送到他唇前時，他竟將頭扭了過去；紅綃不由得好笑，卻故意逗他，身子轉到他側面，手中仍是一匙櫻桃；崔生一看，復又將頭扭了回來，而紅綃釘住不放，他只好這樣說了：「謝謝，我自己來。」說著抬眼，視線碰個正著，彼此心頭都是一震。

到得告辭時，郭子儀說：「郎君有工夫就來陪我談談，千萬不要見外。」

「是。」崔生躬身答應著，「敬聞台命。」

「紅綃，你送崔郎出院。」

於是紅綃打起簾子，崔生前行，出了院門，實在忍不住回顧；不道紅綃亦正凝眸相視，一見他回頭，舉右手撮起三指，揚了一下，然後舒開手掌，反覆三次；又指一指胸前所懸的一面小銅鏡，用剛剛能使他聽得見的聲音，說了兩個字：「記住！」

這兩個字就像刻在他心版上似地，片刻難忘；人像著了魔似地，不是望空凝思，便是喃喃自語，跟他說話，聽而不聞，講了三、四遍，他還在問：「你說甚麼？」

為了當差方便，崔生是獨住在靠近東宮，地名興道坊的一所雖小而雅致的精舍中，照料他的是一名「崑崙奴」，膚如黑漆，鬈髮虬鬈，不知是那一國人，只知來自崑崙山以西的遐方，所以名之為「崑崙奴」。最早是嶺南的鉅商，才用這種人看門供奔走，近年來長安貴盛之家逐漸流行用崑崙奴，令見者觸目，亦是一種炫耀。

崔生的這個崑崙奴，名叫磨勒，從小便在中國，除了形相之外，一切與中土無異，看小主人那副神魂顛倒的模樣，忍不住探問。

「奇怪！自那天從汾陽王那裡回來，就像有心事；這兩天越來越不對了。到底甚麼事，何不跟老奴說？」

「唉！」崔生嘆口氣，吟出一首詩：「『誤到蓬山頂上遊，明璫玉女動星眸。朱扉半掩深宮月，應照瓊芝雪豔愁。』」吟完又說：「你們知道甚麼？別多問。」

「郎君只管說！」磨勒笑一笑說：「相府的少年公子，會有甚麼大了不起的為難？無非男歡女愛，不能遂心而已。」

一句話說到崔生心坎裡，那裡還肯再瞞他？將心底的一股疑難愁悶，詳詳細細地都說了磨勒聽。

「這還不容易明白。汾陽王的歌姬，一共十院；她是第三院的。手掌翻三次，三五十五；那面小鏡子是指滿月。約郎君十五晚上去相會。」

「啊、啊！」崔生胸懷一暢，「你解得一點不錯。可是，」他又發愁了，「侯門如海，我怎麼能跟她會面？」

「總有法子好想。」

崑崙奴出去了一趟，傍晚回來，告訴崔生說，他已經打聽清楚了，汾陽王府有猛犬守歌姬院；非斃此犬，不能入內。

「不過，不要緊！」磨勒說道：「我有除犬的把握；也不必等到後天十五了，今天晚上就動手。」

「真的！」崔生驚喜地問：「你真有把握？」

「這不是好開玩笑的事。」磨勒說道：「郎君去睡一覺，養養精神。」

崔生那裡睡得著，好不容易捱到二更天，起身出屋，三月十三的月亮，皎然如霜；對面屋子裡卻有燈光，過去一看，磨勒正在喝酒，不過已經紮束停當，一身玄色的緊身衣，腳上是一雙軟皮皂靴。

「郎君，你也要換黑衣服，越輕便越好。」

崔生如言照辦。三更時分，到得汾陽王府；府第在大明宮前，朱雀門東第三街的親仁坊，占一坊之地的四分之一。府第四面有門，通宵不閉，出入不問；內眷梳妝，閒人往往可以望見。郭子儀的七子八婿，都不以為然，有一回約齊了向他進言：「大人功業已成，而不自崇重，不論貴賤，隨便出入，實非所宜。」

郭子儀笑一笑說：「你們懂得甚麼？家人一千，都由公家給糧餉；五百匹馬亦是吃公家的食料。像我今天的地位，可說進無所往，退無所據；如果門禁森嚴，不通內外，假使有人生怨，說我有不臣之心，兼有小人從中煽動，立刻就有滅族之禍。倒不如四門洞開，坦坦蕩蕩，即使有人進讒，君上亦不會相信。」七子八婿，恍然有悟於功高震主的道理，從此以後，再沒有人主張防範閒人了。

因此，磨勒帶著崔生，很順利地在汾陽王府，找到了歌姬院；磨勒囑咐崔生在僻處等候，他自己帶著一枚繫有鍊子、大如飯碗的鐵椎，一躍上牆；便有犬吠，但只得一兩聲，即歸沉寂。磨勒隨之出現，向崔生說道：「郎君伏在我背上，抱緊。」

他居然背負崔生，躍入牆內；只見一頭碩大無朋的巨獒，伏屍在地。磨勒細細辨認了一下，走到東面第三門，停了下來，指一指示意，便是此處。

於是崔生壯起膽，輕輕推門而入，只見窗戶上有燈光，也有纖細的人影，而且還有聲音，側耳靜聽，是在吟詩，分辨得出是七言詩：「深洞鶯啼恨阮郎，偷來花下解珠璫。碧雲飄斷音書絕，空倚玉簫愁鳳凰。」

崔生聽完，躡足到得窗下，弄點唾沫將新糊的窗紙沾溼，輕輕戳破，往裡偷窺，不是紅綃是誰？再看房門，重簾深垂，但有燈光漏出，可知未關；「音書不絕，無煩空愁。」崔生一面說，一面掀簾入內。

紅綃似乎大吃一驚，睜大了眼望著，等崔生走近了，方始看清楚，奔上來執住他的手，驚喜交集地說：「我就知道你必能領悟。可是，你是怎麼來的呢？」

「是我的崑崙奴磨勒之功。」

「磨勒何在？」

「在院子裡。」

紅綃親自掀簾招手，將磨勒喚了進來，燈下細看，「真是壯士！」她用一具金碗，斟滿了酒，遞給磨勒，又指著酒瓶說：「有的是酒，請坐下來喝。」

磨勒點點頭，大馬金刀地在胡床上坐了下來，管自己喝酒。紅綃便攜著崔生的手，並坐在榻上，細訴衷曲。

她自道是河東富家之女，當郭子儀開府絳州時，代州都督辛雲京用威逼的手段，將她進獻汾陽王府。縱使錦衣玉食，總覺得如在桎梏；她率直地說：「磨勒有此神力，何妨為我脫牢籠；只要能在郎君左右，為奴為婢，雖死不悔。」

崔生還沒有這樣的膽量，瞻前顧後，意亂如麻；紅綃卻不停地催他，早作決斷。這一來，磨勒忍不住開口了。

「娘子只要拿定了主意，這也是小事。」

於是紅綃收拾首飾細軟，磨勒先挾著她脫出歌姬院；復又回來，照舊法背負崔生越牆，雙雙安然到家。

第二天清晨，郭子儀得知其事，大吃一驚，失聲說道：「莫非又是一『紅線』？」

原來安史之亂以後，藩鎮跋扈，形成割據；各蓄死士，從事暗殺，常有一夜之間，身首異處，而不知凶手為誰的事發生，因而飛仙劍俠的傳說，大為流行，其中最有名的是潞州節度使薛嵩家的一個通經史又善音樂的青衣侍兒，名叫紅線的故事。

薛嵩是貞觀年間征高麗的名將，薛仁貴的孫子。勳臣之後，朝廷倚為柱石，負有監視原為安祿山部將的魏博節度使田承嗣、滑臺節度使令狐彰的任務。朝廷且特命薛嵩與田承嗣、令狐彰結為兒女親家，以期和好。

但田承嗣卻頗有野心，打算併吞潞州。他有一支十中選一，勇猛過人的親軍，共計三千人，名為「外宅男」；已經選定日期，由「外宅男」作他移鎮潞州的前驅。

消息傳到潞州上黨郡，薛嵩惶恐萬狀，眠食俱廢；紅線自告奮勇，願到魏郡一觀動靜，自道一更首途，三更可以復命。

由上黨東去，出「太行八陘」的滏口陘，渡漳河，經安陽至魏郡的大名府，來去七百里，說兩個更次可以往返，這不是癡人說夢？但紅線向無戲言，薛嵩姑且讓她一試。

於是紅線改換行裝，梳一個「烏蠻髻」，插一支金鳳釵；身著紫繡短袍，胸懸龍文短劍；額上用雄黃寫了「太乙」二字，拜辭而行，倏忽不見。

將信將疑的薛嵩，關起門來，背燈危坐；一個人喝著酒等待。到得三更時分，聽得院子裡有極輕微的聲音，彷彿一片梧桐葉子，飄落階前，開門一看，居然是紅線回來了。

「幸不辱命！」紅線取出一個金盒來，「這是田親家翁床頭之物。」接著細談途中所見，漳水東流，銅雀臺高聳入雲，風光如舊。

薛嵩打開金盒一看，內有一紙，記著田承嗣的生年月日，雖不知作何用處，但確是他本人的親筆；也就可以證明，這金盒確是來自田承嗣的床頭。

於是，薛嵩即時修書一封，派遣專差，星夜疾馳，到第二天深夜方到大名府；直奔轅門，用馬鞭子擊門大喊：「潞州專使，送還金盒。」

田承嗣正為金盒不翼而飛，憂疑莫釋；得報即時起身傳見。打開薛嵩的信看，只有幾行字：「昨夜有客從魏中來云：自元帥枕邊獲一金盒。不敢留存，謹封繳還。」再看金盒，果然原物。

田承嗣這一驚，汗出如漿，渾身發軟。

田承嗣除了以盛宴款待專使以外，特備繒帛三萬疋、大宛名馬兩百騎，覆書薛嵩，謝他不殺之恩；又解釋「外宅男」只是防備盜賊，並非有何異圖；現在已經遣散，免得發生誤會。

這個故事由於薛、田兩處都是諱莫如深，所以內幕不明；但在郭子儀寧可信其有，不願信其無。而且他也一向量大如海，失一歌姬，不足縈懷，當即告誡家人，不准聲張，就似根本沒有發生過這件事一樣。

兩年以後，與崔生雙宿雙飛，步門不出的紅綃，靜極思動，與崔生同遊曲江看花，蹤跡不密，為郭子儀的家人發現，回去報告主人，郭子儀更邀了崔生來問；崔生不敢隱瞞，細說根由，長跪請罪。

「這是紅綃的罪過，不過既然已經跟了你兩年，我就不能再問是非了；但望你們一雙兩好，不枉我一番成全。」

崔生不道郭子儀如此從輕發落，喜出望外，真個感激涕零了。

「可是，饒不得磨勒這樣的人，老夫要為天下除害。」

於是特遣甲士五十人，刀出鞘，箭上弦，包圍崔生的住處。磨勒已知來意，持一把匕首，躍上牆頭，接著疾如鷹隼，在飛矢如雨之中，三跳兩躍，頃刻之間，不知所向。

郭子儀卻大為失悔，既已將此事置之度外，何苦又看不破？為防磨勒報復，每天晚上命家僮持刀仗劍，環繞寢處，如是一年以後，才撤除戒備。

對這些傳奇，李義山的興趣不大，因為內容近乎荒誕，而且文字的路數也不同。但一轉入段成式手中，大為欣賞，隨即具了請柬，請李義山轉約裴錩小酌。

段成式家住東市之西的宣陽坊，本是楊國忠的住宅；玄宗天寶年間，楊貴妃寵冠後宮，從兄楊國忠及封為國夫人的三姊妹，豪奢無比，起大宅於宣陽坊，傑閣飛簷，富麗不下於大內；楊國忠與寡居的堂妹虢國夫人私通，兩家住宅，前後相接，更為講究，但後來的下場，亦以楊國忠與虢國夫人為最慘——安史之亂由楊國忠所釀成；當玄宗倉皇幸蜀時，龍武大將軍陳玄禮的部下，在馬嵬驛發生兵變，楊國忠及三子皆被殺；楊國忠的妻子名叫裴柔，原是蜀中的流娼，此時與虢國夫人結伴逃亡，裴柔帶著幼子幼女，虢國夫人帶著兩個與本夫所生的兒子，逃到陳倉，為縣官派人追捕，虢國夫人認為不如自盡，而裴柔不願，於是虢國夫人先殺自己的兒子，再殺裴柔母子，最後自刎。楊貴妃為陳玄禮逼迫自縊，韓國、秦國兩夫人亦死於亂軍之中，楊家滿門俱盡。

因此，宣陽坊楊國忠的大第，被視作凶宅，逐漸荒廢；及至段成式之父段文昌拜相，他不信凶宅之說，買了下來，重新修葺，規模雖不如舊，但亦是長安有名的豪華府第。

這天是休沐日，李義山陪著裴釗來赴宴，彼此頗為投機。段成式好奇，正著手在著作一部《酉陽雜俎》，共分三十個篇目，盡是奇聞怪事；裴鉼既有傳奇之作，自然跟段成式是同好。

因此，席間的話題，亦就不脫一個「奇」字。

「談到奇聞，」李義山說，「段府上就多的是。」

「喔，」裴釗看著段成式問：「尊公是不是有個『飯後鐘』的故事？」裴釗是聽人如此談說：段文昌在江陵時，家境貧寒，每到中午，聽見附近曾口寺的鐘聲動了，便去求食；久而久之，使得曾口寺的和尚，漸起反感，飯後方始打鐘，段文昌撲了個空，知道已惹和尚生厭，從此絕跡。後來回到江陵，感念前事，作了一首詩，其中有一句是「曾遇闍黎飯後鐘」。

「不是，」段成式回答他說：「那是王太尉的故事。」

王太尉就是王播，曾任鹽鐵使三十年，宦囊極豐；但幼年孤寒，寄居揚州時，常到惠照寺去白吃午餐，一次聽見鐘聲趕了去時，已是飯後，便在壁上題了兩句詩：「上堂已了各西東，慚愧闍黎飯後鐘。」二十年後出任淮南節度使，重遊惠照寺時，只見以前題詩之處，已為和尚加上了一個碧紗罩，視為勝跡；於是王播復又題了兩句：「二十年前塵土面，如今始得碧紗籠。」

「不過，事情亦不是全無影響。」段成式又說：「家君曾寄寓廣陵瓜洲，家貧力學，有一回——。」有一回是夏天，到揚州去向人告貸，登門不遇，怏怏而回；餓火中燒，無所得食，不意在路上撿到一文錢，於是買了個瓜，想找個清涼的地方，暫且歇息，吃瓜充飢。

不遠之處，有座空屋；段文昌從後門入內，見是一個空馬槽，便從袖中取出瓜來，在槽頭拍碎；不道那枚瓜非常生脆，一拍之下，發出極清脆的聲響；接著裡面奔出來一個老蒼頭，其勢洶洶；嚇得段文昌棄瓜而逃。後來出鎮江淮時，常跟賓客談到這件往事。

聽段成式講完這段故事，裴鉶問道：「近日傳聞，尊公在西川，洗腳用的是金盆；可有這話？」

「事誠有之。」問得很率直，答得亦很坦白：「有人規勸家君，以為太過；家君答說：『人生幾何，要酬平生不足。』」

「那麼，」裴鉶又問：「照十六郎你看，尊公是不是太過呢？」

「家居金盆濯足，無人得見，猶有可說：有件事，我倒覺得似乎太過分了一點。」

段成式所指的是，他父親拜相以後的一件事。宰相議事於中書省政事堂，堂中鋪錦繡地衣，他人皆先命撤去，方始登堂，只有段文昌不同；而且錦繡地衣，如有不平整之處，必命堂吏鋪平了，才肯舉步。段成式認為宰相一舉一動為天下法，錦繡踐諸足下，未免暴殄天物，不足為訓。

裴鉶是白衣，從未踏入禁中，不知中鋪錦繡地衣的政事堂，是如何華麗，即使是李義山，因為政事堂是禁地，亦未到過，所以無法想像，早年連一文錢一枚的瓜，亦難到口的段文昌，自錦繡地衣上踐履而過時，是如何躊躇滿志？不過，宰相上朝，前呼後擁的儀從，占滿了一條街的威風，卻見過不止一次；「大丈夫不當如是耶？」他怔怔地在想，不覺出神了。

「義山！」

李義山一驚，茫然地看著段成式問：「你說什麼？」

「過了山陵大典，我想到西川省親；你有沒有興致，陪我一起去玩一趟？」

段文昌目前是復回西川任節度使，威望甚著；李義山心中一動，覺得能入他的幕府，前途大有可為，但轉念想到令狐綯與白敏中至好，很可能由白敏中援引入相，那時不愁沒有升遷的機會，因而婉言謝絕。

「多承厚意，只恐乞假不易；俟諸異日吧！」

過了武宗奉安的山陵大典，李義山得到來自洛陽的消息，白居易去世了，享年七十五歲。由於白敏中的關係，恤典甚厚，追贈尚書右僕射；當今皇帝一直很佩服他的文采，所以親製了一首輓詩。

這首詩是七律：「綴玉聯珠六十年，誰教冥路作詩仙。浮雲不繫名居易，造化無為字樂天。童子解吟長恨曲，胡兒能唱琵琶篇。文章已滿行人耳，一度思卿一愴然。」白居易四十四歲貶為江州司馬，「樂天」便是他那時自題的別號；「同是天涯淪落人，相逢何必曾相識」的〈琵琶行〉，即為白居易在江州所作。至於「長恨曲」——〈長恨歌〉所寫玄宗與楊貴妃的一段生死之戀，並非他身經目擊；在他代宗大曆七年出生時，玄宗已以太上皇帝的身分，崩於十年前的肅宗寶應元年。〈長恨歌〉的故事，是在他三十五歲那年，當長安以西盩厔縣尉時，聽一個名叫陳鴻的朋友所談；詩成以後，陳鴻又寫了一篇〈長恨歌傳〉，但「傳」遠不如「歌」之傳誦人口。

白居易晚年久任「太子賓客，分司東都」。唐朝兩京，長安稱為「西京」，洛陽稱為「東都」；分司東都便是長駐洛陽。「太子賓客」是太子的侍從，與其他皇子當然亦很熟。當今皇帝居藩時，與他常有唱和；所以在追贈為從二品的尚書右僕射以外，御製輓詩，亦是難得的哀榮；但當白敏中為他的堂兄請求賜諡時，卻碰了個釘子。

這件事要怪白居易的家人沒有見識，也怪河南尹盧貞作事輕率。他死後，家人將他葬在洛陽以南的香山寺；盧貞又為他立了一塊石碑，上刻白居易在六十七歲所作的一篇〈醉吟先生傳〉，實為夫子自道：「醉復醒，醒復吟；吟復飲，飲復醉；醉吟相仍，若循環然。」又有一首詩，結句是「月俸百千官二品，朝廷雇我作閒人」。居官如此，無可稱道；皇帝很佩服白居易的才情，但官箴亦不能不顧，所以不願賜諡，只說：「已經有『醉吟先生墓表』了。」

白敏中不得已而求其次，說：「二品大員，朝廷體制所關；請准建白居易神道碑。」皇帝准了他這個請求。

建碑先要作墓志銘，白敏中決定請此道的名家杜牧命筆。此人是著《通典》的杜佑的孫子，字牧之，成進士後，復應制科「賢良方正」；同時受知於牛僧孺與李德裕，現任吏部司勳司員外郎，國史館修撰。他的詩與李義山齊名，文章卻是兩路，杜牧長於散體，力追韓愈、柳宗元，頗見筆力。

「十三兄，」杜牧行十三，所以白敏中這樣稱呼他，「先兄樂天先生的墓志銘，拜煩大筆，以光泉壤。」

杜牧頗出意外，因為他不大看得起「長慶體」——元稹、白居易得名於穆宗長慶年間，所以他們這一派的詩，稱為「長慶體」；在杜牧看，詩到「老嫗都解」，浮淺可知，因而薄視。

墓志銘雖說是「諛墓之文」，總也要恭維得體；如果根本就不喜其人其文，又從何著筆。因此，雖以宰相所命，杜牧亦不能不辭謝，只是不便直言其故；想了一下，決定薦賢自代。

「上啟相公，」他說：「近日史館事繁，加以精神不濟，只怕不能有一篇稱心的文字；相公何不託秘書省的李十六？」

「李十六？」白敏中問道：「是不是彭陽公門下的李商隱？」

「是。就是他。」杜牧答說：「他有一首詩，在彭陽公幕府中所作：『微意何曾有一毫？空攜筆硯奉龍韜。自蒙半夜傳衣後，不羨王祥有佩刀。』用五祖傳衣缽的故事，自許為彭陽公的傳人；表墓之文，若論典雅工切，非此君莫屬。」

由於杜牧的力薦，白敏中便將李義山請了去，當面付託。李義山不但認為義不容辭，而且出於宰相的邀約，亦是一種榮寵，因而一口應承，費了兩天工夫，寫成一篇〈贈尚書右僕射太原白公墓碑銘〉，附上一封措辭不亢不卑的信，一起送到政事堂。

過了三天，白居易由姪子承繼為子的白景受，到晉昌坊投刺請見，一見面跪下來為李義山磕頭道謝；當然也還有一筆為數不菲的潤筆。從白景受口中，李義山得知他之受委撰作這篇文章，是出於杜牧的推薦；為了酬謝，特地在「西市」的「張家樓」，以盛宴款待。

長安東西兩市，一市占兩坊之地，東市因為在大明宮之南，以及通稱「南內」的興慶宮之西，不宜喧譁嘈雜的五行百作居留，因而使得西市格外熱鬧。「張家樓」是有名的酒樓，位於市中心的「旗亭」東側；此處肴饌精潔，侍女如花，大多能歌，至不濟的也能唱幾首有名的詩。其中出類拔萃的一個女郎，名喚襄雲；出身平康坊的南曲，只為不願侍寢，得罪了一名俠少，自道「賣嘴不賣身」；那俠少質問：「你不賣身，在平康坊作甚？」襄雲即日脫籍；為張家樓的東主張七郎重金延聘，作了一塊「活招牌」。

李義山是張家樓的常客，張七郎看重他的才學，十分尊敬；為了請杜牧，他指定要襄雲侑酒，道是「我請杜十三員外」。杜牧在長安的名氣，比李義山更大，因為他不但才名動公卿，而且京兆杜氏，是魏晉以來數百年的高門世族；「城南韋杜、去天尺五」的杜，就是他家。

是這樣的貴客，又是李義山作主人，所以襄雲侍席的預約，雖已排到半個月之後，張七郎仍舊費盡心機，抽出第三天的程期來接待。

這天的陪客是段成式、溫飛卿與李義山的聯襟韓瞻；杜牧最後到，一看便即笑道：「三『十六』

都到了；難得、難得。」接著又說：「畏之也來了。聽說令郎是神童；〈秋興〉八首，琅琅上口；今年多大？」

韓瞻聽人提到他的小名「冬郎」的兒子，就會笑得闔不攏口，「三歲。」他又指著李義山說：「他的新生之子，啼聲宏亮，將來亦是英物。」

「喔，」杜牧向李義山抱拳作揖：「原來有弄璋之喜，失賀，失賀。起了名字沒有？」

「叫『袞師』。」

杜牧只當是「袞司」，此為古時三公的別稱，便即念了《文選》上的兩句文章：「『雖秩輕於袞司，而任隆於百辟。』異日必是台閣中的人物。」

其實李義山為子起名，不無牢騷的意味在內，懷才不遇，屈於下僚；期待將來愛子為袞袞者所師。不過，這番意思要說出來，便顯得太狂妄；不答又似乎失禮，因而向襄雲使個眼色，她自能會意，大聲說道：「請貴賓上席。」就此將一個小小的僵局解消了。

杜牧謙辭一番，仍居上座。其次是段成式、溫飛卿、韓瞻。賓主五人，便有五名侍女伺候。說些閒話，酒過三巡；溫飛卿開口了，「今天難得有襄雲主持。」他說：「好久沒有領略你的歌喉了；唱甚麼？」

「今天還能唱甚麼？自然是唱詩。」

「好！」韓瞻指著首座問道：「你知道這位貴客是誰？」

「韓員外，」襄雲笑道：「你真是門縫裡張望，把人都看扁了！連杜十三郎都不認識，還能是襄雲嗎？不過，我懂你的意思，今天唱詩，自然要先唱杜十三郎的詩。」

「原是這個意思，你就唱吧！」

唱詩其實就是曼聲長吟，不過要參用宮調的唱法。樂曲以清濁高下細分七聲十二律，合為八十四宮調，後來或則歸併，或則失傳，只剩下了六宮十一調，合稱十七宮調；調中各有特色，要與歌詞配合，方能情韻同勝，相得益彰。

「杜十三郎的風流韻事，在揚州居多，我就唱〈贈別〉的第一首吧！」裹雲輕咳一聲，用嫵媚旖旎的「小石調」唱道：「『娉娉裊裊十三餘，荳蔻梢頭二月初。春風十里揚州路，捲上珠簾總不如。』」

「真是令人意消。詩好、唱得也好。」李義山親自斟了一杯酒，伸手遞給裹雲，「潤一潤嗓子。」

「多謝。」裹雲乾了酒，拭一拭杯沿的脂痕，斟滿了酒，遞還李義山；接著又唱了杜牧的一首七絕：「『青山隱隱水迢迢，秋盡江南草未凋。二十四橋明月夜，玉人何處教吹簫？』」

這一回用的調子，用的是「仙呂宮」，清新綿邈，較前更勝；深通音律的溫飛卿說：「從來唱詩，都唱七絕；裹雲你能不能唱一首五律？」

「我試試看。」她想了一下說：「我用『商角調』來唱：『擾擾復翩翩』——。」

「止！止！」杜牧搖著手，大聲阻斷。

原來杜牧像照鏡子那樣，發現了自己詩中的一個缺點。杜牧的詩，喜用數字，〈贈別〉二十八字，如將「餘」字亦列為數目字，便有五個；裹雲唱的另一首〈寄揚州韓判官〉有三個，這些都還不太顯，但像「南朝四百八十寺」、「漢宮一百四十五」這些句子，好用數字，竟連平仄也失調了，未免過分。如今他從裹雲口中聽出來，好用疊字，亦是一病，「娉娉裊裊十三餘」、「青山隱隱水迢迢」，七字句中連用兩疊字；不道這首題作〈鴉〉的五律，一開口便是兩個疊字，聽來自覺刺耳，所以斷然阻止。

大家都不知道其故何在；他亦沒有解釋，裹雲忍不住問：「杜員外，是不是我唱錯了？」

「不是，不是！你唱得很好。」他靈機一動，接下來說：「我是想到，溫十六郎的『菩薩蠻』可被管絃，更能讓你一逞歌喉；何不唱『菩薩蠻』？」

此言一出，紛紛拊掌；襄雲笑道：「我也聽說過這回事，可是我還不會唱呢？」

「不要緊，我來教你。」溫飛卿說，「你取筆硯來，還有洞簫。」

原來「菩薩蠻」是教坊新製的曲子——女蠻國入貢，打扮像天竺國的菩薩，因而教坊製新曲，名之為菩薩蠻；溫飛卿辨音審韻、按腔製詞，押韻平仄互換，先仄後平，共計四換，又用五七字的長短句，益顯得參差高下，錯落有致。最近在宮中大受歡迎，但民間卻還罕聞，所以襄雲也還不會唱。

等取來紙筆，溫飛卿寫下兩首菩薩蠻，遞了給襄雲說：「你先念熟。回頭跟著我的簫聲唱。」

「是。請溫十六郎先吹一遍我聽聽。」

等溫飛卿吹過一遍，襄雲欣然色喜；將詞念熟了，手執檀板，示意可以開口了。

於是檀板一聲，歌隨簫起，唱的是：「滿宮明月梨花白，故人萬里關山隔。金雁一雙飛，淚痕沾繡衣。」這是上片；略停一下，接唱下片：「小園芳草綠，家住越溪曲。楊柳色依依，燕歸君不歸。」

「菩薩蠻」是正宮調，音節的特色是「惆悵雄壯」；襄雲體會得詞中意味，盡量在「惆悵」二字著力，將掖庭宮眷，夜深不寐，對月懷人，萬般無奈的惆悵之情，曲曲傳達於歌聲之中，而又恰到好處，因而溫飛卿大為贊許。

「到底跟教坊中的角色不同。」他說：「有一回教坊使請我去指點，推為此中翹楚的王盼盼，把我這首詞唱得嗚咽悽愴，如泣如訴，流於『商調』，那就大失我的本意了。」

「唱得好，你的詞也好。」段成式接口，「詞意是宮怨；而又說『家住越溪曲』，想來是隨西施一起入吳的宮女？」

溫飛卿笑一笑答說：「你聽下去就知道了。」

第二首是「竹風輕動庭除冷，珠簾月上玲瓏影。山枕隱濃妝，綠檀金鳳凰。」

趁這歇拍的片刻，溫飛卿說了一句：「請細聽下片。」

為了他這句話，襄雲特為看一看手中的詞句，才啟檀板唱道：「兩娥愁黛淺，故國吳宮遠。春恨正關情，畫樓殘點聲。」

第二句咬字格外清楚；段成式先贊一聲：「妙！」然後笑道：「這又是夫差兵敗國亡，吳國的宮女被擄到越國了。飛卿你這樣說法，有典沒有？」

「有！」溫飛卿詭譎地笑著：「不過不能告訴你出處，讓你白撿便宜，在《酉陽雜俎》中，又添一條祕聞。」

段成式知道他是遁詞，無足深辯，一笑而罷。

這一會直到黃昏方散。但李義山卻將韓瞻留了下來，因為他最近有洛陽之行，回京不過數天，只派人送來了李夫人的平安家書及手製的食物，這天還是第一次晤面，想細問一問崇讓坊的情形。

「小傢伙好玩極了！」韓瞻說道：「崇讓坊屋多人少，如今孩子的啼聲，大人的笑聲，終日不絕，顯得生氣勃勃，你回去一看就知道了。」接著，他形容袞師如何壯碩聰明，談得非常起勁。

這自然是李義山樂聞之事，而且他也聽得出來，妻子常日在歡笑之中，更覺得欣慰，但另有一件事，一直梗在他心頭，忽忽若有所失，那便是那首牡丹詩。

這首詩不便另寄十七姨，是附在家書中寄去的；她們姊妹的感情極好，凡有家書，妻子一定會拿給十七姨看，她自然知道「朝雲」指誰？可是她代筆的回信，根本沒有提這首詩，是不是妻子居然已識破了機關，沒有拿他的信給她看？尤其使他放心不下的是，兩個月前他寄錢回洛陽後，回信竟是妻子的親筆；其中談到如何照他的叮囑，分別償還逋欠，有的還清了，有的還欠著多少，對方如何表示。情形很複雜，妻子肚子裡的墨水有限，詞不達意，令人煩悶。他實在不明白，這封回信，為甚麼不教十七姨寫？

因此，他一直盼望著韓瞻能談談十七姨的近況；可是不知有意還是無意，韓瞻連劉二娘都談到了，就是不提十七姨。

「他不提，我來問。」李義山在心中自語，果然問了出來：「十七姨怎麼樣？」

「還是那樣。」韓瞻忽然望著他發楞，臉上是很古怪的神氣，而且一層一層地在變；彷彿先是困惑，繼而惱怒，又繼而諒解，最後是遲疑。

李義山亦因他的表情變化而心神不定，「畏之，」他不安地問：「何以欲語不語？」

「老實告訴你吧，」韓瞻嚥了口唾沫，很吃力地說：「我沒有見著十七姨。」

「喔，」李義山的心往下一沉，「她到那裡去了呢？」

「我不知道，十四姨也沒有跟我說。」韓瞻又是那種望著他發楞的神情。

這種神情讓李義山感到一種沒來由的威脅，他將視線避了開去；怯怯地問：「你倒沒有問內人，她到那裡去了？」

韓瞻不答；李義山忍不住抬眼注視，但當視線相接時，他開口了。

「義山，人言可畏！」

這四個字重重地撞擊在他的心頭，他想問：人言如何？但卻怎麼樣也鼓不起勇氣來說這句話。摟著十五個月大的兒子，李義山心中浮起從未經歷過的滿足，「阿袞、阿袞！」他使勁親著又紅又白、帶奶酸味的臉頰，「叫一聲爹！」

「爹！」阿袞應聲而答；這含糊不清的一個字，在李義山聽來，是世間最美妙的聲音。

從下午在大風雪中到家，到此刻不過兩個時辰的工夫，這樣要聽阿袞叫一聲「爹」，已經不知道多少次了。看在李夫人眼裡，自然是莫大的安慰；孩子的小手，可以為她緊緊抓住丈夫的心了。

「飯開在那裡？」劉二娘掀帷問說：「今天很冷，不如就在這裡吃吧？」

「對！就這裡。」李夫人逕自作了決定。

李義山不免悵惘，原來是想借會食的機會，可以再看一看十七姨——下午到家，只見過一面；忙著要看兒子，連話都顧不得說。然而這還在其次，最使他在意的是，她似乎瘦了，而且眉宇之間，彷彿鬱鬱寡歡，這到底是自己沒有看得很真切，還是果然如此？他很想切切實實印證一下，而如今看來，這一夜怕不可能了。

劉二娘帶著小青來鋪設了食案，撥旺了熏爐中的獸炭；李夫人將阿袞從他父親手中接過來，交給劉二娘去抱，然後親自為丈夫布菜斟酒，殷勤伺候。

「小美呢？」李義山問。

「在十七姨那裡。」小青回答。

「如今是跟著十七姨念書。」李夫人接口說道：「每天晚上念到起更歇手。」

「為甚麼不在白天念呢？」

「是十七姨自己挑的辰光。」

大概是長夜寂寞，借此找阿美作伴，聊以排遣。李義山這樣在想。

「上次畏之來，據說沒有見著十七姨；是怎麼回事？」

「到十二哥家去了。」李夫人問：「畏之跟你說了些甚麼？」

「怎麼？」李夫人催問著：「怎麼不說話？」

「喔，」李義山定定神答說：「只要談家常，說有了孩子，家裡熱鬧得多了。」

「還有呢？」

「還有，就是談阿袞、談冬郎。」李義山又說：「冬郎是神童，連老杜的詩都能背了。」

「這也算不了甚麼；阿美也會背。」

正在談著，阿美跳跳蹦蹦地來了，口中含糊不清地在唱歌，一進來撲倒在李義山懷中，嬌憨地望著父親問：「爹，表弟聰明不聰明。」

她口中的表弟，便是韓冬郎，「聰明啊！」李義山問：「你怎麼忽然問這話？」

「十七姨說的，我不好好認字念書，就要輸給表弟了；她說表弟很聰明。」

「十七姨的話不錯，你要記住。」李夫人說：「你背詩給爹聽。」

「我背今天十七姨教我的一首。」接著拉長了調子念：「『君安遊兮西入秦，願為影兮隨君身。君在陰兮影不見，君依光兮妾所願。』」

孩子口齒不清，李夫人無法聽清楚她念的甚麼；李義山卻是入耳心驚，從聽第一句就知道那是傅玄的〈車遙遙篇〉。傅玄是晉武帝司馬炎的妹夫，封鶉觚男，博學善文，他的集子即名為《鶉觚集》，其中存詩六十四首。此人性情剛勁亮直，不能容人，但他的詩卻是纏綿悱惻，一往情深。

李義山初次在祕書省任職時，得見傅玄的集子，特為將此六十四首詩，抄了下來，但記不得置在何處？如今才知道是在十七姨的畫樓上。

讓他疑惑而關切的是，家中詩集很多，十七姨何以獨選傅玄的詩，作阿美的教材？此是偶然巧合，還是有意為之？為了打破這個疑團，李義山便問：「阿美，十七姨教你的第一首詩是甚麼？念給我聽。」

「我不要念！」說著，轉臉去看從劉二娘手中接抱阿袞的小青，滿臉的不高興。

李夫人與阿青相視而笑；尤其是阿青，忍俊不禁，拿手指點一點。阿袞的小嘴，口中喊道：「東！西！」點一下，念一聲，笑也笑得更高興了。

「小青好壞！」阿美掙扎著握起小拳要上前揍小青，卻讓李夫人一把拉住了。

等她不依不饒地鬧過一陣，安靜下來，李夫人才細說原委，原來阿美開蒙的第一首詩是漢朝樂府十七曲中的〈江南〉，一共七句：「江南可采蓮，蓮葉何田田！魚戲蓮葉間：魚戲蓮葉東，魚戲蓮葉西，魚戲蓮葉南，魚戲蓮葉北。」十七姨的用意是，一連五句「魚戲蓮葉」，讓阿美容易記得住。但阿青卻認為可笑，所以每當阿美背到「魚戲蓮葉」時，便幫腔似地，大聲將第五字念了出來，一次兩次，還不在意，每次如此，便是故意搗亂，惹得阿美大發嬌嗔，從此再也不肯念這首詩了。

聽完這段故事，李義山亦是哈哈大笑；笑得了攬住嘟起嘴的阿美說：「阿青不懂，你別理她。爹教你念一首詩，要說可笑，還要可笑。」他實際上只教了四句，便是杜甫於大曆元年在西川雲安所作的，五言古風〈杜鵑〉的起句：「西川有杜鵑，東川無杜鵑；涪萬無杜鵑，雲安有杜鵑。」便是襲用「魚戲蓮葉」的句法。

「爹！」阿美將那四句詩唱歌似地念熟了，突然發問：「甚麼叫杜鵑？」

「杜鵑是鳥，也是花——。」

與孩子在一起的辰光，很容易打發；不知不覺，更鼓已動，李夫人安排一兒一女睡下；阿青收拾了食案，關上屏門，李義山擁著妻子，在深深的帷幕中，享受久別勝新婚的一夜。

五更夢迴，他首先想到的是阿美所念的那首詩。十七姨並不是僅以傅玄詩鈔作教材，那麼，這首〈車遙遙篇〉，會不會是她特意借阿美的口，來念給他聽的呢？

於是他默默地細誦原詩，第一句便可疑，「君安遊兮西入秦」，不正是由洛陽到長安嗎？然則第二句便是直抒心聲了，她願意跟他一起到西京；而且第三句明明白白表示，她很能體諒他的處境，知道他不願讓人知道他的陰私，自甘作一個退藏於密的情婦，她之於他，如影隨形，形既不現，自然無影可見；不過她仍願有一天能公開她的身分，所以說「君依光兮妾所願」。

轉念到此，李義山一陣沒來由的興奮，當此萬籟無聲的雪夜，心「蓬蓬」地跳得很響；娥皇女英，自古有之，她是不是明言願與「十四姨」共事一夫，做他的次妻呢？

他不能確定她是不是有此想法；但有此想法是很可能的；而且此一想法之實現，亦是很可能的。

這個疑團太大了，也太重要了，他有股掩抑不住的衝動，迫不及待地想當面向她去求證。但是，他的身子剛一仰起，一隻溫軟的手已搭到他的腰際；「人言可畏！」一想到韓瞻的這句話，他的心往下一沉，閉著眼嘆口無聲的氣，復又睡了下去。

只好寫封信問她了。他這樣在想；但如何遞到她手中，卻大是疑問，阿青與劉二娘都不堪託付，紫雲因為死了親娘，回鄉奔喪去了。也許可以找阿美做個青鳥使，但要冒極大的危險。

如果阿美跟她母親說了，不知會發生甚麼風波；倘或叮囑她千萬別跟人說有傳柬這回事，且不論有何效果，首先自己就不知道該如何措詞，才能使孩子領會而毫無疑惑？

因為如此，他在當著家人與十七姨見面時，常有一個疚歉的感覺；他怕接觸到她的視線，老覺得她是用譴責的眼光在看他。

這使他很痛苦，只好自我寬解：憂讒畏譏，無非自己敏感，其實根本沒有這回事。可是有一天聽到阿美在背十七姨新教她的一首詩，便怎麼樣也無法自己騙自己了。

這首詩是：「昔君視我，如掌中珠；何意一朝，棄我溝渠！昔君與我，如影如形；何意一去，心如流星！昔君與我，兩心相結；何意今日，忽然兩絕！」這也是傅玄的詩；他還記得題目是〈短歌行〉。

幾乎是整天加上魂夢不安的整夜，他時時刻刻會想起「昔日與我，如影如形」及「願為影兮隨君身」的詩句，不知何以自處？最苦惱的是沒有一個人可以共心事，除非畫樓中人。

從這天起，李義山像變了一個人似地，鬱鬱寡歡，連逗孩子的興趣都消失了。李夫人當然知道其中的原故，但她不願說破，也不願解除對他與十七姨之間的防範，只是格外柔順體貼，盡力用各種方法為他消愁破悶。

除夕的前三天，大雪紛飛；居然有人登門投柬，邀他賞雪，李義山懶得應酬，正待作書辭謝時，李夫人勸他應約。

「『樂和李公』，難得請客，你實在不應該辜負他的盛意。」

她口中的「樂和李公」指新任浙西觀察使李景讓，世居洛陽樂和里，品格甚高，為里人所欽服，所以稱之為「樂和李公」。李義山同意妻子的話，無奈實在鼓不起興致來，所以仍然握筆躊躇。

「也許是李太夫人所命，你不去，李公不安。」

李太夫人姓鄭，早寡而家貧，親自督教三個兒子讀書。有一天宅後一垛古牆，因連朝大雨而傾圮；牆下出現一個大坑，坑中有錢無數，奴婢急急去向主母報喜。李太夫人去看了以後，焚香祝告：「不勞而獲，是災非福。上天如以為積善之家，必有餘慶，憐貧而有所賜；那末所願的是三個孤兒，他年學問有成。此不敢取。」禱畢命奴婢掘土埋錢。天賜不受，奴婢多不以為然；但以李太夫人賦性嚴明、治家言出必行，因此沒有人敢違拗。

這對李景讓是一個極深刻的教訓，所以居官清正不私；不過，天下做父母的總不免鍾愛最小的兒女，李家老大景讓、老二景溫，先後進士及第，只有老三景莊赴試一直不得意，李太夫人便怪長子不照應幼弟；她的家法很厲害，做了官的兒子，犯了錯亦要挨打，所以每一次李景莊被黜之日，便是李景讓受苦之時，但他寧願受杖，亦不肯向主司有所關說。後來是宰相看不過去了，向知貢舉的禮部說：「李景莊今年不能不取；可憐，李景讓頭髮都花白了，還要挨揍。」這一下，總算李景莊也成了進士。

不過，李景讓始終主張，考試要憑真才實學；他亦很樂於獎助寒士，提攜後進，但絕不涉私。這天特邀李義山，名為賞雪，其實是集合了一批親友中的子弟，請李義山講解試帖詩的做法。

「這，」李義山本不善於辭令，加以情緒不佳，懶得講話，所以率直拒絕：「李公，這怕要方命了！你知道的，我一向拙於言詞。」

「是，是，我也想到，總不免強人所難。」李景讓略想一想說：「這樣吧，我們合作，你來示範，我來講解，如何？」

這似乎非勉為其難不可了，但詩思艱澀，而且他的習慣是，每運一典，總要先查明出處，常常將書攤得一屋子都是，被人譏為「獺祭」；此刻即令有書，當著後生小子，亦不便公然細查，只怕做出來的詩，不過爾爾，有負盛名，所以仍想推辭。

可是李景讓已不由分說，命人鋪設几席，安置筆硯；請李義山在上首坐下，開口說道：「今天好一場瑞雪，便以喜雪為題，如何？」

「是，是！」李義山暗道僥倖；這個題目，範圍很廣，可徵之典不少，有把握可以做好，便即問說：「請限韻。」

「韻就不必限了。」李景讓說，「要點在示諸生如何運典、如何對仗？」

「既然如此，我作一首排律吧！」

說著，握筆構思，一面想、一面寫，不過一頓飯的工夫，已作成一首十韻的五言排律，略加點竄，雙手捧上。

「堆砌典故，毫無意味。」李義山這樣自我批評，「聊以塞責而已。」

「不必過謙！容我拜讀。」李景讓高聲念道：「『朔雪自龍沙，呈祥勢可嘉。有田皆種玉，無樹不開花。班扇慵裁素，曹衣詎比麻。鵝歸逸少宅，鶴滿令威家。寂寞門扉掩，依稀履跡斜。人疑迷麵市，馬似困鹽車。洛水妃虛妒，姑山客漫誇。聯辭追許謝，和曲本慚巴。粉署闈全隔，霜台路漸賒。此時傾賀酒，相望在京華。』」

十韻二十句，用了十七個典，詩誠然無甚意味，但李景讓認為足以使後生領悟作試帖詩的訣竅，除了起結四句，表明瑞雪堪賀以外，中間八聯，翻來覆去猶寫一個雪字。「有田皆種玉」的玉是白玉，「無樹不開花」花是梅花，此言彌望皆白；「班扇」指班婕妤的詩：「新製齊紈扇，皎潔如霜雪」，接用《詩經．曹風》的「麻衣如雪」；再加上王羲之籠鵝以歸、丁令威化鶴歸來，都是著意描寫雪色。

有寄託的是「寂寞門扉掩，依稀履跡斜」這一聯。東漢永平年間，洛陽大雪數日不止，積地丈餘；雪停以後，縣令巡行全城，只見家家戶戶掃雪出門，尋覓食物；只有袁安家積雪如故，縣官以為他已凍餓而死，除雪入戶，看他僵臥不起，問他何以不出門覓食？他說：「大雪人皆餓，不宜干人。」縣令認為他是高士，薦舉他為「孝廉」。李義山用本地的典故，以袁安自喻。

「依稀履跡斜」的故事，出自《史記．滑稽傳》：東郭先生貧困飢寒，大雪天著一雙「有上無下」的敝履，為人所笑，此又是李義山自哀懷才不遇；李景讓不免惻然，因而想到了一個人。

這個人便是湖州刺史令狐綯，如今已成了浙西觀察使李景讓的屬下，他深知李義山跟令狐綯的關係，便即問說：「子直跟你可常有書札往來？」子直是令狐綯的別號。

「是的。常有書札通問。」

「僅止於通問？」

「偶爾亦有餽遺。」

「那也罷了。」李景讓說：「白相公跟子直交情很深，援引入朝，指顧間事。」

「喔，」李義山對這個消息很關心，「白相公跟李公談過？」

「不是他；是牧之跟我談起的。」李景讓又說，「牧之一直想當湖州刺史；如果子直內調，他可望如願以償。」

「他已經當過三州的刺史了，何以還想外調？」

「其中有一段韻事。」李景讓說：「等我把你的這首詩，給他們講解過了，回頭我們把杯細談。」

原來杜牧頗好聲色，在淮南節度使牛僧孺幕府中，不時微服冶遊；牛僧孺愛才，常派人私下保護。及至杜牧奉召入朝，牛僧孺有所規勸，而杜牧不肯承認。牛僧孺念了他所作的「落魄江湖載酒行，楚腰纖細掌中輕；十年一覺揚州夢，贏得青樓薄倖名」那首詩以外，又出示一隻公文箱，其中所藏的，都是牛僧孺所遣保護杜牧的「報貼」，說「杜書記平善」。杜牧大為感服，從此便絕少冶遊了。

不過，他的好色如故，在江西幕府時，往遊湖州，有意選妾。湖州崔刺史是他的至交，為他設宴，遍召官妓侑酒，而杜牧無一當意。

崔刺史問他：「如何而後可？」

杜牧想了一會說：「如果能設水戲，一定傾城來觀，我在其中細細物色，或有所得。」

「水戲」一名「水飾」，起於西漢，用木刻的人物禽獸，安上機括，置於水中，藉水力的激盪而活動。到得隋朝，天下富足，隋煬帝窮奢極侈，特遣大臣督飭名工巧匠，修成一部「水飾圖樣」；於三月上巳日，會群臣於曲水觀水戲，戲文有七十二套之多。

湖州是浙西的魚米之鄉，物阜民豐，水戲亦很有名；到演出的那天，苕溪兩岸，人山人海，杜牧放眼縱觀，一直到黃昏，發現母女二人；女兒只是一個十歲的小姑娘，卻美得出奇，杜牧指著她對崔刺史說：「這才真是國色！」

崔刺史派人將那小姑娘找來一看，亦覺得杜牧眼力不差：一問家世，出生蓬門，是可以買來作妾的，但卻必須「待年」。

母女倆都為之驚懼萬狀，因為到底只有十歲，做女兒的何肯離母；做母親的也怎能放心得下？崔刺史還想用官府的勢力，撮合好事；反是杜牧能體諒她們母女的苦衷。

「我先下聘吧！」他說：「以十年為期，我一定會重到湖州；那時就不算納部民為妾了。」

杜牧的意思是，他在十年之中，一定可以設法到湖州來當刺史；而地方官納當地女為妾，為官常所不許，如果此時聘定，待年圓房，就於禁令無違礙了。

做母親的欣然許諾。杜牧亦由崔刺史的資助，送了很豐富的一筆聘金，方始回棹江西。

不久，杜牧回朝；又不久外放為刺史，先到黃州，後轉池州，然後內調為現職，十年已過，縈心前約，渴望能繼令狐綯為湖州刺史。

「如今有望了。」李景讓講了這段故事以後又說：「牧之告訴我，有一天皇帝在延英殿召見白相公，平章國事之餘，賜茶閒談。皇帝提起二十幾年前憲宗下葬時，正值大風雨，『山陵使』是個長髯的老者，親自持著指揮輿伕的長杖，在泥淖中冒雨督導，毫不退縮。那種盡忠職守，忠愛先帝的行為，感人至深。問白相公，此是何人？」

白敏中奏答，是彭陽郡公令狐楚。皇帝便問他的長子何在，打算拔擢大用；白敏中回奏：長子令狐緒，現任隨州刺史，但有風痺之疾，不良於行，趨朝不便；次子令狐綯，現在湖州，才識通敏，不妨調取來京，量材器使。

「喔，」李義山問說：「『堂帖』已發出了？」宰相的文書，謂之「堂帖」；這「堂帖」自然是調派的命令。

「那時我快要離京了，不知後文如何？反正年內如果來不及，年外必有動靜。」李景讓又說：「子直回朝，一定入相；那時一定會借重你的長才，可為預賀。」

連旁人都是如此看法，李義山自然更有信心了。數日來的鬱悶失意，頓時一掃而空。

「義山，」李景讓又說：「我一過燈節，便當奉老母南行；那時還來得及跟子直把晤，你如果有信給他，我可以替你帶去。」

「多謝李公！」李義山想了一下說：「很想奉煩吉便，就怕李公事多，不知道該不該以瑣務打擾？」

「您放心，我不是殷洪喬。」

殷洪喬便是晉朝的殷羨，外放為豫章太守時，京中友人託他帶信的有一百餘人；他行至石頭城下，將此百餘封信，一起投入長江，說：「沉者自沉，浮者自浮；殷洪喬不為人致書郵。」

李義山確有怕他事多忘卻投書之意。這封信中當然要談些私話，如果投而不達，流落在外，殊不相宜。如今聽李景讓這樣說法，自然可以放心，但亦不免內慚。

「言重，言重！我先拜謝了。」說著，起身一揖。

其時筵宴已具，家人來請入席。賓客十餘人，都是後輩，所以李義山居之不疑的坐了首席。

李家是老夫人親自當家，家居儉樸，但待客豐厚；酒至一半，只見堂下兩名健僕，抬來一頭剛剛宰殺、洗剝乾淨的肥羊，廚役上堂，屈一膝朝上說道：「請貴賓選肉。」

這是新近才流行的一種食道，名為「過廳羊」；賓客自行選定部位，用解手刀切割，肉上刺個洞，繫以綵色絲線，作為記號；然後入廚上籠蒸熟，捧出來由賓客選認大嚼。當然自己不願動手，亦可由廚役代勞。

李義山就沒有動手，這是他表示謙讓，而做主人的，當然奉以上品，命廚役割取羊頭頰上最甘嫩的兩片肉，留給李義山；到得酒闌人散，他辭謝李景讓上車時，車中卻有一具食盒，中置一大方燒羊肉，還有話交代。

「這是家母特意叮囑，請代向尊夫人跟王十七姨致意。」

「是，是！多謝太夫人盛意。」

李義山口中如此回答，心裡卻不免詫異，說向他妻子致意，是尋常酬酢之語，無足為奇；但她又怎麼知道他家有個「王十七姨」？而且聽語氣，李太夫人似乎還跟十七姨見過面。那又是怎麼回事？

因此，一到家首先要打破疑團，「是這樣的，」李夫人告訴他說：「李家老夫人平時見面的親串，能跟她談談詩書的，少之又少。今年夏天，不知道誰告訴她的，說十七妹會作詩，特意派人來請了去會面，就此有了往來。」

「喔，」李義山問：「是你陪了去的？」

「是啊，原請得有我。」李夫人答說：「她跟十七妹很投緣，問長問短；還——」一語未終，看到十七姨的影子，她把話縮住了。

「好肥的燒羊肉。」十七姨看著擺在胡床上的食盒問說：「這兩天傷風鼻塞，竟沒有聞見燒羊肉的香味。」

「這是樂和李家送的。李太夫人很惦念你。」李夫人接下問：「服了藥沒有？」

「不服也不要緊，傷風又不是什麼了不起的病。」

「總是小心為妙。切記要避風！」

「我不該下樓來的，要避風只有在樓上。」說完，十七姨掉頭就走。

李夫人勃然變色，但很快地恢復平靜，「小青，」她指著燒羊肉從容說道：「你挑好的，切一盤送到樓上去。」

李義山看在眼裡，心中不安；十七姨的性情一向柔順，這樣公然頂撞她姊姊，在他記憶中還是第一回。三尺之冰非一日之寒，看起來手足已參商，是為了什麼？

轉念到此，心中不是不安，而是驚懼了；黯然無言，只是皺眉。

「我剛才的話沒有完——。」

「是啊！李太夫人還說了些什麼？」

「是私下問我的，說有了婆家沒有？我說還沒有；我也不便說原因。看樣子，李太夫人大有為她作媒之意。」

何以謂之「不便說原因」？李義山想問不敢問；彼此沉默了一回，李夫人又開口了。

「這件事，我們倒要好好商量。」

「你是說十七妹的婚事？」

「是啊。」

李義山的心一沉，說甚麼娥皇女英，完全是妄想。

原來十七姨已是花信年華，而仍是深閨獨處，都由於王茂元一死，家道中落之故。唐朝婚姻重門第，海內望族有七：太原王、范陽盧、滎陽鄭、清河與博陵二崔、隴西趙二李，一共五姓，稱之為「五姓家」。位極人臣而不能娶五姓之女為妻，每成憾事。因此五姓家有女，往往成為奇貨，不但厚索聘禮；到得迎娶之日，女家多集親友，並備樂隊，遮擁道路，不讓新娘的禮車通過，其名謂之「障車」，必須男家多送財物與障車的賓客，方能放行。

王家不是太原王，王茂元的父親王栖曜，山東濮陽人，起家偏裨，安史之亂時因戰功累積，逐漸升為左龍武大將軍；王茂元雖亦曾官拜節度，但縱或兩世富貴，仍為「卑姓」，無法與望族通婚，便只有在新進士之中選婿。這種情形，就恰好與五姓之女奇貨可居相反，需要岳家來資助女婿，韓瞻中選後，王茂元為他在長安一個名蕭洞的地方，構造新宅；李義山為此寫過一首詩，前面四句是：「籍籍征西萬戶侯，新緣貴婿起朱樓。一名我漫居先甲，千騎君翻在上頭。」征西侯指王茂元；第三句是說進士發榜，他的名次在韓瞻之前；第四句用樂府〈陌上桑〉句：「東方千餘騎，夫婿在上頭」，有羨慕韓瞻反先他成家之意。

其時王茂元雖仍為涇原節度使，但財富已大不如前；因為他之能當涇原節度使，是用鉅資活動的結果。

開府未幾有文宗太和九年「甘露之變」，掌權的李訓，鄭注為宦官仇士良所殺，掀起一場株連朝貴數十家的大獄；王茂元依附鄭注，為免殺身之禍，大傾家財，犒賞仇士良所領的禁軍，因而得以無事，並調為中原之地的陳許節度使，表面風光如昔，其實已外強中乾。因此，李義山雖婚於王氏，但卻不能像韓瞻那樣新起高樓，只獲贈了崇讓坊一所舊宅。

及至王茂元一死，連表面風光，亦已不存；十七姨便更難議婚，而她自己亦不願委屈，以至於韶華虛度，婚事年復一年地蹉跎下來，每每自吟白居易的詩：「綠窗貧家女，寂寞二十餘。荊釵不值錢，衣上無真珠。幾回人欲聘，臨日又踟躕。」而繼以一聲哀怨的長嘆。

十七姨的心事，李夫人當然知道；但她的心事比胞妹更重，因為除了為十七姨發愁以外，還另有懷抱，憂懼於丈夫會變心；而且眼前還有跡象顯示，同胞骨肉亦可能會成為冤家。

多時以來累積的抑鬱、委屈，在胸次排闔激盪，幾乎到了無法忍受的地步；她擔心不知那一天會突然橫決，搞出一場無法收拾的風波。趁此刻還比較能強自抑制的時候，應該早自為計。

這就非先得跟丈夫談一談不可了；她冷靜地考慮了一會，認為要純從正面著眼，冠冕堂皇地談，才是聰明的辦法。

於是她想了一下，平靜地說：「轉眼間，十七妹就二十五了！我的親人，也就是你的親人；十二、十三境況都不好，你就像十七妹的長兄一樣，她的終身大事，你總不會不放在心上吧？」

「我怎麼會不放在心上。無奈——，」李義山吃力地說：「總也得有人來求親才行啊。」

「你在長安，莫非就不能替她選一個？」李夫人說：「門第、家境都不必講求；那怕是寒士，只要人品過得去就行。」

「寒士而人品過得去的，還自居為奇貨呢，一旦春風得意，曲江宴上，何愁無主？」

這也是實話，李夫人完全能夠了解；韓瞻與李義山便是很明顯的例子。如今娘家家道中落，丈夫亦不得意，債務尚未完全清償，十七姨至今妝奩未備，更那裡談得到資助未來的妹婿？

她沉吟了好一會說：「大家來想法子。至少先得將十七妹的一副妝奩預備起來。一開了年，十三哥會到洛陽來看他岳母；我們好好跟他談一談，看怎麼能湊出一筆錢來，送十七妹出門。」

李義山默然。妻子急於遣嫁十七姨的心情，已昭然若揭。自己的那份妄想，趁早消歇了吧？話雖如此，他卻懷疑自己能不能提得起那把斬斷情絲的慧劍？

「我的意思，」李夫人見他不語，催問著說：「你看怎麼樣？」

「這是正辦。」李義山言不由衷地說：「我自然贊成。」

「不光是贊成，你也要想點辦法才好。」李夫人說：「今年的潤筆還不錯；明年能不能多弄一點。」

「那要看機會。但盼子直早日還朝。」

「怎麼？」李夫人很關心地問：「令狐子直要回京了？」

「有此一說。」

李義山將從李景讓那裡聽來的傳聞，告訴了妻子。李夫人聽得很仔細；也很欣慰。令狐綯如果得勢了，丈夫便有遷擢之望；不但俸錢增加，而且憑藉令狐綯關係，諛墓之金，也會源源而來。這真是新年帶來的一項新機。

正在談著，聽得帷幕上的銀鉤作響；李夫人抬眼看時，十七姨攜著小美，掀帷而入，臉上掛著微笑；原來她自覺剛才失態，及至李夫人特派阿青為她送了燒羊肉去，更感愧歉，所以特意來作一番周旋。

「燒羊肉很不壞。」她問：「姊姊嘗了沒有？」

「還沒有。」李夫人一把拉住小美，一面為她整理鴉鬢，一面說道：「你該去看看李太夫人，謝謝人家惦著妳。」

「反正賀年總要見面的。」十七姨說：「她有一首詩要我步韻，我還沒有動手呢。」

李義山接口說道：「李太夫人親自課子，經書嫻熟，倒不曾聽說她會作詩。」

「詩筆還很清健呢！我念她的那首七律給姊夫聽。」十七姨略想一想，清清朗朗地吟道：「『閒朝向晚出簾櫳，茗宴高亭四望通。遠眺城池山色裡，俯聆絃管水聲中。幽篁映沼新抽翠，芳桂低簷欲吐紅。坐久此中無限興，更憐團扇起清風。』」

「是白描。」李義山點點頭：「第二聯很工，不過『紅』押得不甚妥當。」

「一東的韻，不押『紅』字怎麼辦？而且既有丹桂，押紅字亦無不妥。」

「言之有理。我竟讓你駁倒了。」李義山又說：「你的和作，幾時才會有？」

「快了。還差一聯。」

「和成以後，先睹為快。」

「我今天晚上就作好了它，明天送來，請姊夫潤飾。」

這晚上又下了一夜的雪，第二天雪霽風定，小美拉著阿青在堂後天井中堆雪人。

李義山蕭閒無事，倚著廊柱看愛女玩雪。突然聽得有人在喊：「小美，小美！」聲音發自畫樓；樓窗已開，窗中是十七姨的影子，「十七姨！」小美仰臉問道：「幹嗎？」

「你把我這首詩，拿去給你爹。」

小美玩得正起勁，捨不得走，「十七姨，你丟下來好了。」她高聲答說：「爹在這裡。」

十七姨探身窗外；李義山亦步階去，四目相交，打了個照面；旋即看到她的手往外一揚，半空中飄落一個綵箋信封，正好落在李義山身邊，撿起來一看，封緘甚固，封口之處還畫著一個花押，便知其中另有文章。

「在我手裡了。」他揚一揚信封，「等我好好來看。」

畫樓上的窗戶復又關閉；李義山將信封往衣袖中一塞，從容不迫地回到書齋，關上房門，才拆信封看詩。

那裡是和作的律詩，只是兩首七絕，題作「無人」。第一首是：「午夜長安夢裡驚，無人知我此時情。不如池上鴛鴦鳥，雙宿雙飛過一生。」第二首是：「相逢不語眼相迎，燈下吟哦月下行。行到階前心總怯，無人知我此時情。」原來她是如此朝思暮念，魂夢皆驚地在想念；更使他想不到的是，她曾經有過想以身相就的「微行」。不過不是這一次他回洛陽以後的事，因為到家已在臘月二十日，而且非雪即陰，並無月色。

那麼應該是什麼時候呢？義山玩味詩意，覺得還是妻子懷孕，他獨宿在書齋的時候。

這樣想著，心頭浮起非常強烈的欲望，要跟十七姨共倚熏籠，偎依著細訴別後的相思之苦；在晉昌坊多少個「錦瑟驚絃破夢頻」的輾轉反側之夜，眼睜睜等候窗紙上的曙色，無法入夢的苦惱，不也是「有誰知我此時情」嗎？但是不有離多的苦處，又那裡知道會少的可貴？如今難以為情的是，蓬山咫尺，卻可望而不可即；這是件無論如何不能甘心的事。

轉念到此，他將心一橫，決定這一夜等妻子熟睡以後，偷上蓬山。此念一定，與長夜守候天明的心情，恰恰相反，又巴不得早早天黑。好不容易夜深人靜，妻子鼾聲漸起，而他還睜大著眼在數更鼓時，突然記起元稹的兩句詩：「拚將終夜長開眼，報答平生未展眉」，這是他的悼亡詩，寧願長作夜不閉眼的鰥魚，不復再娶，報答糟糠；王節度的十四小娘子，不也是「自嫁黔婁百事乖」，眉頭從未開展過？這樣想著，不免愧歉，心冷下來了。

然而那面呢？忍令她「午夜長安夢裡驚」而不一謀慰藉之計，於心何安？就這樣不斷地交替自責，一直到破曉時分，方能朦朧睡去。

一覺醒來，便是一年將盡夜了；但卻整日無精打采。到晚來家祭，慎終追遠，想想自己亦是天潢貴冑，但就像杜甫詩中的「王孫」一樣，不由得悲從中來；但一家之主，又是除夕，不便放聲大哭，悄悄地隱入帷幕深處，無聲垂淚。

「爹！」小美在外面大喊：「十三舅來了。」

這是很意外的事，他趕緊抹乾了眼淚，迎了出來；第一句話問：「你怎麼來了？」

「是送內人來的。」王十三答說；「我岳母病重，內人心憂如焚，只好提前送了她來。」

「那麼，舅嫂呢？」

「我先送她回家。她家亂糟糟地，我想還是回來住的好。」

「好極，好極！」李義山的蕭瑟心情，由於至親不速而至，大為消減，「我們一面喝酒，一面細談。」

「好，好！」王十三問道：「十七妹呢？」

李夫人尚未答言；門外有人應聲：「來了。」

十七姨掀簾而入；是打扮了來的，一張杏臉，映著煒煒的紅燭，如朝陽影裡的芍藥，豔光照人。

「十三哥瘦了些。」

「是嗎？」王十三摸著自己的臉說：「我倒不覺得。」

接著，是阿青抱著衮師來看舅舅。王十三也是第一回看到這個小外甥；見面禮是預先備好了來的，一枚「開元通寶」的金錢，方孔上繫著彩色長命縷。王十三說是特為長安西市買的，相傳楊貴妃收安祿山為義子，宮中遍賞「洗兒錢」，即是這種金錢。

「那有這種荒誕不經的話。」李義山笑著問道：「莫非你還是當古玩買來的？」

「可不是。重量照金子的成色折算；另外還加了錢。」說著，親手將金錢繫在衮師的脖子上，抱過來親了好一回。

「娘子。」劉二娘來催請入席：「團圓年飯開出來了。」

飯就開在「畫樓西畔桂堂東」的那座廳中；食案圍成一圈，王十三上坐，李義山在他的西首，對面便是十七姨，兩個人只要一抬頭，視線便無可避免地相接了。

於是一面喝屠蘇酒，一面聽王十三談長安的情形；小青不時攀著王十三的肩頭，問長問短，笑語喧闐，把個除夕點綴得頗不寂寞。

飯罷守歲，少不得找點娛樂；彈棋、雙陸、長行都要點技巧，不是人人會玩，而且技巧若非旗鼓相當，玩來也不能盡興。十七姨便說：「玩選格吧！」

「好！」李夫人接口附和：「卜卜大家明年的運氣。」

當下，取來了畫滿入仕出身、文武官職的選格；十七姨又特為取來一副特製的骰子，是拿一小塊象牙先剖去一面，鏤空了藏入一粒紅豆，然後將剖下來的一面嵌上去，復成六面。骰點當然亦是鑿空的，一擲出去，六面皆紅；不比普通的骰子，只有四點由於唐玄宗的「賜緋」而為紅色。這副骰子一共四粒，是十七姨幼年，一位宰相夫人所賜的玩物，在她手裡保存了二十年了。

一起手就數李義山的出身最好，進士出身復又制科及第，授職秘書省校書郎，外轉縣尉，復入臺省，很快地升為員外郎，外放刺史，內轉右行郎中知制誥；復又外放為觀察使，再入朝便是宰相，兼領節度使封郡公，然後大賀榮歸，優遊林下。

「恭喜，恭喜！」十七姨說：「姊夫明年一定升官。」

「官在選格上做完了。」李義山自嘲著，「真是南柯一夢。」

這樣玩到三更時分，李夫人打個呵欠說：「明天有許多事要料理，我不陪你們玩了。」

「喔，」李義山問：「十三哥今晚宿在那裡？」

「就在這裡。」李夫人說：「你們再喝喝酒談談天吧！」

「對！」十七姨說：「你陪十三哥守歲吧！我也倦了。」

於是，重新置酒，郎舅倆把杯談心；李義山問起令狐綯，是不是有內調的消息？

「有此一說。」王十三點點頭，「聽說白相公力薦；援引子直入朝的作用，是一起來收拾李衛公。」

李德裕曾薦白敏中，待令狐綯亦很不薄，如今竟欲聯手來「收拾」舉主，這在李義山覺得是件不可思議之事。

「舉主不過薦舉而已；用不用在皇帝。」王十三說道：「你倒想，如果皇帝與舉主不合，你會站在那一邊？」

李義山恍然大悟，當今皇帝深惡李德裕，白敏中與令狐綯為了固寵希位，逢迎皇帝，就不惜恩將仇報了。

「李衛公的厄運，方興未艾；不過，有些事，也是他咎由自取。如今吳湘的案子在翻了，後果不測。」

「吳湘的案子，我不太清楚，不過他的伯父吳武陵，我見過幾回，看上去倒像是英雄豪傑之士。」

「何以見得？」

「只看他薦杜牧之一事好了。」

吳武陵是江西信州人，賦性強悍，好出奇計，又善於識人，所以一成進士，便有重名。有一年禮部侍郎崔郾，到洛陽去主持考試，達官朝士在曲江公宴，為他餞行；吳武陵最後才到，一進來便向崔郾說道：「閣下為天子求奇材，鄙人舉薦一士，當否憑公斷。」

接著吳武陵從大袖中抽出一個手卷是杜牧所作的〈阿房宮賦〉，大聲念了起來；這篇賦本就寫得很出色，加上吳武陵音吐洪亮，就文中氣勢，抑揚頓挫地表達得曲盡其妙，滿座賓客盡皆神往，彷彿秦始皇三十五年所建，前殿東西五百步，南北五十丈，上可以坐萬人，下可以建五丈旗，崇簷傑閣，複道連綿，自渭南連接咸陽的那座阿房宮就在眼前。

到得念完，吳武陵將手卷遞了給崔郾說：「杜牧今年赴東都應試，請崔公以第一人處之，如何？」

「第一，已得其人。」

「那麼，第二？」

「也有了。」

不得已再求其次，吳武陵說：「那就第三吧！」

崔郾仍有難色，吳武陵一再委屈；問到第五，仍未見許，不由得發怒了。

「不行的話，你把手卷還給我！」

「敬如教。」

手卷雖還了給吳武陵，但「知兩都貢舉」的崔郾，還是設法安排，將杜牧取中了第五名進士。

李義山聽杜牧談過這件事。對吳武陵頗有知己之感，因而亦很仰慕吳武陵。但王十三認為其人不足取，當韶州刺史時，贓私累累，李德裕當政時，貶斥過他。

「不過，李衛公因為討厭吳武陵，又遷怒到他姪子，這就未免太過分了。」

吳武陵的姪子便是吳湘。會昌五年，淮南節度使李紳，奏報朝廷，說江都縣令吳湘盜用公款，強娶百姓顏悅之女，其罪當死。但亦有人說，吳湘是冤枉的；因而特遣監察御史崔元藻、李稠到揚州複查。崔、李二人回京覆奏：吳湘盜用公款屬實；顏悅是浙江衢州人，吳湘並非強娶部民之女。盜用公款，並無死罪。只是李德裕因為吳湘是吳武陵的姪子，先有個「必非善類」的成見；其次，他跟李紳的交情很深，覺得應該支持他。因而運用宰相的權力，批准李紳所奏，准將吳湘處死。而且禍連崔元藻、李稠，皆貶為司戶——一州管戶籍的小官。

這確是個冤獄，在李德裕當政時，吳湘的家屬不敢訟冤；如今時異勢遷，吳湘的胞兄吳汝納上奏：「臣弟湘罪不至死，李紳與李德裕相表裡，欺罔武宗，枉殺臣弟，乞召江州司戶崔元藻等對辯。」

皇帝已經准奏，敕御史臺徹查奏聞。

「糟了！」李義山為之嘆息：「李衛公又要貶官了。」

「他自己也知道，就是沒有這一案，也不會有好日子過。」

接著，王十三為李義山念了一首李德裕的近作：「十年紫殿掌洪鈞，出入三朝一品身。文帝寵深陪雉尾，武皇恩重燕龍津。黑山永破和親虜，烏嶺全坑跋扈臣。自是功高照盡處，禍來名滅不由人。」

這首詩的故事，李義山無不明白，第一句是李德裕自言文宗太和、武宗會昌兩番拜相，前後約計十年；三朝則併當今皇帝而言。雉尾是皇帝所到之處，必有的雉尾扇；龍津即興慶宮中的龍池，李白賦〈清平調〉的沉香亭，即在池北，武宗常賜宴李德裕於此。

第二聯為李德裕自敘武功，先是命將大破回鶻於殺胡山，亦就是黑山，迎歸和親的太和公主。到會昌三年，昭義節度使劉從諫病歿，其姪劉稹稱兵作亂，劉氏三世跋扈，李德裕毅然發兵征討，重用破回鶻立下大功的晉絳行營節度使石雄，引兵越翼城縣的烏嶺，大破劉稹部將，下一年八月大功告成，劉稹宗族，連襁褓中的嬰兒皆不放過，又殺劉氏親信十二家，此即是「烏嶺全坑跋扈臣」。結句自嘆功高震主，一生已臨盡頭：「禍來名滅不由人。」李義山感嘆不絕，惻惻然地停杯不飲。

王十三也有些倦了，打個呵欠說：「義山，你請回吧！」

「好！你也該安置了。」李義山又說：「令岳母不知道怎麼樣了？」

「病入膏肓，危在旦夕。應該會有人通知。」

「不！」王十三說：「我關照了內人的，如有凶信，不必來報；除夕歲首，來個報喪的，太不吉利。」

「既是至親，也無所謂。你儘管安心休息，明天一早我派人去打聽消息。」

說完辭出，沿著兩廊往東走。這夜雖無月色，但雪光照映，四周的景象，仍能看得相當清楚；彷佛望見前面有條影子，深夜何以有人？他以為自己眼花了，正在疑惑著，發現那條影子在移動，真的是有人。

走近了才看明白，竟是十七姨；「你——。」他剛說得一個字，一隻冰冷的手已掩住了他的嘴。

李義山自然明白，出聲會驚醒夢中的妻子，所以默默地任憑她牽引著，悄無聲息地上了畫樓。

燈下相對，四目泫然；彼此都有千言萬語，卻都梗在喉頭，隻字不出，終於還是李義山先擠出來一句話：「你的手好冷。」

「我在那裡站了有一個更次了！」十七姨答說：「我在想，今天這個機會如果錯過，只怕再沒有跟你在一起的時候。」說著，拉著他到熏籠旁邊，一起坐了下來。

「上次畏之來，說沒有見著你；你姊姊的信，又不是你代筆，我好放心不下。那時候你到那裡去了？」

「我到天女寺去住了一陣子。」

天女寺在崇讓坊以東的賜福坊；貞觀年間建有一座景福寺，後為武則天改名天女寺，是一座尼寺。

「那時候我心境很壞，真想在天女寺削髮出家；住持不肯，通知十四姊，把我勸了回來，才知道畏之來過了。」

「喔，」李義山遲疑了一會，將他那句一直在想的話問了出來：「他跟我說，『人言可畏！』這話是怎麼來的呢？」

「自然是姊姊告訴他的。」

「告訴他什麼？」李義山問：「是你跟我的事？」

「說不定還是畏之告訴她的。」

「這話，我就不懂了。畏之又怎麼會知道你我的事？」

「都是那首牡丹詩。」十七姨說：「你剛剛寄詩來的時候，姊姊問我，『朝雲』指誰？我說我不懂這個典故。等我從天女寺回來，姊姊跟我說：『那首牡丹詩是寫你不是？』我說：『明明是牡丹詩，怎麼會是寫我呢？』她才告訴我，是畏之看出來的，朝雲是指我。後來紫雲又跟我說，姊姊把她找了去，盤問了好些話；紫雲當然不肯說實話，不過，我相信姊姊一定知道我們的事了。在你回來以前，她跟我說：『外面閒言閒語很難聽，你要顧到義山的前程。』」

「那麼，你怎麼說呢？」

「我說，我不過愛姊夫的才氣；她馬上接了一句：但願你僅止於愛才。」十七姨突然撲倒在李義山肩頭，抱頸嗚咽：「姊夫，姊夫！我該怎麼辦？」

李義山心亂如麻，好久，才吃力地說：「我本來有個想法，想想行不通——。」

「你說，」十七姨迫不及待地追問：「你說，你怎麼想？」

「我是想到舜的故事。」

「姊姊肯嗎？」十七姨說：「只要她肯，我不爭名分。」

這句話引起了李義山的無限憐愛，緊緊抱住她說：「如果她肯，我當然也不肯讓你委屈；不會有什麼嫡庶之分。不過，看樣子，我要開口，也是自討沒趣。還有一個辦法，那可真是要讓你委屈了。」

「你說出來商量。」

「我想在長安找一處隱密地方，把你安頓在那裡。」

一聽這話，十七姨倏然張大了眼，如一泓澄澈的秋水中，忽然冒出兩個漩渦，急速地旋轉著；顯然地，他的這個念頭，是她從未想到過的。

慢慢地眼神變為平靜了，但也更深沉了；「以後呢？」她說：「姊姊遲早會知道的。」

「等她知道，生米已經煮成熟飯了。」

十七姨那雙眼睛，靈活多變，忽然又亂眨著，黑而長的睫毛，不斷交觸，是極其用心在思索的神氣。

「你說得不錯，生米煮成熟飯，總不能傾棄，只有吃下肚去。」她說：「你只要有決心這麼辦，下一步我自己來。」

「你預備怎麼辦？」

「我要先告訴你怎麼辦。你對姊姊應該一切照常，該什麼時候回來看她，什麼時候回來；家用更不能少。總之，你要記住一點，你對她的情分，一點兒沒有少，一點兒沒有變，甚至要顯得更尊重她。你懂我的意思不？」

「我懂！」李義山點點頭，「你往下說好了。」

「紙裡包不住火，她很快會知道我們的事，找上門來。那時候，我自己來跟她說。」

這在李義山是求之不得的事，毫不遲疑地答道：「你能這樣，我還有什麼話說？」他想了一下又說：「不過，她也許不會直接來找你；先跟十二、十三去哭訴，那怎麼辦？」

「十二、十三，一直沒有管我；他們能說什麼？」

老父見背，嫁妹是兄長的事，而至今妝奩未備，對十七姨的終身大事，彷彿置諸腦後了。既然如此，他們還有什麼資格來責備或干預她。

「我跟你說了吧，在十二、十三，都會贊成我這麼辦。因為，這一來，他們就不必為我操心了。」

「啊，啊！」李義山更覺得自己的打算高明，「準定這麼辦。」

「不過，」十七姨解開她的錦襦，裹住了李義山，輕聲說道：「你要維持兩個門戶，會不會覺得太苦？」

「雖苦亦樂。」李義山掙扎著，「這樣不舒服，等我把袍子脫下來。」

「不要！就這樣溫存一會兒好了。」十七姨說：「生米還沒有煮成熟飯，小心姊姊會連飯鍋都把你掀掉。」

「這話也是。我早點走吧！」

就這時一聲爆竹，已有人在迎新了；「你走吧！」十七姨說：「姊姊快起來了。」

李義山摟著她，長長地一吻，然後扶著熏籠起身，「赤兔已逝，黃龍在位；『龍欲上天，五蛇為輔』。」他說：「我這條烏蛇，今年應該有升騰的機會。」

大中元年丁卯，是兔年；如今已是戊辰龍年。南方丙丁火色紅；中央戊己土色黃，故有赤兔、黃龍之喻。以下引《史記》中語的「龍欲上天」之龍，指令狐綯；而「烏蛇」是李義山自謂；他生在憲宗元和八年癸巳，巳為蛇，癸則北方壬癸水，色黑。令狐綯如能入相，他當然可望升騰。這些隱喻，十七姨不盡理解，但亦沒有工夫細問；不過最後一句話充滿了自信，是她聽得出來，而且深感安慰的。

悄然回到雙棲的「鬱金堂」，恰逢兒啼，李夫人正在哺乳阿袞；里巷中爆竹漸熾，夾雜著寺院鐘聲，數一數四更天了。

「你們談得這麼久！」她問：「談些什麼？」

「談長安的新聞。」李義山說：「子直入朝，已成定局。」

「談了十七的婚事沒有？」

「沒有。」李義山答說：「他不談，我不便先提；一提，倒像我們在嫌十七似地。」

「是十七的終身大事，不能因為要避嫌疑就不談。」

「要談，也有的是工夫；十三總要過了他岳母的喪事才會走。」

「怎麼？」李夫人問：「他岳母去世了？他是那裡得來的消息？」

「他是猜想。」李義山對王十三叮囑他妻子，歲尾年頭，不要上門報喪的話，告訴了她，接著關照：「等天亮了，你派人去打聽打聽消息。」

「你不是要給李公去拜年，順便也到孫家去一趟好了；也是至親應有之禮。」

「好！」李義山捏一捏阿袞的小臉說：「子好不嫌多。我希望你今年再生一個。」

「子好無須多。」李夫人答道：「一男一女一盆花；我是打算把阿袞跟小美好好養大，不想再生了。」

「只怕由不得你。」他撫弄著妻子豐腴的乳房，「我一定要再生一個。」

果然，王十三的岳母，在除夕二更時分下世。王十三的岳家姓孫，是武將世家；但門祚衰薄，王十三只得一個內弟，年方弱冠，少不更事，喪事便只好由王十三來主持，忙了十天，才能告一段落。

於是，王十三攜著他的妻子，移住到妹婿家，預備月底以前，與李義山結伴回京。這天是上元，看燈以外，還有一樣娛樂，便是「迎紫姑神」；相傳山東萊陽有一女子，姓何名媚，字麗娘，嫁到山西壽陽，為一個李景的人作妾；不容於大婦，家務中掃廁、掏陰溝之類，一切汙穢辛苦的勞役，都責成麗娘去做。由於不堪虐待，一年正月十五，自盡而死；死後顯靈，稱之為紫姑，因為麗娘好穿紫衣之故。

迎紫姑風俗，不知如何形成；各地亦有儀式的不同，最常見的一種是，在豬欄邊設酒果香燭，然後這樣祝告：「子胥不在，曹姑回了娘家；小姑出來玩玩吧！」

子胥便是李景，曹姑則是大婦。因非如此祝告，紫姑不敢顯靈的。

祝告既畢，身入豬欄，提起一頭豬，慢慢覺得豬身比初提時重了，便是紫姑已經附體。此時將豬放了下來，讓牠吃果子，也喝甜酒；等豬有了醉意，亂蹦亂跳時，便可以禱祝卜休咎了。

迎紫姑神是婦女的事，所以占卜亦都是閨閣瑣屑，當然亦可問麻桑莊稼。王十三娘子對這件事興趣最大，特地從她娘家抱了一頭白毛小豬來；李家沒有豬欄，便在桂堂東面那座廳中設祭。

不過一家之主是李夫人，所以由她祝告；劉二娘去提豬，提得久了，雙臂發痠，自然覺得豬身較前為重；「來了，來了！」她將豬放了下來，阿青便將一缽甜湯，倒在和著肉羹的米飯中，那頭白毛小豬已餓了一下午，此時盛饌當前，唏哩呼嚕，吃得不亦樂乎。

吃完了，意猶未足，徘徊瞻顧，彷彿還在覓食；突然之間，酒力發作，一下子衝向小美，嚇得她大叫：「媽，媽！」趕緊躲到她母親身後；劉二娘及時攔住了小豬。

「這不行！」十七姨說，「要想法子把牠圈起來！不然牠發了酒瘋，會搞得天下大亂。」

於是取來幾塊裁製衣服用的案板，再拿胡床攔住，隔成豬欄，將小豬放在裡面。「十四妹！」王十三娘子說：「該你當先。」

李夫人點點頭，在「豬欄」外面跪了下來，雙手合十，默默祝禱已畢。站起來看時，那頭原來靜止不動的豬，忽又大跳特跳。

「恭喜，恭喜！紫姑神已許了你了。」王十三娘子問道：「你祈禱的是什麼？」

「喏，」李夫人指著十七姨說：「是她的事。」

「這就奇了。」十七姨笑道：「我的事，我自己不會祈禱？再說，你又怎麼知道我要祈禱什麼？」

李夫人不答，只向王十三娘子說：「你來吧！」

「好！」王十三娘子說：「我是為我自己的事。」

她不是默禱，很清楚地說了出來，一願王十三升官；二願她的娘家胞弟用功上進，科舉得意；三願今年生個女兒。

禱畢一事，停下來看豬的反應。前二事跳踉如故；最後一事禱畢，那頭豬大概是氣力不濟了，身子一橫，臥倒在地。

據說「好則大，惡便仰眠」，這一臥倒下來，是不許的表示，「你今年要生，還是兒子。」李夫人笑道：「生女兒要等明年了。」

「那也沒有法子，只好等。」王十三娘子說：「十七妹，該你了。」

「我有兩個心願。」說著，十七姨盈盈下拜。

但她的兩個心願是什麼？卻沒有人知道；因為她也是默禱。不幸地，那頭豬醉了，也跳倦了，呼呼大睡，變成「惡便仰眠」，十七姨的第一個心願，似乎落空了。

「這樣不行！」與李義山在一旁把杯看熱鬧的王十三說，「得把豬弄醒來。」

於是劉二娘與阿青上前去推豬，無奈「咕嚕，咕嚕」地，醉豬只是抗議，卻不睜眼，李義山不由得好笑。

「有個法子。」他拉住女兒問道：「你膽子夠不夠大？」

「夠大。」

「好！你拿一枚爆竹，點燃藥線，擱在豬耳朵裡，看牠醒不醒？」

聽他這一說，大家都笑了，但小美卻笑著退縮，「喔，喔，」她連連搖手，「我不敢，我不敢！」

「我來！」

阿青自告奮勇，取一枚爆竹，多留藥線；在燭火上點燃，輕輕地往醉豬的大耳中放下；小美趕緊掩住雙耳，緊張地注視著，但聽砰然一聲大響，那頭豬噭然一聲，爬了起來，繞欄亂轉。惹起哄堂大笑。

「算了！」十七姨說：「把紫姑神惹惱了，卜占怎麼會靈？」

「義山，」王十三說：「我記得你作過一首紫姑神的詩；畏之念給我聽過，記不得了。」

「那是在永樂的時候。」李義山念道：「『月色燈光滿帝都，香身寶輦隘通衢。身閒不睹中興盛，羞逐鄉人賽紫姑。』」

「那時候是守制，所以說『身閒』，如今不是了；欲睹中興之盛，應該早日回京，子直也快回朝了，你應該先去等他。」

「是的。」李義山別有打算──急於為十七姨安排香巢，也覺得應該早回長安，「挑個宜於長行的日子，我們早點走吧。」

於是取來一本曆書，選定正月廿一日，是個宜於西行的黃道吉日，相偕長行。

終於找到一個兄妹單獨相處，可共肺腑的機會。這天李義山訪友辭行，王十三娘子回娘家話別；十七姨帶著小美到樂和李家作客去了。家中只剩下李夫人跟王十三。

「十三哥，有件事，我早想跟你談了。十七妹不小了，總該有個歸宿吧？」

如果在年前談及此事，王十三只有慚愧；但此刻卻是慚愧少而興奮多，他說：「這一層，你不跟我談，我也要跟你談。她的大事，我何嘗置諸腦後？我跟十三哥也商量過，高不成，低不就，怪來怪去，境況不好，沒有一個像樣的妝奩來陪嫁。如今有個意外的機緣，我想你嫂子一定也會同意。」

「跟十三嫂有什麼關係？」

「是這樣的，岳母臨終前有遺命，送我一塊附郭良田，大概有六七十畝，我想割出一半，交給你來替十七妹辦一副嫁妝。」

「喔，」李夫人明白了，「不錯，這要十三嫂諒解；她很賢慧，我想不會吝惜的。不過，你說交給我，只怕我沒法子處置。」

「田在洛陽，我人在長安，只有交給你就近處理。」王十三又說：「今天晚上我跟你嫂子說妥當了，拿契紙交給你，你去找買主。如果分割不便，全數脫手也可以，價款一人一半。」

李夫人考慮了一會，點點頭說：「我同劉二娘來商量，她認識牙行經紀。不過，光有嫁妝也不行啊！」

「你有沒有適當的人？」

「樂和李公的太夫人，倒似乎有替她作媒的意思；不過，最好是早早辦了這件大事。」李夫人終於忍不住又加了一句：「夜長夢多。」

「這——，」王十三搖搖頭，「我不明白你的意思？」

「莫非——，莫非畏之沒有跟你談過？」

「沒有啊？談什麼？」

李夫人先不作聲，是用行動作答覆，打開她的首飾箱；內分上下兩格，下一格中有好些文件，她檢出李義山的一封信，遞了給王十三。這時才開口說了一句：「你看那首詩。」

「『錦幃初卷衛夫人』。」王十三念完了，連連點頭：「這首詩牡丹詩，最能顯義山的才氣。好極了！」

「好是好。你沒有看出詩裡面藏著些什麼？」

王十三便又念了一遍，想了一下，「要說什麼言外之意，就是『欲書花片寄朝雲』了。」他問：「這是指十七妹嗎？」

「除了她還有誰？」

「這也沒有什麼。十七妹一向欣賞他的才氣，一個人做了一件得意的事，總想先跟知己去談，尤其是文字知己，刻骨銘心。他不會跟你談，因為你不懂。」

這後面的兩句話，發生了意外的作用；李夫人對丈夫與胞妹的那段情，一直覺得不可恕，此時平心靜氣想一想，一個愛才，一個作了好詩，跟妻子無可談，難得小姨是解人，談得投機了，情愫漸生，終於有了肌膚之親，實在也是情有可原的事。

「唉！」李夫人幽幽地嘆口氣，「他們是刻骨銘心，我又怎麼辦呢？」

「什麼？」王十三大吃一驚，「義山跟十七妹做了——，做了對不起你的事？」

「對。」

「你撞破了？」

「我就明知道，也不會去撞破他們。」

「那麼是阿青她們發覺了告訴你的？」

「阿青也沒有見過，不過，義山在我懷阿袞的那幾個月，常常半夜裡失蹤，很晚才回來。不能不讓我疑心。」李夫人停了一下，終於提到韓瞻。

李夫人說：「去年畏之來了，我拿這首詩給他看；他看得比你深，他說：『這首詩描寫牡丹，亦是描寫朝雲。』問我義山有沒有外遇？我說：『他在長安有沒有外遇，要問你；在洛陽沒有。』他又問：『那末，朝雲指誰呢？』我說：『你想呢？』他想了好一會說：『沒有外遇，莫非有內遇？』我就把我發現的情形都告訴了他。畏之也明白了。」

「不過，這——這畢竟只是你跟畏之的推測。」

「不！我後來問她了，她雖沒有公開承認，不過，她默認了。」李夫人接著又說：「一個是丈夫，一個是胞妹；我不會冤枉他們的。」

這回是王十三嘆氣了，「我真沒有想到有這樣的事！」他雙眉緊鎖地沉吟了好一會說：「如今真是得趕緊替她覓個歸宿了。我們分頭辦事，你替她預備嫁妝；人，我來物色。」

「好！」李夫人欣慰地，「我的心事，總算有著落了。」

李義山回到長安的第三天，方始回秘書省銷假；從同事口中得知好些新聞。

第一件是御史臺奉旨復查吳汝納為弟吳湘訟冤一案，行文江州召司戶崔元藻到京，問到當年查案覆奏的經過，崔元藻據實回答，並且具了切結，如所言不實，情甘領罪。御史臺回奏，吳汝納所訟屬實，吳湘罪不至死。

這便表示李德裕是枉殺；白敏中在延英殿面奏，李德裕應該貶官為管理一州軍政的司馬。再查天下各州司馬的缺額，一共有五個州，開列州名，奏請御裁。皇帝在「潮州」二字上，打了個勾。

中書門下宣旨後，都為李德裕擔心。此一貶恐不能生還，因為那是炎方煙瘴之地。憲宗元和十四年，皇帝遣太監奉迎佛骨到京，新升刑部侍郎的韓愈上表奏諫，大意說，自黃帝以至禹、湯、文、武皆享上壽，而百姓安樂，彼時，並未有佛；到漢明帝時，始有佛法，但以後亂亡相繼，運祚不長。及至南北朝時，南朝宋齊梁陳，無不事佛唯謹，但年代反較以前短，只有梁武帝蕭道成在位四十八年，那知到頭來，為侯景逼迫，竟至餓死在臺城，供佛求福，反倒得禍。由此可見，佛不可言。老百姓知識淺薄，見事不明，難以開導；如果皇帝亦復如此，老百姓一定會說：「天子猶一心敬佛；老百姓微賤，豈可更惜身命？佛豈不可信，何況久已枯朽的佛骨，豈可迎入宮禁。最後請求，乞以佛骨付有司，投諸水火，永絕根本，斷天下之疑。佛如有靈，能作禍福，凡有殃咎，宜加臣身。」

憲宗方在盛年，好神仙，求長生，喜服金石藥，性情急躁易怒，召見宰相晉國公裴度，說是：「鳳翔法門寺，內有護國真身塔，塔藏釋迦牟尼佛指骨一節，相傳三十年一開，開則歲豐人安，所以遣中使迎入禁中。此是為天下百姓，不是為我一個人；韓愈竟拿我跟餓死臺城的梁武帝來相比，悖逆之極，非殺不可！」

「陛下請息雷霆之怒。韓愈雖狂，發於忠懇；請賜寬容，以開言路。」

再三求情，為韓愈貸得一死；貶官潮州刺史，風雪出長安，取道襄樊南下，行到藍關地方，他的姪孫韓湘，遠道趕來相會，韓愈作詩相示：「一封朝奏九重天，夕貶潮陽路八千。欲為聖明除弊事，豈將衰朽計殘年？雲橫秦嶺家何在？雪擁藍關馬不前。知汝遠來應有意，好收吾骨瘴江邊。」

因此，李德裕被貶往長安八千里外的潮州，大家想到韓愈的詩句，都為他耽憂，只怕不免「收骨瘴江」之厄。但卻沒有人敢為他求情。惟一的例外是右補闕丁柔立。

此人在李德裕當政時，曾經被薦，說他賦性清直，可任諫官。李德裕沒有用他；及至宣宗即位，擢用他為右補闕。補闕為諫官，有左右之分，左補闕屬門下省；右補闕屬中書省，掌供奉諷諫，有駁正詔書之權；此時他為李德裕辯護，認為贓有數種，利害關係不同，當初江都令吳湘，盜用的是「程糧錢」；官吏以公事遠行，計程給糧，如因吳湘盜用了程糧錢，官員設有緊急公務，經過江都，無法及時領錢，行程延誤，關係不輕。所以李德裕據淮南節度使李紳奏請，處吳湘之死，衡情執法，並不過當。

此奏一上，皇帝大不以為然，以阿附李德裕的罪名，貶官為南陽縣尉。丁柔立並非李德裕所引進，說他阿附，自難令人心服；李義山亦認識丁柔立，不以為他是甚麼了不起的人物，此時不覺肅然起敬，所以也參加了為他餞行的公宴。

宴席設在曲江，勝流雲集，李義山遇到了溫庭筠與他的胞弟溫庭皓；談起來知道去年新成進士的溫庭皓，受山南東道節度使之聘，即將舉家遷往襄陽，李義山不由得心中一動。找個空隙，他將溫庭筠拉到一邊，悄悄問道：「令弟攜家遠行，不知道原來的住宅，作何處置？」

「聽說想出讓。」溫庭筠問：「你問它幹甚麼？」

「令弟府上我去過，幽靜宜人，我很中意，不過，置產我還沒有力量，不知道能不能賃給我住？」

「這好商量，我也不主張他出讓，畢竟在京裡有個根基，進退之際，方便得多。」溫庭筠又問：「你是不是要接眷。」

「不是。我只是想從晉昌坊搬出來。」

「為甚麼？子直快到京了，親近猶恐不及，你怎麼反倒自我疏遠。」

「正因為子直快到京了，我怕他從人多，房子不夠住，不如自己知趣，趁早遷讓。」

溫庭筠不會想得到，他是言不由衷的話，很懇切地說：「我勸你不必。你們是通家之好；他就是房子不夠住，也不會要你遷讓。」

「話是不錯，寄人籬下，種種不便，我也是久已想搬出來了。」

「好吧！你如果已經打定主意，我來跟舍弟說。」

「什麼時候可以聽回音。」

溫庭筠想了一下，突然問道：「牧之的新命下來了，你知道不知道？」

「還不知道。」李義山問說：「是接子直的手？」

「不錯。不過他一時還不能赴任。」溫庭筠說：「我們應該賀他一賀；我去安排好了通知你，到那天見面，舍弟如何說法，就可以給你回音了。」

「好！」李義山問：「牧之為什麼一時還不能赴任？」

「他奉詔為韋文明撰碑文，要等事了才能走。」

韋文明單名丹，京兆萬年人；「城南韋杜，去天尺五」，本是世家子弟，但以早孤之故，為他的外祖父顏真卿所撫養。教他讀書成名後，居官頗有賢聲；尤其是最後在江南西道觀察使任內，惠政極多。

他的後任裴誼，曾經上表，請為韋丹立祠，刻石紀功，那是元和年間的事，憲宗正惑於方士神仙，對政事不甚在意，對裴誼的表奏，竟置諸不問。

有一天當今皇帝看「元和實錄」，發現了這件事，便召右僕射周墀問道：「元和年間，天下循吏，誰為第一？」

周墀答奏：「韋丹第一。臣守江西時，韋丹歿已四十年；八州老幼，仍舊思念不絕。」

「既然如此，應如裴誼所奏，為韋丹立功德碑。」皇帝又問：「此是史館修撰之職否？」

「是。」

史館修撰是杜牧，碑文該由他撰；但另有詔旨，命江西觀察使採訪韋丹當年的治績，詳細奏報。這一來，杜牧便不能不等待了。

來到為杜牧置酒相賀的那一天，溫庭筠便帶來了好消息，溫庭皓自願將他的京寓，借給李義山住，不須任何報酬，但有約法兩章，第一是，溫庭皓如果回京，須先期遷讓；第二是，他的房子頗有花木，而且還養著一隻孔雀，無法帶到襄陽，要請李義山細心照看。

「不勞囑咐，盡如所命。」李義山欣然承諾。

「舍弟預定十天以後啟程；孔雀不能一日斷糧，所以你得早早準備遷居。」

「是，是！我今天就跟居停去說。」

居停便是田二姨，義山遣小廝到中門上傳話，說有事請見；田二姨即時遣侍兒來請，領入中門，經迴廊進了後園，田二姨在一座敞軒中接見，軒前是一座花圃，李花開得正盛，不由得讓他駐足了。

「李郎！」

一聲輕喚，正是田二姨含笑在階上招呼；李義山急忙趨前數步，整袖長揖。「少禮！請進來待茶。」

等將李義山延入客位，田二姨在下方端坐，雙手出袖，按在膝上，徐徐叩問：「想來李郎有事吩咐。」

「不敢！」李義山莊容答說：「久蒙照拂，今天特為來道謝。」

語出突兀，田二姨不知如何回答，只答一個：「哦！」靜待他說下去。

「今天一則道謝；二則告辭。我打算從府上遷出去——。」

「怎麼？」田二姨不等他話完，便搶著問道：「是怎麼住得不舒服？是那裡怠慢了？」

「不是，不是！」李義山急急搖手，「我有個朋友，到襄陽去作幕友，舉家南遷，京中的寓所，託我替他照看。」

「原來如此。」田二姨問道：「這樣說來，先要到洛陽去接眷。」

「不，內人仍舊住洛陽。」

「那麼是李郎一個人搬了去住。」

「是。」

「一個人照看得來嗎？你只有一個奚僮，主僕二人，要自己開伙，又要替人照看房子，怎麼忙得過來？」

「這！」李義山答說：「打算在洛陽調一個僮兒過來。」

「到底不便，而且自立門戶，開門七件事，樣樣花錢；有家眷在，猶有可說，單身一個人，就太不划算了。李郎，我看你一動不如一靜。」田二姨說：「在這裡樣樣方便；如果那裡還有不足，譬如房子太小，我請孫主事另外替你想法子。」

「多謝盛意，實在是朋友有此需要，不能推卻。再說，子直要還朝了，安置從屬，房子只怕也不夠住。」

「不，不！恰好相反。」田二姨指著東面說，「那邊有座空宅，我已經託孫主事去談，打算買了下來，打通聯成一氣。房子是更多，更寬敞了，你不妨另挑一處住。」

「謝謝，謝謝！」李義山俯首說道：「事成定局，辜負二姨的盛意，慚感交併，歉疚無似。」

「既然如此，我亦不便強留。」田二姨問，「預備那一天搬？」

「大概十天以後。」

「新居要布置吧？」

「沒有什麼要布置的。動用器具，皆屬現成，搬進去就住。」

「那也罷了。如果要添什麼，請告訴我，我叫人替你預備。」

「是！」李義山換個話題：「子直那天可以到京？」

「已經在路上了。照他信中說，大概還有半個月就可以到京。」田二姨緊接著又說：「你們是兄弟，他這趟回來，只怕仰仗你的地方還很多。」

「言重，言重！倒是我要請子直提攜。」

田二姨點點頭不作聲；沉默了一會，微喟著說：「說起來，你也實在太委屈了，至今還是個九品官。」

「那裡，那裡！」李義山連連遜謝，然後再次道了這兩年來多蒙居停照拂的盛意，方始告辭。

田二姨獨坐思量，越想越疑惑，李義山既非接眷，何必自立門戶；而且遷居之地，在長安西南隅，離秘書省甚遠，入值不便，他又何以要自招麻煩呢？

想來想去想到一件事，有一回令狐滈找了幾個朋友到家來彈棋飲酒，有溫庭筠，有孫覽，酒到半酣，評論人物，孫覽批評李義山「獺祭成章，故弄玄虛」，言語未免過分；溫庭筠大為不平，指著孫覽的鼻子說：「你倒去獺祭，獺祭看！只怕你連李義山看些什麼書都不知道；就知道了，你也不知道從何『祭』起？你，你給李義山當書僮都不配。」

這是傭僕來告訴她的話，真相如何，難以斷言。但自從令狐綯有還朝入相之說以後，孫覽隱隱然有令狐綯一旦知制誥，便少不得他這麼一個幕後人物的神態，她卻是經驗了不止一回。

莫非是為了孫覽排斥，惱恨而去？她這樣在想，便越為李義山委屈，也越覺得有挽回的必要。

於是她將管家找了來問說：「李郎要搬出去了，你知道不知道？」

「知道，」管家答說：「是搬到溫十八郎那裡。」

「地方在那裡，你知道不知道？」

「這只要一打聽就知道了。」

「好！你馬上去打聽；打聽明白了，你親自去看一看，動用什物有什麼缺少的，你到西市買齊了送去。」

那管家奉命唯謹，等李義山遷到新居，一看多了好些既非他自有，亦非溫庭皓的遺留。一問才知道是田二姨的饋贈；不獨如此，還聽說田二姨親自來看了一遍，囑咐補植花草，為孔雀造個新窩。這份盛情，就越發可感了；因而又到中門請見了一次，面致謝意。

遷居既定，要辦的第一件大事，便是通知十七姨。但他始終不知如何才能將信息送達；更不知道應該如何才能穩穩當當地安排十七姨由洛陽私奔長安？

就在這躊躇為難之際，令狐綯已回長安了。

李義山是在他回到長安的第三天，才得到消息；下值後策騎相訪，但見車馬紛紛，賓客盈門，孫覽和張守林奔進奔出，興頭得很；見了李義山，淡淡地招呼了一下，立即又忙著去趨迎奔走了。守候了一會，看令狐綯一時沒有工夫接見他；而且估量著就接見了，也不會多談，不如暫且歸去，改日再來。

「管家，」他向令狐家的總管張元說：「八郎很忙，我改天再來吧。」

「十六郎請稍安。」張元答說：「八郎昨天還問起，他也很懷念十六郎的；客人散一散，好好兒敘一敘。」

聽得這麼說，李義山只好稍安勿躁。果然，黃昏客散，張元入內通報，令狐綯即時延見，執手相詢，情意頗為殷勤。

彼此敘了些別後景況，正談得興濃時，門上傳進來一通短簡；門上說道：「來人說，白相公交代：沒有約別人，專候八郎的駕；請早早過去，喝酒閒談。」

聽說是白敏中邀宴，李義山便即起身告辭。「我今天就不留你了。」令狐綯看著張元吩咐：「你把我從湖州帶回來的筆，大小各檢四枝，讓十六郎帶回去。」

大小一共四號，總共十六枝筆；物輕意重，李義山頗為欣慰，少不得殷殷致謝。

「等我稍微閒一閒，再把杯細談。」令狐綯又說：「我聽姬人告訴我，你搬到溫十八家去了；如果不是接眷，何必自己費事，不如仍舊搬回我這裡來住。」

「是，是！容我緩緩圖之。」說罷，李義山舉步向外；令狐綯送到中門，相揖而別。

郎君官貴施行馬

當今皇帝用人與武宗不同，武宗只憑李德裕一句話，他卻必須親自看過，談過，最後的取捨，出自獨斷。因此，儘管白敏中一再力薦，皇帝只將令狐綯補為吏部司勳郎中；這個職位與杜牧的司勳員外郎，似乎只是一間之隔，但實際上頗有差別，他是在左行的吏、戶、兵三部曹司之長，再升便是侍郎了。

「你別心急，可也不能怠忽。」白敏中悄悄關照他說：「禁中值宿，尤其不能在家貪舒服。」

令狐綯亦曾聽說，禁中私下稱皇帝為「老儒生」，獨坐讀書，常至深夜。或許偶爾想到，臨時召見，垂問書史；是故令狐綯不但謹受白敏中之教，而且在值宿無事時，亦常溫習經書，自覺倒長進了些。

終於有一夜，顧慮中的，亦是期待中的事發生了，皇帝派內侍到左司來問：何人值宿，可即進見。

於是令狐綯檢點衣冠，隨著內侍來到延英殿，只見御榻之左，一座南海花梨木的高几，金蓮燭臺上高燒一枝粗如兒臂的紅燭，照著斜倚御榻的皇帝，左手執卷、右手持杯，意態蕭閒地看著令狐綯進殿。

「臣司勳郎中令狐綯，叩見聖駕。」說著，令狐綯整一整衣袖，高捧牙笏，塵揚舞蹈地拜了下去。

「起來，起來！」皇帝指著右首說：「坐到這裡來。」

御榻之右，有一座彩釉磁鼓；令狐綯走到駕前，復又打了一躬，方始半側著身子坐下。

「你自浙西來，地方上如何？」

「浙西夙稱富庶，昨今兩年，託陛下洪福，五穀豐登，民安物阜。」

「物阜而後民安。」皇帝糾正他的說法，隨又說道：「我常在想，四海之大，九州之廣，縱有明君，不能自理，總須賢人相佐，可是近來朝廷，未睹忠藎。」

「聖意如此，」令狐綯急忙站了起來，惶恐地躬身說道：「微臣待罪。」

「我不是說你，你剛從浙西來，與你無干。」皇帝指著內侍說：「給令狐郎中斟一杯酒。」

內侍便另取一隻玉杯，斟滿了送給令狐綯，他跪了下來，雙手捧杯，一飲而盡，將酒杯交還內侍。

「我聽政之暇，讀書自遣；現在讀的是先朝的『金鏡』。」皇帝揚一揚手中的書，又持著高几上的一卷書說：「這是《尚書．大禹謨》。」

「陛下萬機餘暇，不廢書卷；鼓舞士林，實為罕見的盛事。」

「你曾讀過金鏡否？」

「文皇帝所著之書，有理國理身之要，臣披閱諷誦，不離於口。」

「好！你倒試舉其要。」

皇帝所說的「金鏡」是簡稱，正式的名稱叫做《金鏡書》，又稱《金鏡錄》，是太宗文皇帝所親著；令狐綯這幾天正在看這部書，他的口才好，記憶力更強，當即跪在御前，朗朗背誦；當然不是背全文，而是舉要點。當背到「亂未嘗不任不肖，治未嘗不任忠賢。任忠賢則享天下之福；任不肖則受天下之禍。」只見皇帝作了個停止的手勢，令狐綯便即住口。

「我每讀到這裡，總要停下來好好想一想。古人有言：『任賢勿貳，去邪勿疑。』欲致昇平，當謹記太宗的這兩句話。」

「是。」令狐綯答說：「先臣常說：金鏡可為萬古格言。然而非天縱聰明，無以探其奧妙。」

由於「先臣」二字，皇帝便又追述當年令狐楚奉職唯謹的往事；最後說道：「往日我已深知你的任事之能，今天才知道你的學問亦很深。」

「臣以駑駘，辱蒙謬稱，臣汗顏無地。」

「你不必過謙！」皇帝對內侍說：「送學士歸院。」

一聽這話，令狐綯不由得心頭一震，辨味了一下，字字在耳，沒有聽錯。皇帝這麼說，是不是表示，已升他為學士；如果是，又是什麼學士，弘文院、集賢殿，還是翰林學士？同時又想到，要不要謝恩？

就在這諸念雜湧時，內侍已經持燭在手，這便不容他多考慮了，頓首退出，回到值宿之處，重想剛才所經歷的一切，彷彿做了個遊仙夢，疑真疑幻，全不分明。

第二天近午時分，白敏中著人來請；令狐綯隨著來人到了「都堂」，此是關防極嚴之地，他在階下站住了腳。引領的人踏上臺階，將垂在屏門旁邊的一根絲繩拉了兩下，門內泠泠作聲，接著屏門開了，令狐綯一個人入內。

「恭喜，恭喜！」白敏中迎著他拱手：「聖上面示，你補了翰林學士了。」

令狐綯一顆心至此踏實。昨夜枕上不斷在想，如果補為弘文院學士，或集賢殿學士，專事詞翰，就沒有意思了。原來學士之職，本以文學、言語備顧問；翰林院為待詔之所，除文詞經學之士外，下至醫卜方伎之流，亦同在一院。玄宗朝選長於詞藻文采的，掌製詔書，名為翰林供奉；開元二十六年，改翰林供奉為翰林學士，別置學士院，專掌內命，凡拜免將相，號令征伐，制敕皆由翰林學士撰作，用白麻書寫，名為「宣麻」。

自肅宗以來，翰林學士的選用更嚴，禮遇益親，號為「內相」，又稱「儲相」；翰林學士為皇帝私人的顧問，並無定額，自尚書至校書郎，皆可入選。他們的身分尊貴，要在皇帝面前才顯得出來，定制：朝會時翰林學士各以其本職歸班；但到召入禁中賜宴時，翰林學士的座位，在宰相之下，一品官之上。而且校書郎與尚書，品秩相差太大，真所謂「分隔雲泥」，而在內宴時，接席比肩，身分相同。所以李義山心心念念夢想的，就是得以入選為翰林學士。

當然這得令狐綯先圓了這個好夢，他的夢想才有實現的可能。因此，令狐綯的好消息，也就是他的好消息，大感興奮；但熟悉朝廷故事，而又深知令狐綯為人的溫庭筠，卻兜頭為他澆來一盆冷水。

「你別太熱中，他說，一年以後，他亦未見得薦你；目前更是談都不要談。」他說：「子直能自己搬塊石頭擋在他前面嗎？」

李義山詫異，「何出此言？」他說：「我豈能妨他的前程？」

「不然。」溫庭筠問說：「你知道不知道，翰林規制？」

「你是指那件事？」

「翰林學士入選進院，一年以後才遷『知制誥』，未知制誥以前，不作文書。」溫庭筠說：「他現在應該有力量薦你，但薦了你以後，明年『知制誥』的是你，不是他。」

「啊！」李義山恍然大悟，想了一下說：「不過目前，我可以替他幕後捉刀啊！」

「現在他不作文書，你從彭陽公那裡學來的一套本事，還用不上。」溫庭筠又說：「如今替他在幕後捉刀的，是我，不是你。」

這又是讓李義山困惑的一句話，怔怔地看著他，等他說下去。

「皇帝好唱『菩薩蠻』，子直要我填了十四闋進呈。捉的這個刀。」

「喔，」李義山興味盎然地問：「是你為他作的。」

「是的。不過，倒是言明在先的。」溫庭筠又說：「而且他聲明，只送潤筆，別無酬庸。」

「送了多少？」

「這你就不必問了。」溫庭筠笑笑，「我是看他兒子的交情。」

「那麼，進呈以後呢？大蒙賞識？」

「不一定。有幾首很見賞。」

「你倒唸給我聽聽，是那幾首上邀宸賞？」

溫庭筠想了一下唸道：「『小山重疊金明滅，鬢雲欲度香腮雪。懶起畫蛾眉，弄妝梳洗遲。』」略停一下，又唸下片：「『照花前後鏡，花面交相映。新帖繡羅襦，雙雙金鷓鴣。』」

「這像是宮詞，富麗之至。」

「詞一定要唱，韻味才能出來。近來有些妄人，說把詩打散了，成了長短句，就是詞。昨天在平康坊遇見一個傢伙，大放厥辭，說詞沒有什麼格律，句子長短隨意，怎麼方便怎麼定；押韻換平換仄，亦看興之所至，真是再容易不過。真把我氣壞了！」

李義山笑了，「以你的脾氣，自然是將此妄人教訓了一頓。」他問：「你怎麼說？」

「我說，依足下的高見，李青蓮的〈將進酒〉，三字、五字、七字、十字，長短參差，也是詞了？是詞就能唱，你替我唱！」溫庭筠戟指高聲，彷彿李義山就是那妄人，「非唱不可！他說我不會唱；我說不會唱，就得罰酒。硬灌了他一巨觥。痛快之至。」說罷，哈哈大笑。

「『是詞就能唱』這句話言簡意賅，讓我領悟不少。」李義山說：「不過，我於音律是門外漢，七音十二律，共得八十四調，如詞意與曲調不符怎麼辦？」

「這就要在命意之初，便選調子；當然，必要時亦可犯調。此外，有些詞，原可用兩種調子。譬如，我近來創製的更漏子，可用風流蘊藉的『大石調』，亦可用悽愴怨慕的『商調』。」說到這裡，溫庭筠拍了兩下手掌。

這天他們是在西市張家樓小敘；聽得擊掌喚人，進來一個侍女，動問何事？

「你看看襄雲在那裡？請她來一下，不會花費她太多的工夫。」

侍女答應著去了，不一會香風動處，襄雲嬝嬝而至，盈盈下拜，口中說道：「敬問兩位十六郎的起居。」說完站起，扶著袖子，來為溫李二人斟酒。

「你不必客氣！我知道你很忙，不多耽擱你的工夫。」溫庭筠說：「我煩你唱兩支『更漏子』，唱完，你請便。」

「好！我叫人取笛子來。」

取來笛子，溫庭筠接到手裡，試吹了一下問道：「我那四闋更漏子，你都還記得吧？」

「是你的詞，我那一首都記得。」

「好，先唱那首〈柳絲長〉。」

「那是大石調。」

「不錯。」

等笛聲響起，襄雲曼聲唱道：「『春絲長，春雨細，花外漏聲迢遞。驚塞雁，起城烏，畫屏金鷓鴣。』」停了一下又唱：「『香霧薄，透重幕，惆悵謝家池閣。紅燭背，繡簾垂，夢長君不知！』」

這大石調的正名為「黃鍾商」，商聲中有富貴纏綿的黃鍾之音，所以抑揚調劑，哀而不傷，動聽而不至於在感情上引起波瀾。

下一闋更漏子，用的是商調，它的正名為「夷則商」；夷則在十二律呂中雖屬陽聲，但配合時序為孟秋七月，肅殺之氣初起；哀怨之思漸生，只聽襄雲唱道：「『玉爐香，紅蠟淚，偏照畫堂秋思。眉翠薄，鬢雲殘，夜長衾枕寒。』」下片上三句換了仄韻的上聲，調門翻高，變得悽厲：「『梧桐樹，三更雨，不道離情正苦。』」苦字一收，聲似哽噎，然後低徊唱出：「『一葉葉，一聲聲，空階滴到明。』」聽到「明」字，幾乎是哭音了。

李義山心酸酸地想哭，從「眉翠薄，鬢雲殘」那句開始，他便想到十七姨；以後襄雲所唱，在他聽來，無異十七姨長夜飲泣。這一首更漏子，只須將「畫堂」改為「畫樓」，便是十七姨的寫照。

轉念到此，歸心如箭。本來他早就要回洛陽，連告假都已獲准了，只為令狐綯忽成「內相」，也許會有機會，不宜遠離。但照溫庭筠的說法，令狐綯要到「知制誥」以後，才會薦他；那是一年以後的事，眼前不必妄想。因此，他摒擋行李，決意東歸，一償相思之苦。

啟程之前，到晉昌坊去辭行，一連兩次，都不曾見著令狐綯；而門禁森嚴，奴僕紛紛，已儼然相府的規模。李義山感慨之餘，忍不住寫了一首詩，題目便叫〈寄令狐學士〉，詩是七律：「秘殿崔嵬拂彩霓，曹司今在殿東西。賡歌太液翻黃鵠，從獵陳倉獲碧雞。曉飲豈知金掌迥，夜吟應訝玉繩低。鈞天雖許人間聽，閶闔門多夢自迷。」

起句崔嵬為高大之意，亦是形容令狐綯的高不可攀，第二句的殿是大明宮中，皇帝常設內宴的麟德殿；殿西有翰林院，其東南向的是學士院，令狐綯本來是考功郎中，便是曹司，如今置身在麟德殿之側了。

中間四句，除陳倉從獵，獲神物碧雞，是秦文公的故事以外，其他三句的典故，皆出於漢朝建章宮。漢武帝見黃鵠於太液池而作歌：「黃鵠飛兮下建章」，連下句從獵陳倉，寫令狐綯為天子近臣，遊幸必從。第二句則寫他在禁中值宿，建章宮有神明臺，漢武帝來祭仙人之處，臺上有承露盤，形狀是仙人舒掌，捧銅杯玉杯，承接雲中降落的仙露。

這個「仙人掌」形的銅柱，連承露盤高二十七丈，大七圍。魏文帝時曾打算移置洛陽，由於施工不慎，竟致折斷墮地，聲聞數十里。由於是銅所鑄，所以稱之為金掌；所謂「曉飲」當然不是飲酒是飲露；借此典故，以喻令狐綯的俸錢豐厚。

玉繩為北斗玉衡星以北的兩顆小星天乙、太乙的合稱，兩星左右相平，彷彿繩之兩端，所以稱為玉繩。這兩顆星要在高聳入雲的宮殿映襯之下才顯得低，所以謝朓有「玉繩低建章」之句用來形容令狐綯處在一種常人所不能到的境界。

結尾兩句是很坦率地自道心境，鈞天廣樂，人間可聽，意謂論出身、論本事，我亦可入密邇麟德殿的學士院；但建章宮千門萬戶，即便作夢，夢中亦須有人指引，暗寓求薦之意。

投了這首詩，也附了信，說將回洛陽，他企盼著令狐綯會有反應，譬如邀他小酌，為他餞行之類。那知如石投水，毫無影響。

倒是杜牧，怕他離京赴任時，李義山還在洛陽，不及面辭，所以特意在張家樓設宴話別。席間談起彼此的境況，他深為李義山委屈，勸他耐心，功名有遲早，大器晚成，事所恆有。又說年來的過從，把酒談藝，頗得其益，今後天各一方，此樂不可復得。情意極為肫摯。

這天大風雨，眼看落紅狼藉，更有傷春的悵惘；李義山一時感慨，即席寫了一首七絕：「高樓風雨感斯文，短翼差池不及群。刻意傷春復傷別，人間惟有杜司勳。」其實這是李義山自傷，「燕燕于飛，差池其羽」，看來是傷別，但加「不及群」三字，明明是說令狐綯、杜牧是得意的一群，相形之下，他是差池落後，形單影隻而失群了。

回到崇讓坊，一進門就感到異樣；桂堂搭起案板，忙忙碌碌地在縫製衣服，有綢有絹，顏色鮮豔，是誰的衣服？

「我本來要讓十七寫信告訴你的，她不肯寫；想想你說就要回來，反正當面可以告訴你的，我也就不寫信了。」

「說了半天，到底什麼事？」李義山問：「十七又為什麼不肯寫？」

「是她自己的事。」李夫人說：「十七姨要嫁了。」

一聽這話，李義山頓覺一陣暈眩；強自鎮靜，說得兩個字：「好啊！」

「是十三的朋友，盧氏縣人；家境不錯，兼祧兩房，沒有兒子，急於要娶，所以得把嫁妝趕出來。」

「喔，姓什麼？」李義山又問：「十三在長安，怎麼從沒有提過這件事？」

「姓楊。」李夫人只說了這兩個字；對於他的另一問，沒有回答。

「你說姓楊的，沒有兒子；那麼是有婦之夫？十七嫁過去，不成了紫姑神了嗎？」

「你別這麼說！」李夫人答道：「他是兼祧兩房。」

「反正是再娶的次妻。」

李夫人不作聲，停了一會才說：「又不是你主婚，也不打算設喜宴，礙不著你的面子。」

語言有些格格不入了。李義山「做賊心虛」；而且在根本上，他仍是深愛妻子的，所以雖還有許多話，卻總覺得那一句都是礙口難言。

在這許多話中，他最想問而不敢問的一句是：十七姨本人的態度如何？妻子與王十三的想法，不難了解，盡快為十七姨找個歸宿；但十七姨莫非就心甘情願聽憑兄姊的安排，捨得下這段刻骨銘心的深情，去嫁一個陌生人作次妻？他不相信她會是如此；她一定有許多委屈要向他申訴。但是他不但跟她沒有交談的機會，甚至連她的面都見不著；待嫁之身的十七姨已經不下樓了。

緣何如此？他沒有人可問。小美很懂事了，一問她，她會去告訴母親；幸而還有個人可以設法——紫雲已經回來了，可是要跟她私下講幾句話，亦很不容易。不知是有意還是無意，他總覺得紫雲是在躲他。

入夜，桂堂的刀尺，移到畫樓上去了，燈火通明，人影幢幢，也不時有人上下，直到午夜，吃過一頓消夜的點心，人影方始消散。但一燈熒然，似乎十七姨還沒有睡。

她在幹什麼？她知道不知道他已經回來了？想來應該知道；然則她是不是也跟自己一樣，渴望相見，一訴哀怨？轉念到此，不覺又升騰起激烈的衝動，想悄悄掩上樓去。可是一念未終，屏門響起，是妻子回來了。

遠道歸來的第一夜，這應該是相擁燕好的時候；這不但是他的權利，也是做丈夫應盡的義務。但是，他狠一狠心，裝作不知，而且輕輕打起鼾聲，假裝酣睡。

李夫人似乎信以為真，而且是體諒他旅遊勞頓，需要充分休息似地，躡手躡腳地在他身邊輕輕睡了下來，隔著一段距離，既非同衾，亦未共枕。

這樣裝睡不動，是令人很難忍受的一件事；幸而李夫人倒是香息微微，很快地睡著了。他才能轉轉身子，怎麼舒服怎麼睡，可是夢鄉卻不知在何處。

「唉，相見時難別亦難！」他嘆口無聲的氣，在心中自語：接著轉念，何不作一首詩給十七姨看，這樣至少也讓她知道了自己的心境，對她多少是一種慰藉。

於是用十四寒的韻，作成一首七律：「相見時難別亦難，東風無力百花殘。春蠶到死絲方盡，蠟炬成灰淚始乾。曉鏡但愁雲鬢改，夜吟應覺月光寒。蓬山此去無多路，青鳥殷勤為探看。」第一聯是寫他自己的苦戀；第二聯是將心比心，料想十七姨為情所苦，容顏清減；結句的「蓬山」指畫樓，而「青鳥」是紫雲。

詩雖尚未寄出，但感情卻已在這首詩中，略可寄託，心境比較寧貼，終於能夠入夢了。

第二天起身，首先想作的一件事，便是將詩寫出來，以詩代柬，不必安上題目，一張彩箋，摺成一個小小的方勝，只待找機會交給紫雲，但這個機會卻很難找。

因此，李義山變得很煩躁了，每每無緣無故發脾氣，害得小美都不敢到他面前。他也知道自己大失常態，但卻無法自制；李夫人看在眼裡，只是發愁，心裡不斷地在轉念，是不是開誠布公跟丈夫切切實實談一談，好好勸一勸他？

就在躊躇不決時，紫雲悄悄遞給她一個方勝，說是：「郎君要我要交給十七姨，我不敢！」

原來李夫人已經嚴厲告誡過她，要她遠避李義山，更不准傳話遞柬，所以特來「告密」。李夫人打開方勝，看到「春蠶到死絲方盡，蠟炬成灰淚始乾」那兩句詩，一顆心往下一沉，發覺事態比她想像中來得嚴重，非要趕緊想法子化解不可了。

「你看怎麼辦？」李夫人將那首詩中的意思，講給劉二娘聽了以後，向她問到，同時也把自己的想法，告訴了她。

「娘子勸他沒有用，而且話也不好說；說得不妥當，徒然傷了感情，這件事，」劉二娘沉吟了好一會說：「要十七姨自己跟郎君說了，他才會死心。」

「好！」李夫人立即同意：「這是釜底抽薪的辦法。」

於是，她將這首詩拿給十七姨看，說：「解鈴還須繫鈴人」，要求十七姨明明白白向李義山表明態度，勸他以家庭為重，亦以她的終身為念，割斷了這段不可能有任何結果的畸戀。

十七姨無法拒絕，但亦鼓不起跟李義山相見的勇氣，那就只有默不作聲了。

「你的意思是怎麼樣呢？」李夫人看出她的心境，鼓勵著，「這是冠冕堂皇、正大光明的事。為我、為你姊夫，也是為你自己，你要拿出勇氣來。」

「好吧！」十七姨終於無可奈何地答應了。

「那末，是讓他到樓上來呢？還是你去看他？」

「樓上人多，」十七姨答說，「還是我去。」

「好，晚上我在桂堂督工，就住在那裡；你們儘管慢慢談，細細談。」

於是，紫雲受命去告訴李義山：「娘子今天晚上為了趕嫁妝督工，歇在桂堂；十七姨三更天會過來。」

李義山又驚又喜，但緊接著興奮而來的，卻是一片迷茫，見了面又如何？如今可以想像的是，只是聽她訴說委屈，在兄姊的壓力之下，遠嫁一個毫無感情的陌生人。以後呢？怎麼樣安慰她？如果她表示不甘於兄姊的安排，自己又能為她做些什麼？莫非慫恿她逃婚？

轉念到此，他的心跳得很厲害。這個想法太大膽了；膽大得近乎荒唐。是嗎？他這樣在問自己。於是他定一定心，凝神細想，真要這樣做，辦得到嗎？只要有決心就辦得到；紫雲是她的心腹，不妨先到紫雲家躲一躲，或者直接由紫雲陪著她到長安，另外覓屋將她安頓下來。

以後呢？會發生怎樣的反應，他無法想像。不過他相信時間會化解一切，最要緊的一點是，他必須裝得毫不知情，不管家裡鬧得如何天翻地覆，只是置若罔聞。當然，自己的形跡必須非常小心；她的影蹤更須絕對嚴密。至於如何退婚，是王十三的事，他大可不問。這樣兩三年以後，再看情形，大不了向妻子長跪謝罪而已。

這樣想著，他又興奮了。整個下午，不斷在盤算這件事；計畫中的細節，一步一步地在修正，最要緊的一點是，要將在長安看房子的奚僮德興調回來——此人能幹可靠，有他在，可以神不知鬼不覺地將十七姨送到長安。

想到便做，事不宜遲，他寫好一封信；然後在晚餐時，從從容容地對妻子說：「我的假期快滿了，既然十七要出閣，我應該在家多待幾天，送十七出了門，再回長安。明天，我派阿新到長安去遞續假的呈文；你有什麼事要他辦？」

「等我想想。」李夫人停了一下說：「你寫封信給十三，催他快來。」

「他原定什麼時候來？」

「算日子也快來了。催一催，比較妥當。」

李義山答應著，又寫一封給王十三的信，一併交代他的另一個奚僮阿新。

「你明天就走，路上別耽擱；到了長安，你跟德興換班，叫他快回來。」

「小娘子，你聽更鼓。」

鼓打三更，十七姨聽得清清楚楚，但一直坐著不動，甚至也懶得答紫雲的話。

「小娘子，你去一趟嘛！一了百了。」

「你催什麼？要去我自然會去。」

「好了，隨便你。」紫雲賭氣地說：「你不去，我可要睡了。」

「你別睡！你替我去一趟。」十七姨說：「我實在怕見他；你倒想，我見了他說什麼？」

「跟他老實說，男子漢大丈夫，要提得起，放得下。」

「如果他放不下呢？」

「你就說，你放不下，我放得下。」

「嘿！」十七姨覺得好笑，「看人挑擔不吃力，你倒說得輕鬆。」

紫雲有些不服氣，「好！」她說：「你不出口，我替你去說。」

「不，不！話要說得宛轉。」十七姨想了一下說：「現在要安撫、安撫他；話說得太直，會出事。唉！」她嘆口氣，低聲唸道：「『春蠶到死絲方盡，蠟炬成灰淚始乾。』」

「我不知道話要怎麼說，才宛轉；更不知道怎麼安撫他？小娘子，你告訴我，該怎麼說，我照本宣科就是了。」

十七姨想了好一會，方始開口；話倒是說得很清楚：「你跟他說，我見了他會哭，驚動桂堂，很不妥當。如今我是絲毫動彈不得，只有到了盧氏縣再想法子。總在榴花開的時候，我會寫信給他；他很可以大大方方到楊家來會親。那時候我許已經籌畫出一個一勞永逸的辦法。」

「是。小娘子是這麼說——。」

紫雲將她的話覆述了一遍，大致不差，十七姨滿意地點點頭：「不錯，就這麼說好了。」

「還有什麼話？」

「還有，他如果有什麼意見，你讓他寫下來，隨手帶回。」

「好！」紫雲又說：「小娘子倒再想一想，漏了什麼要緊話沒有。像今天這種機會，不會有第二次了；不要錯過。」

「對他倒沒有了。對你倒有一句話交代；他如果問你楊家的情形，你別多說，你明白我的意思？」

「我明白。我什麼都不知道。」紫雲緊接著說，「本來就是嘛！我剛回來，自然什麼都不知道。」

說完，悄悄下樓，但見涼月在天，而桂堂燈火通明；遠遠有一條影子移動，看去像是阿青，她便駐足等待，等走近了看，果然不錯。

「你到那裡去？」

「到廚房去催點心。今天縫製青廬；用的材料又講究，很費事，只怕要通宵了。」

「青廬」是個圓頂的小帳棚，專為婦女旅行途中，「更衣」之用，無論富家千金、蓬門碧玉，出嫁的妝奩中，必有此物。所不同的是，一般只用青布裁製，故稱青廬；講究的用碧色波浪紋的羅紗，起碼要用三重至五重，方能遮蔽得嚴密，所以不但費工夫，而且要多請人幫忙，才能在圓頂收束處縫成鳳尾樣的褶痕。

「你到那裡去？」阿青又說：「沒有事陪我一起到廚房去。」

「我怎麼會沒有事？沒有事，半夜裡下樓來幹什麼？」

「半夜裡下樓，一定不幹好事。」阿青忍俊不禁地低聲問道：「阿新明天動身到長安，你半夜裡替他去送行，是不是？」

「放你的狗臭屁！替我滾遠點。」

阿青笑著走了；但紫雲卻不免失悔，何以說阿新要去長安，事出突兀，應該向阿青問個清楚，不該把她罵走的。

就這沉吟之際，隱隱聽到有異樣的聲音，隨風飄來；側耳屏息，細細分辨，竟是哭聲，而且是男人的哭聲。

紫雲大為驚疑，急急往前走去；哭聲亦越來越清楚，推開屏門，只聽李義山的嗚咽不止，但見燈檠似豆，羅帳昏昏，急忙剔亮了燈，掀帳一看，李義山是夢中在哭。

「郎君，郎君！」

一連數聲，喚不醒李義山；大概他在夢中為自己的哭聲所遮，聽不見她的聲音。這一來，她就只好去推他了。

被推醒了的李義山淚眼模糊，一時不辨眼前是誰？而夢境與現實，兩皆茫然；但由噩夢突然消失而感到的安慰，卻很真實，他夢見的是十七姨為兄姊逼嫁不從，以死抗議，等他從長安得到消息趕回洛陽後，便只有憑棺一慟了。

沒有死，沒有死！他在心裡說；丟開虛幻，體認真實，急急問說：「十七姨呢？在那裡？」

「十七姨沒有來！郎君，你醒醒，我有話跟你說。」

紫雲將李義山扶了起來，讓他倚著胡床，擁衾而坐；又倒了一杯水給他喝，等他神智清醒了，方始開口。

「十七姨不來了，因為她怕見了郎君會哭；讓桂堂那面聽見了很不妥當……。」紫雲將十七姨的話，源源本本轉述了一遍；最後說道：「郎君如果有話要告訴十七姨，拿它寫下來，我帶進去？」

「不！我還是要跟她當面談！」

「她不是說了——。」

「我知道。」李義山搶著說：「我會安慰她，不讓她哭。」

「你怎麼安慰她呢？」

「跟你說不清楚。」

「對！就因為我說不清楚，所以請郎君寫下來。」紫雲又說：「如果還是要請她來，等於我白跑了一趟；十七姨會罵我不會辦事。」

說著，紫雲已在硯臺上，注了些水，磨起墨來；李義山想想也不錯，便伸紙吮毫，決定寫封信給十七姨。

硯臺中注的水太多，墨一時磨不濃；「郎君，」她說：「你將就點吧！反正字只要看得清楚就行了。」

李義山點點頭，提筆寫了一封短簡，大意是說，咫尺之遙，仍盼相晤，方能一罄心曲；又說已有極佳的安排，非面談不可，渴盼即時下樓。

「你把信交給十七姨，請她馬上來。」李義山將信摺好，遞了給紫雲。

「她如果不來呢？」

「你勸勸她，一定要來。萬一不來，」李義山很不情願地說：「你也要來通知我。」

「好了！我去告訴十七姨。」紫雲忽又問道：「郎君，你剛才做了一個什麼夢？怎麼會在夢裡大哭？」

「你明天就知道了。」

「怎麼呢？」紫雲不解其故。

「我回頭告訴十七姨，你明天問她好了。」

看完了信，十七姨支頤不語；臉上神情，不是躊躇，而是煩惱。

「小娘子，你去不去？」

「不去。」十七姨緊接著說：「你也不必去。」

「何妨去一趟，聽聽他，是做了一個什麼夢？」

「想也想不到的。」

「小娘子，」紫雲好奇地問：「你說他是個什麼夢？」

「別煩我了，你去睡吧。」

鼓打四更，紫雲打了個呵欠，攤開寢具，管自己睡下。十七姨卻了無睡意、斜倚著熏籠，落入沉思之中。

清醒白醒的，還有個李義山，不斷推開屏門，凝望畫樓未熄的燈火，與西南角上的一勾斜月，直到寺院中的五更鐘聲，他終於絕望地承認，紫雲不會來了，十七姨更不會來了。

如此情懷，怎生排遣？只有在詩中寄慨了；略想一想，便就著淡墨餘瀋寫了下來：「來是空言去絕蹤，月斜樓上五更鐘。夢為遠別啼難喚，書被催成墨未濃。蠟照半籠金翡翠，麝熏微度繡芙蓉。劉郎已恨蓬山遠，更隔蓬山一萬重。」

就此時聽得窗外有腳步聲，李義山驚喜交集；急急開門迎了出去，但失望了，既非紫雲，更非十七姨，而是阿青。

「郎君還沒有睡？」阿青亦頗感意外，搭訕地問說。

「是你！」李義山問：「有事嗎？」

她是奉了李夫人之命，來窺探動靜的；聽李義山問到，不能說沒有事，只好編個理由：「娘子有點冷了，讓我來取半臂。」

「喔，」李義山又問：「還在趕工？」

「是。娘子要把一頂青廬趕出來才歇手。」

李義山不作聲，任憑阿青取了件薄棉半臂而去；她也把李義山至今未睡，聞聲來迎的情形告訴了李夫人。

這就令人不解了，看樣子似乎十七姨至今未去，他還在等待，但五更已過，曙色初現，十七姨至今未去，就不會再去了。這到底是怎麼回事呢？

「你到十七姨那裡去一趟。」李夫人交代：「如果紫雲起身了，要她即刻到這裡來。」

紫雲尚未起身，但為十七姨喚醒了來見李夫人。屏人密語，將李義山夢中痛哭，以及堅持要與十七姨相會的經過，細細地都說了給李夫人聽。

必須出以快刀斬亂麻的手段了！李夫人命阿青去喚了阿新來；只交代了兩句話，一句是：到了長安，告訴王十三，立即動身到洛陽來，宜速不宜遲。一句是：這些話不必告訴李義山。

「劉郎已恨蓬山遠，更隔蓬山一萬重」之隔，是人為的隔絕，但李夫人的手段很高明，一意以賢慧妻子的柔情體貼，像撒開一道網似地，軟軟地困住他，以致他雖有無限的牢騷委屈，覺得除了默默地忍受以外，什麼作為也不能有。到夜來，一個人熄了燈燭，早早歸寢，像受了傷的獅子一般，默默地舐著創口，不願任何人打攪。

這天龍門香山寺的主持悲智來訪，直道來意，要請他為白居易開龍門八節灘寫一篇記，敘述始末。原來洛陽西南三十里，有一座山，名為闕塞山，又叫龍門山；山的東面為香山，西面叫龍門，相傳此山為大禹所開以通水，兩山對峙，石壁峭立，伊水流經其下。自佛教傳入東土後，佞佛的豪家，在龍門峭壁上，鑿出兩座佛龕，工程浩大，花費極鉅；北魏時又築一座石窟寺，極盡土木之美，但儘管龍門已成遊覽勝地，而伊水舟行，船上人卻視此地是一座鬼門關。

白居易深愛香山，他的別號「香山居士」，即由此而來；在他臨終前三年，一次與悲智談起，八節灘上，沉船之事，層出不窮；船家每到此處，都下水推挽而行，尤其到了冬天，情況更為悲慘。白居易便發起捐募財帛，開鑿八節灘，作了兩首七律，以代緣起；第一首是「鐵鑿金鎚殷若雷，八灘九石劍棱摧。竹篙桂楫飛如箭，百筏千艘魚貫來。振錫導師憑眾力，揮金退傅施家財。他時相逐四方去，莫慮塵沙路不開。」第二首更令人感動：「七十三翁旦暮身，誓開險路作通津。夜舟過此無傾覆，朝脛從今免苦辛。十里叱灘變河漢，八寒陰獄化陽春。我身雖歿心長在，暗施慈悲與後人。」

這是白居易死前兩年的事；「鐵鑿金鎚」，施工未竟，人已下世；如此八節灘前，安流順軌，旅客無夜行覆舟之危；舟子免朝脛入水之苦，無不稱頌白居易的功德。悲智去年就想請人作記敘功，苦於不得一枝如椽大筆，能作此一篇宏文；前幾天聽長安來客過香山寺談起，才知道李義山回來了，因而特地登門拜求，奉上潤筆，並且請他到香山寺小住，從容命筆。

悲智的情詞非常懇切，加以白居易生前的交情，李義山自覺是件義不容辭的事，立即允諾。

「潤筆奉璧。佛門弟子吃十方；我收了你的潤筆，豈非吃十一方了。」李義山說：「這篇記，我一定作，不過能不能容我回長安以後再交卷。」

「素聞居士捷才，莫非有推辭之意。」

李義山作詩是捷才；作文章卻並不快，因為駢四儷六，須用典故，有時翻開的書，堆滿几案胡床，為人譏作獺祭，但即使如此，亦不過竟日的工夫。如說要回長安交卷，自不免令人懷疑他有意推辭。

其實是李義山心境不佳，所以文思艱澀，但何以心境不佳，卻又有難言之隱；正在躊躇不知何以為答時，悲智卻又開口了。

「白老居士在日常說，龍門十寺，游觀以香山為盛。我那裡最近來了個掛單的和尚，做得一手好素菜，我請他主持香積廚；李居士去了，精蔬供養詩腸，陳釀啟沃文心，欣然意到，一揮而就，從此流傳千古，豈非快事。」

李義山猶自未答，屏風後面的李夫人閃出來說道：「老和尚說得這等有趣，你倒不宜辜負盛意。」

「善哉，善哉！」悲智合十為禮，「女施主勸得李居士首肯，亦是一場功德。」

「我，」李義山找到一個冠冕堂皇的理由：「我是怕十三兄來了，我不在家迎候，未免失禮。」

「不妨，等他一來，我馬上派人到香山寺去通知你。」

話說到這裡，李義山再無法推託了，答應第二天啟程。悲智連連稱謝，告辭而去。這一夜李夫人早早停了刀尺，抱兒攜女，陪侍丈夫小酌；深情脈脈，閒話家常，是李義山這次回洛陽以後，初享到的天倫之樂。

在香山寺，李義山被安排在方丈歇宿；方丈名為「牡丹院」，顧名思義，可知牡丹極盛。洛陽三月，錦繡世界；香山寺，更以花木繁富出名，牡丹頗有異種；悲智好飲，自釀的果酒，藏陳多年，芳洌醇厚，每天陪著李義山，在花下設酒，入夜燃燭看花，別有一番韻致，將李義山的相思之苦，消滅了一大半。

這天一大早，李義山由知客僧陪著，渡過伊水，去遊龍門；龍門亦是一座山，隔著伊水，與香山相對，但通常只稱龍門，略去山字。龍門的奇觀是，臨水峻峭的崖壁上，密如蜂房的佛龕，每龕一佛，大小不等，最大的一尊在奉先寺，此寺俗名九間房，武則天臨朝時，每幸東都，常在此處接見群臣。這一尊釋迦牟尼像，面大如輪，高約一百三四十尺；李義山在香山遠眺時，這尊像不過如常人一般，到近處瞻仰，才知偉大。

日暮回香山，悲智含笑問道：「此遊意興如何？」

「龍門泉瀑，似較香山稍勝。」李義山又說：「碑誌如林，可惜不能盡觀，只好期諸異日了。」

「是，是！」悲智連連點頭，「李居士日來神采奕奕，可以命筆了；令親要來，似乎不宜久留。」

「我亦正有此意，明天就可以動手了。」

第二天開始，李義山移居「九老堂」——白居易晚年，與洛陽耆舊，經常在香山寺作文酒之會，總計九友，號稱「香山九老」；九老堂中刻有一篇白居易在太和六年任河南尹時所作的〈修香山寺記〉，可以用來作為碑記的材料；但要用的書，多付闕如，所以這篇記，花了三天工夫，方始寫完。

「總算交卷了。文思艱澀，寫得不怎麼好。請老和尚指教。」

「李居士過謙了。」悲智說道：「明天一早，我就派人送大駕回洛陽。」

「也不必這麼急……。」

「不！」悲智打斷他的話，合十為禮：「李居士恕罪，實不相瞞，就在你遊龍門的那天，府上派了僮兒……。」

原來李夫人派人來通知，王十三已經到了；悲智因為李義山尚未動筆，所以瞞住了這個消息，直到此刻，方始說破真相。

「佛家不打誑語，實在是怕李居士的歸思影響了文思，因而擅作主張，告訴府上的僮兒，說你還有三四天方能回府，令親久候，或者尊夫人不以為然，務請代為請罪。」

事已如此，李義山只好放大方些，連聲答說：「言重，言重！」

由於李義山騎的是一匹毛片黑白相雜的斑騅，目標相當明顯，所以德興老早就下了馬，一手拉住轠繩，一手不斷揚著。李義山當然也發現了，向伴送他的人，揚手示意，雙雙勒住了馬。

「你是那天回來的？」

「跟王十三郎同一天。」德興往後一指：「前面就是關陵，郎君要不要下來歇歇腳。」

「好！」李義山下了馬，先向伴送他的人——香山寺的一名火工道人謝道：「我的僮兒來接我了。多謝相送，請回去吧！」

火工道人作別自去；李義山復又上馬，遙遙望見一帶紅牆，翠柏森森，便是漢朝建安二十四年，曹操以王禮葬漢壽亭侯關壯繆於此的陵寢，是一個行旅憩息的好去處，附近有茶棚，也有飯鋪；主僕二人下了馬，挑了個清靜座頭坐了下來，要了飯菜。

「那天到香山寺來的也是你？」

「是。」德興答說：「老和尚跟我說，一兩天就回去；今天第四天了，娘子要我來催，十七姨明天要走了。」

「喔，」李義山頓覺心頭一陣淒楚，眼角有些潤溼，極力忍住了淚水問道：「是王十三郎送了去？」

「是的。」

「這是誰的意思呢？」

「不知道。王十三郎來了以後，跟娘子談了好些時候；等我那天從香山寺回去，劉二娘告訴我說，十七姨的妝奩都預備好了，可以早日送她到盧氏。」

「喔！」李義山心亂如麻，不知道想說些甚麼？

「郎君，吃飯了。」

李義山搖搖頭，「你一個人吃吧！」說完，他站了下來，低著頭茫然地不擇路而行。視而不見、聽而不聞地走到一處地方，突然清醒，定睛一看，殿內一尊神像，身著黃袍；再看到左面有一尊秉燭觀書的坐像，方始省悟，已走到關陵的後殿了；關陵共有五尊神像，前殿、中殿各一座，皆高丈餘，但裝束不同，一是冕旒拱笏的王者，一是綠袍赤兔的戎裝；後殿立像、坐像、臥像各一。

靜下心來好好想一想。他這樣在心裡對自己說，便在階前坐了下來。認真考慮，德興已經來了，看看在這最後時刻，自己所擬想的，促使十七姨情奔的計畫，有沒有實現的可能？

沒有！不必多想，便有結論。他與她之間不但有人為的「萬重山」，而且他跟她都已陷入萬重網中，動彈不得了。

看來只有寄望榴花開時了。正在這樣想著，德興尋覓而至。「郎君怎麼在這裡！」他說：「教我好找。」

「德興！」李義山說：「我想派你送十七姨到盧氏去。」

「這——，」德興遲疑了一下，「王十三郎帶了兩個人送，我看足夠了。如果我再去了，郎君沒有人伺候。」

「我派你去，是有道理的。」李義山躊躇了一會，終於將他心裡的話，透露給心腹，「十七姨約我五月初到盧氏去會面；我想讓你先去熟悉路徑，看看那裡的情形。」

德興不答，臉上是很深沉的神態，似乎在考慮一件很重要的事；使得李義山深切地感覺到，沉默之中，大有文章。

「你是不是有話要跟我說？」

「是！」德興加重了語氣說：「我只有一句話，好好一個家，不要把它拆散。」

真所謂忠言逆耳，李義山質問似地說：「何以見得我就會把這個家拆散？」

這便有點明知故問了；德興不願回答他的話，只說：「郎君，照我看，十七姨沒有你想像中的那樣好。」

「喔，」李義山急急問說：「你這麼說，是必有所見，倒說給我聽聽。」

「十七姨要出門了，我何必再去說她。郎君如果不信，只看著好了。」

「看甚麼？」

「看五月初有沒有消息來？」

「如果有呢？」李義山問。

「如果有，我也勸郎君不必理睬。」德興又說：「事情過去了，就算了。」

李義山心裡很不舒服，雖也知道他這是愛護主人的好話；但他貶低了十七姨，認為是個不值得去愛的女人，這就不但侮辱了十七姨，而且也是褻瀆了他跟她之間的那段深情。

但是，他畢竟容忍了，一言不發地站起身來；德興牽來了那匹斑騅，扶他上鞍，然後自己也認蹬上馬，在斑騅股上，輕揮一鞭，直奔洛陽南門。

到家已是夕陽西下的時分，發現王十三抱著阿衮，優閒地在眺望；小美發現斑騅，老遠地奔上來，大聲喊著：「爹，爹！」

李義山怕馬足傷了她，使勁勒住韁繩；斑騅「唏邨邨」一聲，前足人立，馬背上的李義山幾乎存身不住，趕緊將手一鬆，馬足落地，德興已搶上來拉住了嚼環，李義山方不致摔下馬來。

這時王十三已迎了上來，「小東西！」他笑著呵斥小美，「越來越淘氣了。」

「爹，」小美仰著臉問：「你怎麼到今天才回來？」

「是啊！」王十三接口，「何以遲遲不歸？幾乎耽誤了十七妹長行的好日子。」

這表示李義山如果不回來，十七姨便得另擇宜於出行的吉期；那時不見得他到家的第二天，便是黃道吉日，總還有三兩日可以聚晤。轉念到此，惘然若失。

「那天德興來通知我，我正好去逛龍門，沒有遇見。因為一篇碑記尚未脫稿，香山寺老和尚一直瞞著我；直到昨天，我才知道你來了。」李義山停下來看一看王十三，「你的氣色很好，看來今年要走運了。」

「你的氣色也不壞，不過像是清減了些。」

這樣一路寒暄，一路進門，繞過芙蓉塘，阿青迎上來說：「娘子交代，請王十三郎跟郎君在東亭坐吧！就要開飯了。」

於是，李義山便陪著王十三到了東亭，只見錦茵鋪地，瓶花妥貼，一座大博山爐中，青色的香煙，裊裊升起。西面一輪金色的落日，正要隱入山後，餘霞散綺，浮雲變幻，王十三不由得吟道：「夕陽無限好，只是近黃昏。」

這是李義山遊長安樂遊原所作的一首五絕：「向晚意不適，驅車登古原。夕陽無限好，只是近黃昏。」王十三很欣賞這首詩，說寥寥二十字，道盡遲暮不遇之感，沉淪下僚之痛，只是太蕭瑟了些。

「此遊總有詩吧？」王十三問。

「做了幾首。回頭等我寫出來請教。」

正在談著，李夫人來了，逕自問說：「是歇一歇呢，還是現在就開飯？」

「今天，」李義山略想一想說，「應該是替十七妹餞行，不該問我吧？」

「她無所謂。」李夫人問：「十三哥，你說。」

「現在就開吧。」王十三答說：「香山到此，一天的路程；義山中午一定沒有吃好，這時候應該餓了。」

李義山中午未食，此時已是飢腸轆轆，因而老實說道：「確是有點餓了。」

「那就入座吧！」

錦茵上設了四個席位，正面兩席，當然是王十三兄妹；側面兩席相對，是做主人的相陪。李義山請王十三上坐；隨即攜了小美，在東面陪席上首坐下。

「十七姨呢？」李義山說：「可以請下樓了。」

「我去。」小美自告奮勇，隨即蹦蹦跳跳地走了。

「義山，」王十三說：「十七妹這幾年，託庇府上，我跟十二哥都很感激。」

「你怎麼突然說起客氣話來了？十七妹不也是我的妹妹嗎？」

「是的，我們跟同胞手足一樣。」

既是「同胞手足」，便不應有男女之私；李義山體會出他的絃外之音，唯有出以沉默。

「爹，」小美又是蹦蹦跳跳地奔了回來，「十七姨說胃口不好，不下來吃飯了。」

李義山臉色一變，但很快地恢復正常，而且還有一種突感輕快的感覺；這種感覺是從何而來的呢？細辨一辨才知道他自己根本就怕見十七姨，怕見了十七姨為情所苦，憔悴抑鬱的神色，會忍不住心酸落淚，造成非常難堪的局面。

「開飯。」李夫人走來對丈夫說道：「十七不下樓，你就跟十三哥一起坐吧。」

李義山依言移席，劉二娘帶著阿青捧來了桌案，肴饌比平日豐盛；李義山健啖快飲，與王十三海闊天空地聊著。而在偶然一瞥之間，發現妻子是一臉愉悅的笑容；這像是一面鏡子，但照見的不是此刻的他，而是他在未去香山以前，終日愁眉不展，鬱鬱寡歡的神態。

算了吧！他在心中自語，應該聽德興的勸：好好一個家，不要把它拆散。

但想是這麼想，可惜沒有一把「慧劍」；這夜他輾轉反側，在黑暗中不斷縈繞在眼前的是她的甜媚的笑靨；在耳際的，是她對他的詩的頗為內行的讚語；在觸摸中的，是她的豐腴溫軟的身體；在鼻端的，是她的發自雲鬟霧鬢中的、不知名的香味。這一切，豈是揮揮手便拋得了的？

只一個多月，榴花就要開了，耐心等一等，等一等，他這樣自語著，以至於入夢。

芙蓉塘畔，一大早就很熱鬧了。雇來裝運嫁妝的車輛，陸續開到，輪聲隆隆，如輕雷隱隱；然後是王十三帶來的兩名家人，吆喝著指揮車夫，裝載箱籠行李。李夫人自然早就起身了，但一直待在畫樓上；李義山的推測是，十七姨不願動身，妻子在苦苦相勸。

但他不便去打聽，在陪王十三早餐話別時，不斷留意紫雲的行動與態度，想從她臉上看出一些消息，但他失望了，紫雲一如平時，既看不出有何異樣的表情，亦沒有惜別的神色——紫雲不是十七姨帶來的侍女，她亦不願陪嫁，但與十七姨多年相處，情如姊妹，在此一刻，竟無離愁，似乎是很可怪的事。

「十三郎！」阿青走來通知，「十七姨預備好了要上車了。」

「好！」王十三站起身來，握著李義山的手問：「你那天回長安？」

「也不過三五天就要走了。」

「那，」王十三想了一下說，「我們很可以在閿鄉會面，一起回長安。」

由洛陽到盧氏，是往西南走；去長安則為正西；從盧氏到長安，先往北經靈寶到閿鄉，再折而往西，閿鄉是個交會點。李義山對十七姨到了楊家的情形，不能不關切，如果在閿鄉等到了王十三，便可知道，自然是很好的打算。

「說得是。」李義山與王十三郎且行且談：「先到先等，不見不散。」

「我在楊家會新親，大概有三天耽擱；盧氏到閿鄉只有一天的路程，我跟你的行程差四天。」王十三又說：「閿鄉縣尉姓吳，是我舊日同事，交情不錯；你到了那裡就去看他，自會替你安排一切。」

「有熟人就更好了。」

「你車子亦只要雇到閿鄉，到了那裡再說。」

「好！我準定四天以後動身。」

走到芙蓉塘邊，只見一共六輛車子，前面四輛，載滿箱籠；後面二輛是空的。剛剛站定，只聽德興說道：「來了，來了！」

李義山回頭一看，最前面是阿青攙著小美；隨後是他妻子；再後面是劉二娘與紫雲扶持著十七姨，影綽綽地看不真切。

李義山有些緊張，退後兩步，自己對自己說：要沉著，要沉著，千萬不能動感情。

人越走越近，他的心亦越跳越快；但當看清楚十七姨時，他突然覺得心跳彷彿停止了！這那裡是他想像中的十七姨；宮髻堆鴉，圓姿替月，一把灑金聚頭箑，半遮著無限嬌羞。喜孜孜作新嫁娘去也；臉上那裡有半點兒為情所苦的痕跡？

「上車吧！」李夫人叮囑劉二娘：「凡事要你多留意，有甚麼事跟十三郎商量著辦。」

「我明白。」

「十四姊！」十七姨執著李夫人的手，眼角中滲出兩滴眼淚，但笑容未斂，「我走了。」

「好好去吧！」李夫人叮嚀：「以後不比在家了；一切要靠你自己。」

「是。」

「孝順翁姑最要緊。」

「是。」

「你姊夫，」李夫人讓開一步，看一看丈夫說：「總也有些話要跟你說。」

「姊夫！」十七姨喊一聲，一把聚頭箑，遮了大半張臉；但眼中歉疚的神情，灼然可見。

李義山心裡非常亂，而就在此時，前面四輛行李車開始移動，輪聲轟隆轟隆，加上車夫「得兒御、得兒御」地驅馬聲，眾響煩雜，根本無法說話。

「姊夫，請你多保重！」十七姨大聲喊著，「有得意的詩要寄給我看。」

她一面說，劉二娘已一面扶她上車；王十三是早已上了車的，揮一揮手，緊跟著行李車而去；接著十七姨的車子也走了。

李義山怔怔地望著，內心充滿了惘惘不甘之情；無數燈前蜜語，枕上纏綿，就此不交一語地割斷了？是可能的嗎？

「進去吧！」

李義山回頭一看，是妻子默默地在注視；那雙眼深邃莫測，他將視線避了開去。

「總算忙過去了！」她說：「今年還沒有看過牡丹呢。」

他知道妻子希望他接一句：明天我陪你去看。而他心裡也想這麼說；無奈口不應心，就是說不出來。

一下午不是在東亭徘徊，就是繞著芙蓉塘漫無目的地，行行止止，不知道幹甚麼好？最苦惱一顆心亂得沒個安排處。

終於找到了可以把心靜下來的辦法，集中思慮，把那些雜亂無章的思緒整理出來。

從那裡寫起呢？他隨口吟出一句：「鳳尾香羅薄幾重。」就從此處入手好了；「東」韻他很熟，有個「縫」字可用：「碧交圓頂夜深縫。」

這兩句是寫趕辦妝奩；接下來有現成的送嫁所見的情形可寫：「扇裁月魄羞難掩，車走雷聲語未通。」眼前就這樣一無眷戀地去就新人了，那裡還會想到舊情？

只可嘆自己，枉抛了多少個滅燭獨臥、輾轉反側之夜！如今總算夢醒了。他概括過去與未來，鍛鍊成第二聯：「曾是寂寥金燼暗，斷無消息石榴紅。」罷、罷，死了到盧氏重拾舊歡的那條心吧！他在心裡想，先還顧慮著往西南的那條路，不比京洛大道之康莊；如今也就不必去管它了；「斑騅只繫垂楊岸，何處西南任好風！」

一首意猶未盡，但追憶往事，一時還無法了解，她何以有此突然的轉變？甚至雖說已確知「斷無消息石榴紅」；而且也作了「斑騅只繫垂楊岸」的決定，但是他總覺得難以體認這個殘酷的事實；必得在絲毫不受干擾的情況下，從頭到尾，好好地想一想。

「我的頭，疼得受不了。」他向妻子說：「我要早點睡，別讓小美吵我。」

做妻子的，當然知道他的心情。一頭受了傷的獅子，常是找一個人跡不到之處靜靜去舐創口；所以她很體恤地說：「我本就要去收拾十七妹留下來的東西，今天晚上我就帶著小美在樓上睡好了。」

她知道他需要絕對的安靜，因此，等他歸寢以後，告誡下人，遠離廳堂；還怕小美跳踉嬌呼，特地將兩重帷幕，一起放下，隔絕了一切聲音，讓李義山好好將息。

李義山確是有此需要，從午前到黃昏，他一直不能相信，十七姨會有那種嬌羞不勝的神態；他情苦欲死的心境，以及將心比心，料想她亦必為情憔悴，在「相見時難別亦難」這首詩中，說得非常明白，竟連假裝難捨的做作都沒有，可知她心心念念只是想去做新嫁娘。以今視昔，全不相侔；莫非往日纏綿，都是虛情假意？果然如此，這虛情假意又是從何而生的呢？

心頭翻來覆去都是這樣一個疑問。好難排遣，感覺中時光是一寸一寸地在分割。噫！他突然省悟，若非虛情假意，說如何愛他的才，願為他奉獻一切，莫非還能率直自道，只為花月良宵，難耐寂寞，故而自薦。

轉念到此，爽然若失，但一顆心倒是踏實了，原來為情所苦，根本是自作多情，猶如作繭自縛。十七姨只是待嫁春心，無法自制；自己亦不過如楚襄王之會神女，無非高唐一夢，即令荒唐，無須自責；更不必責人以負心薄情，只希望她嫁到楊家作次妻，絕不會有紫姑神的遭遇。

但也難說！他驀地裡想起，十七姨已非處子，合巹之夕，楊家郎君必會發覺，引起一場極大的風波，追究起來，自己脫不得干係！

這一想，頓時汗流浹背，氣喘心跳；坐起來拿汗巾擦一擦頭臉，又喝了一鍾已涼的茶湯，凝神細想，可能會發生的後果——甚麼後果都可能發生；關鍵是在當事人自己，能不能善於應付。他想，像這種情形，十七姨本人一定比他更敏感，早已想到，應該如何處置。看她的樣子，似乎成竹在胸，頗具自信；但是，表裡是不是一致呢？菱角堅硬，而菱枝軟弱，表面的形象，作不得準。

於是反復估量，始終無法確定，到底會不會有風波；如果發生風波，十七姨能不能平息？想得神思困倦，仍舊放不下心；而鼻端飄來一股馨烈的香味，細細分辨，才知來自庭院中的桂樹——桂樹通體皆芳，月將西下，曉露正濃，滋潤桂葉，散發清香；從簾幙間潛飄暗度，直到枕邊——為不放心十七姨，竟失眠了一夜。

於是他悄然起身，掀開重幃，開啟門戶，涼月在天，晨鐘初動，又是「月斜樓上五更鐘」的時分；遙望畫樓，燈火沉沉，料想妻子摟著小美，好夢正濃。這時候，他突然激發了做個好丈夫、好父親的勇氣；事情錯了，就得承認，不論發生甚麼風波，承認就是——事實上早就應該承認有此一段孽緣，何必憂讒畏譏？「直道相思了無益，未妨惆悵是清狂。」

信口吟出這兩句，心想這應該是結尾，「狂」字七陽，這個韻寬得很，足供迴旋，應該有一首好詩。

於是繞行芙蓉塘邊，清新之氣，沁脾醒腦；從容覓句，很快地足成一律。回到臥處，曙色已透，鋪紙吮毫，寫了下來：「重幃深下莫愁堂，臥後清宵細細長。神女生涯原是夢，小姑居處本無郎。風波不信菱枝弱，月露誰教桂葉香？直道相思了無益，未妨惆悵是清狂。」

因為已經「豁」出去了，不在乎憂讒畏譏了，所以連詩稿都不必收拾，扔下筆，有種脫然無累的感覺；而睡意乘虛而入，只覺雙眼澀重，連外衣都懶得脫，一橫身便自進入夢鄉。

一覺醒來，時已過午，起身一看，屋子裡已收拾得乾乾淨淨；那張詩箋，端端正正壓在硯台之下，李義山心想，妻子必已看過了。

「你醒了！」李夫人掀起重帷，用銀鉤掛了起來，隨後開了窗戶；窗外好明亮的陽光。

「昨晚一夜沒有睡。」

「我知道。」

「你知道？」李義山問：「你怎麼知道的？」

「你不自己畫了供了。」李夫人笑道：「『月露誰教桂葉香』，不明明是說失眠了一夜？」

李義山大為詫異，自覺這句詩凝意鍊句，相當深刻，不道她居然能懂；不由得自問：「莫非我的詩跟白老的詩一樣了？」

「甚麼白老的詩？」

李義山不答她的話，只問：「你怎麼知道這句詩是寫失眠？」

「我是想到你跟我講過的一首詩——。」

這首詩題目叫做〈深宮〉，也是七律：「金殿香銷閉綺櫳，玉壺傳點咽銅龍。狂飆不惜蘿蔭薄，清露偏知桂葉濃。斑竹嶺邊無限淚，景陽宮裡及時鐘。豈知為雨為雲處，只有高唐十二峰。」李義山為妻子講過這首詩，說後宮粉黛三千，君王所眷，不過極少的幾個人，其餘的都被冷落了。但被冷落的宮眷卻不死心，夜夜望幸，深宵不寐，那句「清露偏知桂葉濃」是說桂葉飽受清露，會發出香氣，但白天了無他異，必須到夜深，才知道桂葉的香味是如此之濃。以彼例此，李夫人認為兩句是一樣的意思，都是描寫深夜不眠。

「不過，」李夫人說：「我不懂上面那一句，怎麼叫做『風波不信菱枝弱』？」

李義山想了一下答說：「我是怕她嫁過去以後，會起甚麼風波。」

「是甚麼風波？」

「你不是明知故問？」

「喔，」雖然丈夫說話近乎搶白，做妻子的仍舊報以溫柔的微笑，「不會的！你請放心，絕不會有甚麼風波。」

「何以見得？」

「你慢慢兒就會知道。我們不要談她了！」李夫人說：「今天這麼好的太陽，我們帶了小美出去走走，今年我還沒有去踏過青。」

「好！」李義山欣然同意，「你不是要去看牡丹嗎？月陂福嚴院的紫牡丹開得晚，這幾天去正好。」

月陂是洛陽外郭城內遊觀勝處。洛水從上陽宮南向東而流，水勢散漫，隋朝特築一道斜堤束水，蜿蜒九曲，形如偃月，所以名之為月陂；玄宗開元年間，又增築上陽、積翠兩堤，有永王璘所書的碑記；碑陰細列捐金築堤的諸王及公卿大夫姓名。安祿山造反破洛陽，看了這塊碑的題名錄說：「此中多賢士。」胡人唸漢文，音不準確，賢士讀如鹽豉，因而大家都叫這塊碑為鹽豉碑。

鹽豉碑之西，便是福嚴院；住持法名圓文，人如其名，圓通而文雅，與李義山是舊識，殷勤款待，剪了一朵極名貴的紫牡丹送小美，盤桓到夕陽西下，興盡而歸。

由於劉二娘伴送十七姨到盧氏去了，所以李夫人親自下廚；李義山想作首詩紀遊，正在啜茗構思時，紫雲悄然掩至，低聲說道：「十七姨留下一封信，要我送給郎君。」

李義山不作聲，接過信來，拆開一看；果然，「斷無消息石榴紅」！信很簡單，也很決絕，自言已經大徹大悟，決意結束這段孽緣，勸李義山以家室子女為重，只當這個世界上，從未有過她這麼一個人。

看完信，李義山不免有些氣憤；但很快地也就丟開了。回想這一天妻子的態度，覺得自己也應該有個修好的表示。

「昨日紫姑神去也，今朝青鳥使來賒。」他信口吟著：「青鳥使」是指紫雲，「賒」是遲到之意，這封信實際上是應該在「月斜樓上五更鐘」那一夜便送來給他的，不道遲至今日。

回想自己與十七姨那樣火辣辣地一段熱戀，就這樣來無影，去無蹤，不明不白地連面對面談一談的機會都沒有，便生生地拆散了，至今猶有如夢似幻、不可思議的感覺。更往前想，兩情繾綣，共度良宵，也不過妻子懷衰師在身的那幾個月之中，有幾天團圓；就為了這幾天，付出百遍搗枕，千遍捶床，萬般無奈的長吁短嘆，犯得著嗎？

不管犯得著犯不著，反正事情已經過去了！他覺得他跟十七姨的那段情，猶如天上之月，本就是團圓的時候少，缺陷的時候多，如今的情況，正像十六的月亮，往後一天比一天黯淡，終至全晦；他對十七姨的記憶，往後亦必然一天比一天淡薄，終於消失。相對地，夫婦之間，如果說過去由於十七姨的關係，琴瑟不調；那末，十七姨既已遠嫁，自然十三絃柱，雁行斜向，音律復歸於正，必然會出現《詩經．小雅》中描寫的境況：「妻子好合，如鼓瑟琴。宜爾室家，樂爾妻孥。」

「郎君，」紫雲走來說道：「娘子要我來問，是不是餓了；餓了這會兒就開飯。今天有極肥的魴魚，要現蒸才好吃。」

「就開吧！我先喝酒。」

於是食案上先陳列酒肴，李義山正在把杯吟哦之際，只見阿青與紫雲抬著一個蒸籠上堂；李夫人親手將一盤熱氣騰騰的清蒸魴魚捧上食案。魴魚在江東稱為鯿魚，小頭縮項，闊腹穹脊，肉嫩脂甘，是與鰣魚堪爭一日之長的江鮮；洛水的魴魚尤其有名，蒸得又恰到好處，蘸著薑絲陳醋細嚼，真個齒頰留芳，足快朵頤。

一連吃了數箸，看妻子含笑凝睇，十分滿足的神氣，李義山不由得脫口吟道：「二八月輪蟾影破，十三絃柱雁行斜。」

「你再念一遍。」李夫人說：「我沒有聽懂。」

「等我做好了，一起寫給你看。」

李夫人點點頭，「喔，」她說：「有件事，我得告訴你：李太夫人回洛陽來掃墓，明天我想到樂和里去看看她，得一天的工夫。」

「孩子呢？」

「小美我帶了去，阿袞交給阿青。」李夫人又問：「你打算那天動身？」

李義山想了一會說：「大後天吧。」

「那好。我後天替你收拾行李。」李夫人停了一下又說：「你昨晚上沒有睡好；今天多喝幾杯，喝完就睡。」

李義山聽她的話，喝到醉眼迷離，倒頭便睡；這一覺很酣暢，醒時已在平明。妻子卻香息微微，似乎好夢正濃，李義山不願驚醒她，悄然起身，披了一件白袷衫，躡手躡腳地，掀帷而出。

「郎君，起得早！」在掃地的紫雲問道：「茶在那裡喝？」

「在東亭吧。」李義山這天睡足了，興致很好，突然想起問道：「去年我留了一甕雪水，你看看在那裡？」

紫雲茫然，「我不記得有這回事。」她說：「不是我經的手。」

「喔，對了！那時你回鄉奔喪去了。你問阿青。」

於是找到阿青，在東亭廊上，用雪水烹龍團茶；李義山連飲數碗，神清氣爽，想到昨天所做的詩，還欠結尾兩句，便起身閒行，口中念道：「昨日紫姑神去也，今朝青鳥使來賒。未容言語還分散，少得團圓足怨嗟。二八月輪蟾影破，十六絃柱雁行斜。」結句應該寫此時的心境；他這樣想著，便站住了腳，手撫梅樹，凝神體會，發覺眼前風光，便可入詩，而且亦正好寫出心境：「平明鐘後更何事？笑倚牆邊梅樹花。」

這是一個絕好的、剖開疑團的機會。但他還是作了一番考慮，畸戀既成過去，記憶大可深埋，將十七姨的一切徹底丟開；如果說還要去追問往事，是否表示自己仍舊忘不了她？

他很冷靜地考量自己，用另一個李義山來評估情勢，認為追問過去，只是常人的好奇，並不表示忘不了十七姨；相反地，將事情弄清楚了，了無牽掛，反倒可以徹底將她丟開。

因此當午飯以後，阿青哀師哄得睡了；李義山便找了她來說道：「阿青，我有話問你；我問你的話，你回頭告訴娘子也不要緊。」

這表示了他的光明磊落的態度，為的是減少阿青的疑懼；果然，她絲毫不存戒心地問：「郎君是不是要問我十七姨的事？」

「不錯。」李義山問道：「十七姨的婚事，是誰做的媒？」

「是他自己來求婚的。」

「他？」李義山一上來便深感意外，「盧氏的楊郎，到我們家來過？」

「是啊。是花朝那天，王十三郎陪了來的；我記得那天下毛毛雨，莫若塘外，來了兩部車子，娘子說：「大概是十三郎來了——。」

「慢點！」李義山打斷她的話問：「娘子事先知道他要來？」

「嗯。娘子前兩天就告訴我了，說十三郎要來住幾天，叫我把桂堂收拾收拾。」阿青接下來說：「我出來一看，先下車的是個陌生人，只有二十二、三歲，油頭粉面，一雙眼睛極其靈活；再下來的是十三郎，他跟我說：你去告訴你們娘子，我帶來一個朋友，盧氏縣的楊九郎，要在你們這裡住一些日子——。」

楊九與王十三同住桂堂。當天晚上，李夫人設席款待；由於王十三說楊九是他的至交，所以十七姨亦跟楊九見了面。那楊九人極風趣，善獻殷勤，跟十七姨談得非常投機。

「那天晚上，我聽王十三郎跟娘子說：他跟楊九郎結伴到滎陽去看朋友，不過他先要到伊川去勾當一件公事，明天先走，等他從伊川回來，再跟楊九郎往東走。第二天王十三郎一個人往南去了；楊九郎也不出門，娘子就跟我說：是十三郎的好朋友，丟下他一個人不理不睬，不是待客的道理，你去請十七姨來陪他談談。這一談——。」阿青笑了一下，縮住了口。

李義山急急問說：「這一談怎麼樣？」

「這一談就談了一整天。第二天，十七姨問娘子：可以不可以陪楊九郎去逛金谷園？」

「娘子怎麼說？」

「娘子說等十三郎來了，再去逛也不遲。十七姨就有點不大高興；不過，一見了楊九郎，馬上又眉開眼笑了。」阿青停了下來，雙眼亂眨，似乎在考慮甚麼。

「以後呢？」李義山知道大有文章，便鼓勵她說：「你有話儘管告訴我。反正十七姨也嫁了，事情都過去了；我也只是隨便聽聽，聽過丟開，有關係的話，我不會跟娘子去說。」

「郎君如果真的聽過丟開，不跟娘子去談，我就說。」

「我說到做到，絕不會害你受責備。」

阿青點點頭，「這樣過了兩天，出了一件怪事。」她遙望空中，回憶著說：「那天三更時分，我忽然覺得肚子不舒服，起來要上東廁。剛一出屏門，發現前面一條人影，看樣子是往畫樓上去了；我心裡一驚，這不是楊九郎嗎？心裡想弄個明白，無奈肚子不爭氣，只好趕到東廁。」

「那麼，」李義山大了眼，搶著問說：「到底是不是楊九郎上了畫樓？」

「郎君莫心急！聽我慢慢兒說：等我東廁回來，清清楚楚記得畫樓上的燈火，比先前亮得多了。我心裡在想，這件事不弄清楚，牽腸掛肚，這晚上也不用想睡覺了。為此，我進去添了件衣服，取了個蒲團坐在屏門外面黑頭裡坐等。」

「等到了沒有？」

「當然等到。」阿青毫不含糊地答說：「大概四更將近，看到楊九郎的影子，先前是背影，這回是正面；那天月亮很好，迎面一照，看得清清楚楚。我一直盯著他看，直到看不見了，方始回頭；再抬頭一看，畫樓上漆黑一片。郎君，你倒想！」

竟有此事！李義山自覺一陣酸味沖鼻，但立刻警告自己：千萬勿動感情！靜下心來想一想問說：「那時紫雲回來了沒有？」

「還沒有。」

「你呢？你有沒有把這些情形告訴娘子？」

「當然要告訴。」阿青說道：「等我回進去，娘子已經醒了；她問我：你是不是鬧肚子？我說，我鬧肚子；十七姨那裡鬧鬼。當時我把我看到的情形，源源本本告訴了娘子。」

「她怎麼說呢？」

「她嘆口氣，說一句『女大不中留』。關照我這件事不能跟任何人去說；不過，後來娘子自己倒跟劉二娘說了。」

「何以見得呢？」

「劉二娘問我了，她說娘子告訴她有這回事，問我，你是不是半夜裡眼睛看花了？這件事如果弄錯了，要闖大禍。」

「是啊！我也是這麼想。」李義山又說：「不過，我相信你不會看錯。」

「郎君相信，劉二娘不相信。我當然不說；半夜裡又起來查看，等楊九郎上了畫樓，我去叫醒劉二娘，悄悄來等，這回她才相信了。」

「她怎麼說呢？」

「她的話跟娘子一樣，『女大不中留。』」阿青停了一下說：「第二天十三郎回來了，先跟娘子私下談了好一陣；後來又找楊九郎，關起門來談。再下一天，楊九郎跟娘子說：想娶十七姨。娘子答覆他說：要問本人。」

「問十七姨自己？」

「是。」

「十七姨怎麼說呢？」

「我當時不在場；劉二娘在，是娘子特為叫了她去的。後來劉二娘告訴我，娘子問十七姨……。」

「你看楊九郎這個人怎麼樣？」

「很不錯。」十七姨說：「人滿風趣的。」

「他的家世，跟你談過沒有？」

「談了些，不多。不過，大致明白。」

「那好！」李夫人說：「他想娶你，你願意不願意呢？」

十七姨不作聲，也沒有什麼表情；任何一個待字閨中的女郎，提到終身大事，必然會有的反應，或者羞窘、或者驚訝、或者不屑、或者不屑、或者興奮，什麼都沒有，這就不免令李夫人與劉二娘猜想到，楊九郎早就私下跟她求過婚了。

「怎麼樣？」劉二娘催促著，「十七姨總要你自己說一句，事情才有著落。」

「十四姐，」十七姨開口問道：「你跟十三哥談過沒有？」

「談過，他要我問你自己。」

「我請十四姐作主。」這回倒是答得很快。

「我不敢。」李夫人答說：「如果楊九郎尚未娶親，我就替你作主了。」

「他——，」十七姨遲疑了一回，終於說出口，「他家四世單傳，到了他父親那一輩，才有弟兄兩個；他叔叔前年去世了，沒有子女，他是兼祧兩房。」

「這樣說，」劉二娘插嘴，「十七姨如果進了楊家的門，是他家二房的媳婦？」

十七姨不答，李夫人說道：「這又是要商量的一層，如果楊九郎的伯父去世了，十七姨做他家長房的媳婦，生了兒子是長房長孫，這身分又比較不同。」

看樣子李夫人不怎麼贊成，劉二娘便說：「娘子的顧慮是應該的；不過，畢竟是十七姨自己的終身大事，而且，」她問李夫人，「聽說楊九郎比十七姨還小一歲。」

她的話剛完，十七姨便喊一聲，「劉二娘，」她摸著豐腴的臉問：「你看我老了？」

劉二娘一楞，陪著笑說：「十七姨，不要多心！一朵鮮花正是盛放的時候，那裡就說得上老了。不老，不老！」

「花不會老，只會謝。」李夫人說：「我現在只好這樣說，好花及時，我巴不得你早早出閣；不過嫁楊九郎，要你自己說一句，願還是不願？」

十七姨還是不答，劉二娘便又催促，終於說了一句：「十四姊，你倒替我設想呢？」

「我替你設想，當然是嫁楊九郎，不過，你姊夫回來問起來，責備我說：你怎麼作主把十七嫁給人作次妻？我怎麼交代？莫非我能說破你的隱衷？」

十七姨頓時變色，然後冷笑一聲說道：「就因為我有隱衷，十四姊才容不得我；好吧，我願意就是。」

「這扯到那裡去了？」李義山大為搖頭。

「是啊，十七姨故意把『隱衷』扯了開去。當時為了她那句『容不得我』，娘子大為生氣。幸虧，劉二娘在旁邊勸解，姊妹倆才沒有破臉。」

「喔，」李義山問：「照這麼說，娘子是不贊成這頭親事的？」

「這我就不知道了。不過，娘子盡心盡力替十七姨辦嫁妝，實在也很對得起她了。」

「嗯！」李義山點點頭又問：「後來呢？」

「郎君是問，十七姨答應以後的事？」

「是啊。」

「喔，」阿青回憶著說：「我也是聽劉二娘說的——」

劉二娘告訴阿青，當天晚上李夫人與王十三商量，這件事雖不必徵得李義山的同意，但似乎應該寫信告訴他。王十三不以為然，因為李義山要面子，絕不會贊成十七姨嫁人為次妻，倘或答一句：「應以門第為重。」其勢不能將此中不得已的原因告訴他；那便很難解釋，何以堂堂節度使的千金，屈辱如此？豈不為難。李夫人覺得這話也不錯，打消了原意。

聽到這裡，李義山覺得妻子的處置，絲毫不錯，不但諒解，而且寬慰。但還有一層疑問，既然如此，他回來以後，她又何以多方設計，將他跟十七姨隔絕開來？

正待發問時，阿青已先開口：「下一天，娘子找了楊九郎來，答復他說，既是他兼祧兩房，十七姨是二房的媳婦，應當正式拜堂；而且見禮時，稱楊九郎的親生父母的是伯父伯母；管他的原配叫大嫂——。」

「不錯！」李義山深深點頭，「這樣做法，才合道理；也為自己保住身分。楊九郎怎麼說呢？」

「楊九郎答應了。不過第二點，他說有點為難。第二點是，十七姨將來生了兒子是二房的孫子；

生第二個再承繼到長房。楊九郎說，這一層他父母不會答應；後來商量來商量去，總算折衷辦法，先不談承繼，到生第二個兒子，再拿大的一個承繼到長房。當時楊九郎寫了庚帖，又送了隨身帶的一塊玉算下定；聘禮回盧氏以後馬上送，親事盡快辦。」說到這裡，阿青左右顧視，似乎怕有人偷聽似地。

「這裡沒有人，你儘管說。」

「為什麼親事要盡快辦呢？」阿青又叮囑一句：「郎君，這話你千萬放在肚子裡——。」

「我知道。」李義山搶著作承諾，「你今天跟我說的話，不管是什麼，我一句都不會透露。」

「要這樣，我才敢說，親事盡快辦，是劉二娘的主意，她跟娘子說：十七姨也許有喜了；親事不趕快辦，將來孩子下地，算月分不對，那可是個麻煩。差得個把月，還說得過去；如果差上兩三個月，十七姨在楊家就難做人了。」

「喔，」李義山有種不可思議之感，「劉二娘真是這麼說的嗎？」

「我親耳偷聽到的，劉二娘說：十七姨本來就是宜男之相，而且——。」這兩字出口，阿青突然掩口，兩眼睜得好大，是自己無意中嚇了自己的神氣。

「而且什麼？」李義山追問，神氣顯得很嚴重。

這是知道她有一句要緊話不敢說，想用主人的威嚴逼她吐露。但這句話關係太重了；當時劉二娘是這樣的一句話：「而且，有過這樣一回了。」如果再問：這指什麼？阿青便更難掩飾——當李義山服闋進京的第二個月，劉二娘發現十七姨懷孕了；與李夫人密商下來，採取了快刀斬亂麻的處置，用一服墮胎藥，消除了孽障。知道這件事的，除了李夫人、劉二娘、阿青以外，便只有一個紫雲；倘或李義山知有其事，夫婦的感情一定會破裂，所以阿青發現失言，懸崖勒馬，硬生生截住，怎麼樣也不肯多說一個字。

「沒有什麼，沒有什麼？」她使勁搖著頭。

「你一定有話！你說！說啊！」

一連串的叱喝，逼得阿青快哭出來了；李義山於心不忍，方始住口。

「我再問你，十七姨老避著我，是她自己不願意呢，還是娘子有意攔在前面？」

這回阿青很謹慎了，想了一下答說：「都有。」

「怎麼叫都有。」

「十七姨，大概有點怕見郎君；娘子當然希望平平安安將十七姨送出門，不要再惹出事來。」阿青急於想脫身，「阿袞要把尿了，郎君沒有話了吧？」

「好吧！你去吧！」

等她一走，李義山回想她所透露的十七姨與楊九郎之間的祕密，心裡是一種說不出來的難過，彷彿酸酸地想作嘔；想到「風波不信菱枝弱，月露誰教桂葉香」，不覺爽然若失。但不論如何，對十七姨的最後一筆感情上的債，也一筆勾消了；不必再擔心她已非處子，洞房之夕會起風波。

然而這段情波心瀾，不管怎麼說，總是一生之中的一件大事，可以忘懷，不可無紀；要紀錄，當然還是託之於韻語，但這是絕不可公之於人的祕記，所以命意遣詞，一定要隱微深奧。

打定了主意，默默構思，覺得應該從頭寫起，而起句不難：「颯颯東風細雨來，芙蓉塘外有輕雷。」據實以寫王十三陪楊九郎不速而至。

下面當然是寫十七姨與楊九郎的幽會；照阿青所說，是十七姨先悅其人，這便有韓壽偷香的典故可用了。

這個典故出在晉朝開國元勳賈充家。賈充兩娶，一李一郭，各生二女；郭夫人的長女，便是造成「八王之亂」的惠帝的皇后；幼女叫賈午，「光麗豔逸，端美絕倫。」

賈充有個僚屬韓壽，職稱名為「司空掾」，出身世家，是有名的美男子；一次賈充在府中宴客，賈午在簾後偷窺，望見韓壽，愛慕不已。問她的侍女，是什麼人？有個侍女說是她的故主韓壽。

本意說過丟開，那知賈午朝思暮想，魂牽夢縈，於是那侍女自動做了青鳥使，先去見韓壽，形容賈午如何豔麗，如何傾心；韓壽自然心動，託她致意。

侍女回來一說經過，賈午重賞以外，對韓壽亦有餽贈，約期相會。韓壽不但風度翩翩，而且勁捷過人，入夜踰垣而入，神不知，鬼不覺地成就了好事。

由於韓壽行蹤隱密，韓家上下都不知其事，只有賈充發現賈午心情愉快，異於往日，卻亦不知其故；但終於明白了。

原來西域進貢一種奇香，一經沾染，香氣經月不散。晉武帝頗為珍視，大臣中只有大司馬陳騫及賈充得蒙賞賜。賈午為了取悅韓壽，偷香相贈；韓壽用來熏衣，一到公署，滿室皆香，賈充亦聞到了，心裡便疑心是賈午幹的好事。這天半夜裡，故意大驚小怪地說有小偷，命家人沿著圍牆，偵查盜跡，家人回報：別無異處，只有東北角發現有如狐狸經過的痕跡。這是韓壽躡足潛行所留，而東北角正是賈午香閨所在之處。

於是喚了賈午的侍兒來拷問，盡得真情；賈充嚴厲告誡，不准洩漏醜聞，而將賈午許配韓壽為妻。

由這個典故，回想到十七姨當時屈意相就，出於憐才之一念，稱許他可比才高八斗的魏東阿王曹植；因而想到曹植所作的〈洛神賦〉，這篇賦原名〈感甄賦〉，甄指曹丕的甄后，無雙絕色，先嫁袁紹之子袁照，住在鄴城。當曹操攻袁紹時，曹植知道鄴城必破，想求甄氏女為妻，不料為曹丕捷足先得，曹丕稱帝後，立為皇后。

黃初三年，東阿王曹植入朝，其時甄后已死；留下一個玉鏤金帶枕給他，原來甄后愛才，以不能嫁曹植為恨。及至曹植歸藩，經過洛水時，夜得一夢，夢見甄后向他說：「此枕是我在家所用，今與君王。」自荐枕席。曹植感於這段與楚襄王夢會神女的奇異經過，作了這篇賦，但假托所夢見的神女，是洛水之神，名曰宓妃，相傳為宓犧之女。後來甄后之子接帝位，將〈感甄賦〉改為〈洛神賦〉。

將韓壽偷香與這個故事綰合在一起，恰好說明了十七姨兩番自薦的由來：「賈氏窺簾韓掾少，宓妃留枕魏王才」；說什麼愛才？見了英俊少年，頓忘前言。李義山覺得不必有何譴責的言詞，而譴責之意自見。不過，「颯颯東風細雨來」。是仄起的律詩，這一偶句，只能作為頸聯；前面的頷聯，呼應起句的不速客至，自然應該著重楊九郎。

為了求其隱晦，李義山刻意鍛鍊，才作成兩句：「金蟾齧鎖燒香入，玉虎牽絲汲井迴。」金蟾是一種蟾蜍形的銅製香器，蟾口咬住一個鼻紐，紐上有鍊，以便懸之於帷帳之中。這句詩用賈午資香以遺韓壽的典故，亦可解釋為十七姨深夜用焚香作為招引的暗號；楊九郎聞見香氣馥郁，不妨排闥直入。

下句的「玉虎」是井上的轆轤，「玉虎牽絲汲井迴」，就表面看，只是說有人打了井水回來，一無意義，其實這是他特意所施的障眼法，七字之中有用的只是「牽絲」二字。開元年間宰相張嘉貞看中了「美丰姿，有才藝」的郭元振，想要他作女婿，郭元振說：「公有五女，不知那一位可以匹配？此事不可倉促，慢慢再說。」張嘉貞表示：五女各有姿色，連他都不知道那一個最配郭元振。因而想出紅絲牽引的辦法。

張家五個小娘子，隱於幔後，手中各持紅絲，由郭元振在幔前任意牽引，牽到誰就是誰。結果牽出來的是五女之中的老三，姿色最佳。

所以「牽絲」二字，無非是指李夫人允婚；併上句而言：「金蟾齧鎖燒香入，玉虎牽絲汲井迴」，正合著「明修棧道，暗度陳倉」這兩句俗語；說得更明白些，是先度陳倉，後修棧道。

轉念到此，李義山灰心極了，覺得與十七姨的這段孽緣，一點意味都沒有，枉拋相思，追悔不及，脫口吟道：「春心莫共花爭發，一寸相思一寸灰！」

於是將全詩寫了下來：「颯颯東風細雨來，芙蓉塘外有輕雷。金蟾齧鎖燒香入，玉虎牽絲汲井迴。賈氏窺簾韓掾少，宓妃留枕魏王才。春心莫共花爭發，一寸相思一寸灰。」重新吟哦數過，卻還不能自信，是不是將他與十七姨之間的這段「本事」，真個在金蟾、牽絲、窺簾、留枕這四個典故中，深藏不露了？

到晚來，妻子作客歸來，帶回來一大筐李太夫人所送的湖州土產。湖州瀕臨太湖，是東南有名的魚米之鄉，當地人精於飲饌；又因為信佛甚虔，所以善製素食，李夫人帶回來的筍脯、熏豆，最宜佐酒，亦是消閒的妙品；因而這晚上李義山與小美偎依在一起互哺，小美塞一條筍脯在父親口中，然後自己張大了嘴，等父親將熏豆拋入她口中。父女倆嘻嘻哈哈，笑聲不絕。

「這是你今天作的詩？」李夫人持了詩箋來問。

這是李義山特意露置在書案上的，便即問道：「你看我這首詩，有沒有可取之處？」

「看不懂。」李夫人答說：「有『芙蓉塘』，自然是寫家裡的事。什麼叫『芙蓉塘外有輕雷』？那裡打雷，不也就等於這個屋頂上打雷嗎？」

「不！這個雷，是指車聲隆隆，不是天上打雷。」

「喔，」李夫人想了一下說：「你是指十三來的那一天？不錯，那天有毛毛雨。下面呢？『金蟾』下面那個字，我都不認得。」

「這個字念如『聶』，是用牙齒咬住了不放的意思。」

「那麼什麼叫『金蟾齧鎖燒香入』？」

「你先看了再說。」

李夫人重新又慢慢念了一遍，搖搖頭說：「除了一頭一尾，中間四句，我一個字都不懂。」

「你只要懂了一頭一尾就好了。」

彼此都很滿意。李夫人是深喻丈夫已經斷了對十七姨的相思；李義山則正是要她不懂中間的四句，如果她能解得其中之意，便表示他想隱藏真相的企圖，已告失敗，必須用更隱晦的言語重作。

帶著德興進了閿鄉東門，暫投逆旅，依照王十三的約定，將車子打發走了；李義山從奚囊中取出筆硯寫了一個名刺，問明縣署地址，帶著德興去拜吳縣尉。

名刺一投進去，吳縣尉立即出迎；此人年紀不到三十，明經出身，一見了面，盛道仰慕，然後動問來意。

「王十三郎是我內兄，他送嫁到盧氏，約定在貴縣會合，一起進京。」李義山從容問道：「臨行約定，到了貴縣，先謁足下，便知消息，不知舍親到了沒有？」

這是故意這樣說法；如果王十三先到了，自然已跟他說明經過，也就不必動問來意了，只是李義山不便率直要求他安排一切，所以這樣繞著彎子說話。

「原來王十三是令親，失敬，失敬。」吳縣尉更加親熱了，「王十三是我至交，義山先生不必見外；行李在那裡？」

「置在東門劉家老店。」

「我馬上派人去搬。」吳縣尉往後一指，「驛館就在衙署後面，我先陪了義山先生去。」

「費心，費心！」

於是吳縣尉先找人到劉家老店去取行李，然後陪著李義山由側門出縣署，安步當車，到了驛館。等行李運到，安頓妥當，吳縣尉起身告辭。

「我還有幾件公事，急待料理，得回去一趟。」他說：「義山先生且先休息；晚上奉屈小酌，一洗風塵。」

「謝謝！」李義山謙謝：「一來就要叨擾，實在於心不安。」

吳縣尉正要答話，只聽車聲隆隆，直駛入驛館的廣場；李義山看出跨轅的是王十三的僕人，不由得便迎了出去。

果然，是王十三，「真巧！」李義山：「我也是剛到。」

原來王十三每次經過閿鄉，都由吳縣尉招待在此歇宿，所以他一進南門，直投驛館，預備先安頓了行李再去看吳縣尉，如今是省事得多了。

「好極，好極！」吳縣尉很高興地說：「舊雨新知，良會不易，今晚上非痛飲不可了。」

於是吳縣尉又作了一番交代，方始作別；約定到晚他攜酒肴來，就在驛館為他們郎舅洗塵。

「怎麼樣？」李義山問：「一切都很順利吧？」

這句話措詞欠妥，倒像他送親辦喜事，可能不會順利似地；不過王十三沒有聽出來，只連連答說：「很順利，很順利。」

據王十三說，到盧氏的第三天，便是嘉禮吉期，一切都照李夫人的意旨，十七姨成了楊家的長媳，廟見時對楊九郎的本生父母，以叔嬸相稱；楊九郎的元配很賢慧，合巹之夕，親自為十七姨開臉上妝，情如姊妹。這些在李義山棄絕舊情，只念戚誼，自然感到安慰；而唯一還有些不能釋然的是怕洞房之夜會有風波，亦顯然證實是不必要的顧慮。

「總算了卻一樁心事！」王十三舒口氣說，「我已經寫信到洛陽了，讓十四妹也好放心。」

「喔，劉二娘回去了。」

「不！劉二娘要陪著過了滿月才回去。」

正在談著，吳縣尉復又來訪，隨著挑著極大的食盒，便在驛館後園的一座敞軒中布席。吳縣尉的酒量極好，人亦風趣健談；對李義山仰慕已久，殷勤酬勸，李義山很高興結識了這樣一個朋友，放量快飲，是這回京洛往還之中，心情最舒暢的一天。

席間也談到了第二天動身的事，由閿鄉到潼關，只有三十里路；吳縣尉建議，不妨午後動身，到潼關看風陵渡的落日，當夜宿在潼關。如果一天趕到華陰，未免辛苦，大可不必。王十三與李義山都接受了他的建議，因為如此，幾乎作了長夜之飲，直到四更天，方始盡興而散。

第二天睡到近午時分，方始起身，吳縣尉又親自來照料，吃了午飯，從容上路；車子沿著黃河南岸，往西進發，日落時分，到了潼關，下車眺望，昏黃斜照，古渡蒼茫，李義山又發了詩興，喚著德興說：「取我的奚囊來！」

大腹謂之奚，奚囊便是一個大腹的口袋，用蜀錦縫製，口子用一根絲繩貫穿，抽緊了便可束口。這是「玉樓赴召」的李長吉所發明的；李義山很愛好他的詩，而且學了他作詩往往不先命題的習慣，所以也照樣製了這麼一個奚囊，存貯筆硯詩稿，有時自攜，有時交給德興，也有時收存在箱籠中。

德興一楞，「我記不得在那裡？」他問：「郎君昨天用過，放在那裡了？」

「我怎麼知道？箱子裡找找看。」

開箱一看，依舊不見；「一定忘在東門旅舍中了。」德興說道：「不會掉的。」

「掉了可是麻煩。」李義山大為不安。

「怎麼？」王十三問；心裡不免奇怪，奚囊中不過筆硯什物，所值無幾，怎麼說有麻煩呢？

李義山不答。奚囊中有一冊詩稿，都是不足為外人道的語言，豈可流傳在外！

越想越不妥，李義山斷然作了決定，「德興，」他說：「你連夜趕回去，一定得把那個奚囊找回來。」

於是，德興跟吳縣尉所派，護送李、王二人進京的驛吏情商，借用他的馬，披星戴月，東去閿鄉；第二天午前回到潼關，奚囊總算找到了。

「昨晚上三更時分，才到閿鄉，趕到旅舍一問，說有的，是取行李的時候，忘了拿了；他們也是昨天下午收拾屋子才發現的，當時交到了吳縣尉那裡。」德興停了一下說：「今天一大早，我是從吳縣尉那裡取回來的。」

李義山檢視奚囊，詩稿筆硯，一樣不少；但不知吳縣尉看過他的詩稿沒有？這一點當然無由究詰，也就不去多想了。

十年泉下無消息

回長安的第三天，溫庭筠得訊來訪，談起長安近事，得知杜牧撰擬韋丹的碑文脫稿後，生了一場大病，尚未痊癒，照醫生估計，還得休養兩個月，待到復原，已在盛暑，病軀初復，不宜長途跋涉，所以赴湖州之任，尚待秋涼。

「我應該去看看他。」李義山又問：「子直呢？常見面吧？」

「可惡！」溫庭筠脫口罵了這一句；停一停卻又自語：「也怪我自己不好。」

「喔，怎麼回事？」

談起來實在也不能僅責令狐綯「可惡」，是溫庭筠言語不謹，既為令狐綯捉刀，撰「菩薩蠻」進獻皇帝，卻又輕洩於人，令狐綯自然深為不滿，有一回登門相訪，令狐綯明明在家，託詞出遊，拒而不納。

「足下樣樣都好，就是口沒遮攔；從今以後改一改吧！」

「江山好改，本性難移。」溫庭筠答說：「看不慣的事，要我悶在肚子裡不說，非生病不可。不過，這回，我承認是我一時失檢。事情過去就算了不再談它了。」

李義山便換一個話題：「孫張二人如何？很得意吧？」

「小人得志而已。不談他們，言之穢口，」溫庭筠手一伸：「在洛陽作的詩呢？」

「沒有作什麼詩。」李義山搖搖頭，「便有，亦不足觀。」

「倒唸來聽聽。」

李義山心中一動，考慮了一下說道：「我唸一首你聽聽。」接著便唸了「颯颯東風」的那首七律。

「這中間自然有本事。」溫庭筠問：「能不能說給我聽聽。」

「一說便落言筌了。」

於是溫庭筠將他的那首詩寫了下來，細細吟味，「芙蓉塘是什麼地方？」他問。

「不必果有其地。」李義山當然不願實說。

「然則這又是虛擬的豔體？」

李義山笑而不答。這種虛實莫測的態度，增加了溫庭筠探索的興趣，時而攢眉、時而點頭，但到頭來仍是困惑的神氣。

「怎麼會用到曹子建跟洛神的典呢？不懂！」他搖搖頭說：「我不必瞎猜了。」

李義山覺得又通過了一次考驗；連溫庭筠都猜不透這段本事，確是能隱藏於密了。

杜牧終於康復了，李義山去看過他好幾次，數共遊宴，經常去的地方是杜牧故居附近的樂遊原。

樂遊原在秦朝有個離宮，名為宜春苑；入漢荒廢，後來為宣帝所看中，建造了一個樂遊苑。

自漢高祖以來，歷代皇帝駕崩後，皆建一專廟，歲時祭祀，以享血食，名為宗廟；由文帝開始，更在生前自建宗廟，並錫嘉名，名為「顧成廟」；文帝之子景帝，雖自己建廟，卻又諱言「廟」字，因而名之為「德陽宮」；景帝之子武帝，循例稱自己的廟為「龍淵宮」。但武帝之子昭帝，復又稱廟，廟名「徘徊」。

昭帝之子便是宣帝，決定將他生前的樂遊苑改為身後的「樂遊廟」；廟早荒廢，但樂遊之名，卻還保持，稱之為樂遊原。原是高原，長安四周有細柳原、少陵原、神木原、鳳棲原，而以樂遊原為諸原之首，因為地勢最高，四望寬敞，登臨眺望，整個長安城皆收眼底。李義山在抑鬱不歡時，每每驅車到此，看落照變幻，藉以消除胸中塊壘。

杜牧亦有類似的習慣，這天特為給李義山送來一張詩箋，上書七絕一首，題目叫做「將赴吳興登樂遊原一絕」，詩是：「清時有味是無能，閒愛孤雲靜愛僧。欲把一麾江海去，樂遊原上望昭陵。」

李義山一看便知杜牧頗有京騷，但寫得非常蘊藉，承平時期，清閒有味，固為人生難得的境界，但此清福，亦只有投閒置散的人能享，身負軍國重任，那裡有工夫去看孤雲，更莫說深山訪僧，清談永日，「因過竹院逢僧話，又得浮生半日閒」是「不才明主棄，多病故人疏」的孟浩然的生涯。

末句「昭陵」是唐太宗的陵寢，在京兆府醴泉縣東北二十五里的九嵕山。這是杜牧自傷懷才不遇，他性好將略，早年拜殿中侍御史內供奉時，曾暢論時政得失，認為長慶以來，朝廷措置無術，藩鎮坐大。這些國家大事，小臣不當言而言，所以自稱為罪言。武宗會昌年間，李德裕很看重杜牧；澤潞之變，杜牧曾建議進取的方略，以後平澤潞的戰術，大致皆為杜牧的估量，「樂遊原上望昭陵」，意在言外，如果生當貞觀時期，必蒙太宗重用留在廟堂，不致一麾出守。

為了酬答，李義山寫了一首七律回贈，題目就叫「贈司勳杜十三員外」，這首詩的格律很新奇：「杜牧司勳字牧之，清秋一首杜陵詩。前身應是梁江總，名總還曾字總持。心鐵已從干鏌利，鬢絲休嘆雪霜垂。漢江遠弔西江水，羊祜韋丹盡有碑。」

由杜牧想到樂遊原別稱的杜陵；再由杜牧字牧之，想到江總字總持，一時巧思，妙的是之與持同韻。江總生於梁武帝天監年間，少孤而篤學；陳後主時當宰相，不持政務，只天天陪陳後主宴遊後庭，大作豔詩，號為「狎客」，君臣昏亂，終至於亡。說杜牧的前身為江總，比擬不倫，但因有那個名字上的巧合，便不以為嫌了。

「干鏌」是干將、鏌鋣的合稱；鏌鋣即莫邪。吳王闔閭命干將、莫邪夫婦鑄劍，三月不成，莫邪自投於洪爐中，因而鑄成陰陽兩把名劍，是個有名的故事；「心鐵」謂杜牧心中有一把劍，隱喻他善於將略。「鬌絲休嘆雪霜垂」，是因為杜牧詩中好用「鬢生雪」、「鬢帶霜」的字樣，以「休嘆」勸他振作。精義在結尾兩句。晉朝羊祜鎮襄陽時，常遊峴山，置酒言詠，終日不倦，自謂百歲後，魂魄有知，猶當登此。歿後，襄陽百姓，為他立碑建廟，歲時祭饗，見碑者，莫不流涕，後人因而稱此碑為「墮淚碑」。羊祜若非如韋丹那樣，有大功德在民間，遺愛去思，不會如是之深。

「漢江遠弔西江水，羊祜韋丹盡有碑」，對杜牧在安慰之中寓勉勵之意，意思是說：你莫以為在朝不能大用，出守吳興是失意；此番「欲把一麾江海去」，循漢江經江西赴任時，在襄陽看到墮淚碑，再想到你自己所撰的韋丹遺愛碑，就會恍然於外吏亦大有可為，甘棠遺愛，流傳千古，在朝立功，反不如在外立德，更足以不朽。

果然，杜牧深深領受了他的激勵之意，寫了一封充滿了感激之情的信道謝，李義山亦覺依依不捨，在他啟程之日，策馬到灞橋送行，在蕭蕭秋柳之下，互道珍重，握手而別。

送行的還有溫庭筠，自然而然地在歸途上並轡聯騎，迎著西風殘照，款段而行。由於塵沙甚大，風又撲面，所以兩人都用一方錦帕，遮住了口鼻，當然亦就無從交談了。

一進東門，溫庭筠勒住了馬，解下臉上的錦帕，仰天舒了口氣，踏進一家「胡姬」侍應的酒店，高聲喊了一個字：「酒！」長身盛鬅，高鼻深目的「胡姬」，用個大銀壺捧來了酒，另外是佐酒的一盤煮栗、一盤鹿脯，擺設既畢，問一聲：「客官光喝酒？」

「酒以外還有什麼？」

「飯啊！有現成的饃，餅可得現烙。」

「酒醉飯飽以後呢？還有什麼？」說著，他在胡姬的豐臀上捏了一把。

胡姬身子一扭，白了他一眼，「還有，」她說：「回家吃奶去！」

溫庭筠哈哈大笑，笑停了說：「不回家也能吃奶嗎？」

胡姬不再理他，掉頭而去；恰好與李義山面對面，通路甚窄，彼此往旁邊避讓，自然是客人先走，到了溫庭筠面前，李義山問道：「這胡姬面含怒容，所為何來？我遠遠望見，跟你似乎說了好些話！是不是把她惹惱了？」

溫庭筠笑笑不作聲，為他斟著酒問：「昨天在那裡登高？」

「未去登高，只懷泉下。」

「泉下故人也不少。」溫庭筠說：「一定是懷『平生風義兼師友』的劉參軍？」

「不！」李義山說道：「我唸一首昨天所作的詩給你聽：『曾共山翁把酒時，霜天白菊繞階墀』……。」

「吾知之矣！」溫庭筠搖著手打斷了他的話。

溫庭筠聽第一句，不知「山翁」指誰，及至聽到第二句「霜天白菊繞階墀」，恍然大悟，是指令狐楚；因為令狐楚最愛白菊，是出了名的。

「原來你把彭陽公比作山季倫。」溫庭筠點點頭：「倒也差不多。」

「不，不！你錯了！」李義山說：「如果彭陽公是山季倫，那麼子直又擬誰呢？」

彭陽公指令狐楚；山季倫名簡，是竹林七賢之一山濤的第五子。山簡鎮襄陽時，日日縱酒，人稱之為「嗜酒山翁」；李白的〈襄陽歌〉詩：「傍人借問笑何事，笑殺山翁醉似泥」，便指山簡。

如今李義山說他錯了，又說如果令狐楚可比山簡，那麼令狐綯應該比誰？顯然的，他的意思是，令狐楚應該比擬山濤，而山簡則彷彿令狐綯。

想想也不錯，「山翁原來是山公！」溫庭筠說：「我只想到『嗜酒山翁』，沒有想到『山公啟事』。不過，你改公為翁，總有緣故吧？」

山濤在晉武帝時，由大鴻臚轉吏部尚書，甄拔人物，就其專長，細加品題，後人將這些品題的文章，輯為《山公啟事》三卷。李義山特意將山公改為山翁，自然有深意在內，溫庭筠問到，不能不答。

「這是個小小的障眼法。我就是要讓人誤會山翁是指山季倫。」

「為什麼？」溫庭筠問道。

「你聽我唸下去就知道了：『十年泉下無消息，九日樽前有所思。不——』」

「好！」溫庭筠脫口稱讚，「大開大闔，老杜的筆法；這一聯雖由〈秋興〉第四首結句衍化而來，可是作成偶句，反而更有意味。」

杜甫〈秋興〉八首之四是：「聞道長安似弈棋，百年世事不勝悲。王侯第宅皆新主，文武衣冠異昔時。直北關山金鼓振，征西車馬羽書遲。魚龍寂寞秋江冷，故國平居有所思。」李義山的「十年」、「九日」即脫胎這首詩的結句，甚至「有所思」三字，逕襲原文。

「讓你識破機關，慚愧，慚愧。不過，自覺還渾成而已。」

「豈止渾成。」溫庭筠停了一下說：「彭陽公下世有十年了吧？」

「十二年了。」

「身後聲名寂寞，此所謂『無消息』；可是你的『有所思』是什麼呢？是說子直不能光大先人志業，顯親揚名？」

「只可意會，不可言傳。」李義山接著一氣唸完了後半首：「『不學漢臣栽苜蓿，空教楚客詠江蘺。郎君官貴施行馬，東閣無因得再窺。』」

「感慨太深了。」溫庭筠問道：「這首詩是昨天在晉昌坊作的？」

「不！在回家以後。」

「沒有見著子直？」

「結句說得很明白了。」

「我明白了。」溫庭筠說：「你是期望子直做好獎舉人材的山簡來薦你？」

「亦不盡然。」李義山答說：「我是為子直設想。」

「為他設想？」溫庭筠搖著頭是不以為然的神氣，「這話我就不明白了。」

「我倒請問，相業以何為重？」

溫庭筠略想一想說：「自然以獎進人材為本？」

「不錯。我就是提醒他如何獎進人材。」李義山問道：「你說『漢臣』是誰？」

「應該是指張騫。苜蓿乃外國之草，張騫移種而歸，種之上苑。是嗎？」

「是。苜蓿馬之所嗜。倘非先種苜蓿秣馬，則雖有騏驥，難致千里。」

「啊，啊！這意思好！」溫庭筠深深點頭：「如果不是士飽馬騰，張騫如何能平西域？你是說獎進人材，應以養士為本；不養士，人材何由獎進？子直雖還未知制誥，但總是入相了；如果『不學漢臣種苜蓿』，即無相業可言。」溫庭筠又問：「『楚客』何所指？」

「你想呢？」

「應該是指屈原。」

「然也！」李義山欣慰地說：「江蘺即蘼蕪；你記得《楚辭》上是怎麼說的？」

這下考倒了溫庭筠，思索久久，方始回答：「好像是『蘼蕪兮秋蘭，羅生兮堂下。』」

「前一句顛倒了，是『秋蘭兮蘼蕪，羅生兮堂下。』」義山說。

「嗯，嗯，你是自擬秋蘭，不生上苑，而與蘼蕪同生於堂下！自傷沉淪，心不能平，故有所思？」

「也可以這麼說。」李義山突然雙眉深鎖，滿臉困惑不解的神情。

「怎麼？」溫庭筠問：「萬千心事，都不期而集了？」

「有件事，我實在想不通。」李義山停了一下說：「子直突然之間，態度大變，我真不知道其故何在？」

「你倒說給我聽聽，是怎麼個突然大變。」

「他剛從湖州回京的時候——。」

李義山從令狐綯回京初晤，殷殷相詢到這年春天回洛陽去辭行，竟難見一面，以至於「東閣無因得再窺」的經過，從頭到尾細說了一遍。

溫庭筠靜靜地聽著，並沒有什麼驚異的表情；等他說完，隨口答了一句：「想來總是有人在從中挑撥。」

「那是誰呢？」

「你應該想得到。」

「是張守林、孫覽？」李義山問：「拿什麼來挑撥呢？我不比你，心直口快；這兩個人，我鄙視也只是在心裡，表面上可是客客氣氣的。」

這話才使得溫庭筠有注意的神色。「是啊！」他說，「他們在子直面前離間我，可以說我恃才傲物；這四個字在你身上用不上。而況你跟子直多年世交，相知有素，即令恃才傲物，也是子直早就知道的，何待今日挑撥？」

他的想法，也正是李義山的想法；不過，這一說使得李義山更加相信，其中別有蹊蹺，因而用拜託的語氣說：「飛卿，你能不能替我打聽打聽？」

「好！」溫庭筠慨然應允，「不過，這不能急。」

彼此都不急，所以一個月以來雖見過數次，大家都不提此事，而就在這一個多月之中，李義山有件很欣慰的事，就是柳仲郢得他的至交，宰相周墀的舉薦，由鄭州刺史調升為河南尹，也就是東都洛陽的地方長官。柳仲郢先奉召進京，領受了「聖訓」，方始赴任；臨行之前，不待李義山囑託，柳仲郢自己表示，會照料他在洛陽的家。

餞別柳仲郢的那一天，在離筵上遇見溫庭筠，他說李義山託他打聽的事，已有眉目，三五日內可得真相。果然，在第四天上，他派奚童送了一封信給李義山，約在西市酒樓相會。

「你在令狐家老宅，作過一首牡丹詩是不是？」

「是啊！」李義山問：「這首詩怎麼樣？」

「這首詩結尾兩句是什麼？」

這一問，讓李義山楞住了，「這首詩的結句，」他說：「我因為有顧忌，從未示人不過我問心無愧。」

「既然如此，我亦不問。不過，我要提醒你，子直不是心胸開闊的人。」

「我知道，他之不薦我，是防我妨他的青雲之路；因為他有這樣的想法，小人之言，才容易見聽。」李義山停了一下又說：「我在晉昌坊，從無越分的行為，久而自知；我們兩代的交情，不容我輕易對他死心。除非他『知制誥』以後，還不薦我。」

「那你就等著吧！」溫庭筠說，「我聽說，他最近要加官，遷御史中丞；『知制誥』雖說要入學士院一年以後，但例外亦是有的，以他的聖眷優隆，或許能早圓好夢。」

令狐綯尚無加官的消息，李義山卻有外調的可能，京兆尹盧弘正，想邀他去典章奏。但疆吏雖得自辟掾曹幕府，卻只能在屬官挑選；所以李義山須先由秘書省正字，調為官階相當的外職，派在京兆尹屬下，然後盧弘正方能奏請署理正七品下階的掾曹，經歷一年半載，便可真除。

這是一個既能升官，又能發揮長才的好機會，但他卻躊躇難決，主要的還是因為令狐綯將「知制誥」，不捨得放棄可能會有的更好的機緣。

這條路子是由韓瞻而來的，一連催了他幾次，不得要領；最後一次，韓瞻表示，盧弘正慕名相邀，頗具誠意，典章奏是要職，未便久懸，如果不願屈就，希望三日之內考慮答覆。李義山不便直訴躊躇的原因，覺得只有找溫庭筠代決行止，因為溫庭筠明白他的心事。

溫庭筠毫不遲疑地答說：「如果是我，當然就盧子強之邀。」子強是盧弘正的字，「盧家昆季四人皆富文采，不愧為才子之後，你跟盧子強一定意氣相投。」

這兩句話打動了李義山，原來盧弘正之父盧綸是「大曆十才子」之一，盧弘正家學淵源，詩雖不常作，眼力甚高；到得京兆府，公餘之暇，與盧弘正把酒論詩，亦是一樂。

「好！」李義山毅然決然地：「吾意已決。」

「不過有一點，我要提醒你，現在專有人說你是『李黨』；盧子強亦為李衛公所厚，所以你應他之邀，說你是『李黨』的人，更振振有詞了。」

「這話，我早就聽說了，彭陽公與牛奇章相善；李衛公愛護先岳，固天下皆知之事；因此，我就婚王氏時，就有人毀我，說是叛牛投李。你知道的，牛有黨，李無黨；就算李有黨，試問，我不過一個新進士，末秩下僚，而且連李衛公都沒有見過，那裡就牽涉到朝廷的黨爭了？造作這種無根讕言，可以說是太抬舉我了。」

「你是這麼說，可也有人說，你對李衛公頗有受恩深重之感。」

「飛卿，」李義山平靜地問：「你相信嗎？」

「我自然不會相信，但子直恐不然，因為『有詩為證』。」

「有詩為證？」

「是啊！」溫庭筠說：「你倒想想看，你那首〈淚〉？」

一提到這首詩，李義山恍然大悟；是被提醒了，無意之中又落了口實。

「你那首詩，在我來說，除了佩服以外，不能贊一詞，但越是如此，你的嫌疑越重。」

原來李義山當李德裕被貶時，曾作過一首七律，題目叫「淚」；這首詩也跟「牡丹」詩一樣，是他極其得意之作，前面六句是：「永巷長年怨綺羅，離情終日思風波。湘江竹上痕無限，峴首碑前灑幾多。人去紫台秋入塞，兵殘楚帳夜聞歌。」就表面看，句句皆寫淚，除第二句白描以外，其餘五句用漢朝宮中設長巷幽閉有罪宮女；娥皇、女英湘妃竹；羊祜墮淚碑；昭君遠嫁，仰天太息；項羽夜聞楚歌，泣數行下的故事，似乎徵淚之典，毫無關聯，其實不然。

這六句詩暗寓李德裕被貶的淒涼境況。第一句寫當今皇帝即位，頓時失寵；第二句寫貶斥的離恨；第三句將李德裕比擬為湘妃，巧思無匹。在李德裕看，武宗之崩，猶如湘妃之於舜之崩，除淚以外唯有死；第四句則李德裕之貶，自充荊南節度使開始，與羊祜官位相同；第五句則與杜甫的詩，「一去紫台連朔漢，獨留青塚向黃昏」同意，預料他一離京城，再無還朝之日；第六司言李德裕罷相貶逐後，牛黨盡皆起用；而李德裕所看重的人，無不貶斥，滿朝皆敵，猶如西楚霸王軍次垓下時的四面楚歌。

結尾兩句是：「朝來灞水橋邊問，未抵青袍送玉珂。」灞橋送別之地，李德裕離長安時，受過他好處的朝官，無人相送，反倒是「八百孤寒齊下淚」，這便是「未抵青袍送玉珂」，「青袍」固然淚下如雨；在「玉珂」哀感交併，恐更有傾江倒海之淚。

「我並沒有去送行，因為我跟李衛公無一面之識，只是聽人談起，當時灞橋折柳的光景。」李義山說。

李義山又說：「而且這首詩，也不是當時所作，只是追敘而已。」

「那麼，你這首詩是什麼時候作的呢？」

「去年九月。」

「去年九月？」溫庭筠想了一下說：「喔，是李衛公貶潮州的時候。」

李德裕罷相，初貶為荊南節度使，猶帶「同平章事」的字樣，這是會昌六年正月，當今皇帝接任第六天的事；九月間再貶為「東都留守，解平章事」；大中元年二年，三貶為「太子少保，分司東都」；九月四貶為「潮州司馬」。李義山大為不平，因而作此詩寄慨，當然亦有自傷不遇之意在內。

「李衛公在洛陽一年，一舉一動，自有邏者偵報朝廷；什麼人去看過他，亦有『門簿』可稽，不妨查一查，可有我李某某的姓名？」

「算了，算了！」溫庭筠說道：「你託我打聽，我是知道什麼，告訴你什麼。不過，義山，我倒有句話奉勸，除非像我這樣，功名之念，早已拋諸九霄雲外，多言無可賈禍，甚至使酒罵唐，衮衮諸公，最多餉我白眼，此外無奈我何。如果你功名心熱，還指望子直能夠薦你大用，你這種詩，就要少作。」

「是，是！藥石良言，無奈積習難改。」

「難改也要改，譬如像這首〈淚〉，讓受過李衛公好處，而恩將仇報，落井下石的人看到了心裡會好過嗎？」

這是指白敏中而言，李義山聽他這一說，心裡涼了半截；令狐綯既為白敏中所援引，他會薦一個罵白敏中的人嗎？就算令狐綯肯薦，白敏中有此容納的雅量嗎？

「罷，罷！」李義山嘆口氣說：「一切聽天由命吧！」

經由盧弘正的安排，李義山外調為盩厔尉；須先到任，再由盧弘正下令調回京城，因此，這回赴調，等於出遊，當然不必驚動在京的至好，輕裝簡從，悄然西去。

盩厔縣在長安西南一百六十里，第一天由咸陽橋至興平；第二天由興平到武功，只得五十里路，如果要趕一趕，當天便可渡渭水而南，抵達盩厔。但他決定這天宿在武功，因為由興平到武功途程之半，便是「六軍不發無奈何，宛轉蛾眉馬前死」的馬嵬驛，他幾次經過，皆以行程匆促，未能憑弔，這回決定在此作半日之遊。

馬嵬有城，其實是個堡，整個堡也就是驛站；李義山在驛官導引之下，看了高力士奉旨縊殺楊貴妃的佛堂；然後策馬到城北的馬嵬坡，想看楊貴妃當年埋骨之處，但了無他異——唐明皇自蜀回京，密命內侍至馬嵬坡具棺槨改葬，所以在此已經無跡可循了。

馬嵬坡有一口馬嵬泉，當德興在汲泉飲馬時，李義山脫口吟了一首七絕：「冀馬燕犀動地來，自埋紅粉自成灰。君王若道能傾國，玉輦何由過馬嵬？」自己復誦了兩遍，覺得這麼一個大題目，只是淺淺地為楊貴妃略抒不平，毫無意味，而且起句跟〈長恨歌〉的「漁陽鼙鼓動地來」一式無二，更不足取。因而想再作一首；論詩材，起碼應該是一首七律。

由於自覺七絕的起句太差勁，所以下一首的起句，他格外下了工夫。從肅宗以來，九十年間詠馬嵬的詩，不知多少；要想出人頭地，非想得深、想得遠，另闢蹊徑不可。

抱定了「語不驚人死不休」的決心，從馬嵬坡上馬，一直到武功縣宿店，燈下猶自吟哦不絕，起句一易再易，終於得了兩句：「海外徒聞更九州，他生未卜此生休。」自覺無人可及。

這是翻〈長恨歌〉的案，用唐明皇的語氣，不信「忽聞海上有仙山」；雖然《史記．鄒衍傳》中說：中國名為「赤縣神州」，在「大瀛海」中，如「赤縣神州」者，更有九州，楊貴妃可能在「赤縣神州」以外九州中的某一州，可是誰曾見來？於是，自然而然地自心底發出絕望的哀呼：來生如何，不得而知，今生總是完了。

詠史的律詩，不一定以感慨始，但必以感慨終，中間兩聯，應該鋪敘史實，又貴乎有抑有揚，有開有關；唐明皇與楊貴妃之間，可寫之事甚多，但生死情緣，必不能不寫的，只有兩件事，發生在兩個地方，馬嵬驛與長生殿，兩相對照，感慨自見。不過既是出於唐明皇的哀嘆，天子蒙塵的境遇，亦不能不照顧到。

李義山的七律，深窺老杜堂奧；尤其是詠史之作，點題為先，是老杜的心法，第三句便寫到馬嵬驛了，「空聞虎旅鳴宵柝」，由「龍虎大將軍」陳玄禮的禁軍的刁斗更鼓，自然而然連想到大明宮早朝時，「衛士於朱雀門外，著絳幘，傳雞唱」，這就是王維詩中的「絳幘雞人報曉籌」，雞人、曉籌，卻好與虎旅、宵柝儷偶，對一句：「無復雞人報曉籌。」

第二聯仍用馬嵬驛的鉅變與長生殿的往事屬對，「此日六軍同駐馬，當時七夕笑牽牛」，不須用任何形容心境的字眼，只淡淡地將這兩件事，並列在一起，自然而然地寓有無窮的感傷。

結句很難，因為起句奇警，對聯工切，結句意淺語平便壓不住；但為求句奇而不往深處去體會，則是以詞害意，亦所不取。

因此，李義山推敲久久，才凝成兩句：「如何四紀為天子，不及盧家有莫愁？」女子名莫愁的，有兩個人，「莫愁在何處？莫愁石城西。艇子打兩槳，催送莫愁來。」是郢州石城的莫愁；「洛陽女兒名莫愁，十五嫁為盧家婦。盧家蘭室桂為梁，中有鬱金蘇合香。」這是鬱金堂中，盧家少婦的莫愁。唐明皇做了四十四年皇帝、七年太上皇，總數已經超過四紀——四十八年，而居然不能保有妻子，富貴又何可恃？

於是從新置的一個奚囊中，取出筆硯，將整首詩寫了下來：「海外徒聞更九州，他生未卜此生休。空聞虎旅鳴宵柝，無復雞人報曉籌。此日六軍同駐馬，當時七夕笑牽牛。如何四紀為天子，不及盧家有莫愁！」重吟數過，覺得結句造語雖淺，卻很沉痛；押十一尤的韻，字字工穩，頗為得意。

到了盩厔縣，由京兆尹所發的，一道調至長安公幹的命令，已經在等著他了。

李義山當然不能行裝不卸，掉頭就走，而且他對縣令也有一份歉意，因為平空占了他的一個缺，害他少了一個幫手，所以僅就這一點來說，李義山亦覺得有在盩厔略作周旋的必要。

及至接風席上，略作深談，李義山才知道他就是杜牧稱之為「趙倚樓」的趙嘏，此人字承祐，淮南山陽縣人，武宗會昌二年的進士，是個詩人。唐朝以詩賦取士，會作詩，詩作得好，無足為奇；但能稱得上「詩人」的，必有傳誦人口的名句，趙嘏有一首題為「長安秋望」的詩：「雲物淒涼拂曙流，漢家宮闕動高秋。殘星幾點雁橫塞，長笛一聲人倚樓。紫豔半開籬菊靜，紅衣落盡渚蓮愁。鱸魚正美不歸去，空戴南冠學楚囚。」杜牧激賞他那一句「長笛一聲人倚樓」，所以稱之為「趙倚樓」；曾跟李義山談過其人，但不詳其里籍名氏。這天弄清楚了，自然有一番意外的驚喜。

那趙嘏科名比他晚，但年齡卻較他猶長一歲，所以李義山視之為兄長；而趙嘏在談詩時，格外謙卑，口口聲聲稱之為「老師」，取出他的詩稿來，殷殷討教。

由「獻淮南李僕射」這個詩題，可知他曾見賞於李德裕，越重其人。另有一題叫作「有贈」，是一首七絕：「寂寞堂前日又曛，陽台去作不歸雲。當時聞說沙吒利，今日青娥屬使君。」顯然其中有一段故事，不由得好奇之心大起。

於是他問：「這『有贈』是贈誰？」

「贈浙帥。」

這是指鎮海軍節度使。唐朝的方鎮，制置不常，江東屬於浙江西道，軍政長官名為都團練觀察使，以後升為鎮海軍節度使，簡稱為「浙帥」；下轄七州，自杭州、湖州至蘇州、常州、潤州，盡是東南膏腴之地。因此，鎮海軍節度使在南方是可與淮南節度使相提並論的雄藩。

趙嘏家住「浙帥」駐地的潤州，他有個姬妾名叫桂娘，豔麗無匹。武宗會昌元年，趙嘏進京應試，想攜桂娘同行；但趙太夫人不許，因為她知道愛子有美妾在身邊，不會下帷苦讀。趙嘏無奈，只得單身就道。這年中元，潤州與金山寺齊名的鶴林寺，大作盂蘭盆會；桂娘去燒香追薦先人，不道「浙帥」亦率領從人去遊鶴林寺，一見桂娘，驚為天人，指使手下，劫持桂娘入府。趙家僑居潤州，勢單力弱，只好忍氣吞聲；但不敢將這個消息通知趙嘏，怕他憂急分心，有妨青雲之路。

會昌二年，趙嘏中了進士，打算派人到潤州去接桂娘時，他身邊的老蒼頭才將實在情形，和盤托出。趙嘏氣憤難平，便寫了一首七絕，題名「有贈」，派老蒼頭專程投寄「浙帥」。

這「浙帥」不甚讀書，不知「沙吒利」是指什麼？請來幕府中人來問，幕府告訴他說：沙吒是複姓；沙吒利是平安史之亂的一蕃將。大曆年間，有個有名的詩人韓翃是平盧淄青節度使侯希逸的門客；在未入侯希逸幕府之前，他有個寵姬柳氏，為沙吒利所劫，事隔數年，逐漸淡忘，不道就在他將要入京時，忽然在道路中遇見了柳氏。

此時的柳氏，是將軍的愛妾，出入有衛士保護，韓翃想跟她交談數語，亦所不容。

韓翃這回進京，是富貴逼人來，原來德宗很喜愛他的詩；有一天宰相奏報，「知制誥」缺員，提名二人，請選其一。德宗對這兩個都不欣賞，忽然想起了韓翃，御筆親批：「與韓翃」。其時有兩韓翃，一個是江淮刺史，進士出身，亦具「知制誥」的資格，所以兩名並進，德宗提筆寫了一首詩：「『春城無處不飛花，寒食東風御柳斜。日暮漢宮傳蠟燭，輕煙散入五侯家。』」又批：「與此韓翃。」

宰相一看，才知道是指本職駕部員外郎，請假在青州入侯希逸幕府的詩人韓翃。既「知制誥」，當然該升官；員外郎變成郎中。

專差到了青州，已經半夜，問明地址去叩門；一見韓翃，賀喜討賞，韓翃不信：「一定弄錯了！」他說：「你該到江淮才是。」

「『春城無處不飛花』這首詩，是不是韓員外做的？」

「不錯。」

「不錯就不錯了。」

這是一樁大喜事，但在侯希逸為韓翃所舉行的盛大餞行宴會上，他卻一直悶悶不樂，這便使得主人及陪客都大惑不解了。

因而有人直言相詢，韓翃具道始末。侯希逸部下有個職掌禁衛的虞侯，名叫許俊，一向以義烈自許，慨然說道：「足下寫幾個字給我，我替你把人要回來。」韓翃姑且一試，寫了一張短簡給柳氏，只說請許俊來迎，別無他語。

於是，許俊攜劍跨馬，直奔沙吒利私邸；遠遠觀望，等到沙吒利出門，估計已離家一兩里時，排闥直入，大聲說道：「將軍得了急病，趕快請夫人。」等柳氏急急來問情形時，許俊出示韓翃的短簡，不由分說，挾持柳氏上馬，回到原處，筵席未散，滿座無不驚嘆。

破鏡是重圓了，但沙吒利不是好惹的人；韓翃只好求援於侯希逸，召集門客商議，認為上策是由侯希逸奏報朝廷，說明經過，候旨遵行。結果是奉到中書省的文書轉示御筆批示：「柳氏宜還韓翃。」

聽完這個故事，「浙帥」大為不安；趙嘏是新科進士，如果據實陳奏，則以大唐律所載：強娶所部百姓女，罪亦當死；何況強占民婦？因此趕緊派人將桂娘送到長安，重回趙嘏懷抱。

其時趙嘏奉派為山東的一名縣尉，上任途中，在孟津以西的橫水驛，與桂娘不期而遇。兩人相擁痛哭，那知桂娘託詞更衣，在驛舍中服毒自裁；經人發現，已是奄奄一息了。

「她跟我說：忍死須臾，只為見我一面。如今心願已償，死而無憾。」趙嘏含淚說道：「當時千方百計救她，還是救不活。唉！死者已矣，生者何堪！」

「不殉節於被劫之日，而自裁於重逢之時，」李義山大為讚嘆：「真是奇女子。」

「我好悔！」趙嘏不斷搖首嘆息：「早知如此，我絕不會作那首詩。」

「不然，不然！桂娘是真解脫。」李義山連連搖手，依通例稱之為「明府」說：「明府倒細想，桂娘與浙帥相處，度日如年，可謂生不如死；而且，她一片至情，全託明府，身雖辱而志不改，這一片苦心，不見明府，無由大白，則一旦鬱鬱以終，含恨九泉，必難瞑目。」

「嗯，嗯，這話倒也有理。」趙嘏頻頻頷首。

「在明府，積年相思，初得重逢，便成永訣，自難為懷。不過天下無不散的筵席，所求的是好來好散；既然桂娘死得其時，死得其地，求仁得仁，得大解脫，明府應該為她慶幸，何為乎戚戚？」

趙嘏停杯語，沉吟了好一會，矍然說道：「我想過了！足下所論，不但有理，且有至理。謹受教。」說完，舉杯一飲而盡。

他的態度頓時改過了，一掃眉宇之間常在無意中流露的抑鬱，變得意氣風發，縱酒劇談，直到夜深方罷，親自送李義山到驛館，道了安息，方始作別而去。

一宵過後，當李義山起身猶在盥洗時，趙嘏已來相訪；等李義山整衣相迎，只見他笑嘻嘻地說：「有件靈異之事，拜足下之賜，特來報知；宵來與桂娘夢中相會，訂了來生之約。」

李義山大為驚異，楞了一會，方始想起，應該道賀，便即拱手說道：「恭喜，恭喜！如何靈異，先聞為快。」

「從來好夢不終；有時夢中得句，如果不是趕緊記下來，到得第二天，一個字都想不起，只有昨晚上這個夢，歷歷在目——。」

據趙嘏說，桂娘自道，她的魂魄經常繚繞在他身邊，但不敢入夢，怕的是愁顏相向，傾訴相思，無言以慰。如今知道他的心情不同了，不妨相見；她還有永訣時未盡之言相告。

「桂娘告訴我，她在浙帥那裡，幾次想死，而心有所待，照她的想法，在我知道她出事以後，一定會設法營救；即令被救以後，因為身已受辱，不能再侍巾櫛，但至少還可以見一面。如果營救成功，而她已身入黃泉，豈非辜負了我的苦心，而成一大恨事。」

趙嘏續道：「同時，亦如足下所言，她的一片心全在我身上，如果不能明明白白表達，亦所不甘；她還有件不甘心的事是，浙帥強橫如此，而竟能不受報應？她心心念念所希望的是，我能為她伸冤雪恨，親眼看天子置浙帥於法。」

「可敬，可敬！」李義山言出於衷，「真是剛烈貞性。」

「她又說：日久沒有消息，她不由得懷疑，是不是我竟能將往日恩情，置諸腦後；或者畏懼浙帥的勢力，不敢有何行動？這就越發要忍死以觀究竟了。」趙嘏停了一下說：「現在才知道我昨天以前的想法錯了！我如果不作那首詩，就等於證實了桂娘的懷疑不錯；那一來她的傷心絕望，可想而知。」

「是的。愛之深，望之切，她應該有這樣的懷疑。」李義山又問：「還有些什麼話？」

「話很多，反正訴不盡的相思，流不盡的眼淚；其中最要緊的一點是，足下澤及白骨，我要為桂娘代道感激之忱。」說著，他又俯身長揖。

「不敢當，不敢當！」李義山急忙還禮：「何以說我澤及泉下？倒要請教。」

「桂娘跟我說，她本來早可投胎轉世，只為我一直抑鬱寡歡，不放心我，所以寧作游魂孤鬼，不願重生為人。如今看我心情一變，她可以放心了。」

「這就是說，她可以去投胎了？」

「是的。桂娘又說，冥中閻王，念她平時敬佛行善，且又受辱而死，所以來生作男作女，任她自擇。她願意投生為男，跟我約為兄弟。我問她，為什麼不再作夫妻呢？你道她怎麼跟我說？」

「想來是……，」李義山沉吟了一會說：「此身受辱之故？」

「正是。」趙嘏緊接著說：「我跟她說，你已經以死洗辱；在我看，你完全是清白的，你我來生再續前緣。她高高興興地走了。」

「真是可喜可賀！」

「如果不是足下開導，讓我想通了；桂娘就不會託夢，更不會投胎轉世；足下豈非澤及枯骨。」趙蝦又說：「我還有一個不情之請，就這一兩天，我想延高僧作一場佛事，為桂娘超度薦福；想拜煩大筆，作一篇疏頭，以光泉壤，不知可肯見許否？」

「言重，言重！敢不如命。」

「真正存歿俱感。」趙蝦連連道謝，然後找來驛吏，囑咐盡心照料貴賓；又作了夜飲之約，方始告辭。

到晚來，趙蝦派人來接到衙署後園赴宴；陪客有縣丞、主簿，職位都比李義山來得高，但因縣尉常是進士入仕轉進之階，不比縣丞、主簿卻真是趨蹌奔走的風塵俗吏，所以他們不但對李義山以客禮相待，而且執禮甚恭。

那主簿姓李，明經出身，李義山稱之為「宗兄」；他卻尊稱李義山為「宗先生」，好學健談，提到盩厔的名勝古蹟，形容入妙，倒使得李義山動了遊興。

「山曲曰盩，水曲曰厔。盩厔山環水複，久已嚮往。」他說：「看來我的歸期要延後了。」

原來趙蝦已挑定日子，在離城四十里的招提寺，為桂娘啟建七晝夜的水陸道場，照例需要「宿山」。李義山覺得居停既不在城，自無逗留必要，不如早早賦歸。這番意思曾向趙蝦表達，並以未能一祭桂娘為歉。說到這話，趙蝦無法強留；如今聽他改變了意向，自然大為欣慰。

「固所願也，不敢請耳。」趙蝦說道：「五福山是盩厔第一勝境，一天逛不完；我想奉屈足下在招提寺留宿一宵。」

「是，是。」

「可惜我不能親自奉陪，只好請李主簿代勞了。」

「盩厔的名勝，多集中在東南一帶。」李主簿接口說道：「由五福山開始，順路過來，先看長楊宮，再遊老子陵，前後大概要四天。宗先生意下如何？」

「一切聽從宗兄安排。」

五福山本名太微峰，由於五峰聳峙，所以有此俗稱。策騎往遊的李義山，在數里以外遙望，但見山勢嵯峨，恍接太虛，雄奇秀麗，兼而有之。山中有玉女洞、飛泉、芒谷諸勝，儘足流連。但他對古蹟的興趣，大於名勝；所以反倒是第二天，在五福山東南，長楊宮與五柞宮的荒煙蔓草之間，徘徊終日，不忍遽去。

長楊宮是秦宮，亦是漢宮，當年數畝長楊，豐草沒人，中多飛禽走獸，漢武帝常校獵於此，命武士搏鬥猛獸。五柞宮在長楊宮八里之外，五柞連抱，枝葉茂密，蔭覆里許。後元二年，漢武由長楊幸五柞，崩逝於此。

在這裡發思古之幽情，自然會想起作〈長楊宮賦〉的楊雄，以及為楊雄認為「作賦甚弘麗溫雅」，傾心師法的司馬相如。此兩人都只由於一篇辭賦，受知人主；但文章雖妙，名氏不能上達天聽，仍會埋沒。巧的是舉此二人姓名的人都姓楊，漢武帝讀〈子虛賦〉，大為讚賞；侍奉左右的狗監楊得意說，他的同鄉司馬相如自言曾作此賦。漢武帝即時召見，得為文學侍從之臣。

楊雄之受知於漢成帝，也是由於他的同鄉楊莊，在禁中值宿，朗誦一篇〈緜竹頌〉；漢成帝說很像司馬相如的文章；楊莊奏對：「不是，是臣鄉人楊雄所作。」漢成帝召見後，拜為黃門侍郎。

李主簿熟於本地的文獻，當然知道楊雄曾作〈長楊宮賦〉，便以此來恭維李義山，說他的文采壯麗，不遜楊雄。但李義山卻謙稱「不敢」。

「不敢，不敢。」他引用《漢書．楊雄傳》上的話說：「楊子雲『不汲汲於富貴，不戚戚於貧賤，不修廉隅以徼名當世。』而且『非聖哲之書不好也；非其意雖富貴不事也。』我自愧無此修養，宗兄太謬獎了。」

「僅就辭章而論，說宗先生可以比上楊雄、司馬相如，這絕不是我阿諛之言。」李主簿緊接著說：「聽說令狐學士跟宗先生是昆季之交，何以尚無為國薦賢的舉動？」

這一說觸及李義山的痛處，但初交不便深談，且亦不知從何談起，只好淡淡地答說：「似我下駟之才，怎談得一個『賢』字，宗兄愛我太過。」

「我是實話。」

「感激之至。」李義山把話題扯了開去：「老子陵，很遠吧！」

「老子陵與長楊宮都是離城三十里，不過方位微有不同，長楊宮是東南，老子陵是正東，並不算遠。」

於是李主簿又大談老子陵，陵在石樓山，又名樓觀山，有一座草樓，相傳這就是強老子著書的關令尹喜的故宅。

「老子陵最初是秦始皇在草樓以南所立的老子廟；晉朝元康年間重修，蒔木萬株，連亙七里，改稱老子陵。本朝武德年間，高祖曾幸樓觀山謁老子祠。到了高宗乾封以後，又不同了。」李主簿笑道：「我家老君，到了唐朝，真是走了一步大運。」

原來魏晉以來，重視門第家世；唐高祖李淵，先世寒微，且雜有胡人血統，因而冒稱隴西成紀人，為西涼王李暠的七世孫。隴西李氏為海內大族，譜系不難考查；李暠雖在西涼稱王，享國不久，但自南北朝入隋，子孫仍有姓名官位可稽，李淵的祖父李虎，曾封唐國公，固然不假；但李虎是否涼武昭王李暠的後裔，頗有人懷疑，因此高宗於乾封元年四月，駕至曲阜祭孔，追贈孔子為「太師」以後，隨即追尊姓李名耳的老子為「太上玄元皇帝」。孔子亦曾問道於老子，語老子為始祖，家世就比曲阜孔氏更名貴了。

到了武則天做皇帝，改稱老子為「老君」，由於原來的尊號中有「太上」二字，道家便稱之為

「太上老君」。玄宗即位，老子更是大走鴻運；開元二十年詔令東西兩京及諸州，各置「玄元皇帝廟」一座，另置「崇玄學」，入學生徒以老子的《道德經》為必修的功課。隨後又上尊號「大聖祖」三字，道家則稱之為「世祖玄玄皇帝」。

不過老子陵只是傳說有趣，一到其地，並無足觀；而且他的生平，在李義山亦不太感興趣，匆匆一遊，策騎東去。

「宗先生，」李主簿以馬鞭遙指：「面前這片景致，雖非天下奇觀，但天下第一，當之無愧。」

原來他所說「天下第一」，是指一片無與倫比的大竹林，亦就是《史記》上所說的「渭川千畝竹」。這片竹林，周圍百里，大到需要設官管理，漢朝稱為「竹丞」；後魏稱為「司竹都尉」，因此，這片竹林名為「司竹園」。

時當亭午，日光從濃密的竹葉中篩落，明滅不定，別有意趣；李主簿挑個潔淨之處，停下馬來，鋪設錦茵，打開食擔，與李義山席地小飲。

剛剛坐定，忽然起風；萬竿琅玕，枝葉相摩，風聲忽高忽低，令人無端興悲，其萬壑松風隱隱，如大海潮生，胸懷為之一壯，大異其趣。李義山不自覺地想起舊句，信口吟道：「『露如微霰下前池，風過迴塘萬竹悲。』」

「宗先生的詩興來了！」

「不是，不是。」李義山答說：「偶爾想起舊作，舍間在東都崇讓坊，亦以產竹知名。」

李主簿道：「原來宗先生觸景生情，想家了！」

「亦不盡然。」李義山笑著唸了兩句李白的詩：「『但使主人能醉客，不知何處是他鄉？』」

「敢不如命！」李主簿很懇切地答說：「說實話，倒真想留宗先生作平原十日之飲，有點不成樣子的文字，想好好請教。」

「請教不敢當，我亦很願意跟宗兄切磋；好在近畿之地，朝發夕至，相晤不難。」

接下來，李義山便問起李主簿的文字；他亦會作詩，學的「長慶體」，唸了一首〈華清宮〉的七絕：「華清恩幸古無倫，猶恐蛾眉不勝人。未免被他褒女笑，只教天子暫蒙塵。」請李義山率直指點。

「褒女」是指周幽王的寵妃褒姒，有史以來最出名的禍水；周幽王為她所惑，以致在驪山為犬戎所殺。華清宮在驪山，援引褒姒與楊貴妃相比，原無不可，但不宜尖刻，「未免被他褒女笑，只教天子暫蒙塵」，彷彿楊貴妃有意在學褒姒，豈非厚誣？同時還有幸災樂禍之意在內，似乎唐明皇原應是周幽王第二，只「暫蒙塵」，還是便宜了他。這就不但有傷忠厚，且亦非人臣所宜出口。

當然，李義山不便這樣嚴格批評，只很婉轉地說：「杜工部的〈北征〉，亦曾以褒女擬楊貴妃，但從正面著筆：『不聞夏殷衰，中自誅褒姒』，夏桀有妹喜，殷紂有妲己；此言鑒於夏殷的女禍，所以天子在馬嵬驛賜楊妃死。下接『周漢獲再興，宣光果明哲』如此立論，方是正道。」

李義山續道：「以下再接：『桓桓陳將軍，仗鉞奮忠烈』，以表揚陳玄禮，暗示楊妃之死，亦不盡出於玄宗的英決果斷。言婉而諷，而又不昧史實，宜可為法。」

「是、是！宗先生的析論，不勝傾服。不過，」李主簿躊躇著說：「我有個不情之請，不知道能出口否？」

「不要緊！儘言不妨。」

「我在想，宗先生如作此題，不知如何著筆？可能賜和一首，以開茅塞？」

「茅塞二字，宗兄太謙虛了。」

說著，喝了杯酒，雙眼從枝葉交柯的竹子空隙，望著悠悠而過的白雲。這是在構思，李主簿不敢攪擾，只悄悄為他斟滿了酒。

「李青蓮的〈清平調〉，你總記得吧？」

「這是名作，怎麼不記得？」李主簿接著便朗聲誦唸；清平調一共三首七絕，唸到第二首「借問漢宮誰得似？可憐飛燕倚新妝」，李義山作個手勢止住了。

「我用趙飛燕的故事。」李義山唸道：「朝元閣迥羽衣新，首案昭陽第一人。當日不來高處舞，可能天下有胡塵？」

天寶年間，每年十月唐玄宗幸華清宮，楊國忠姊妹五家扈從，每家一隊，衣皆一色；五家合隊，照映如百花煥發；車水馬龍過處，路上常可檢獲墮釵遺舄。楊家姊妹，並擅恩寵，與漢成帝皇后趙飛燕居昭陽殿，「有女弟俱為婕妤」，其事相類；「案」作「程度」解，「首案昭陽第一人」，便是以楊貴妃比作趙飛燕。

朝元閣在驪山高處；羽衣是指霓裳羽衣曲，為河西節度使楊敬述所獻，玄宗命梨園製為舞曲。白居易曾有〈霓裳羽衣歌〉說：玄宗朝「千歌百舞不可數，就中最愛霓裳舞」；相傳楊貴妃曾在朝元閣上，翩翩起舞。

結語是個問句，如果「當日不來高處舞」，天下那有起胡塵的「可能」？此雖同樣是譴責玄宗惑於女色，致召安祿山之禍，但愛之深，望之切，所以即令是責備，亦出於愛君之意，這才不失詩人溫柔敦厚之旨。

李主簿細細體味，大有心得；尤其是不僅相和，而且步韻，更使得他在欽服之餘，還多少有受寵若驚之感，自然是讚嘆不絕。

「實不相瞞，」李義山答說：「我不過襲用杜十三的原意，換一個說法而已。」

李義山老老實實地承認，「當日不來高處舞，可能天下有胡塵」，出於杜牧的〈過華清宮〉詩：「霓裳一曲千峰上，舞破中原始下來。」

「話雖如此，到底比杜十三郎的原句要來得宛轉。」李主簿問道：「『七月七日長生殿，夜半無人私語時』，自然是華清宮的長生殿；不過有人說長生殿是寢殿，有人說是齋殿，請問宗先生，到底如何？

「是齋殿。」

「既然是齋殿，何能夜半私語？」

「華清宮本名溫泉宮，天寶元年，溫泉宮新增長生殿，並有集靈台，以祀天神。」李義山說：「玄宗與楊貴妃夜祀天神，禱祝世世生生，結成連理，有何不可？」

「是，是！」李主簿又問：「都說楊貴妃原是壽王的妃子；可是〈長恨歌〉又說：『楊家有女初長成，養在深閨人不識』，豈非牴觸？」

「這重公案，因為宮闈事祕，頗難考查。不過我相信，事出有因，大概是為壽王聘而未娶。我過驪山有感，寫了一首七絕，不妨唸給你聽聽。」

這首詩是：「驪岫飛泉泛暖香，九龍呵護玉蓮房。平明每幸長生殿，不從金輿惟壽王。」唸完了不作聲，要聽李主簿的評論。

「第一句自然是指『春寒賜浴華清池，溫泉水滑洗凝脂。』第二句『玉蓮房』，不知是何出典？」

「這是雙關語——。」

李義山自釋他的這首詩，說先要明瞭，安史之亂以後的華清宮，已不復能窺見當年的盛況。

玄宗自開元十一年改作新宮，至天寶六載，大發民伕築羅城，經營驪山達二十餘年之久，那時環山皆是宮室，中有朝元等閣；九龍、長生、明珠等殿，又為王公各置第宅，並有百司官署，每年十月臨幸，歲盡回長安，整個冬季，都在驪山避寒。

驪山的特色在溫泉，鑿山開穴，泉泉相引，共有十八處之多，上千的妃嬪宮人，貴家眷屬，早晚入浴，脂香粉膩，浴流巖穴，若非如此，不足以言「泛暖香」。

這十八處溫泉，各有專名，如今只存「太子」、「少陽」兩湯；玄宗御用的溫湯在九龍殿，名為「供奉」，所以「九龍呵護玉蓮房」，的九龍，語亦雙關，不光指玄宗，亦指「呵護」的地點。

「『供奉』御湯，亦有兩處，在九龍殿的那一處，是安祿山所報效，以白玉石琢成魚、龍、鳧、雁，雜置水中；中間是一朵玉石蓮花，溫泉自蓮房中噴出，機括巧妙，自非細心呵護不可。」說到這裡，李義山笑一笑，方又開口：「至於『玉蓮房』的另一譬喻，自可意會，不必言傳了。」

「妙！妙！」李主簿拊掌大笑，「這才是樂而不淫。」

「『平明每幸長生殿』，自然是焚香禮拜，楊妃以女冠相從，名號叫做『太真』；諸王皆從，惟有壽王不從金輿，就因為有聘而未娶這重痕跡在，相見難堪。如果說原是壽王妃子，為玄宗納入後宮；則家人父子，日常燕處，避不勝避，壽王豈獨不從金輿於長生殿，連十月臨幸驪山亦不從了。」

「精微之至。」李主簿心服口服，「杜工部『晚節漸於詩律細』，宗先生真是窺老杜堂奧了。」

這話搔著李義山的癢處，因而談得越發投機；直到日色偏西，方始策騎回城，已是萬家燈火了。

「宗先生，」李主簿在一座喧闐的竹樓面前勒住馬說：「這裡的酒很不錯，奉屈小飲，如何？」

李義山欣然許諾，下馬入門，高鼻虬髯的「酒家胡」迎了上來，「李公好久未來了！」他說得一口極好的漢語：「請上樓坐。」

上得竹樓，便有兩名胡姬含笑行禮；李主簿看著年長而較白皙的那一個問：「委奴，你們今天有什麼好酒？」

「有太原來的白酒。」

「好！」李主簿又問：「有什麼好魚？」

「沒有好魚，不過燒羊肉很不錯。」

「用燒羊肉做『畢羅』最好。」李主簿吩咐：「多備酒肴。」

等坐定下來，鋪陳食案，先吃用燒羊肉作餡，名為「畢羅」的胡餅，然後一面飲酒；一面聽委奴吹長笛，嗚嗚咽咽，如泣如訴，李義山無端悲從中來，忍不住眼角滲淚。

李主簿大吃一驚，急急問道：「宗先生，何事傷心？」

「沒有什麼！」李義山強笑著唸了兩句詩：「『莫入胡兒笛，還令淚濕巾。』」

「原來是笛聲太淒涼了！」李主簿向委奴作個手勢，讓她將笛聲停了下來。

「不，不！」李義山搖著手說，「她吹得很好，別停下來。」

「她的琵琶也彈得很好。」

於是委奴放下笛子，取來琵琶；笛子可以站著吹，琵琶卻非坐著彈不可，當筵鋪一方紅氍毹，委奴盤腿坐下，抱起琵琶，照李主簿的叮囑，彈了一曲〈破陣樂〉，素手急揮，宛如金鼓大振，千軍萬馬，動地而來，令人血脈僨張，足以醒酒。

一曲既罷，李義山鼓掌稱善；李主簿又命委奴勸酒。李義山這時才看清楚她的面貌，眉目之間依稀有幾分像十七姨，不由得便執著她的手細看。

李主簿卻誤會了，以為他看中了委奴，所以在離席以後，悄然問道：「宗先生，你看此姬如何？」

李義山看他微帶詭秘的神色，意會到他這句話以後，會說什麼？索性答一句違心之言：「無甚出色。」

李主簿頗感意外，便又問道：「可有中意的人？我來安排。」

「謝謝，謝謝！」李義山亂搖著手說：「實在無意於此。」

李主簿倒真是想為李義山找個胡姬侍寢，以解客中寂寞；既然他如此堅辭，自然不便勉強，到得興盡酒闌，親自送他回驛館。

「宗兄，」李義山說：「我想明天就回長安。你公務很忙，不勞相送，我們就此握別吧？」

「何妨再多留一兩天？」

「不，不！叨擾已多，至為感謝。好在相去不遠，儘多良晤。」李義山又說：「倘或到京，千萬顧我。」

「是，是！一定。」

於是李主簿辭別上馬，李義山亦回到宿處。他住在驛館樓上，這夜月色如銀，憑窗遙望，李主簿一主一僕兩匹馬，向西面疾馳而去，倏忽之間沒入樹影之中；回想這兩天的盤桓，覺得此人心誠情熱，確是個好朋友，因而不見蹤影，頓有悵然若失之感。

這夜的月色太好，李義山不忍歸寢，命興兒烹了茶，獨坐窗前玩月，由司竹園想到崇讓里；由委奴想到十七姨，不知她的嫁後光陰如何？

從回長安以後，他很少想到十七姨；偶爾想到，不知是一種什麼力量，能使他立即拋開。但這一夜不同，也許是時間隔得久了，「金蟾齧鎖燒香入」那段令人厭惡的往事，已被沖淡；但由「隔座送鉤春酒暖，分曹射覆蠟燈紅」，到「憶事懷人兼得句，翠衾歸臥繡簾中」，畢竟是「少得團圓足怨嗟」的刻骨銘心的記憶，雖非歷久彌新，卻也不是輕易能丟得開的。

望著渭水北岸，由終南山上升至中天，微缺一邊的月亮，李義山在想，兩天前九月十五，秋天最後的一個滿月，錯過未看，不免可惜。轉念又想，看到了又如何？月兒一月一圓，即令戀此清光，圓月不因人有情而留。看來月本無情，因未圓而悵惘，只是癡心人自作多情而已。

這樣想著，覺得大可以「月」為題，作一首詩遣興；現成的意思，可寫兩句，前面再形容一番，便是一首絕句。

立意已定，稍微想一想，便即吟道：「過水穿樓觸處明，藏人帶樹遠含清。初生欲缺虛惆悵，未必圓時即有情。」

他在想，與十七姨的這段緣分，正可作如是觀，「未必圓時即有情」，那也就不必為分手而徒增悵惘。看來「少得團圓足怨嗟」，亦是多餘的事。

唶！他突然覺得厭煩了；自己在心裡說：如此良夜，何必怨嗟自苦？於是拋開十七姨，推敲新詩，一個字、一個字地體味，覺得自己的說法，不免矛盾，過水穿樓，無所不在，只要接觸到它，自能為你照明；如果要躲避它，藏人帶樹，悄悄然無聲無塵。這樣看來，月非無情，只是境由心造，有情無情，純由自取。

怎麼辦？說法不夠圓融，但要改卻很費事；而且本來就覺得意有未盡，那就不如另作一首。想是這樣想，文思卻突然艱澀了；那種況味，恰如為腹飢而胃納不佳，想放棄卻又不甘，只是坐在窗前耗辰光，看月輪西移，銀河漸落，曉星將沉，心想，大地山河，這一片清幽，除卻自己，怕只有月裡嫦娥，孤芳自賞了。

只怕不然！他忽發奇想，帝羿有窮氏從西王母處乞得不死藥，為嫦娥竊食而奔月，那是帝堯時候的事，自堯及今，不知幾千年，獨處廣寒宮中的嫦娥，竟能忍受這樣無窮無盡的寂寞？

他覺得是件不可思議的事。嫦娥是白日飛昇的人，而且是個有英雄夫婿的婦人，當此將曙未曙之際，千家閨閣，行雲行雨之際，想到雲母屏風，燭影深深的那種境地，豈有無動於衷之理？

當然不能不動心，但亦只是徒然嚮往，空增惆悵；接下來就必然失悔，聚九州之鐵，不能鑄此貿然竊藥的大錯。

轉念到此，詩意詩材都有了。剛才作的是七絕，自然照樣再來一首，一口氣吟出三句：「雲母屏風燭影深，長河漸落曉星沉。嫦娥應悔偷靈藥，——」結局卻大費沉吟了。

由人間寫到天上，虛無縹緲的傳說與想像，結句如不夠空靈，必然味如嚼蠟。他暗中計算了一下，此時的天象，銀河有了，星也有了；既有嫦娥，便不能再拈出月的字樣。風與雲不能寫，因為會使得明月失色；看來只能用青天。

光用青天也不行，要能綰合天上人間，才能將嫦娥的心情寫出來。他凝神思索了一會，找到一個可與青天相配襯的景象；《十洲記》中說：「東有碧海，與東海等；水不鹹苦，正作碧色。」用碧海來配青天：「碧海青天夜夜心。」是怎麼樣的一種心，不必說破，只看起句，自能了然。

李義山歸寢時，已是破曉時分，他特為喚醒了德興，告訴他說：一夜未睡，這一睡下去，大概要到中午才醒。這天是不是動身回長安，等他醒了再說。

這一覺，果然睡到中午才醒。「李主簿一早來送行，還送了好些土產。」德興指著屋角；土產還送得不少，裝滿了兩個大篋簍。

「喔，」李義山問：「你跟他怎麼說？」

「我說，今天怕走不成了。李主簿說，不走最好，今天晚上仍舊請郎君到原處喝酒。」

李義山沉吟了一會說：「應該我回請，你去定席，估量酒資幾何，預先付了酒家胡。」

「是，」德興問說：「光請李主薄一個人？」

這提醒了李義山：「應該連縣丞一起請。」他說：「我該寫個柬帖送去。」

午飯以後，李義山寫了一封請李主簿代約縣丞小敘，以伸謝意的短簡，交了給德興；等他要出門時，卻又喚住了他。

「你先去買些箋紙來。」李義山說：「我下午沒事，寫幾首詩送人。」

於是德興先去買了幾卷上好的蜀箋回來，方又出門辦事。李義山便從奚囊中取出一方端硯、一丸徽墨，注水入硯，慢慢磨著墨，不由得想起這天剛睡下時作的一個夢。

這個夢很奇，是夢中之夢；夢見自己身在一個不知名深山古驛之中，風聲虎虎，吹得竹扉不斷響，孤燈明滅，擾人清夢；直到天色微明，風聲漸定，方能入夢。

這夢中之夢，是長安的大雪天，大明宮西銀台門中出來一個騶從前呼後擁的達官，行近了一看，才知道是令狐綯。

「那不是義山嗎？」令狐綯勒住了馬。

「啊，是子直。」他驚喜地問：「你是甚麼時候回京的？我怎麼不知道？」

「我早就回京了。曾經派人到洛陽去找你，說你到江南去了。你去幹甚麼？」

「我是去投奔李衛公。」

「唉！你投奔他幹甚麼？莫非你不知道，今上最厭惡的就是他。」令狐綯說：「我如今是翰林學士承旨，你有事何不來找我？」

「喔，」李義山說：「我不知道你住在那裡？」

「怎麼？你得了失心風？」令狐綯揚鞭作出將當頭下擊的模樣——李義山一驚而醒。

這個夢記得不全，支離破碎，無可索解，不免悵惘。但突然心中一動，既有此夢，不妨寫下來寄給令狐綯，看他作何表示。

於是就著現成的筆墨，先寫下題目：「夢令狐學士」，然後擱筆起身，閒閒眺望，心想：夢中之夢，不妨便作為調任盩厔尉的境況，盩厔山環水複，山中亦有驛站，於是起句有了：「山驛荒涼白竹扉。」

下面當然是記夢；夢中可寫之事甚多，但要緊的只有一點，寫令狐綯的飛黃騰達，與自己的坎坷不遇來作對照，乞望援引之意，不言而自明。

立意既定，措詞甚易：「山驛荒涼白竹扉，殘燈向曉夢清暉。右銀臺路雪三尺，鳳詔裁成當直歸。」

亦就是剛剛寫完，聽得門外有人聲，是李主簿來了。李義山急忙將蜀箋捲了起來，起身迎接。

「聽說宗先生昨夜玩月，直到破曉？」

「是的。月色可人，想作兩首詩，以記此夕；不道詩思艱澀，兩首七絕，作了一夜才成功。」

「這是獅子搏兔之力？」李主簿興味盎然，「必是字字珠璣的佳作，先聞為快。」

「原要寫下來請教。」

這時李主簿才發現他磨了一硯池的墨，「原來雅興不淺。」說著，李主簿便伸手去取那卷寫了「夢令狐學士」詩的蜀箋。

幸好李義山手快，搶先按住，「這卷子寫壞了。」他說：「我另取好紙來寫。」

取來另一卷蜀箋，李主簿幫著他展開，解下一個玉珮當鎮紙；李義山便拈毫濡墨，將一首〈月〉、一首〈嫦娥〉都寫了下來，然後又寫一段跋，說與李主簿一見莫逆，談詩論藝，深得友朋之樂；最後再題上款，一筆學褚遂良的行書，寫得勁氣內斂，意完神足，墨彩紛呈，自己看著亦很得意，李主簿自然更加高興。

「多謝，多謝！」他滿面笑容地拱手致謝：「詩書兩絕，足以傳家，誇耀儕輩。」

「過獎了。」李義山問道：「想來小价送去的一封短簡，還沒有看到？」

「沒有。」李主簿說：「有甚麼吩咐？」

「今晚我想在委奴那裡，設小酌答謝盛情。」李義山又說：「還想請宗兄代約縣丞。」

「縣丞下鄉勘察莊稼收成去了。」李主簿想了一下說：「我可以另外約兩個朋友來。」

「好極！多約幾位。」

李主簿答應著告辭而去。不久，德興回來覆命，說酒家胡不肯收受預付的酒資，因為李主簿很好客，凡是他引去的賓客，都由他作東道；事實上李主簿亦是由公庫開支，「酒家胡告訴我，司竹園的入息豐厚，縣裡專提一筆款子，應酬過往貴客。」德興說道：「既然如此，郎君樂得省省。」

話雖如此，李義山總覺得欠情太多；客中無以為報，只好再去買些蜀箋來，多寫幾幅舊作相送，一直寫到華燈初上，方始竣事，匆匆整裝赴宴。李主簿卻已先到了，約了四個朋友來，其中有一個是李義山的舊交，此人名叫韋楚老，長安韋曲人，少年得意，穆宗長慶四年的進士，官至國子監祭酒。李義山只知道他已辭官，不知道他隱居盩厔，他鄉遇故，備覺親熱。

「請入席吧！」李主簿說：「宗先生請上座。」

「宗兄，你太客氣了，不容我略作小東。我爭不過你，只好覥顏叨擾。不過，首席非韋前輩不可。」

「這話倒也是。韋老，」李主簿說：「你就不必謙讓，落了俗套。」

韋楚老性情很伉爽，說聲：「有僭！」拉著李義山一起坐下；其餘三客，都是縣中俊秀子弟，也都是後輩，各自搶著在末席坐下。

「今天，」李主簿對那三個年輕人說：「難得有兩位大詩翁請教的機會，你們不可輕易放過。」

「韋老詩筆高健，歌行更為出色。」李義山看著李主簿說：「韋老的那首〈祖龍行〉，你讀過沒有？」

「這是韋老的不朽之作，如何沒有讀過？」李主簿接著便昂首朗誦：「『祖龍一夜死沙丘，胡亥空隨鮑魚轍。腐肉偷生三千里，偽書先賜扶蘇死。墓接驪山土未乾，瑞光已向芒碭起。陳勝城中鼓三下，秦家天地如崩瓦。龍蛇撩亂入咸陽，少帝空隨漢家馬。』」

「祖龍」是秦始皇的異稱。李主簿將韋楚老的這首〈祖龍行〉，漏唸了起頭兩句，但僅後面十句，已將秦始皇暴死於今邢州平鄉縣的沙兵，李斯、趙高與秦始皇次子胡亥定策，秘不發喪；載屍於轀涼車中，每日照常上食奏事，但天氣炎熱，屍體腐爛，因而買鮑魚數石，置諸車中，混淆屍臭。

如是由平鄉南下，循馳道歷程三千里回咸陽，先矯詔殺太子扶蘇；擁胡亥即位，稱「秦二世」。

但秦始皇下葬驪山，墓土未乾，芒碭山已出了真命天子劉邦；陳勝、吳廣揭竿起義，趙高弒帝，秦二世在位僅只兩年，及至群雄並起，競奔咸陽；扶蘇之子「秦三世」子嬰出降，在位僅得四十六天的這一段秦亡漢興的史實，概括無遺。而且音節瀏亮而蒼勁，易於記誦，確是詠史的傑作。

座中後輩，各表敬仰，紛紛討教，因而使得這場為李義山送別的筵宴，變成了摒除絲竹的不折不扣的文酒之會。

劇談縱飲，李義山的意興甚豪；韋楚老的酒量極好，加以另外三陪客的殷勤相勸，等他發現人影成雙，警覺到醉眼迷離，欲待停杯止飲時，已無法自制了。

醒來時，彷彿到了一個全然陌生的世界，既不知此是何處，亦不知何以致身於此？竭力搜索記憶，只想起李主簿的一句話：「你好生服侍，不可怠慢！」

這是對誰說的話；服侍誰？他怔怔地在想，忽然一縷異香，飄到鼻端，同時覺得臉上發癢，伸手一摸，是一綹柔膩的髮絲。急急轉臉，但見羅帳外殘燈照影，有個女郎睡在他身邊。

李義山的酒一下子醒了，但喉乾口澀，無法出聲，只好用手推她，推醒了才看清楚，是胡姬委奴。

「李郎！」委奴揉著眼問：「要甚麼？」

李義山指著咽喉，非常吃力地掙出一個字：「渴！」

「喔，我來。」

委奴揭起帳帷，剔亮油燈；然後提來一個磁瓶、一隻空碗，注在碗中的只是清水，但在李義山，無異瓊漿玉液，一連喝了兩碗，才喘口氣問：「這是甚麼地方？」

「留客的賓館。」

「現在甚麼時候？」

「應該是四更天了吧！」委奴將磁瓶空碗收了去，推窗望了一下說：「月亮快下去了。」又是「長河漸落曉星沉」的時候；李義山復又回憶歡飲的光景，不好意思地笑道：「我竟醉得人事不知。」

「現在酒醒了？」委奴問道：「有那裡不舒服？」

「稍微有些頭疼。不要緊，過一會就好了。」

「我來替你揉一揉。」她又問說：「要不要來一粒荳蔻？」

「好！」

委奴從小銀盒中，取出來一粒白荳蔻，剝去了殼，伸兩指將荳蔻仁塞入李義山口中，然後舉起雙手捧住李義山的頭，用兩隻拇指，在他太陽穴上，不徐不疾地揉著。

面面相對，距離不到一尺，她的臉又恰好對光，李義山正好細細打量，她的皮膚很白，鼻子高高的，眼窩卻微微內凹，這張有邱壑的臉上，嵌著一雙極靈活的眼睛，菱形的嘴角，露出快要忍俊不住的笑意；李義山不免想到，是不是酒醉以後，出乖露醜，鬧了笑話？

「你笑什麼？」

「沒有甚麼？」委奴答說：「我是想起那位韋老發酒瘋的樣子好笑。」

「喔，他也喝醉了？」

「醉得比你還要厲害。」委奴答說：「大發酒瘋，把我們那裡的姊妹，攆得滿樓亂跑亂叫，還闖到別人屋子裡大喊大嚷；虧得李主簿都認識，給人打招呼說好話，才沒有惹出糾紛來。」

「這些我都不知道。」

「你已經醉倒睡著了。」

「那，」李義山問道：「以後呢？」

「以後，」委奴垂著眼說：「讓我送你到這裡來，叫我好生服侍你。」

「是了。這句話我記得。」李義山問道：「你怎麼樣好生服侍我？」

「問你自己啊！」

「你把臉側過去！」李義山說：「讓我仔細看一看。」

委奴便鬆開了為他摩額的雙手，馴順地將長髮紛披的頭轉向一邊；等李義山端詳多時，她才轉過臉來問道：「李郎，你看我不像波斯人？」

「原來你是波斯人！」李義山說：「你的側影，像我認識的一個人；正面不像。」

「那是誰？」委奴問說：「也是西域來的？」

「不，不！你不知道。」

「一定是同帳共枕過的人。」委奴斜睇著問：「是嗎？」

李義山微笑不答，一顆心忽然又飛到崇讓宅中的畫樓上了。

「頭還疼不疼？我再替你揉揉。」

委奴舉手時雙袖一揚，李義山復又聞到那一縷異香，便握住了她的手，抬高了說：「讓我聞聞你身上的香味！」

說著，拉起她的衣袖，蒙住了鼻子和嘴；體氣蒸發，香味格外濃烈，李義山頓覺心旌搖搖，有些不能自持了。

「你這香是甚麼香？」

「我們還能用甚麼名貴的香？無非是取剩下的零碎香料，研成末子，再和成丸來燒了薰衣服。說得好聽些，便是七寶香。」委奴又說：「你如果覺得不好聞，我去換件衣服。」

「好聞，好聞！不過，你所說的七寶香，我也在博山爐上燒過；香味跟你身上發出來的不一樣。」

「就我身上，各處也不一樣；腋下是腋下，胸前是胸前。」委奴雙手掀開衣襟，露出雪白的一個胸脯，「你再聞聞這裡。」

這一聞，一張臉伏在委奴胸脯上，就捨不得抬起來了。

睡到平明，委奴起身，將李義山也驚醒了；臥在帳中，靜靜地看她梳妝，心裡在想，這纏頭之費，應該如何打發？德興大概是回驛館去了，眼前無人可以商量，只有自己斟酌了。

沉吟了好一會，決定以一枚漢玉「剛卯」相贈，以報一宵繾綣的情意。打定了主意起身出帳；委奴聞聲回首，嫣然笑道：「怎麼不多睡一會？」

「我早就醒了。」李義山在她身旁坐了下來，攬著她的腰問：「你會不會到長安去？」

「也許。」委奴答說：「我有一個弟弟，在長安西市跟人學做買賣，我年下也許去看他。」

「好！你到了長安給我一個信。」李義山問：「你識字不識字？」

「識得不多。」委奴反問：「李郎你問這個幹甚麼？」

「我留個地址給你。」想留地址，卻無紙筆，只好改變辦法：「這樣好了，你到了長安，在西市張家酒樓問李十六郎，他們會告訴你，怎麼找我。」

「好！我記住了。」

「喏！」李義山起身從衣帶上解下玉剛卯遞了給她：「這塊玉是辟邪的，你留著。」

這方玉三寸長，一寸寬，中有一孔，穿著一條紅色絲繩，上有篆字銘文。委奴接到手裡問道：「為甚麼能辟邪？」

「這是漢朝的風俗。正月裡揀一個卯日，琢成這樣子的一塊玉，稱為剛卯；佩在身上，諸魔不侵，居家行路，長保平安。」

「那，我不要；我不敢要。」委奴搖搖頭說：「你的平安也要緊，而且正要上路。」說著，她站起身來將剛卯仍舊繫在他的衣帶上。

就在此時，德興來接主人回驛館；李義山便將他拉到一邊，悄悄問道：「你身上帶了多少錢？」

「二十多貫。本預備昨天請客用的。」

德興從身上掏出一捲武宗會昌年間印造的「大唐頒行寶鈔」，數一數九貫的兩張，一貫的八張，共計廿六貫。李義山將小鈔交回給德興，取了九貫的兩張大鈔，捏成一團，塞在委奴手裡。

「這幹甚麼？」委奴問說。

「送你買花戴。」

「不！李主簿交代過的，不能要你破費。他的話我不能不聽，否則會有麻煩。」說完，她拉過李義山的手來，將兩張寶鈔，放在他手掌上，然後闔攏成拳，握緊不放；雙眼凝視，彷彿有許多話想說似地。

「郎君，該走了。」德興催促：「李主簿說要來送行，只怕已經到驛館了。」

「好！」李義山答了這一個字，手仍舊讓委奴握著，戀戀不捨。

德興等了一會，看主人仍無動靜，便即說道：「是不是我先回驛館去等？」

「你先等一等再說。」李義山有些委絕不下。

德興很知趣，悄悄退了出去；委奴便又拉著他坐下，輕聲說道：「你不想走，何不再住一天？」

「不！」李義山心中一動，「你何不現在就去看看你弟弟？」

委奴一楞，顯然的，這個提議太突兀了，使得她一時無從回答，「現在怕不行。」她說：「我甚麼預備都沒有？」

「說走就走，到了長安，我會找地方安頓你；看了你弟弟，我再派人送你回來。一切有我，你甚麼都不必預備。」

「至少，我得跟我舅舅說一聲。」

「你舅舅是誰？喔，」李義山想到了，「就是酒家主人？」

「是的。」委奴又說：「反正年底下，我一定會去；現在已經九月了，隔兩三個月還能見面，那時，我好好陪你。」

聽這一說，李義山自不便勉強，點點頭換了個話題：「你今年幾歲？」

「你猜。」

「二十四？」

「差一大截。」委奴伸指作個手勢：「三十了。」

「倒看不出來。」李義山心想，三十歲自然早已嫁為人婦，不知她丈夫做何生理？但不便如此率直動問，便換個說法：「你家裡有些甚麼人？」

「就一個弟弟。」

「父母呢？」

「早死了。」

「還有呢？還有甚麼人？」

「沒有了。」

照此說來，竟是未嫁之身。以她的容貌性情，不應該三十歲猶是小姑居處。而且她舅舅開設酒肆，看來境況不壞，又何至於讓甥女墮落風塵？

「李郎，你在想甚麼？」

李義山躊躇了一會，說了實話：「我在奇怪，你三十歲了，不想尋個歸宿？」

委奴看著他笑了一下，沒有說甚麼；轉過去望著窗外的臉，一片落寞的神色。

「我大概無意間觸動你傷心的地方了？」

「不是，不是。」委奴答道：「我是不知道怎麼跟你說？我的事，一下子說不完。」

看來她有一段淒涼往事；李義山不免歉疚，「對不起！」他說：「我大概無意間觸動你傷心的地方了？」

委奴報以苦澀的微笑，欲言又止，然後是深深地看了李義山一眼，彷彿想看到他心裡似的。

「委奴！」門外有個老嫗在喊：「貴客的朝食，預備好了。」

「好，請你端進來吧。」

將食案端了進來，委奴照料李義山進餐，炙魚、燒肉，有胡餅、有米粥，頗為豐盛，雖是朝食，卻如正餐，但李義山的胃納不佳，淺嘗即止。

「多吃些。」委奴勸道：「荒村野店，不足一飽。」

「夠了。」

委奴略想一想，起身出屋；去而復回時，手裡已多了一張油紙，將燒肉鋪勻在胡餅上，捲好了用油紙包裹；不用說，這是替李義山預備的行糧。

該走了！李義山心裡這麼想，身子卻不動；德興不曾來催，便樂得捱一刻是一刻了。

「李郎！」委奴問道：「你說我側面像你認識的一個人，到底是誰啊？」

「你能不能不問？」

「喔，對不起。」委奴學他的口吻：「大概我也是觸動你傷心的地方了。」

「倒不是傷心。只是我不願意談這個人。」

「那就不僅傷心，而且是把心傷透了。」委奴說道：「何不說出來，心裡會好過些。」

「這話，正是我想勸你的。」

委奴想了一會答說：「如果你想知道，我當然可以告訴你，但怕害你為我難過。」

「如果說，我能分擔你的傷心，你心裡不就可以好過一點了嗎？」

「你人真好！」委奴想一想說：「你為我分擔傷心，我不也應該替你分擔嗎？」

李義山突然發覺，彼此像是共患難的口吻；心中一動，自然而然想起不久以前，妻子信中的話，頓時落入遐想了。

「李郎，」委奴問道：「你聽見我剛才的話了？」

「喔，」李義山定定神，想起她的話，覺得正好試探：「分擔我的傷心，不如安慰我的傷心。」

「怎麼安慰法？」委奴答說：「你為甚麼傷心，我都不知道，從那裡安慰起？」

「回頭我會告訴你。」李義山想了一下又說：「其實，我們彼此都不必談過去傷心的事；眼睛要朝前看。此刻我只想問你一句話，你要老實回答我！」

「好！」

「就是我剛才問過你的，你三十歲了，倒不想尋個歸宿？」他緊接著又說：「你只要回答，想還是不想？如果不想，我再問你原因。」

「那裡會不想？李郎，」委奴看著他說：「你願意娶我？」

李義山沒有想到，她會這樣開門見山地問，感覺上既驚喜，又窘迫；本來他想起不久以前，妻子信中的話，說「長安居，大不易」，他的俸祿微薄，所以不作移家之想；而且她近來身弱多病，即令移居長安，亦無法盡心盡力來照顧他。她亦深知他單身作客，起居不便，勸他不妨置妾。看委奴溫順老實，容貌也很過得去，因而逐步試探，看看有無接受妻子勸告的可能？不想反倒是委奴先有委身之意，如何處置，便頗費周章了。

話還是得從頭說起；他說：「我是有家的——。」

「我知道。」委奴打斷他的話說：「我也不能不知道自己是甚麼人，莫非還想做你的正室？」

「好！」李義山答說：「我當然願意娶你，不過，我不知道能不能娶你？」

「這是怎麼說？」委奴問道：「尊夫人不許？」

「正好相反。我是怕我的力量不夠。」

「你是怕我會跟你要一大筆財禮？不會！我只求你一件事；也許你不會答應。」

「是甚麼事？你先說了再商量。」

「我有個兒子，今年九歲，你肯不肯收他作養子？」

這在李義山一時就不知所答了，「孩子的父親呢？」他問。

「死掉了。」

「孩子在那裡？」

「在我弟弟那裡。我的弟婦不賢慧——。」委奴沒有再說下去，眼圈慢慢地紅了。

「想來你的兒子，不得舅母的歡心？」

「不是我兒子不好；我兒子很乖的。」委奴似乎誤會李義山以為她的兒子頑劣，才不為舅母所喜，所以這樣大聲分辯著；但旋即又作了恕詞：「不過也難怪，我弟弟兒女很多；有愛心也輪不到我兒子。」

「既然如此，你何不自己帶在身邊？」

「這，」委奴停了一下說：「原因很多，第一，我不願意讓我兒子知道我在幹甚麼？雖說九歲的孩子，其實很懂事了。」

「你的用心不錯。」李義山問：「第二呢？」

「第二，是怪我自己不好。」委奴久久不語；禁不住李義山眼色的催促，方又說了下去：「原有人跟我說，你弟婦很偏心，兒女又多，你的兒子寄養在她那裡，不會有好日子過；不過我總想到，我弟弟家累重，我把兒子寄養在他那裡，貼補他的家用，不也就幫了自己同胞手足的忙？那知道——。」她嘆了口氣，搖頭不語。

這便使得李義山對她更重視了，原來委奴宅心如此仁厚；看來她將來對衮師亦會視如己出。可是妻子對她的兒子呢？會持何態度？

「妳兒子叫甚麼名字？」

「叫白利，小名阿利。」

「你姓白？」

「不！我姓朱；阿利的父親姓白。」

「也是你們波斯人？」

「他是龜茲人。」委奴忽然強笑道：「你看我說到那裡去了？那有剛認識的人，就談到這上面去的！」

一見傾心而論嫁娶，亦不是很稀罕的事；李義山此時倒全然不覺得談得太深，不過他主要的考慮，還是在阿利。置妾既是妻子提議在先，而看委奴的性情，將來亦必能和睦相處，只是世間婦人，對丈夫與對子女的感情是不同的；他確信妻子會接納委奴，但是不是願以阿利為養子，就很難說了。

但眼前對委奴卻必須有所表示，而且應該是個切實的表示。如果一時無法作成決定，至少也要讓她知道他的誠意。

於是，他沉吟了一會，用很懇切的語氣說：「我也很喜歡孩子，你說阿利很乖，我自然樂於有這麼一個養子，盡我的力量培植他，也讓我自己的兒子有個伴。但原本很簡單的一件事，你們母子連在一起來談，情形就不同了。」

「喔，」委奴一時不能理會他的話，楞了一下問道：「怎麼會不同呢？」

「本因喜愛阿利而收為養子，一變而為由於你的緣故，使阿利成為我的養子，這自然是不同的。尤其是在旁人眼中。」

「你說的旁人是誰？」委奴率直問道：「尊夫人？」

「她自然是其中之一。」

委奴的臉色變得很深沉了，而且透著一種不可侵犯的莊嚴神情，以至於李義山只能保持沉默，讓她靜靜去考慮。

「李郎，」委奴的臉色，忽又很開朗了，「到底你是讀多了書，學問深的人；我悟出你的意思了。我現在老著臉跟你說實話，阿利是私生子；大家都說私生子聰明的多，這話不假。我把阿利送你做兒子，那怕改姓也行。沒有我夾在裡面，尊夫人一定也會喜歡阿利，阿利將來也一定會孝順她。李郎，你看我這個願心能不能了？」

「能了！」李義山慨然許諾，「一定能了。」

「老天，總算了掉我一樁心事。」委奴伏身頓首：「李郎，我真不知道要怎麼說，才能讓你知道我的感激和高興。」

「請起，請起！」李義山扶住她的手臂說：「只要你高興就好，感激談不到，我還沒有出一點力呢！」

「只要你答應了，這孩子就有出息了。」委奴停了一下說：「今天不必趕路了吧？」

這一下倒提醒了李義山，時已過午，要動身就不能再逗留，否則會趕不上宿頭；同時他也想到了李主簿，說要到驛館送行，此刻是否在那裡久候？

轉念及此，內心大為不安，急急大聲呼喚：「德興，德興！」

委奴也幫著去招呼，一出房門看見德興正從一個蒲團上站了起來，不由得脫口說道：「原來管家早在這裡了！」

德興沒有作聲，進了屋子，只聽李義山說道：「你趕緊先回驛館，看李主簿來過了沒有？」

「來過了。」

「你怎麼知道？」義山問。

「我回驛館去過了，正好遇見李主簿；問起情形，李主簿說：那就再留一天吧！他傍晚再來。」德興回答。

「喔，你怎麼早不告訴我？」

「遲早都一樣。」德興又說：「我看郎君跟委奴談得正起勁，就不來打攪了。」說著，看了委奴一眼。

風塵女子最善於鑒貌辨色，見此光景，委奴知道他有話不肯當著她的面說，便託辭避了開去。

「郎君，」德興趨前兩步，低聲說道：「委奴的話，我都聽見了。要辦這件事，就母子倆一塊兒辦；先收他那個兒子作養子，八、九歲的毛頭，可別叫我帶，我不會。」

李義山心想不錯，阿利的舅母即令不喜此子，畢竟可代母職，而且有表房的兄弟姊妹作玩伴，不會寂寞；一旦收養了來，八、九歲的孩子處在一個完全陌生的所在，豈有個不恐懼憂傷之理？如果德興能好好照料他，也還罷了；如今看來，期待德興能善待阿利，是個不切實際的奢望。這件事，看來尚待從長計議。

「郎君，有件事，我一直沒有說，不過我在留意。從洛陽動身的時候，娘子悄悄跟我說，有合適的人，替郎君弄一個在身邊。如果郎君看中了委奴，把她接了回去，娘子不會有意見。」

「原來她早交代過你了。前一陣子她來信也是這麼說。」

「既然如此，郎君不妨放手辦事。」

「怎麼放得了手？」李義山搖搖頭，「其中有難處。」

「譬如，她的兒子——。」

李義山很吃力地解釋，母子偕至與單獨收阿利為養子，會使得大家對阿利的看法有所不同的道理。但他的話尚未完，德興便有些不耐煩了。

「娘子是很賢慧的人，阿利如果真是乖巧聰明，娘子巴不得有這麼一個大孩子給阿袞作伴，絕不會錯待他的。這一層，郎君用不著擔心，只要人品不錯，身家清白，這件事就可以做。」德興又說：「長安內裡沒有一個人把家，實在不方便。」

聽他直截了當的這番話，李義山爽然若失，自己多方思考，認為顧慮周詳；若照德興所說，根本是庸人自擾。但話雖如此，心境卻旋即開朗了。

「這件事，郎君交給我來辦。」德興拍著胸脯說。

李義山又有些緊張了，「你先別大包大攬，自信過甚，凡事謀定後動。」他問：「你預備怎麼辦？」

「我先跟李主簿去商量。看要花多少錢，回去再想辦法。」

請李主簿從中作蹇脩，確是再適當不過；由德興去拜託，話亦比較好說，李義山點點頭同意了，不過特意叮囑：「絕不能讓李主簿破費。」

「我明白。」德興答說：「我做事有分寸的。」

「那麼，我們回驛館吧！」

「不！郎君仍舊在這裡。我回驛館，等李主簿來了，好私下跟他談。」

「那也好。」

「不過，郎君，前半段你跟她怎麼談的，我不清楚。到底有沒有把握？萬一，那裡倒談好了，她本人變了卦，鬧這種笑話，就太沒趣，也太沒有意思了。」

「這倒也不可不防，否則連李主簿都成了笑柄。」李義山有了個計較：「這樣吧，我再把她找來當面問清楚。」

說完，德興出屋，在遠處潛望；看委奴進去了，復又悄悄掩至，屏息靜聽。

「委奴，」他聽見主人以歡愉的聲音說道：「剛剛德興說得不錯，九歲的孩子，離不得娘。我家娘子很賢慧，只要阿利真的討人歡喜，她亦會看成自己的兒子一樣。所以，我現在變了主意，如果你真的願意跟我，連阿利一起帶過來；至於改姓不改姓，那是以後的事。」

「啊！」委奴驚喜之情，從聲音中可以很清楚地聽得出來，「那可是太好了。」

「不過，」李義山說：「我們到底只是頭一次見面，彼此的情形，都還不熟悉。我家娘子很賢慧，剛才跟你說過了；她的身子不大好——。」

「不要緊！」委奴搶著說：「我會服侍她。」

「將來家務操作，自然要你多出點力。好在人也不多，她生一女一兒；女兒比阿利小一歲。」李義山停了一下又說：「我的情形，都告訴你了。」

「我的情形，大致亦都跟郎君你談過了。阿利的父親，亦是孤兒，另外沒有親人；所以，我可以作我自己的主。」

「那倒也乾淨。」李義山問：「你另外有甚麼未了的事沒有？」

「只是有點債務。」

「有多少？」

「大概一百貫錢。」

「好！我替你清償。」李義山說：「錢是小事，就怕你有別的瓜葛，身不由主。」
「沒有。」委奴答說：「我舅舅一定也贊成這件事，不會有甚麼意見。」
聽到這裡，德興放心大膽地走了。李義山復又細談他的境況、起居習慣；商量回長安以後，該抽個空，帶她到洛陽去見大婦。絲絲縷縷的居家細節，彼此都覺得親切有味，談個不休。
「郎君！」不知何時，德興突然出現：「李主簿來了。」
李義山急忙起身相迎；在廊上相遇，李主簿未語先笑，李義山不免有些發窘。
「宗先生，恭喜，恭喜！」李主簿接著又向俯伏在門口肅客的委奴說：「你倒是很有眼光。」
委奴微笑不答，李義山料想事已妥貼，便拱拱手說：「還請宗兄成全。」
「言重，言重！這是好事，我自然樂觀其成；不過，此中有一層窒礙，還須斟酌。」李主簿問
道：「宗先生，我們是上酒家呢？還是就在這裡小酌？」
「這裡方便嗎？」
「方便。」委奴接口，「酒食都可以叫人送來。」
「那就在這裡吧。」
於是，委奴匆匆而去，料理酒肴；李主簿等她走遠了，方始開口，「宗先生，紅鸞星與官星相妨。」他說：「委奴怕一時不能隨你進京。」
「喔！」李義山只這樣答一聲，靜等他說下去。
「因為宗先生現在還是盩厔的長官，而委奴設籍在此，便是部民。」
這一下提醒了李義山，地方長官娶部民為妾，有干禁例；這就是李主簿所說的「紅鸞星與官星相妨」。
「我倒沒有想到這一層。」李義山抱拳說道：「多虧得宗兄指點，感何可言。」

「話雖如此，不妨先說定了它。」李主簿說：「我明天先叫人為委奴『脫籍』，在這裡先賃屋暫住；宗先生回京以後，進行調任；等吏部的文書一下來，我立刻派人送委奴進京，讓你們同圓好夢。宗先生以為如何？」

「如此安排，妥當之至。宗兄曲盡綢繆，真正感激不盡。」

「能為宗先生略效棉薄，又是這樣一件韻事，在素性好事的我，可說也是一件賞心樂事。不過，」李主簿略停一停又說：「恕我直言，委奴人雖不錯，到底是胡姬，習性不同。這一層，宗先生考慮過沒有？」

「是。」李義山答說：「我跟她深談過，將來與內人必能和睦相處。」

「我亦聽貴价談過。尊夫人的賢德可佩。」李主簿接著又說：「縣君明日回城；我儘明天一天，把委奴的事料理好，宗先生後天可以動身，或者再盤桓數日。」

這一問，讓李義山茫然無主了。他在想，李主簿將這件事看得太容易；誠然，如委奴「脫籍」，若由百姓申請，胥使留難需索，不無麻煩，如果是他交代，不過在簿冊上註記一筆，叱嗟立辦。但脫籍先須了清債務；這筆款項，須回長安籌措；加以賃屋另住，往後的日常用度，都該預先籌畫妥當。否則縱令脫籍，不算從良。

「宗先生，」李主簿由他的臉色，猜到心事，關切地問：「若有為難之事，不妨見示。」

「實不相瞞，雖承宗兄鼎力援手，在我還有措手不及之感。脫籍之事，或者應該緩辦。」

「喔，」李主簿說：「請試言其故。」

「委奴脫籍之先，尚有首尾要替她料理，我還要跟她好好兒談一談。後天動身，只怕來不及；但多留一日，便多叨一日的盛情，頗有負荷不勝之感，因而躊躇難決。」

「原來為此！」李主簿很從容地說：「只怪她沒有把話說清楚。委奴有一百貫錢的債務，我已聽貴价說過了；既要為她脫籍，當然要還她一個了無瓜葛的清白良家婦女之身。這一層我早就想到了。」

想到了又如何呢？李義山答一聲：「是！」很注意聽他說下去。

「宗先生，我借箸代籌，已有打算，本想事後奉告，既然宗兄關切，不妨先談。」李主簿停了一下說：「委奴脫了籍，絕不能再踏入酒家一步；我估計宗先生大概在年底，可以正式納寵，委奴這幾個月的澆裡，連同她的債務，大概有六十貫就夠了。」

「這──？」李義山疑心自己聽錯了──債務就有一百貫；六十貫怎麼夠？

「宗先生，你久居清要，市井間事，不甚了了。」李主簿知道他的疑問，為他解答：「像委奴的這些債務，都是重利盤剝，利上滾利積起來的；放利的『蕃客』，以波斯人為多。委奴的債務，我叫人跟蕃客去了結，五折實付，不算苛刻。另外十貫錢給委奴作日常用度，也應該夠了。」

李主簿出面，債務便能折半清償，這個忙幫得太大了；但李義山不免疑慮，怕他是以官勢壓人，因而追問一句：「真的不算苛刻？」

「宗先生，你請放心！如果我這麼說：委奴也是波斯人，這一百貫，常人看來是鉅數；在你們殖貨動輒以萬貫計的殷商來說，算不了甚麼！既然她有意從良，他們何不助成善舉，高高手就過去了。宗先生，他們也一定會賣我一個面子。」

由此說來，五折實付，確是不算苛刻，「宗兄，」李義山的感激現於顏色：「受惠不淺；這六十貫錢，不勞費心，我飭小价回長安──。」

「不！」李主簿打斷他的話說：「不必費事；我為宗先生預支兩個月的俸錢，就有五十貫了。另外十貫，我有地方開支。」

「宗兄為我如此費心，感何可言。能預支兩個月俸錢，再好沒有；下餘十貫，絕不敢再累宗兄。」

李義山一眼瞥見捧著食案進門的委奴，便即說道：「今天要好好陪宗兄一醉。」

正在陳設酒肴，尚未入席時，縣中小吏來見李主簿，送上一封京兆尹下達的緊急文書，調取李義山即刻進京；另外附有一封京兆尹盧弘正致李義山的私函。李主簿將已開封的公文及未拆封的私函，一起交了給李義山；不言可知，這封私函，一定是說明急召的原因。

果然，盧弘正的信中說：皇帝已從宰相之請，將懿安皇太后葬於景陵外園。祭文甚難措詞，「非借重大筆莫辦，乞即命駕。」

李主簿從李義山手中接過這封信，看完以後，不解所謂，「怎說甚難措詞？」他問，「懿安皇太后母儀天下，歷五朝之久；不祔景陵，而葬於外園，亦是一件不可解的事。」

「難措詞的，正就是不祔景陵，而葬於外園。」

李主簿說李義山久任京官，對地方市井間事，不甚了了；同樣地，李主簿久任外官，對朝事亦甚隔膜；懿安皇太后的不平凡遭遇，卻好資為把杯歡敘的談助。

懿安皇太后應該是當今皇帝的嫡母，也應該是憲宗的皇后，但憲宗在位之日，封號只是貴妃。她是汾陽王郭子儀的孫女，為代宗昇平公主所出；順宗朝，當憲宗還是廣陵王時，聘以為妃，論輩分，是表姑下嫁表姪。

順宗的這個兒婦，實際上是他的表妹；由於郭子儀有再造唐室之功，而又為昇平公主之女，所以順宗對她，格外優禮。順宗即位未幾，禪位於憲宗，但郭氏只封為貴妃。元和八年，群臣上表，請立為皇后；憲宗一再託辭不許，真正的原因是，憲宗後宮多寵，如果立了郭貴妃為皇后，統攝六宮，對嬪御有裁抑的權力，諸多不便而已。

憲宗剛明果斷，知人善任，幾次平服叛亂，尤其是裴度遣大將李愬雪夜入蔡州，平淮西，更是了不起的武功。當用兵淮西時，四方爭獻財帛，謂之「助軍」；淮西既平進奉，謂之「賀禮」、「助賞」；憲宗加尊號時，復又進奉，仍舊謂之「賀禮」，財用既豐，不免驕侈；不幸又用了一個奸佞小人皇甫鏄為宰相，掌管度支，引導憲宗，訪神仙，求長生，薦引一個方士柳泌，說他能煉長生藥，憲宗大為所惑。柳泌說浙東天台山，神仙所聚，山上多靈草；但他無法採取，如果能為當地的地方官，就會方便得多。憲宗便讓他去當天台山所在地的台州刺史。

柳泌在台州一年多，為了採藥，騷擾一州，而終無所得，怕朝廷譴責治罪，舉家逃入山中，浙東觀察使派兵搜捕，抓住柳泌，解送京師。皇甫鏄怕罪及舉主，巧言為他諱飾，結果不但沒有治罪，而且仍得在翰林院待詔，侍從左右。柳泌進奉魏晉以來方士相傳的金石藥，主要成分為硫黃、硃砂、秋葵，服用以後，身子發熱，既躁且渴，脾氣當然亦變得很烈了。

當時有個起居舍人裴潾上言，金石酷烈有毒，加以火氣，非人之五臟所能消化；古時「君飲藥，臣先嘗」，有方士獻藥者，命他自己先服一年，這樣，藥的好壞真假，自然分明。憲宗得奏震怒，貶官遠方；不過他的運氣比諫佛骨的韓愈要好些，只外放為江陵縣令。

由於服用金丹過多，性情原本剛斷的憲宗，越發容易動怒，左右宦官往往獲罪而死，以致人人自危。元和十五年正月廿七，憲宗暴崩於大明宮中和殿，說是藥性發作而不治；但傳說是為宦官陳弘志、王守澄所弑。

於是掌握兵權的神策軍中尉梁守謙等擁立太子即帝位，這便是穆宗，他是郭貴妃所生，行三。在此同時，穆宗的胞兄，行二的澧王及另一名神策軍中尉吐突承璀，為梁守謙、王守澄所殺。

因為有此骨肉倫常之變，所以外間有了流言；說陳弘志、王守澄弑憲宗，是出於郭貴妃的主謀。流言之起，是因為吐突承璀，對皇位的繼承，曾經別有主張。吐突承璀字仁貞，是福建的「飛白」——唐朝中葉，諸道節度使，往往挑選屬下清寒俊秀的少年，以重金買通了他的父母，然後閹割以後，進獻宮中去作宦官，號稱「飛白」，而以福建為最多。唐朝以宦官典禁軍，如果自己所獻的「飛白」，一旦得寵，這個節度使相對地就會地位穩固，權勢增加。吐突承璀非常精明，極得憲宗寵信；當河北的一名節度使王承宗叛亂時，官拜左神策護軍中尉，並封為薊國公的吐突承璀，自告奮勇，願領兵征討。

憲宗早就想革除河北藩鎮世襲，漸形尾大不掉之弊，但朝士議論，多以為江淮水災，公私交困，此非用兵之時；難得有人符合自己的意願，所以任命吐突承璀為行營兵馬使及招討處置使，掛帥印討伐王承宗。朝命一下，翰林學士白居易會同言官，紛紛上奏，說國家征伐，當責成將帥；近年始以宦官監軍。自古及今，從未有徵天下之兵，而令宦官為帥之事，否則必為四夷所笑。言雖有理，但憲宗主意已定，只將吐突承璀領兵的名義，改為宣慰使而已。

吐突承璀自元和四年九月領兵出征，一年以後，無功而還，仍舊充左軍中尉；宰相及言官相繼奏諫，應將吐突承璀以軍法論處。憲宗不得已將他降官為軍器使，而寵信依舊。元和七年東宮病歿，吐突承璀建議立皇二子澧王為太子；憲宗不喜歡這個兒子，因而立了行三的遂王為太子，原名為宥，更名為恆。及至太子接位，怕吐突承璀會擁兵為澧王爭奪皇位，因而出以斷然的處置。

親生之子，繼承大位，郭貴妃自然揚眉吐氣了；穆宗上尊號為懿安皇太后，移居興慶宮，每逢朔望，率百官朝賀；供奉考養，窮奢極侈，真是所謂「以天下養」。

穆宗在位僅得四年，由於蹈他父親的覆轍，因服金石藥而不永年。長慶四年正月，太子即位，改元寶曆，是為敬宗，懿安太后的身分，亦就變成太皇太后了。

敬宗是個超級的紈袴，性好嬉遊，尤喜打毬，而性情褊急暴虐，所以宦官侍從，都是既怨且懼。寶曆二年臘月，敬宗出獵，去捉狐狸，深夜回宮，與宦官劉克明等及善於打毬的禁軍將官等，一共二十八人，置酒暢飲；飲到酒酣，敬宗拉了一個宮女去「更衣」時，忽然燈燭盡滅，敬宗死在劉克明手裡。

敬宗被弒時，只有十八歲，雖有五子，皆在襁褓；唐朝的皇位遞嬗，往往由宦官禁軍操縱，劉克明等假傳聖旨，以憲宗之子，亦就是敬宗的叔父絳王暫且「勾當國事」；第二天頒遺詔，以絳王即位。劉克明等人並準備奪取禁軍兵權，那知事機不密，反受其害。

這時禁軍的兵權，握在「四貴」手中，所謂「四貴」是兩樞密使、兩中尉，而以弒憲宗，擁立穆宗的王守澄為首。四貴密議，並徵得元老晉國公裴度的同意，奉迎穆宗第二子江王入宮；同時發左右神策軍進討賊黨，敬宗被弒之前，陪侍縱飲的二十八人盡皆被殺，劉克明躲在井中，亦被拉了出來斬首。最冤枉的是絳王，為亂兵所害，糊裡糊塗送了一條命。

江王本名涵，即位後更名昂，即為文宗。其時宮中有了三位太后，懿安太后為太皇太后，在興慶宮；文宗生母蕭氏，母以子貴，尊為皇太后住大內；再有一位便是敬宗的生母王氏，住大明宮義安殿，由於敬宗的年號「寶曆」，所以稱之為「寶曆太后」。文宗是位賢君，本性孝謹，事三宮如一，穆宗、敬宗皆荒嬉不理朝政，文宗則一反父兄的作風，勵精圖治，去奢從儉，放出宮女三千餘人，裁汰宮中冗員二千餘人。

文宗不好聲色犬馬，而且恢復舊制，逢單日視朝；接見宰相群臣，延訪政事，非常用心。可惜忠厚謹飭的人，往往優柔寡斷，不能堅持，跟宰相議定的事，往往中變；而且任用不專，以致漸漸釀成朋黨之禍，「牛李之爭」以外，復有「甘露之變」，自覺不如周赧王、漢獻帝；因為赧、獻受制於諸侯，而他是受制於家奴。因而鬱鬱以終，在位十四年，得年僅三十三歲。

文宗兩子，次子早夭；長子立為太子，不求長進，加以文宗所寵的楊賢妃進讒，因而更不為文宗所喜。開成三年十月，太子暴薨；臣下多疑心他死於非命，是楊賢妃先害死了太子生母王德妃，復又指使宦官謀殺了太子，但宮闈事秘，真相如何，不得而知。

一年以後，終於透露出一個消息——開成四年十月，楊賢妃請立皇弟安王為太子；穆宗五子，長子為敬宗，次子即文宗，第三子封漳王，犧牲在黨爭中，第四子即安王，楊賢妃籠絡他，自然是為自已打算。文宗與宰相李玨商議，李玨認為以弟為嗣，於倫理不合，文宗便立敬宗幼子，也是他的胞姪陳王為太子。

數日以後，文宗幸會寧殿作樂，雜戲有一種「上竿戲」，植木於庭，一小兒騰身而上，就在竿頂那碗口大的一小塊立足之處，「盡竿而平立，若餘其地；倒輕軀，墜高竿」，作出各種驚險的動作。這天小兒上竿後，竿下有個中年漢子，往來奔走，形如發狂，文宗奇怪，問左右說：「這是幹甚麼？」

太監只簡單地答了一句：「是那小兒的父親。」

文宗明白了，那漢子是愛子心切，唯恐小兒摔下來；民間父子尚且如此，自己呢？頓時哭了。「我貴為天子，不能保全一個兒子！」

於是立召在東宮執役的教坊樂工劉楚等四人、宮女張十十等十人，盡皆處死。大家這才知道，太子死於非命，原為文宗所知，只為寵楊賢妃，隱忍不發；這天心有感慨，才殺那十四個人洩憤。

文宗自此舊疾復發，延至第二年正月駕崩；當病重時，命知樞密的宦官，宣召宰相楊嗣復、李玨進宮，準備派他們奉太子監國。但禁軍中尉，亦就是「甘露之變」的主角仇士良、魚弘志反對。

仇魚二人之反對，原因很單純，因為太子不是他們所立的，如果太子即位，知樞密的劉弘逸、薛季稜，便將徹底控制禁軍；相對地他們兩人立刻就會失勢，尤其是仇士良，追論「甘露之變」的禍首，豈還有活命之理。

因此，仇士良、魚弘志一面攔阻楊嗣復、李玨進宮，說太子成美年幼且有病，應復封陳王；一面起左右神策軍及飛龍、羽林各軍驍騎數千眾，擁往皇城東北角，名為「入苑」的諸王聚居之處，仇士良不斷高喊：「迎大的，迎大的。」

文宗還有兩弟，行四的安王與最幼的潁王；「迎大的」是指既長且賢的安王。但禁軍卻不甚清楚，到了文宗特為兩弟興建的大宅前面，相顧而語：「奉命迎大的，不知兩王誰大？」

事起倉卒，又只見大軍擁到，不知道是禍是福？王府中沒有人敢出面答話；等弄清楚是奉迎新君，安王心想，「迎大的」當然是我；但他為人忠厚懦弱，與潁王一起躲在屏風後面，還躊躇不敢出頭。這一下造成了潁王一個千載難逢的機會。

潁王的寵姬王夫人，本是燕趙倡女；福至心靈，匆匆出廳，站在台階上大聲說道：「大的是潁王。天子左右，因為潁王魁梧長大，都稱他『大王』；他跟仇中尉生死至交，你們如果弄錯了，可要當心有滅族之禍。」說完，走到屏風後面，將潁王使勁一推，推出屏風。

禁軍一看，潁王果然頎長壯碩，威儀非凡；信了王夫人的話，將潁王擁上馬去，護送至宮中禁軍首腦治事之處的少陽院。仇士良、魚弘志一看弄錯了，但事機急迫，只好將錯就錯，羅拜馬前，口稱「萬歲」。

百官謁見潁王於思賢殿，但因為有太子之故，還不能立即正位，由仇士良矯詔：「立潁王為皇太弟，一應國事，權令勾當。」

既有太子，又有太弟，皇位誰屬？自然父死子繼。仇士良說動了皇太弟，斬草除根，將楊賢妃、安王、太子一律賜死。這樣才能兄終弟及。

這一番骨肉相殘，耽誤了治喪，文宗在既崩十一天，方始大斂。然後皇太弟即位，是為武宗；主張立太子的宰相楊嗣復、李玨，相繼罷相貶官，知樞密的宦官楊欽義舉薦淮南節度使李德裕入相。

這楊欽義原在淮南監軍，李德裕不甚禮遇；楊欽義懷恨在心，及至奉召入朝，大家都說他會知樞密，掌禁軍，楊欽義亦以此自許，認為報復李德裕的機會到了。那知李德裕在他起程以前，只請他一個人宴飲話別，送他好些價值不貲的珍奇古玩。楊欽義沒有想到李德裕如此慷慨，大喜過望。

那知由江淮行到汴梁地方，忽有朝命，楊欽義仍回淮南監軍。回任以後，楊欽義將李德裕所送的珍玩歸還；李德裕笑笑說道：「這算得了甚麼？」仍舊送了給楊欽義。

這一下，楊欽義不但感激，而且佩服得五體投地，認為李德裕的氣度，真是「宰相肚裡好撐船」；所以說服仇士良、魚弘志，一起力薦；武宗亦久知李德裕才大如海，立召進京，用為門下侍郎同平章事。

武宗之重用李德裕，別具深心，唐朝自以宦官典禁軍以後，天子如日伴狼虎，不知何時為此輩所弒？士良既有擁立之功，將來的跋扈不臣，可想而知；而且此人惡名昭彰，自甘露之變以來，殺二王、一妃、四宰相，武宗每一想起，如芒刺在背。但裁抑宦官，如不得法，反受其害；他的胞兄文宗，便是最明顯的一個例子。

要怎樣才能裁抑宦官呢？武宗想過，要一個好宰相；但光是忠心耿耿，剛直不屈，並無用處，必須剛柔兼用，善於駕馭宦官；而又有應變的長才，必要時能制止宦官作亂。照武宗看，李德裕就是這樣一個人。

李德裕亦深知武宗的用心。深思熟慮之下，認為仇士良年已老邁，去死不遠，只要消除他的猜忌，不生刻意作對心，則不但宮禁不生變亂，而且可以利用他控制禁軍及宦官的力量，應付外患，掃除內憂。由於是這樣的用心，有時他不能不忍心犧牲循良正直之士，來向仇士良示好。

武宗即位後，仇士良封了楚國公，官位是驃騎大將軍，開府儀同三司兼內謁者監。唐朝官制，從五品以上皆可蔭子授官；官位高低視其父品秩而定。開府從一品，所以仇士良請蔭其子為東宮宿衛官屬的「千中備身」。門下省給事中名叫李中敏。主管其事，授筆批道：「開府誠宜蔭子，謁者何由有兒？」謁者便是宦官；宦官生子，豈非笑話。仇士良既慚且恨，但只能生悶氣。

李德裕為他出氣，將李中敏外放為浙東婺州刺史。官階是不降反升，但門下省給事中權重無比；李中敏的外放，顯然是貶斥。

因此，仇士良認為李德裕不敢與己為敵，對他並無戒心。但武宗在李德裕襄助之下，英明果斷；

仇士良無法弄權，看看年已衰邁，不如急流勇退，善保富貴，因而在會昌三年四月，上書告老；武宗不許，一再固請，方始獲准。

解職之日，宦官相送回府；仇士良說：「我是從此不問宮內之事了。各位善事天子，不知道能不能聽我一番臨別贈言？」

「當然，當然。」大家都說：「正要聽老前輩訓誨。」

仇士良道：「天子不可讓他閒下來，一閒下來就會看書，親近儒臣；聽他們的奏諫，長了見識，凡事看得遠，想得深。物欲嗜好，遊觀巡幸，漸漸減少；到那時候，對我們的恩就薄了，權也就輕了。」

這是根據他事文宗的經驗，對大家提出警告；便有人問：「然則如何而後可呢？」

「為諸公計，莫善不過多弄些錢，搜購奇珍異玩，養得極壯的馬，調教得極馴的鷹；當然更要物色能歌善舞的絕色女子，白天打毬、打獵；晚來飲酒作樂，聲色犬馬，窮奢極侈，只愁沒有工夫享樂，那裡有心思去想到國家大事，民間疾苦。這一來，一定疏遠儒臣，昧於外事；一切便都操之在我，恩寵權力，誰還奪得走？」

自憲宗以後，穆宗、敬宗皆是由宦官導引，荒淫失德，以致在位亦都不久；原來這都是仇士良的策畫。如今武宗比他的父兄來得英明，似乎不易蠱惑，但這班宦官自受了仇士良之教以後，細心研求，終於也找到了可以下手之處；原來武宗精力過人，不免好色，金石藥有壯陽之功，正不妨進獻。

果然，這一著很有效；但原為邯鄲娼女的王夫人，因贊畫帝位之功而進封的王才人，卻頗不以為然。

那王才人十三歲以善歌舞入宮，穆宗以賜在藩的潁王；生得碩人頎頎，身材與魁偉的潁王相配，游獵時著袍策騎，遠遠望去，不辨為誰？潁王原就寵她，自從得為天子，越發愛重；因為中宮猶虛，想立她為皇后，李德裕勸道：「王才人無子，而且出於寒素之家，怕天下會議論。」武宗從諫作罷。

王才人很賢，並未因此懷恨李德裕，離間他們君臣；對於方士進金石藥，她常引以為憂，對左右說道：「陛下天天燒丹藥，跟我說，他是求取不死；但我看陛下日漸失去光澤，擔心有不測之禍。」不測之禍，果然可見了。武宗病重時，王才人侍奉左右，晝夜不離；及至大漸時，他對王才人說：「我氣息奄奄，要跟你永別了。」

王才人安慰他說：「陛下大福，方興未艾，何以出此不祥之語。」

「我悔恨早不聽你的話，你沒有服過金石藥，不知道我五臟六腑的感受。」武宗停了又問：「果然如我自己所料的結果，你怎麼樣？」

「陛下萬年以後，妾必不獨活。」

武宗想了一下，取了枕邊的一條汗巾給她。王才人回宮，將武宗所賜的金珠珍玩，悉數分贈服侍她的宮女、太監；及至武宗駕崩，她便用武宗所賜的汗巾，自縊而亡。宮中連平時妒嫉王才人的嬪妃，亦無不流淚。宣宗嘉許節義，追贈為賢妃，葬於武宗的端陵。

宣宗以「皇太叔」為宦官所擁立以後，宮中又增加了一位太后，不過敬宗生母寶曆太后，已歿於武宗會昌五年，所以宮中仍為三位太后，第一位是懿安太后，在敬宗、文宗、武宗，以祖母被尊為太皇太后；及至宣宗即位，她以嫡母而成為皇太后，這是前朝未有之事。

第二位是文宗的生母蕭氏，住積慶殿，稱為「積慶太后」。第三位便是宣宗的生母鄭氏，由王太妃而成為皇太后。

這位鄭太后，本來是鎮海軍節度使李錡的姬妾。李錡是宗室，德宗貞元年間當「浙西觀察諸道鹽鐵轉運使」；鹽鐵使是有名的肥缺，浙西又為膏腴之地，而李錡又善於搜括，積財甚豐，除了多買奇珍異寶，歲時貢獻宮廷外，復又賄賂朝廷大臣，因而又獲酒稅漕運獨專之利，真可算是富堪敵國了。

自漢初以來，宗室積財過多，往往會生叛亂篡逆之心，李錡即是如此。

李錡練了兩支軍隊，一支叫「挽硬兵」，盡是善於騎射的精壯健兒；一支叫「蕃落兵」，顧名思義可知是胡人，但入選有個條件，必須有連鬢及頰的「虬鬚」。這兩支兵的餉給，十倍於其他士卒；而且都算是李錡的義子。是這樣的待遇與名義，這兩支兵自然個個是李錡的心腹死士了。

於是到了憲宗初年，已拜為鎮海軍節度使的李錡。終於起兵造反。就在這時，有個看相的，說李錡家的一個使女鄭氏，生子會做皇帝；李錡心想納了鄭氏，生子為帝，這帝位當然是得自他之所傳；由此可以反證，謀反必成。因而納鄭氏為妾，但尚未生子，已為憲宗發兩湖、淮南、浙東、宣歙諸道兵馬，三路圍剿；並有李錡的外甥裴行立，效忠歸順為內應而告失敗。李錡被生擒至京，腰斬於西市；家財籍沒，眷屬沒入掖庭。

鄭氏入後宮後，先派在懿安太后宮中；為憲宗所幸，生子即是宣宗，果然做了皇帝。宣宗很孝順鄭太后；而鄭太后為懿安太后宮女時，很受了些委屈，在經歷穆宗、敬宗、文宗、武宗四朝，始終被壓得抬不起頭來，一旦由王太妃升格為皇太后，地位與懿安太后相同，而且有子為帝，是「現任」的皇太后，當然揚眉吐氣，不願再向懿安太后低頭了。

在宣宗除了由於鄭太后而來的心病以外，復有疑心，憲宗被陳弘志所弒，出於懿安太后的主謀，所以雖說兩宮並尊，但對嫡母的恩禮甚薄。懿安太后中心憤慨，自是可以想像之事。

大中二年五月底，懿安太后暴崩於興慶宮。事後即有傳說，暴崩那日白天，懿安與左右同登勤政樓閒眺，談起宣宗待她太薄，越說越憤慨，打算跳樓自盡，使宣宗負不孝之名，為左右急急攔住，未能如願。這件事為宣宗所知，勃然大怒；這天晚上，懿安太后暴崩，死因就很曖昧可疑了。

這種傳說，當然無從求證；但宣宗不願懿安太后葬憲宗景陵，則是事實。有個太常寺禮院檢討官王皞，以職責所在，不得不言，上奏說懿安太后宜合葬景陵；神主入太廟與憲宗神主合祀。宣宗復又大怒；宰相白敏中便召王皞至宰相治事的「都堂」質問，王皞答說：「懿安太后，汾陽王的孫女，憲宗在東宮為正妃。憲宗駕崩，事出曖昧，懿安太后母儀天下，歷五朝之久，如今豈能以曖昧之事，廢正嫡之禮？」白敏中大為不滿，而王皞卻越來越強硬，相互爭辯，驚動了整個中書省。到得第二天，王皞終於貶官為句容縣令，他的奏諫，當然亦毫不考慮了。

如今已定於十一月間葬懿安太后於景陵外園。京兆尹盧弘正要預備一篇祭文，所以急促召請李義山進京；等他說明了懿安太后與鄭太后的這段宿怨，以及宣宗另有所疑，李主簿方始明白，懿安太后歷位七朝，五居太母之尊，福壽隆貴四十餘年，為唐以前歷朝太后所不及，這篇本可大事鋪張的祭文，竟變得難以暢所欲言了。

「這是難不倒宗先生的。」李主簿說：「不過有點可惜而已。」

「可惜？」

「是啊！壽序碑誌銘之類，一定要本人有可寫的行誼，才能出色。像懿安太后，祖父是再造唐室的汾陽王，生母是公主，嫁的是天子，一子三孫又為天子，這樣烜赫的家世經歷，以宗先生腹笥的淵博、文筆的富麗，可以寫出一篇鏤金嵌玉，令人目眩的鴻文鉅製，如今有了顧慮，變成有力無處使，豈不可惜？」

「宗兄獎許太過，令人汗顏。」

「我絕不是恭維。彭陽公當年的制敕，天下第一；宗先生是傳彭陽公衣缽的人，遲早一定當翰林承旨。不出十年，就會大拜。到那時候，」李主簿舉杯說道：「還請提拔！」

聽這一說，李義山才知道他刻意周旋，是許他必當大用，留有後望。轉念到此，頓覺惶恐不安；今日受了人家如此的厚惠，到時候依然浮沉下僚，他簡直不敢想像李主簿會怎樣的失望。

「宗先生衣服穿得多了些，要不要更更衣？」

聽這一說，滿心煩躁的李義山，才發覺自己額上在沁汗，但不能明言其故，只好含含糊糊地說：「今晚上有點悶。」

正說著屏門被拉開了，委奴送來一大盤蒸魚；李主簿便說：「屏門讓它開著好了，透透氣。」

「是！」委奴跪在食案前，用銀刀分剖蒸好的魚；將魚頭送到李義山面前。

「你應該送給貴客，怎麼給我呢？」李義山接著又說：「委奴，你給李主簿叩首，拜謝成全之德。」

委奴楞了一下，旋即會意；便先起身，退後兩步，方又盈盈下拜。

「生受你了。」李主簿為了表示言出必行，替委奴脫籍還債的事，一定可以辦妥，所以泰然受禮。

「宗兄也是成全我！不知何以為報？」

「言重，言重！」

李義山與李主簿相互乾了杯；等委奴來斟酒時，他捏住她的手說：「你的事，李主簿一肩擔承，從後天起，你就不必到你舅舅那裡去了。」

「喔！」委奴是又驚又喜的表情。

筵前不便多說甚麼，他只關照：「你總要記著李主簿的恩德，從現在一直到過年，你一切的一切，都要聽李主簿的吩咐。」

「當然。」委奴遲疑了一下，終於問了出來：「我要到年底才能到長安？」

「是的。」李主簿代為回答：「不過，從現在起，你就開始一身都要服事郎君了。」

此行身倦而神怡，一回長安，又有封洛陽的家書在等他；拆開一看，大出意外，直覺地感到遇見難題了。

妻子在信中說，她雖勸他納妾，但恐一時難有適當的人，結褵以來，會少離多，自覺未盡妻職，所以決定到長安來照料丈夫的起居。而且小美很想念父親，阿袞牙牙學語，日形可愛，天倫之樂或者可以彌補他的案牘勞形的辛苦。信寫得委婉條暢，情深款款；李義山很驚異地發現，過去竟低估了她駕馭文字的能力。

然而這封信來晚了半個月，如果在他未去盩厔上任以前接到此函，即不致會有委奴這段因緣；如今似乎進退兩難了，因為妻子既願親身照料，就再無納妾的理由。可是生米已成熟飯，委奴已從了良，豈有再將她推入風塵之理？如果這樣辦，且不說委奴會禁不住這樣的打擊，而且對李主簿又如何交代。

這件事當然只有跟德興商量，他聳聳肩說：「把娘子接了來一起住好了！委奴不是說，她會伺候娘子，照管小美、阿袞嗎？」

「說是這麼說，萬一心口不一呢？到底她是波斯胡。」

「是。匪我族類，其心必異。這倒不可不防。」德興受了李義山的薰陶，亦頗知書；不過這兩句成語，用得雖不算錯；李義山卻有誣指了委奴的感覺，心裡很不舒服。

「不是說『其心必異』，只怕起居飲食的習慣、好惡是非的看法，與娘子格格不入，豈不害我從中為難？」李義山道。

德興沉吟了一回，徐徐說道：「辦法有一個，先接委奴，後接娘子。」

「你這話是怎麼說？」

「郎君寫封信，我回洛陽去一趟，當面跟娘子去說明。」德興說道：「信上要這麼寫，第一，委奴這件事，是我促成的，因為娘子交代過我。我看委奴很不錯，直接拜託李主簿出面作的媒；這件事完全是照娘子的意思辦的。」

「不錯。她給我的信，也是這個意思。」李義山問：「第二點呢？」

「第二點要作為郎君自己的口氣，說娶委奴進門，也是因為娘子身子弱；有個人可以替她分勞，原是想接娘子到長安一起來團聚的。」

「這個說法冠冕堂皇，不過，為甚麼現在不就接她來呢？」

「郎君別性急，我話還沒有完。」德興搶著說道：「郎君要這樣子說，看樣子委奴性情很好，但她是胡姬，知人知面不知心，或許風俗習慣不同，能不能相處，要看一段辰光再說；果然性情隨和，吃苦耐勞，也懂得嫡庶之分，那時候再接娘子，豈不是很圓滿？」

「這麼說很好！理順而語圓。不過，看一段辰光，發現不能相安無事呢？」

「那當然要讓委奴走路，免得淘閒氣。」

李義山不作聲。一直誇讚德興說得好，突然沉默，更顯得他的猶豫便是不以為然的表示。

德興非常機警，便即說道：「現在不能不這麼說，將來看情形再斟酌。不過，」他又很鄭重地說：「委奴跟娘子處不來，還有法子好想；如果服事郎君不體貼，或者有其他緣故，難以相處，那時候，郎君，你可千萬不能姑息。」

「好！這一點，我答應你。」李義山又問：「委奴那個兒子的事，要不要提？」

德興想了想回答：「我看暫時不提為妙。」

「我也覺得暫時不必提。」李義山想起來了，「委奴不是託你去看看她的兒子，你沒有忘記吧？」

「沒有忘記。不過這不是很急的事。」德興說道：「郎君今天就把信寫好，我明天一早就走。」

德興一入西市，先投張家樓，一則為了寄存馬匹；再則是要打聽委奴的弟弟米海老的住處——委奴跟他說過，他亦用筆記了下來，只是一時找不到那張字條了。

「有個波斯胡叫米海老，住在那裡，你知道不知道？」他問跟他相熟的，張家樓的一個傭工。

「知道。住在獨柳西面，從北往南數第三條小曲中。你到了那裡再問好了。」

獨柳是京城唯一的一處刑場，有一棵大柳樹；本地人諱言殺人之地，所以稱之為「獨柳」。

德興照指示尋覓，很快地找到了那條僅容兩人摩肩而過的小曲；問到米家，是坐北朝南的三間小房，從門外就可以望見堂屋，六七個孩子，正圍著一個三十歲上下的壯健婦人，仰頭望著她手裡的一盤胡餅、一盤菜。來得不巧，正是她家開飯的時候。

「問一聲，」德興提名道姓地大聲直呼：「米海老在不在？」

「在！」最大的一個孩子約莫十歲出頭，往裡喊道：「爹，有人找。」

一語未終，那婦人——自然是孩子的娘，一掌打在他頭上，「小鬼，要你多嘴！」她狠狠地罵著，「不管能見不能見的人，你就亂嚷！」

德興聞言不悅，瞪著眼說：「甚麼能見不能見？我又不是債主子來討債！告訴你吧，我是給米海老送錢來的。他不在家，就算了。」說著，轉身要走。

「喔，客人，你請等等，」那婦人將其中的一個孩子一推，「趕快去攔住客人。」

那孩子急步上前，拉住德興，央求似地說：「叔叔，你別生氣！我去叫我舅舅回來。」

一聽這話，德興不由得定睛打量，那孩子生得瘦小，但臉上很老氣；臉小顯得眼睛格外大，而眼光沉靜，很難想像一個八九歲的孩子，眼中會有這種中年人的神色。

「你叫阿利不是？」

「是！」沉靜的眼光中，頓時閃現出空谷足音般的驚喜，「叔叔你怎麼知道的？我可是從來沒有見過你。」

德興不答他的話，只問：「你舅舅呢？」

「大概在睡覺。」阿利轉身發問：「舅媽，這位叔叔要看舅舅，要不要去叫醒他？」

「去！」

於是阿利往裡奔了去；德興在門外看孩子們圍著胡床吃飯，數一數三男二女一共五個，自五六歲至十一二歲不等。

等了好一會，才看見米海老；但德興不知怎麼，視線只繫在阿利身上，看到他走近胡床站住，注視盤中飯食，還剩下一張半胡餅；飯菜可只剩下一點湯水了。

阿利默默無言地拿起半張餅，懶懶地往口中送；德興一陣心酸，想喊一聲：「你別吃了！我帶你去吃飯。」但似乎喉頭梗塞，無法出聲。

那米海老卻已到了他面前，說得一口極好的漢語：「請問貴姓，有事找我嗎？」

「敝姓李。」德興問道：「你有個姊姊在盩厔？」

「是的。」

「你姊姊託我帶了點錢給你。她說，端午節那時，手頭不便，只帶了六貫錢給你，這回補足，一共十貫。」

原來這就是委奴為阿利而貼補他的家用，每月二貫，三節給付，每次八貫；上回只給了六貫，所以這回多給兩貫。

從德興手中接過十貫寶鈔，米海老連連道謝：「費心，費心！不知道我姊姊還有甚麼話？」

「她大概年底會到長安來；這一來，看樣子不會再回盩厔了。」

「喔，是——？」

他是詢問的語氣，德興卻不肯透露，裝作不解似地，沒有接口；眼睛卻仍舊瞟著阿利，心裡充滿了憐愛，頓時有了個主意。

「還有件事，我得跟你說明白，你姊姊託我，找個地方讓他兒子去學手藝。」德興指著阿利說：「我想帶他去給人家看看，如果兩相情願，就留下來了；不然我還送他回來。」

「這是好事！」米海老問道：「不知道學甚麼手藝？」

「是——，」德興任意編了一個行業，「是學製筆。」

「在甚麼地方？」

德興便細說了李義山的住處，復又說道：「你倒問問阿利，他自己願意不願意。」

「不用問，一定願意。」接著便將阿利喊了來說：「你媽託這位李叔叔，帶你去學製筆的手藝，今天你就跟了李叔叔去，可要聽話！」

阿利似乎大感意外，只怔怔地望著德興說不出話來。

「你願意不願意？」

「願意。」

「好！」德興便說：「收拾收拾東西就走吧。」

於是米海老的妻子，匆匆忙忙地將阿利的幾件衣服，打成一個包裹，那樣子是巴不得他早早離去；倒是那幾個孩子，圍著阿利問長問短，有些戀戀不捨地。

「李大哥！」米海老將德興拉了一把，走遠兩步，輕聲說道：「我這外甥去學手藝，好歹拜託你，替他弄成功，不能送回來。」

「為甚麼？」

「不瞞你說，」米海老面現羞慚，「我妻子不賢慧。」

這就盡在不言中，阿利送回來了，更會受苦。德興點點頭，表示許諾；隨又問道：「你妻子，歲數好像比你大？」

「大好幾歲。」

「那五個孩子都是你的？」

「不！」米海老答說：「大的兩個不是。」

原來他妻子是再醮之婦。德興看他這樣肯說實話，覺得他忠厚誠樸，倒是個可交的人。

「李大哥，你恐怕還沒有吃午飯，我請你喝一杯。」

「你妻子不會罵你！」

德興原是戲謔之言，不道竟說對了；米海老答說：「平常會，今天不會。」

「為甚麼？」

「你替我捎了錢來，我不該請請你嗎？」

「謝謝！」德興因為有話要問阿利，特意辭謝：「改天再敘吧。」

「去，去！李大哥，」米海老央求似地，「我沾沾你的光。」

德興明白了，借此題目，他才得一醉；便即說道：「你得跟你妻子說明白，我才能領你的情。」

「好！」米海老欣然答說：「我跟她去說。」

德興不免好笑，當然也覺得他有些可憐，這樣一個老實懦弱的人，不跟他說實話，似乎在欺侮他了。

因此，到了張家樓，他先讓阿利吃得一飽，摸摸他的頭說：「你到樓下去玩吧，我跟你舅舅有事談。」

阿利馴順地答應著；看他下了樓，米海老說道：「我今天很高興。我這個外甥，聰明、懂事；跟著我這個舅舅，不但沒有甚麼好日子過，還會耽誤他一生。李大哥，你就把阿利當作你的兒子好了。」說著舉杯相敬。

「不敢當，不敢當！」德興將他舉著酒杯的手，揿了下來，「看阿利的運氣，他將來或許會有一位名氣很大的義父。」

「這——？」米海老搔搔頭，一臉的困惑。

「我現在沒有辦法跟你細說。我先問你的事。」德興問道：「你姊姊的性情怎麼樣？」

「很好的。」米海老說：「從不會與人紅臉，甚麼事都是逆來順受。」

「有沒有甚麼孤僻的脾氣？」

「沒有。」

德興放心了，他怕的是委奴外柔內剛，嫡庶不和；或者有甚麼乖謬的脾氣，不犯不要緊，一犯上了立刻就會翻臉。如今聽米海老如此形容他姊姊，他認為到了洛陽，在主母面前，可以拍胸擔保了。

「阿利的父親呢？」

「姓白。」米海老沉吟了一會反問：「我姊姊沒有跟你談過？」

「談是談過。我怕有後患。」

「甚麼後患？」

「譬如，不知道那一天，有白家的人來把阿利要了回去。」

「不會！」米海老用很負責的語氣說：「絕不會有這種事。」

「真的？」

「真的！」米海老的聲音斬釘截鐵般硬。

於是德興開始考慮是不是要將委奴的情形，老老實實地跟他說？暫不說破，自亦無妨；但將阿利帶回家以後，又如何向一個雖很懂事，到底未滿十歲的孩子，訴說其中的委婉曲折？照此看來，應該先為米海老道破真相；然後有話讓他來跟孩子打交道，這樣轉一個彎，甚麼事便都有緩衝的餘地了。

主意雖已打定，措詞猶須斟酌，想了一下，決定以試探的語氣著手，「你姊姊年紀也不小了。」他說：「至今沒有歸宿，你倒不替她著急？」

「怎麼不著急？我也勸過她；她總是笑笑不答腔，竟教人無法再往下說了。」

「為甚麼她有這種態度呢？」

「我想，」米海老喝口酒，是一面想，一面說的神氣，「第一，她有過一段傷心的事，跟別的女人的想法，有點不同；第二，我姊姊眼界也很高的，差不多的人，看不上眼；第三，我想她是讓她的兒子絆住了。」

「莫非阿利不許她另嫁。」德興說道：「我們家鄉有兩句俗語，『天要下雨，娘要嫁人』，意思是做兒女的，如果攔不住天要下雨，也就攔不住守了寡的娘要嫁人。」

「這兩句話有意思。不過，阿利倒沒有這種意思；是她自己不放心阿利。」米海老嘆口氣說：「總怪我不好！如果她放心將阿利交給我，自然就沒有甚麼牽罣，找個人去嫁。無奈；唉！」又是一聲長嘆。

「她是怕帶了阿利一起嫁，後父會虐待阿利？」

「不光是這樣。她還怕阿利會覺得委屈。」

「那麼，」德興想了一下說：「如果有人認阿利做了兒子，你姊姊會不會高高興興地嫁那個人呢？」

「那還用說，是她求之不得的事。」

「我看，」德興慢吞吞地說：「要兒子不受委屈，就只要做娘的受委屈了。」

「李大哥，」米海老困惑地說，「我不大明白你的話，能不能說清楚一點兒。」

「我是說，倒有人愛阿利聰明肯上進，願意收他為義子；同時也喜歡委奴，可是，他家是有結髮之妻的，豈不是要委屈委奴做個偏房了？」

「那倒無所謂。」米海老說：「照我們伊斯蘭教的規矩，原是可以娶四房妻室的。」

「那就行了！」德興情不自禁地說：「一切都圓滿了。」

「李大哥，你是說，你要替我姊姊作媒？」

「作媒的不是我；媒人的身分比我高得多。」

「那麼，」米海老逼視著問：「男的是誰呢？」

「你倒猜一猜。」

「這那裡去猜？請快告訴我吧！這是好消息，我急於等著聽。」

「好！我告訴你，就是我家主人。」

「你家主人？」米海老楞了好一回說：「就是你要帶阿利去拜師學藝的那位？」

「也可以這麼說，不過不是普通的手藝。」

「那麼是甚麼手藝呢？」

「是俗語說的，『學成文武藝，賣與帝王家。』」

「原來是讀書！」米海老高興地喊道：「好啊！」

於是德興將整個事件的經過，扼要說了給米海老聽；其中有不便說的，也有他不知道的，因而難免有不能貫串之處；米海老不時打斷他的話發問，德興解釋說得相當吃力。

這就越發使得他有這樣一種感覺，這件事很難跟阿利說得清楚；「海老，」他說，「這些情形，我想請你告訴阿利。甚麼話可以說，甚麼話不必說，我想只有你才明白。」

米海老點點頭，卻不作聲；沉吟了好一會，突然問道：「李大哥，你說我姊姊已經搬出來住了？」

「是的。」

「搬在那裡？」

「這倒還不大清楚；不過已經不到酒樓去『當番』，那是鐵定不疑的事。」

「對了！到酒樓總能打聽得出來。」米海老說：「李大哥，我倒有個主意，你看行不行？」

「你說。」

「我姊姊原是不願意讓阿利知道她在幹甚麼？既然已經搬出來了，為甚麼不把阿利送到她那裡呢？」

「對啊！」德興也被提醒了，「這不是順理成章的事嗎？」

「那麼，李大哥，是你送呢，還是我送？」

「自然是你送。」

「好！我送。」米海老說：「一切都讓我姊姊自己去告訴她的兒子。」

到家不見主人，問他的同伴阿新，才知道是到開化坊令狐家的「老宅」去了。

「怎麼？令狐大郎回來了？」德興問說。

「令狐大郎」是指令狐緒，「回來好幾天了。我聽他家的人告訴我，令狐大郎告了病，還打算蓋別墅。」阿新說道：「有那麼個快當宰相的弟弟，樂得回來享享福。」

「喔，」德興又問：「你怎麼不跟了去？」

「來接郎君的人有三、四個，我跟了去幹甚麼？再說，你又出去了，我得看家。」

「好！你這樣子懂事，我就放心了。」德興又說：「明天我要到洛陽去一趟，你好好伺候郎君。」

「到洛陽幹甚麼？」阿新又說：「我想託你帶點東西回去。」

「帶給誰？」德興問說：「紫雲？」

阿新靦腆地點一點頭，然後又說：「還有阿青。」

「咦！」德興大感意外，「你跟阿青也好上了？」

「是紫雲的主意。」

德興越發詫異，「甚麼？」他問：「是紫雲要你跟阿青好？她為甚麼這麼大方？」

「不是甚麼好不好！」阿新答說：「你話沒有聽清楚，買東西給阿青，是紫雲的主意，為的是買她的嘴。」

「是你自己說話說得不清楚，還怪我。」德興笑道：「你倒不買買我的嘴，看我不在娘子面前告你一狀？」

「其實，我倒是老早想幫你的忙了。紫雲跟阿青，私底下結拜了姊妹，我想叫紫雲勸勸阿青，跟你和好。」

「算了！算了！我打一輩子的光棍，也不會娶她。」

原來德興跟阿青有心病；有一回李義山打算將阿青配給德興，及至李夫人問阿青的意願時，她一口拒絕，而且將德興說得一無是處，大大地傷了他的自尊心，平時見面，除非萬不得已是不交談的。

「何必呢？男子漢、大丈夫，氣量別那麼狹。」接著，阿新說了阿青的許多好處，但最使德興不解的是這一句話：「細皮白肉，身上凹的地方凹，凸的地方凸，真正一等一的好身材。」

「這些，你怎麼會知道？」

「是紫雲告訴我的。一點不假。」

「這就是了，我還以為你摸過、看過呢？」德興倒有些心動了。

「怎麼樣？要不要我叫紫雲來拉攏？」

德興躊躇未答之際，門外車聲隆隆，戛然而止；是令狐緒派人將李義山送回來了。

「我的信寫好了。」李義山問：「你甚麼時候走？」

「明天我想去問問王十三郎，看有沒有信要捎了去？我想後天走。」

「也好。」李義山又問：「你到西市去了？」

「去過了。跟米海老見了面，也看到了阿利。米海老有個主意很好，先把阿利送到他娘那裡，將來一起過來。」

接著，德興將經過情形，細細陳述。李義山認為結果很圓滿，大大地誇獎了他一番。為了養病，也為了避囂——長安熱中名利的人很多，想走令狐綯的門路，只以「郎君官貴施行馬」，連李義山都是「東閣無由得再窺」，一般人更不得其門而入；於是想到了住開化坊「老宅」的令狐緒，或者託人輾轉介紹，或者逕自登門拜託，居然亦是「臣門如市」，令狐緒不勝其煩，在城北十里的龍首山中，買了一所別墅。李義山因為公務羈身，從他遷居以後，一直不曾去看他；但令狐緒卻頗為想念，特為寫了一封信給他，說「看山對酒，頗以不得與兄相共為恨」。感於盛意，他不能不設法抽出工夫，入山相訪。

這個別墅的所在地，名為「全溪」，幽靜非凡，「本來是入山避囂。」令狐緒說：「現在又覺得太寂寞了。」

「歸隱亦須結鄰。可惜我無緣享此一段清福。」

「你還早得很呢！那裡談得到此？」令狐緒問：「最近到晉昌坊去了沒有？」

「去過兩次。盡皆相左。」李義山嘆口氣說：「我真不知道甚麼地方得罪了子直？視我竟如陌路了。」

「是啊！我亦有點奇怪。有一回我說：義山到底是師兄弟，你應該拉他一把。他說：目前尚無機會。又說：同列中，頗有人不以你的詩為然；所以他亦不便多說甚麼。」

「喔，」李義山很關心地問：「是那些詩？」

「你有一首送李衛公的詩，題目叫作〈淚〉的，是不是？」

「是。」

「你把這首詩唸給我聽聽。」

「『永巷長年怨綺羅，離情終日思風波——。』」李義山唸完了這首七律，又加了一句：「我是說公道話。」

「『風波一失所，各在天一隅。』你為那一隅的人說公道話，此一隅就有人心裡覺得不舒服了。」令狐綯說：「義山，我勸你筆下總以謹慎為妙。」

「積習如此！」李義山苦笑道：「無可救藥。」

話有些不大投機，令狐綯便不再往下說了。

「宦海中的風波，亦真是可怕。」李義山惘惘然地說：「我一直很矛盾，既不甘屈於下僚，又怕爬得高跌得重。」

「爬」還沒有開始，那裡談得到「跌」，更莫說「跌得重」了。令狐綯覺得他想得太遠了，便笑笑說道：「你先爬一半，看看情形再說。」

李義山倒不覺得他話中有諷刺之意，喚著他的別號，認真地說：「子初，你不應該袖手看著我吧？」

「我怎麼會袖手？無奈不在其位，不謀其政，我一個告病歸隱的人，何能為助？我現在所能為力的，只不過在子直面前說說話，可是他亦有他的難處，我剛才不是跟你談過了嗎？」

李義山默然，臉上當然有失望的神色；心裡在想，只要他肯盡心，切切實實地力薦，令狐綯總有援引的路子可想。

令狐緒看到他的臉色，猜到他的心事，於是未忍，決定再為他作一番努力；當即問道：「你現在心目中，有甚麼自覺是你該當的職位？」

這是願意幫忙，但只是量力而為的態度；李義山心想，如果說一句：翰林承旨是我該當的職位。那就是妄人妄言。這樣轉著念頭，不由得想起了一件事——德興的洛陽之行。

此行的結果，可說圓滿，也可說不算圓滿。李夫人對丈夫準備納委奴為妾，完全贊成；不過她又表示，當初原是顧慮李義山起居無人照應，所以作此提議。既然現在有了很中意的人，能代她的妻職，她也可以放心了。住慣了洛陽，不想移居，仍舊帶著兒女住在崇讓坊好了。

這一點不如李義山的心願，所以不算圓滿。

但就是娶委奴為妾，亦須先擺脫盩厔地方長官的身分，才不致觸忤法令。這件事，應該是令狐緒幫得上忙的。

「子初，」他說：「我現在急於要調離盩厔，仍舊來當京官。因為——。」

等他說明了原因，令狐緒拱拱手笑道：「恭喜，恭喜！要納寵了。這是喜事，非盡力不可。」他想了一下說：「你在盧京兆那裡，不也是京官嗎？」

「是。」李義山答說：「不過，我恥於自求。而且，如果是我自己所求，倘有其他機緣，似乎又不便求去。」

「我明白。這件事，我來安排，相信很快就有以報命。」

「多謝，多謝！」李義山停了一下問：「你是打算怎麼著手？」

「我先跟子直談一談。盧京兆我也相熟，或者直接為你作曹邱。」

「能這樣最好。」

「不！」令狐緒有他自己的主意：「我還是得先跟子直商量。」

談到這裡，僕人來報，酒食已具；於是，令狐緒引領李義山上了一座竹樓，時正薄暮，遠處煙嵐掩映，佛塔高聳；西風中斷斷續續飄來鐘聲與樵歌，景色清幽，令人飄然起出塵之想。

「這裡確是歸隱的好去處。」李義山說：「能有薄田數頃，得以溫飽，教子孫耕讀傳家，於願已足。」

「這不是難事。」令狐緒舉杯相屬，「你有此想法，就不必顧慮爬得高，跌得重了。」

「說得是！」李義山乾了一杯酒，詩興勃發，向侍席的僕人說道：「管家，請你給我一副筆硯。」

筆硯既備，李義山卻不忙動手，一面跟主人閒談，一面構思，很快地，有了一首七律。

「子初郊墅」，他先寫下題目；停了一會，心中檢點平仄韻腳，一切妥當，方始寫了下來：「看山對酒君思我，聽鼓離城我訪君。初雪已添牆下水，齋鐘不散檻前雲。陰移竹柏濃還淡，歌雜漁樵斷更聞。亦擬村南買煙舍，子孫世世事耕耘。」

寫完遞給令狐緒，他細細看完了說：「這首詩完全白描，跟你平日好用典的風格，完全成了兩路。」

「不是我好用典，有時不得不然。」

「我明白。」令狐緒說：「你那首〈淚〉，不用典如何白描；就描成了亦必無意味。」

李義山不作聲，只乾了一滿杯酒，表示許他為知音。

「義山，」令狐緒說：「結句我要僭易兩字。」

「言重，言重！」李義山問：「改那兩個字？」

「你把筆給我。」

等李義山以筆蘸墨，遞了給他時，只見他去「世世」，改成「相約」。

「子孫相約事耕耘！」李義山高興地說：「必如尊命。」

李義山心想，令狐緒、令狐綯，在他都算是兄長，但令狐緒顯然比令狐綯來得淳厚；以前少親近此君，顯然錯了。如今「子孫相約事耕耘」，成了真正的世交，實在是一大快事。

因此，這天的李義山心情舒暢，酒喝到夜深，方始盡歡而散；留宿一宵，第二天回城，令狐緒策杖相送，握別時重申許諾，李義山所託之事，短期內必有滿意的結果。

楚天雲雨盡堪疑

十天過去了，沒有消息；又十天過去了，還是沒有消息。李義山不免困惑；就算事情不如想像那麼順利，令狐綯總也應該有封書簡，何以音信杳然？

現在他倒又覺得能否調職，猶在其次；這個疑團不打破，不時縈心，鬱悶難耐，才是眼前必須去看一看令狐綯的理由。

於是義山請了一天假，一早帶著德興，策馬至全溪；頂著撲面強勁的西北風，日中方到。對於他的來訪，令狐綯似乎略感意外，同時亦微現愧色。迎了進去，設酒食款待；不等李義山動問，他先表示最近腿疾因受寒而加重，以致跟令狐綯很少見面。李義山的事，尚無以報命。

「那麼，」李義山從容問說：「跟子直談是談過了？」

「是的，跟他談過了。」他說：「這是小事，不過他很忙，只怕一時還沒有工夫料理。」

在他看是小事，在人家看是大事，這一點令狐綯應該想得到，令狐緒更不能不了解他的急切之情。但他們弟兄，一個不辦，一個不催，還能說什麼？李義山唯有報之以苦笑。

「義山，我倒想起一件事來了，那年你在老宅看牡丹，作的詩沒有結句，你說隨後送給我看，一直沒有下文；今天總可以告訴我了吧？」

李義山沒有想到他還記得這件事；當時「我是夢中傳綵筆，欲書花片寄朝雲」，那知朝雲竟是假託愛才，玩弄他於股掌之上。一時萬感交集，竟忘了回答令狐緒的話。

「怎麼？大概你回去也忘了這回事了？」

令狐緒的意思是，李義山大概忘記「改日寫了來」，請他「斧正」的許諾了；但他卻誤以為「忘了這回事」是忘了這首詩還應該有結句。本就難以置答，此刻正好借話答話，點點頭說：「是啊！回去推敲未就，這首詩就擱在那裡了。不是你提起，我還真想不起有這回事。好，好！我一定寫完了它，送來請教。」

「喔，」令狐緒淡淡地答說：「不忙。」

由此開始，他就很少說話了；那種淡漠的神色，使得李義山食不甘味。匆匆飯畢，決定告辭回城。

一路上尋思，必是有人在令狐兄弟面前進了讒言，不找出真相來，寢食難安。而此事可與談論商量的人，只有一個溫庭筠。

因此，一進了長安開遠門，他便吩咐德興：「我一個人先回家，你去找溫十六郎；找到了，或是請他來我家，或是約在什麼地方見面。你跟他說：我有要緊事跟他談，今晚上一定要見面。」

「既然如此，郎君亦不必回家，在西市張家樓等我；找到溫十六郎，我把他硬拉了來就是。」

「對，這樣比較省事。」

於是分道各行。李義山到得張家樓，已是掌燈時分，要了酒來，摒絕女侍，獨酌澆愁。約莫初更天，德興拖著疲累的腳步來了。

「教我好找！到底在平康坊胡四姑家，把他找到了；他不肯來，說請郎君到他那裡去。」

「好！」李義山站起身來。「我去。」

平康坊在東市以西；主僕二人沿著漕渠東行，穿越五坊之地，往北一折，不遠便是平康坊。

平康坊北對大明宮，東北緊接大內，西南遙對興慶宮，坊中多顯貴之居，貞觀年間的尚書左僕射褚遂良、玄宗朝的權相李林甫，住宅都在這裡。但就在這連雲甲第之中，有一處曲曲折折的小巷，為娼家盤踞。德興帶著李義山，由北面坊門進入，向東便是曲巷，經中曲到南曲，為名妓所萃；找到胡四姑家，李義山下了馬，將韁繩丟給德興，大步進門。

「客來！」龜奴高聲大喊。

「溫十六郎在那裡？」

「喔，後院。」

龜奴引領著，進了一道角門，便聽見有人在朗吟詩句，李義山便站定腳聽。

一聽便知是溫庭筠的聲音，只聽他吟道：「蘇武魂消漢使前，古祠高樹兩茫然。雲邊雁斷胡天月，隴上羊歸塞草煙。回日樓臺非甲帳，去時冠劍是丁年。茂陵不見封侯印，定向秋波哭逝川。」

李義山尋聲而至，一面推開紙門，一面說道：「你這首蘇武廟的詩，音節蒼涼，一洗浮靡，不像你的詩格。」

「好啊！多時不見，一見面就罵我！是何理說？」

「怎說罵你？」

「『一洗浮靡，』不是罵我？你是說，我作不出這種詩嗎？」

「原來真是大作！」李義山歉意地笑道：「真是我失言了。」說著，舉起他面前的酒，喝了一大口，表示受罰。

「你說有要緊事，坐下來說吧！」

見到溫庭筠，心就不急了，「蘇武廟在河東朔州，你這首詩應該是舊作？」

「不錯。」

「怎麼忽然想起這首舊作？而且吟得悲涼激越，莫非有感而發？」

「是忽然想起了李衛公。」溫庭筠說：「李衛公的凶問，想來你也聽說了？」

「沒有。」李義山驚詫地問：「李衛公竟下世了？」

「原來你還不知道！」溫庭筠說：「崖州刺史派專差奏報，恰好是我一個熟人，聽他談李衛公臨死那天的事，真是冤孽。」

原來李德裕自貶潮州司馬不久，復貶崖州司戶。崖州孤懸海外，是「下州」；司戶官從八品。但官位大小，已非所念；關心的是，只怕不能生還中原，築了一個亭子，名為「望闕亭」，每一登臨北望，總是涕泗橫流，曾在亭上題了一首詩：「獨上江亭望帝京，鳥飛猶是半年程，碧山也恐人歸去，百匝千遭繞郡城。」

司戶的全銜稱為「戶曹司戶參軍事」，掌理戶籍賦稅，以及其他有關「戶婚律」的瑣事。崖州刺史因為李德裕曾攝冢宰，當過一人之下的首相，不敢以瑣屑相煩；李德裕每日無事，信步閒遊，但衰病侵尋，腰腳皆疲，出遊亦是一件苦事。有一天行經一座古剎，看到禪房壁上掛著十幾具葫蘆，便向方丈問道：「葫蘆裡是什麼藥？弟子苦患足疲，能否相賜。」

方丈答說：「葫蘆裡沒有藥，只有骨灰。這都是太尉在朝時，由於私怨而被貶到此的官員，客死異鄉；老衲不能不憐憫他們，收殮火葬，將骨灰貯藏，等他們的子孫來尋訪。」

李德裕一聽這話，胸口頓時一陣絞痛；這天晚上，一瞑不視。

「唉！」李義山不勝嘆息，「報應何其慘酷！」

「但亦何等不爽！」溫庭筠說：「我看有個和尚，報應也快到了。」

「誰？」

「允躬。」

李義山知道這個和尚，很詫異地說：「我看此僧不惡！他諫『水遞』事，我覺得真是有道高僧。」

原來李德裕不好聲伎，亦不常飲酒；但對茶湯非常講究，烹茶必用常州府的惠山泉。武宗朝入相後，權傾天下，惠山泉萬里迢迢運到京師，號稱「水遞」。

李德裕鎮淮西時，常在金山甘露寺避靜，有個和尚法名允躬，最為他所賞識，內召大拜時，將允躬帶至京師，此時便勸他說：「相公功業，可比伊尹、皋陶，但有末節，似乎有損盛德。萬里汲水，未免過勞。」

李德裕回答他說：「世間那有沒有嗜好的人？不過我的嗜好，與常人不同，不求貨殖，不親聲色；不作長夜之飲，平日亦未嘗大醉。如果飲水都受限制，豈非虐待？如果我敬從上人之命，不用惠山泉，別求嗜好，誅求聚斂，廣畜姬妾，坐於鐘鼓之間，坐待身敗名裂，又如之何？」

「相公誤會我的意思。」允躬說道：「我不是要限制相公飲水；相公博識多聞，豈非只知道常州惠山泉，不知道腳下就有惠山泉？」

「在那裡？」

「昊天觀廚房後面有口井，相傳與惠山泉脈相通，何妨一試。」

昊天觀在長安南城的保寧坊，貞觀之初，原為王府，高宗顯慶年間，為太宗薦福，改為道觀，名叫「昊天觀」，御書書額。此觀盡一坊之地，是長安最大的一所道觀；廚房後面有好幾口井，汲取井水，與惠山泉一一稱量；泉水以重為佳，其中果有一口井的水，與惠山泉重量相等，李德裕就此改用此井；停了「水遞」，節省不少民力，是一大功德。所以李義山讚允躬是「有道高僧」。

「那是適逢其會，做了一件好事。據我所知，允躬不但勢利，甚至可說背恩！」

李義山不信地問：「有那麼嚴重？」

「我講他的事給你聽，你自己看！」

據說李德裕貶官南竄時，雖有人作詩，說「三百孤寒齊下淚，一時南望李崖州」；但李德裕自覺他提攜之恩的人很多，總有人會自告奮勇，護送南行，而竟無有。因而感憤作詩，結句是：「十五餘年車馬客，無人相送到崖州。」

於是有人說：若論受恩深重，首推允躬。而且他人有兒有女，身居官職，即令有心報恩，但形禁勢格，難以萬里投荒。允躬是方外之人，四大皆空，到處為家；他又一向跟李衛公談得來，正好作伴，送到崖州。

迫於物議，允躬很勉強地做了李德裕的旅伴。送到崖州，不久便回。一回來寫了一篇記事文，說李衛公天厭神怒，在崖州百禍皆作，所藏金幣，為鱷魚所焚；住處無端失火，是「天火燒」。將李德裕形容得非常不堪。

於是李德裕的政敵如白敏中等人，正好藉以傳播，來遮掩他們負恩反噬的不義。同時，李德裕蒙赦放還的希望，亦更渺茫了。

「此非允躬背恩而何？」溫庭筠停了一下又說：「不過感激知恩的人，亦不能說沒有。你認識劉漢藩嗎？」

「認識。」李義山說：「對了，他父子都是李衛公所提拔的。」

劉漢藩單名鄴，潤州句容人。他的父親叫劉三復，貧苦好學，在李德裕當浙西觀察使時，劉三復投文自薦；其時恰好朝廷遣太監賜詔書褒獎，李德裕便問劉三復：「如果我請你代草謝表，你能不能立刻寫好？」

劉三復答說：「文貴入妙，不貴速成。」

李德裕頗以為然，及至兩三天以後，劉三復呈上草稿，果然不凡，李德裕大為賞識，表薦為「掌書記」，從此做了李德裕的幕僚。入相後，薦劉三復為刑部侍郎、弘文館學士，業已去世。

劉鄴早慧，六七歲時，應對便不像個童稚。李德裕很喜歡他，叫他跟他的兒子一起從師同學。李德裕入朝，援引他為諫官；李義山跟他見過幾次，但無深交。

「劉漢藩上了一道奏章，請准李衛公歸葬。這也總算很難得的了。」

「下文呢？」李義山問：「朝廷准不准？」

「你想呢？」

「不准？」

「根本沒有下文。」溫飛卿說：「他的奏章，到中書省就束諸高閣了。」

「看來崖州那個老和尚，又多一具葫蘆了。」李義山嗟嘆不絕，黯然不歡。

「你別管人家的閒事了；說你自己的事吧！」溫庭筠問：「是什麼要緊事找我？」

「喔！」李義山這才想到自己的來意，「我有件事，如墜五里霧中，或許你能替我解惑。」

接著，他將兩訪令狐綯，前後炎涼不同的情形，細細地說了一遍。

「你要問我的是什麼？是找一條調職的路子？」

「這方面，你如果有路子，我當然要重重拜託。不過，我現在要請教你的是，令狐子初何以有此不同的態度？」

溫庭筠不作聲，一面喝酒，一面沉吟；好一會才抬眼問道：「你莫非真的一無所知？」

「不知道！連想像都無從想像起！」

「文字賈禍。」

「是說我那首〈淚〉？」

「這首詩的關係還淺，」溫庭筠問道：「你那首牡丹詩，到底有沒有結句？」義山點頭。「既然有，為什麼跟子初說傻話？」

「因為，」李義山很吃力地說：「牽涉到一個人，我不便說。」

「這就是欲蓋彌彰了！」

李義山大吃一驚，「飛卿，」他急急問說：「怎麼叫欲蓋彌彰？」

「我倒請問：朝雲是誰？」

李義山越發駭異，「原來你也知道我那首詩的結句！」他問：「你何由而知？是韓畏之告訴你的？」

「不是！是晉昌坊傳出來的。」

「那一定是我寄居在晉昌坊時，有人偷看我的詩稿？」

「大概如此吧！義山，你說，朝雲指誰？」

李義山躊躇了一會說：「你能不能不問？」

「要我不問，我就沒法兒跟你談下去了。」

李義山矍然而驚，「怎麼？」他問：「這個名字，是個關鍵？」

「不錯。否則子初為什麼要問？」

到此地步，李義山不能不說實話了：「你知道的，內人的幼妹，依姊而居。」他說：「她很愛才的。」

「原來朝雲指你小姨。可是，」溫庭筠問：「《洛陽伽藍記》，你熟不熟？」

這部書是談北朝掌故的名著，北魏孝文帝用夏變夷，太和十七年，自平城遷都洛陽，篤崇佛法，大建伽藍過於「南朝四百八十寺」；四十年後的永熙之亂，城郭成為邱墟，北魏亦分裂為東西魏；又十餘年，東魏有楊衒之其人，出差到洛陽，感念興廢，搜訪遺聞，寫成了這部《洛陽伽藍記》，記述了許多北魏朝野的遺聞軼事，李義山對這部書不算生疏，但不知溫庭筠要問的是誰？

「那部書裡面，也有個朝雲，你記得不記得？」

「這倒不太記得。」李義山問道：「《洛陽伽藍記》中的朝雲，是何等樣人？」

「是河間王拓拔琛的家伎——。」

拓拔琛有家伎三百人，盡皆國色；其中有個就叫朝雲，能歌以外，善於吹篪。拓拔琛當秦州刺史時，已為北魏所征服的西涼、北涼、西秦的羌人，復又叛亂，屢次征討，不肯投降。拓拔琛便命朝雲假扮為流落秦州的羌族丐婦，吹篪而乞。篪便是橫笛，八孔，羌人亦有此種樂器，四孔，稱為「羌笛」，其聲淒涼哀遠；羌人一聽篪聲，就如項羽的四面楚歌一般，鄉思大起，流涕不止，鬥志瓦解，相率歸降。因而流傳兩句口號：「快馬健兒，不如老嫗吹篪。」

「不是我說，是人家在說。義山，你別誤會，以為是我在搬弄是非。」

「是，是。」李義山急忙分辨，「我並沒有疑心你，否則我也不會來跟你談這件事了。」

溫庭筠點點頭，又停了一會說：「你總該想像得到，他們指的是誰？」

「田二姨？」

「除了她，別人疑心不到旁人頭上。」

李義山倒抽一口冷氣，心亂如麻；好久，才將思路理出一個頭緒來，「飛卿，皎皎此心，惟天可表。」他說：「我蒙謗猶在其次，田二姨不過一念愛才，而且她待我好，亦是為了子直——。」

「怎麼？」溫庭筠打斷他的話問：「這話我不明白。」

「她的想法是，子直要入閣拜相，少不得要個幫手。有一回她告訴我，彭陽公生前跟家人說過，論到章奏制敕，只有我能傳他的衣缽，所以她之待我好，是為子直所作的一種籠絡。如果他人要毀我而竟傷天害理，有意把她牽連在內，天底下還有是非嗎？飛卿，我一定要為她辯誣！」

「你怎麼辦法？」

「那就要靠旁人為我、為她說公道話了。」

「我可敬謝不敏。」溫庭筠搖著頭說：「第一，人微言輕，第二，說旁的事還好，像這種涉於曖昧的男女私情，不夠格，你知道的，我在這方面的名譽很壞。」

「至少，你可以替我在子初面前，還有小滈那裡，替我解釋，解釋。」

「我拿什麼替你解釋？」溫庭筠又說：「其實，求人不如求己；你不妨拿你跟妳小姨那段情，說個明白，讓人家知道這朝雲是巫山神女，而非豪門家伎。這樣，誤會不是澄清了嗎？」

「這誤會是澄清了；可是另一方面呢？」

「那一方面？」

「我親戚這方面。」李義山說：「換了你，設身處地想一想，你肯這樣子做嗎？」

「你小姨仍舊依姊而居？」

「不！出閣了。」

「那，」溫庭筠搖搖頭，「那可動不得！否則你小姨在夫家怎麼還有臉見人？」

「我顧慮的就是這一層。」

「我倒不明白，你這些寫豔情的詩稿，連題目都沒有，自然是不願示人的。那麼，」溫庭筠問：「是怎麼落入晉昌坊的呢？」

李義山亦正有此疑問，細細思索，只有一個可能，「只怕是從閿鄉傳過來的。」他說。

「那是怎麼回事？」

「那年我從洛陽回京，在閿鄉失落一個奚囊；後來是從吳縣尉那裡收回來的。奚囊之中就有我的詩稿。」

「詩稿不見了？」

「不！」李義山說：「吳縣尉也許錄了副本。」

「這就是了。你的名氣那麼大；詩又作得哀感頑豔，當然傳誦眾口了。」溫庭筠問道：「到底是怎麼回事呢？」

李義山為了取信於人，自然不能有所保留，「已經告訴你了，我也不必再有所隱晦。不過，」他鄭重告誡，「請你守密。」

「這一點我老實奉告，不能完全做到。」溫庭筠說：「當然，不能與言的人，我絕對不說。」

「好吧！」李義山無奈地說：「都在你了。」

於是他從〈藥轉〉那首詩談起，十七姨如何愛才自薦；如何「颯颯東風細雨來」，出現了不速之客；十七姨如何移情別戀；他妻子又如何與王十三定策，將計就計，遣嫁十七姨；又如何將他跟畫樓隔離開來；自己又如何被蒙在鼓裡，憂讒畏譏；遣嫁前夕，十七姨又如何使了一條緩兵計，害得他癡心妄想，以為榴開見子之時，還能重續前緣；以及最後發現「扇裁月魄羞難掩」，才知道「定無消息石榴紅」，一面講，一面引述詩句，溫庭筠竟聽得出神了。

「原來還有先姦後娶這段令人作嘔的情節！」溫庭筠說：「想不到你那妻妹，竟是這樣一個蕩婦淫娃。」

措詞過於尖銳，李義山入耳刺心，急忙說道：「你千萬不可如此形容，尤其是，別傳到王十三耳朵裡。」

「不是我形容得刻薄，只是聽你一談，自然而然有這麼一種感覺。」

「由此益見得這段祕密，絕不能公開。」

「公開了於事無補，反而更見得你儇薄無行。」溫庭筠說：「今上很講究這些的；我就是讓人把我說成一個浪蕩子，所以一直倒楣。」

「可是，」李義山說：「我不能讓子直長此誤會我；還有，田二姨，我無論如何要替她洗刷。飛卿，你一定得替我出個主意。」

「等我想想！」

李義山自己亦在想，越想越煩，恨不得即時去見令狐綯，當面說個明白；但事涉曖昧，真所謂越描越黑，即令以死明志，亦未見得能使人見信。然則置之度外呢？卻又何忍田二姨無端蒙謗？

「義山，」溫庭筠想了好久才開口，「你這件事，難在沒有讓你剖白的機會；如果子直當面問你，事情反倒好辦了。」

「是啊，難就難在這裡。」

「以他現在的地位，倘有帷薄之羞，一定極力隱飾，連談都不願談；這樣子，誤會便越積越深了。」溫庭筠說：「我想他不肯拉你一把，未始與此事無關。」

「是啊！這恐怕是唯一的原因。」

「唯一倒不見得，但為主要原因是可以想像得到的。這也不去說它了；這件事麻煩的是，詩中明明寫出，同住一處，而形禁勢格，幽會甚難，只好藉青衣侍兒，以通款曲，好像你住在晉昌坊的情形。其中又有『神女』，又有『紫姑神』，隱隱有人，呼之欲出，要解釋清楚，實在不容易。」

李義山大為失望，說了半天，等於未說，「那麼，」他忍不住問道：「不容易，莫非就只好放棄了？」意思是，如果是這樣的做法，又何必請教你？

「放棄，我想你一定心有未甘；而且為了田二姨，你亦必得盡力而為。」

這話才說到了李義山心坎裡，連連點頭：「正就是為了田二姨，我絕不能坐視。」

「如今有個法子，姑且一試，但未見得有效——。」

「你別管。」李義山打斷他的話說：「你先說你的法子。」

「這件事既不便明言，就只有用隱喻的法子來解釋。你在詩中出的毛病是神女會襄王；而這神女的身分，既如河間王拓拔琛的家伎，又像〈洛神賦〉中的宓妃，這樣，有人進讒，子直才會誤信你跟田二姨確有那麼一段曖昧。子直是心病，還須心藥來醫。」

「不錯。可是那心藥是什麼；從何去覓？」

「這心藥，就是有個人能替你作證，〈洛神賦〉、〈高唐賦〉都是虛無縹緲，根本不會有的事。」

這一說讓李義山困惑了；搔著蕭疏短髮問說：「今古不相侔，為子直解釋這些，似乎扯不上。」

「當然可以扯得上。人家把你比作曹植，你把子直比作曹丕；不就綰合起來了嗎？」

李義山想了一會，終於明白了，「你是說，假設當時的情景，有個能為曹丕信任的人，為曹植辯誣，根本無此曖昧，這樣才能消去曹丕的心病？」

「正是！我仔細想過，這是唯一可望能讓子直聽得進去的解釋。」溫庭筠說：「你現在最大的困難是，子直聽了讒信，深信不疑；而又以家醜不可外揚，根本不願進一步去追究。如果他覺得事有可疑，多方探查，則清者自清，濁者自濁，事情才可望水落石出。」

「好！」李義山拱拱手說：「多承明教！我照你的辦法去做。」

一回到家，李義山什麼事都不做，命德興找出《文選》及《三國志》，坐下來先細細研究〈洛神賦〉的內容及陳思王的事蹟。

他這兩部書都是善本，《昭明文選》有高宗顯慶年間，崇賢館學士李善所作的詳註；陳壽的《三國志》，由南北朝宋文帝元嘉年間中書侍郎裴松之註釋，徵引繁富，更為詳盡。〈洛神賦〉收入《文選》第十九卷，一看序文，便發生一個小小的疑問。

曹植自序：「黃初三年，余朝京師，還濟洛川，古人有言，斯水之神，名曰宓妃；感宋玉對楚王神女之事，遂作斯賦。」李義山記得曹植自藩國入朝，似乎不在魏文帝黃初三年；檢閱《三國志》曹植傳，果然錯了，傳中說：黃初二年貶爵安鄉侯，「其年改封鄄城侯；三年立為鄄城王，采邑二千五百戶；四年徙封雍丘王；其年朝京都。」年次井然，可知黃初三年是錯了，只不知是曹植自己的筆誤，還是昭明太子刻《文選》時，錯字未曾校改。

這篇賦原名叫〈感甄賦〉；李善的註解說：曹植最初求甄逸之女為妻，未能如願，曹操將她配給曹丕；曹植頗為不平。後來曹丕稱帝，立甄氏為皇后；黃初二年，甄后因郭后所讒得罪而死；曹植朝思暮想，寢食俱廢。黃初四年入朝，曹丕出示甄氏的玉鏤金帶枕；曹植一見，不禁飲泣。曹丕便將此枕，送了給曹植。及至曹植歸藩，經過洛水，想到甄后，彷彿若有所見，因而作賦，題名「感甄」。甄后之子即位，便是明帝；當是為他生母諱言其事，因而改名為〈洛神賦〉。

李善的注，跟曹植的自序，是稍有出入的，曹植自道：「感宋玉對楚王、神女之事」，便是希望能像楚襄王與神女夢中相會那樣，也能夢見相傳為宓犧之女，溺死洛水，因而成為洛水神仙的宓妃；而宓妃當然是甄后的假託。

李義山心裡在想，魏文帝生性猜忌，他的分封在藩的胞弟，都由他派了人暗中在監視；曹植身邊便有個官稱為「謁者」的小人，名叫灌均，此人只為進讒，絕不會替曹植辯誣。照原來他跟溫庭筠的想法，要找一個能為曹丕信任的人進言，才能管用。這個人應該找誰？

翻了半天的《三國志》，他終於找到了一個很理想的人，此人名叫吳質，字季重，以才學通博而為曹丕所賞識。吳質在曹丕兄弟之間，亦以善於調處見稱。當黃初四年，曹植朝京時，他正任元城令。曹植的封地雍丘，在兗州附近；曹植由洛陽歸藩，渡過洛水向東北行，先到安陽，再渡漳水，少不得要一望銅雀臺；而到西陵掃父之墓，更是必然之事。由此往來，經元城到雍丘，必與吳質相晤；而吳質亦必以曹植的行蹤，馳報曹丕，豈不是就可以為曹植作辯解了？

由於〈牡丹詩〉中有「朝雲」；而〈洛神賦〉自序有「感宋玉對楚王神女之事，遂作斯賦」之語，因此，李義山覺得還須將宋玉的〈高唐賦〉與〈神女賦〉，作一番深切的玩味，才能找出將嫌疑洗刷得乾乾淨淨的說法。

這兩篇賦，亦收入《文選》之中，翻開來細讀一過，不由得倒抽一口冷氣；到此時他才發覺，不但被人視作「宓妃留枕魏王才」的曹植；並且亦被猜疑為宋玉，而〈神女賦〉中，究竟是楚襄王夢會神女，還是宋玉夢會神女？因為「王」字與「玉」字的一點之差，以致各具一說，糾纏不清了。

〈高唐賦〉與〈神女賦〉是有連帶關係的，宋玉高唐賦序：「楚襄王與宋玉遊雲夢之臺，望高唐之觀，其上雲氣變化無窮。王問玉；玉曰：『所謂朝雲者也。先王嘗遊高唐，怠而晝寢，夢見一婦人曰：妾巫山之女也，為高唐之客；聞君遊高唐，願薦枕席。』王因幸之。」此「先王」指楚襄王之父楚懷王，夢中所會的是朝雲。

至於〈神女賦〉，則是記敘楚襄王命宋玉作了〈高唐賦〉以後所得的一場豔夢。宋玉在自序中說：「襄王使玉賦高唐之事，其夜王寢，果夢與神女遇，其狀甚麗。明日以白玉；玉曰：『其夢若何？』王曰：『見一婦人，狀甚奇異，寐而夢之，寤不自識，於是撫心定氣，復見所夢。』玉曰：『狀何如也？』王曰：『茂矣，美矣！』」但有人說：「玉」字與「王」字應該互易，變成「其夜玉寢，果夢與神女遇，其狀甚麗。明日以白王；王曰：『其夢若何？』」如是云云，一直到「王曰：『若此盛矣，試為寡人賦之。』玉曰：『唯唯。』」因而作〈神女賦〉。

顯然的，〈神女賦〉中的神女，便是〈高唐賦〉中的朝雲。李義山既言「欲書花片寄朝雲」；又道「神女生涯原是夢」，可見得亦是一個人。但此朝雲別人不以為是「小姑居處」的巫山之女；而是河間王拓拔琛的家伎，以隱喻令狐綯的姬妾，就因為他跟令狐綯的關係，彷彿曹植之與曹丕，而明明白白指出，託名宓妃，曾為甄后，來比擬的田二姨，曾因愛才自薦，李善的注不是說：曹植歸藩時，

「將息洛水上，忽見女來，自云：『我本託心君王，其心不遂，此枕是我在家時從嫁，今與君王。』用薦枕席，遂作感甄賦。後明帝見之，改為洛神賦。」

楚懷王父子，加上宋玉；巫山之女朝雲，變成神女；曹丕兄弟與甄后之外，可有宓妃；高唐、神女兩賦衍生了洛神賦，錯綜複雜，重重糾結，李義山真沒有想到，一首牡丹詩惹出來如許麻煩。怪來怪去，總怪與十七姨的那場「神女生涯原是夢」做得長了些，早知十七姨不過「小姑居處本無郎」，而且像「賈氏窺簾」那樣，喜愛韓壽那種美貌少年，醒悟她愛才而自薦，不過託辭，早早夢醒，又何來今日無窮的煩惱？

轉念到此，百感交集，信手寫下一首七絕：「非關宋玉有微辭，卻是襄王夢覺遲。一自高唐賦成後，楚天雲雨盡堪疑。」他將他的那首「牡丹詩」，比作宋玉的〈高唐賦〉。

這首題名「有感」的詩，到了溫庭筠手裡；他知道李義山的煩惱，特地攜酒相訪，以示關切與慰問；同時也帶來了一個消息，令狐綯終於「知制誥」了。

「雖然你們之間，有這樣一個很難消釋的誤會，你仍舊應該去賀一賀他。」溫庭筠說：「見不見是他的事，你禮貌上應該這麼作；同時，這也表示你問心無愧。」

「你說得是。」李義山接受了他的勸告，「我明天就去。」

「唉！」溫庭筠嘆口氣說：「中書省內坐將軍，國事安可問乎？」

中書省內應該坐宰相，而今坐的卻是一個不學的武夫；這是諷刺令狐綯。自從溫庭筠為令狐綯捉刀，作「菩薩蠻」十四闋，進呈皇帝，而又將代筆之事洩漏於人後，令狐綯即逐漸疏遠了溫庭筠；他亦因此頗致不滿，一提起令狐綯便譏刺他少讀書，甚至當面指責。有一回令狐綯看他以「金步搖」與「玉條脫」作對語，便問玉條脫有無出典？溫庭筠答說：「出在《南華經》。這不是一部僻書，相公燮理陰陽之暇，也應該看看古書。」令狐綯便越發恨他了。

溫庭筠自己也知道，徒逞口舌，易招人怨，因而作詩自傷，中有兩句是：「因知此恨人多積，悔讀南華第二篇」，意思是自己如果也少讀書，不知道玉條脫的出典，亦就不至於得罪令狐綯。這仍舊是矜才使氣的口吻，所以李義山覺得也應該勸勸他。

「平心而論，子直待你不薄；而況你跟小滈交好，更不宜持論過苛。」

「我也知道，我一生吃虧在我的脾氣上，可是心知其非而不能改，真是不可救藥。至於小滈，我跟他也不大往來了。」溫庭筠說：「我現在才知道他可惡得很！」

據溫庭筠說，令狐滈倚仗他父親的勢力，頗多胡作非為，因而得了個外號，叫做「白衣宰相」。當然，關鍵還在令狐綯偏聽；許多機密政事，本非令狐滈所宜與聞的，令狐綯亦跟他去商量，而且言聽計從，因而令狐滈得以弄權竊勢。

「子直對小滈溺愛則有之，機密政事跟他去商量，或者未必。」李義山說：「你倒舉個例給我聽聽。」

「好！」溫庭筠想了想說：「只談最近的一件事好了，有一天晚上，子直得了一個夢，夢見李衛公跟他說：身死異域，孤魂無依，請相公矜憐，許枯骨歸葬故里。第二天上午，子直跟小滈談到這件事。小滈說李衛公犯了眾怒，尤其是崔相，仇怨更深，絕不會同意。勸他父親不必理會。」

崔相是指尚書左僕射、門下侍郎崔鉉。他本來就是武宗會昌年間宰相，因為李德裕跟他不和，貶為陝虢觀察使；宣宗即位，復召為相。

自大中元年以來，朝廷中號稱有權的，一共四個人：鄭魯、楊紹復、段瓌、薛蒙，因而流行兩句口號：「鄭楊段薛，炙手可熱，欲得命通，魯紹瓌蒙。」只要得此四人之一的提拔，不愁不能升官補缺；而此四人，皆為崔鉉所援引，具聽命於崔，可以想見「崔相」的勢力。令狐綯聽了長子的話，果然不提。

「過了幾天，李衛公又來託夢了。」溫庭筠又說：「子直醒來跟小滈說：夢中的李衛公，依舊雙目尚尚，精爽可畏；如果置之不理，只怕有禍。這樣，他才為同僚細言其事。」

「照此說來，李衛公歸骨有望了？」

「只怕未必。今上不知是何緣故，對李衛公深惡痛絕；宰相亦要找機會才能進言。」

「唉！」李義山由李德裕想到自己的無端蒙謗，不由得嘆口氣說：「世上真有這種冤孽不可解之事！」

溫庭筠深知他的心境，「你說『一自高唐賦成後，楚天雲雨盡堪疑』，想來通前徹後都想過了。」他問：「打算如何釋疑呢？」

「很難。」李義山答說：「今古情事不同。曹子建跟甄后，確是有一段舊情；而照李善的注解，甄后贈枕，夢中又自薦枕席，因而作了〈感甄賦〉。照這樣看，至少曹子建一直不能忘情於甄后；這教我如何解釋？莫非我亦承認對田二姨有染指之心？」

接著他又談到〈神女賦〉中，「玉」字與「王」字一點之差，以致在文字上引起嚴重誤解，而不易澄清的緣故。溫庭筠不由得也嘆氣了。

「真是不可解的冤孽！上下千年，偏有如許糾纏不清的事，集中在你身上。不過，」溫庭筠生來倔強的性格被激發了。「事在人為，我倒不相信，一定要找到能解釋的說法出來！」

「唶！」李義山是絕望的豁達，「不必自尋煩惱了，丟開吧。」說著，引杯自飲，順口吟了兩句詩：「宓妃愁坐芝田館，費盡陳王八斗才。」

「天才之才一石，曹子建獨得八斗，自古及今其用一半。」溫庭筠引用謝靈運的話說：「只一斗之中，我總也要分到一點，可以相助一臂。」他突然覺得靈光一閃，脫口說道：「釜底抽薪，根本上就沒有什麼夢！」

「這倒也是一個辨法。」李義山點點頭，「楚懷王沒有夢，楚襄王也沒有夢。無非宋玉假夢為辭，高唐神女，只是寓言。」

於是兩人把杯細談，終於談出來一個結論，這暗中解釋，要分兩個層次，第一層是無曖昧之實；第二層是無曖昧之思。就曹植來說，黃初入朝，甄后已因讒而死；即令留枕，絕無自薦枕席之事；這比較容易寫，李義山略一沉吟，便已得句，命德興取來紙墨，提筆寫下題目：「代魏宮私贈」；接著又下了個小注：「黃初三年，已隔存歿，追代其意，何必同時？亦廣子夜鬼歌之流變。」

「這一題一注，你看如何？」他將詩箋移轉方向，問溫庭筠。

「你且先把詩寫下來再推敲。」

李義山便又提筆寫道：「來時西館阻佳期，去後漳河隔夢思。知有宓妃無限意，春松秋菊可同時？」

寫完，復又遞給溫庭筠，他細看了一遍以後問：「黃初四年，陳王入朝，文帝置之西館，好久沒有理他；這『佳期』何指？」

「指朝覲而言。」

「『去後漳河隔夢思』，自然是用銅雀臺的典故，暗寫留枕。」溫庭筠問：「是不是表示陳王睹物思人？」

「這是事實，不容諱言。不過，你得留意這個『隔』字。」

「你的意思是，隔夢是夢外之思？」

「對了！」李義山說：「李善的注，是無根之言。」

溫庭筠起先將個「隔」字輕輕放過了，一經李義山提醒，重新吟味，不由得讚道：「這個『隔』字用得好，凝鍊而出筆力千鈞。」

這一來，下面兩句就容易解了。「宓妃」當然是甄后的代名；「贈枕」當然是有著極幽微的意思在內，生前以叔嫂名分所關，絕不能有肌膚之親，但她的本心，是願共枕席的，這就是所謂「無限意」，而是曹植可以由「玉鏤金帶枕」中體會得知的。

末句是個問句；用正面的說法，便是春松秋菊，不可同時。但溫庭筠認為「春松」改作「春蘭」，與「秋菊」不能同時並現，亦就是自注中「已隔存歿」的提示，更為顯豁。

「你的說法很有道理。不過我是用的〈洛神賦〉的原句。」李義山指出〈洛神賦〉中有這樣兩句：「榮曜秋菊，華茂春松」；蒼松不老，終年常綠，但在春天卻長得枝榮葉茂。菊之得時在秋，松之得時在春。

「好！」溫庭筠說：「誠然，要辯解甄后與曹子建無曖昧之實，指出曹子建入朝，與甄后『已隔存歿』，是最有力的論據。現在我們回頭來看題目，何謂『代魏宮私贈』？」

李義山想了一下反問：「你看這首詩，應該是什麼人的語氣？」

「應該是曹子建的語氣。」

「對！你再細參。」

溫庭筠點點頭，復又細讀，邊想邊說：「入朝，滯留西館，久久不得朝覲，但西館有人監視，即令有佳期密約，亦將受阻；離朝歸藩，經漳河望見銅雀臺，少不得又因金帶枕而想起甄后。子建雖知甄后有自薦之意，但已隔存歿，結句更似微有惋惜之意了。總而言之，如果只是『魏宮私贈』這個題目，便全是曹子建有感而作。」

「著！」李義山說：「你現在該明白為什麼要加一個『代』字的道理了吧？」李義山非曹子建，且又相去八、九百年，安知曹子建的心曲？所以要加一個「代」字。而自注則是釋題，「黃初三年，已隔存歿」，曹子建獲得「魏宮私贈」，亦無非睹物思人，感念不已而已，不會還有其他不可告人之事。從情理推求，勢所必然；不必生與曹子建同時，才能了解他的心曲。至於他之「追代其意」，就像樂府〈子夜歌〉，其聲哀苦，曾聞鬼唱，名為「子夜變歌」，這首代訴曹子建心曲的詩，在體例上無非擴大子夜鬼歌的流變。

「用意太深奧！」溫庭筠搖搖頭，「中書省內將軍，未必能理會得。」

「是啊！」李義山皺著眉說：「我亦是這麼想。」

「然則第二首非淺顯明白不可。」

「要淺顯明白，就非實說不可！」李義山吟道：「荊王枕上原無夢，莫枉陽台一片雲。」

「荊」為楚之別稱，周昭王征荊，便是伐楚；到得末年，秦始皇之父莊襄王名楚，秦強楚弱，為了避諱，又稱之為荊。這「荊王」是楚懷王、楚襄王父子的合稱。既然「無夢」，那裡來的神女朝雲？李義山是接納了溫庭筠「釜底抽薪」的建議，才有了這兩句詩。

「這樣說法，單刀直入，很有力。」溫庭筠說：「照句法，應該是結句；而且是第三者的語氣。」

「這第三者就是元城令吳質。」李義山想了一下，先將題目寫了下來：「代元城吳令暗為答。」然後問說：「你看，此題能用否？」

「這是假設曹丕命吳質偵察曹植的行蹤在先，所以吳質有此『暗為答』可以用。」

於是李義山用〈洛神賦〉中，曹植自敘行蹤及描寫洛水風景那一段文字，足成一首七絕：「背闕歸藩路欲分，水邊風日半西曛。荊王枕上原無夢，莫枉陽台一片雲。」擲筆如釋重負。

「只能如此了！」

溫庭筠將這兩首詩重新看了一遍，覺得詩意尚欠通透，似乎強作解人而實不免牽強；但他也知道，李義山確是盡了力了，只好這樣說道：「反正你已『費盡陳王八斗才』，如果那些人還是要誣枉陽台一片雲，亦是無可奈何之事，惟有置之度外。」

「盡人事而後聽天命。」李義山問：「詩是有了？如何入子直之目？」

溫庭筠想了一下說：「明天不是要去跟他道賀？他總會問你，有何近作；你就乘機把這兩首詩寫給他看。」

「這，」李義山躊躇著說：「似乎太露痕跡。」

「你如果以此為嫌，不妨送給他老兄看。」

「這也要等子初問我，我才能出示。」李義山說：「等一陣子再說吧！」

談到此處，話題告一段落，彼此的酒也喝到七八分了；溫庭筠忽然想到平康坊冶遊，邀李義山同行，但他心緒不佳，婉言辭謝，溫庭筠亦不再勉強，相約次日午後到晉昌坊去為令狐綯道賀。

第二天早早吃了午飯，穿戴整齊，正在等候溫庭筠時，不道京兆尹盧弘正遣人送了一封信來，邀他面晤。他為盧弘正典章奏，或許有緊要大事，需要即時出奏；晉昌坊之行便只好作罷了。

於是等溫庭筠一到，說明經過：「你去吧！我先替你跟子直致意好了。」溫庭筠又問：「什麼時候回來？」

「此刻還無法預定，如果要擬奏章，就不知道要磨到什麼時候了。」

「這樣，我回頭在平康坊南曲馮二娘家；你如果有興，到那裡來找我。」

溫庭筠又加了一句：「我一直都在。」

京兆尹盧弘正字子強，是名父之子；他的父親就是「大曆十才子」之一的盧綸。兄弟四人，都是進士出身；居官皆有賢聲；行三的盧弘正，尤其傑出。由於家學淵源，即令公務太繁，少有閒暇作詩，但看詩的眼光很高，所以對於李義山頗為敬重；雖為屬下，即一直以賓禮相待，稱之為「李十六兄」。

「李十六兄，」他說：「我一直不敢以府中屬官相屈，請你暫時幫忙，總以為令狐學士一定會借重你，入侍禁中，遲早間事。不意昨天令狐子初跟我談起，說你想調京職；恕我率直，此在令狐學士是毫不費力的事，何以你至今不能如願？」

這話確是相當率直；而李義山卻很難回答，那段楚天雲雨之疑，自然不便透露，想了一下，找到一個說法。

「總之文字賈禍。李衛公南貶時，我寫了一首詩，大為當道諸公所不懌；子直亦就愛莫能助了。」

「對了！你那首〈淚〉真是絕唱。李衛公的遭遇，同情的人很多；見諸詠嘆的詩篇亦不少，而必以尊作為第一。」盧弘正略停一下說：「李十六兄，你如果不棄，我想請你署理掾曹，不知你意下如何？」

「多承主公援引，」李義山站起來說：「敬如命。」

「請坐、請坐。」盧弘正說：「這是要奏准的。奏稿就煩大筆了。」

「是。」

「李十六兄，你知道的，我亦是受過李衛公知遇的；與今日當道諸公，氣味不甚相投，聽說他們預備調我出京；大概會到武寧軍。倘或此說見諸事實，你是不是仍舊能幫我的忙？」

武寧軍節度使鎮徐州，南北衝要之地，是方鎮中的要職，在他幕中，倒可以有一番作為；但李義山認為令狐綯對他的誤會，倘能渙釋，仍舊有被援引至御前的希望，因而一時無法作確定的答覆。

見此光景，盧弘正便將話拉了回來，「此事還很縹緲，」他說：「你慢慢兒考慮吧！」

李義山知道盧弘正不免失望，中心歉然，覺得應該有個比較能讓他體諒的解釋；所以思索了一下說：「主公，實不相瞞，我跟內人會少離多；最近打算接眷到京，長相廝守。只是內人體弱多病，如果我應主公之命，隨侍到徐州，不知內人是否能耐長途之勞，移家之煩。是故有心追隨，又恐力不從心。且等內人來了再看，只要力能支持，必當從命。」

這番說詞，極其宛轉，盧弘正聽了，心裡很舒服，「李十六兄，你這麼說，我們就算約定了；倘或嫂夫人難耐煩劇，我絕不勉強。」他又問說：「嫂夫人不知是何病症？」

「頻年勞碌，心境不順，虛弱而已。」

「不礙，不礙！想來你們伉儷情深，會少離多，不免抑鬱，只要在一起，心境順適，自然轉弱為強。我有河東帶回來的，上好的『白水黃耆』，送幾斤給嫂夫人。」

盧弘正明醫道，服官所至，必訪求當地所產，有名的補藥。黃耆為補藥之長，以產於河東沁州一帶的為上品。盧弘正送了十斤黃耆給李義山，又傳授了一個「六一湯」的方子，以黃耆六分、甘草一分、大棗一兩枚，合煎為湯，隨時服用，能治諸虛不足、煩悸焦渴、面色萎黃、不思飲食；無病常服，亦能平補氣血、安和六臟，是極王道的上藥。

尋到南曲馮二娘家，見到溫庭筠的新歡趙蘇蘇，姿色平庸，亦不善談吐；平康坊中能躋身於南曲的妓女，必有一長，最重詼諧言談；其次是音律，倘或兩者均非所長，必是容貌出眾，否則就只能在中曲、東曲存身。李義山想不出趙蘇蘇以何憑藉，而能託跡在名妓所萃的南曲？

當他率直相問時，溫庭筠答說：「她有兩項長處，人所難見，一是精於風鑑；二是工於內媚。」

「喔，」李義山笑道：「工於內媚，只有你知道；我無從領略——。」

「不，不！」溫庭筠搶著說道：「你亦不妨領略。肥馬輕裘，與友朋相共，古人常事。此姝亦是一匹肥馬，且試一試馳騁之樂。」

溫庭筠放蕩不羈，李義山卻頗拘謹，搖著手說：「君子不奪人所愛。倒是她精於風鑑，我很想請教一番。」

「算了，算了！她的話很率直，如果說的話不中聽，你不在乎，我覺得殺風景。」

李義山自無強求的必要，一笑作罷，換了個話題：「我倒有個差強人意的消息告訴，盧子強奏請以我署理他的掾曹，也了掉我一件心事。」

「這值得浮一大白。」溫庭筠跟李義山對乾了一杯酒，又問：「他還說了些什麼？」

「他有出鎮徐州之說，當面邀我入他的幕府。」

「你呢？答應了？」

「尚未定。」

「憚於遠行，還是別有緣故？」溫庭筠說：「此人前程無量，大拜遲早而已。你不能得於子直者，得於子強；大好機會，何必遲疑？」

一聽這話，李義山不免動心；想了一下說：「他跟當道氣味不投；自道亦曾受過李衛公的恩遇，則應在排斥之列，你說他遲早會入相，只怕未必。」

「盧子強的李黨色彩，並不濃烈；而且據我所知，他頗為今上賞識，當道亦未見得能排擠得掉。」

李義山點點頭，沒有作聲；心裡在想，如果這兩首「代追」、「代答」的詩，仍舊不能消除令狐綯的誤會，倒不如早自為計，死了這條心，改投盧弘正為妙。

「義山，」溫庭筠勸道：「你別三心兩意了！追隨盧子強，是一條青雲之路；機會千萬不可錯過。」

無論從神態言詞來看，他對這件事的關切，過於李義山本人。這就是溫庭筠可敬之處，只要在他心目中認為此人夠格為友，就會將此人的一切，看得比自己還重；他深知李義山功名心熱，但一直期望令狐綯援引，實在是一種妄想，因為就算沒有那一重高唐神女的疑雲，令狐綯亦不可能舉薦他入翰林，第一、令狐綯忌才，怕李義山挾其制策詩賦之工，一近御前，極易得寵，會走在他的前面；其次，以他同情李德裕的態度，有機會就會翻案，更不可不防。

但這些情形，旁觀者清，當局者迷，不易勸得他醒；如今既然受知於盧弘正，是在無意中找到一條出路，但李義山本人似乎並未看出來，不能不竭力勸他。

如此懇切的神態，李義山當然很感動，「飛卿，」他將心裡的話說了出來：「我想先看看，那兩首詩有沒有什麼效用再說。」

果然，他還是執迷不悟，「義山，」他說：「你不要再癡心妄想了；就算消除了楚天雲雨，你亦未必能有『上天梯』。子直不會自妨他的青雲之路；此外還有好些障礙，我亦不必說了。」

「那些？」

溫庭筠不願明指，想了一下說道：「你跟子直之間，有個灌均，你應該知道吧？」

灌均是曹植的屬官，但聽命於曹丕，曾秉承曹丕的意旨，上告曹植「醉酒悖慢，劫脅使者」，因而一度貶爵為安鄉侯。李義山一聽這話，自然能意會到，是張守林、孫覽等人，在令狐綯面前進讒。

就在此時，趙蘇蘇進來照料席面；李義山心中一動，毫不思索地說：「蘇蘇，聽說你精於風鑑，替我看看氣色，最近的運氣如何？」

趙蘇蘇笑一笑，向溫庭筠說：「必是你多嘴！」

「這也用不著瞞人的。」溫庭筠說：「李十六郎已經知道了，你是直言談相；就替他看看罷！你看他今年會不會動驛馬？」說著，將燭台移近李義山，好讓她細看。

「動驛馬不在今年。」趙蘇蘇說：「在明年春天。」

「方向呢？」

趙蘇蘇想一想問：「李十六郎今年貴庚？」

「三十七。」

「那應該生在癸巳年。」

「是的。」李義山答說：「元和八年癸巳。」

「明年庚午。西方庚辛金，北方壬癸水；金既生水，水必生木。而且水盛則溢，順流而下，由北轉東；正合東方甲乙木的生剋循環之理。一定是往東。」

「你信了吧？」溫庭筠微顯得意地，「徐州可不是在東面？」

李義山確是信了，便又問說：「在東面，大概會待多少時候？」

「不過一兩年。」

「從何得知？」

趙蘇蘇微笑不答；停了一會說：「我不過隨便猜測而已。」

「必有所見。」李義山說：「何妨實告？」

趙蘇蘇依舊報以微笑；溫庭筠便向李義山使個眼色，暗示他會私下問了她以後轉告。

「蘇蘇，」李義山換了個話題，「你哪裡人？聽你的口音，像是西川。」

「是的。我家世居成都。」

「你是從哪裡學來的這套術數？」

趙蘇蘇搖搖頭，是不願作答的神氣；溫庭筠便說：「回頭我跟你談。」

「其實也沒有什麼？」趙蘇蘇大概知道瞞不住了，便改變了態度：「我本姓袁——。」

她自道是袁天罡的後裔。袁天罡生於隋朝末年，入唐以後，成為天下知名的術數家，他的故事很多，最為人所津津樂道的是，有關武則天的傳說。

據說武則天的母親，曾延請袁天罡為她的子女看相，兩子元度、元爽，亦即是武則天之兄，他的評斷是官至三品，為保家之子；說武則天的胞姊，即是後來的韓國夫人，安享榮華，但剋夫早寡。最後抱出來的是武則天，她自幼便作男孩子打扮，保母亦未說破她是女兒身，袁天罡說她是大貴之相，倘或是女子，將來會做皇帝，據說她的主貴的異相，倒不是什麼「龍行虎步」，而是在於脖子與常人不同，相法上稱之為「鳳項」。

及至武則天入宮，封為「才人」後；有一次，唐太宗特召袁天罡進宮，為宮眷看相，看到武則天他說：「取代唐朝天下為禍於陛下子孫者，此人。」唐太宗說：「我把她殺掉，如何？」袁天罡奏諫：「天命如此，不可逆天而行。陛下寵之二十年，到她取代唐朝天下，已在晚年；年老而仁，還會手下留情。如果殺了她，投胎轉世，仍舊為禍大唐；那時年輕氣盛，亦無恩寵可念，陛下子孫豈尚有噍類？」唐太宗納諫，打消了殺武則天的念頭。

這個傳說，李義山亦聽說過；認為齊東野語，付之一笑而已。如今親見袁天罡的後人，感覺便不一樣了，至少是將信將疑，或者真有其事。

「原來你是祖傳的絕學。」李義山問：「不過，你怎麼姓了趙呢？是不是過繼的外家而改了姓？」

「不是。」趙蘇蘇答說：「身在風塵，我不改姓，豈非更對不起祖宗？」

「然則你不會跳出風塵？不，根本應該不染風塵！」

「這也是天命如此，不可違逆。」

「違逆了如何？」

「違犯天命，如果禍只及身，我豈不知捨身求義之理？可是禍及家人，我就不能不降志辱身了。」

這個理由，光明正大；李義山心想，淪落倡門，居然亦有一番大道理，倒是少見的事，因而對趙蘇蘇就越發好奇了。

「蘇蘇，我重申前請，你能不能告訴我，為什麼東遊只不過一兩年？」

趙蘇蘇還在躊躇，溫庭筠便慫恿她說：「不要緊，君子問禍不問福；李十六郎不是那種看不開的人。」

趙蘇蘇這才點頭，又細看李義山的面相以後說：「李十六郎明年春天會應一位貴人之召，調職到東面，深受這位貴人的倚重。不過一兩年之後，這位貴人怕有極大的變故，你也就失掉一座靠山了。」

「你是說，那位貴人是死在任上？」

「恐怕是如此。」

「既然如此，」李義山對溫庭筠說：「我似乎不必多此一行了。」

「不然。」趙蘇蘇說：「驛馬星照行，不出遠門會得禍。」

「這一說，我似乎不必有何希求，只打點行李好了。」

這把他心裡的話都說出來了；溫庭筠知道他仍未對令狐綯死心，便姑且問趙蘇蘇說：「你看李十六郎，有多少貴人照應？」

「眼前只有一位。」

「這一定是『虎』非狐。」

「虎」是隱語，李義山心裡明白，盧字虎頭；「既然命中注定，我就不必三心兩意了。」李義山看著趙蘇蘇說：「多謝你指點迷津，不知該如何酬謝？」

「她向來不受酬的，」溫庭筠說：「不過投桃報李，何妨各盡其長，你作首詩，或者寫幅字送她好了。」

「好！寫幅字吧！」

「那麼，即席揮毫，如何？」

李義山還沒有決定，是光寫字不作詩，還是既作詩又寫字？所以搖搖手說：「不，不！等我回家再寫。」

「李十六郎的墨寶很珍貴，我先拜謝了。」說著，趙蘇蘇乾了自己的酒，然後又斟滿了，雙手奉上。

「多謝！」李義山接過杯子來，看杯沿染著口脂，便換了個方向，一飲而盡。

「時候不早，我要告辭了。」

「李十六郎，」趙蘇蘇問說：「你酒意不濃吧？」

聽她這一問，似乎話中有話，李義山便反問一句：「濃便如何，不濃又如何？」

「酒意太濃，只恐霜重馬滑，騎馬回去，只恐不妥，不如就歇在這裡。」

「對了！」溫庭筠興致極好，立即接口：「我們作長夜之飲，如何？」

「不，不！我酒意不濃，騎馬亦有僮兒照應，不致有何不妥，多謝蘇蘇關懷。」

「真的能騎馬，自不必強留。」趙蘇蘇又說：「李十六郎，你答應我的事，可別忘記；當然亦不必亟亟，只請你記在心上好了。」

「一定記在心上。」

這一夜李義山心事栗碌，但精神卻顯得相當亢奮；自知歸寢亦難入夢鄉，與其在枕上輾轉反側，不如將要寫的三封信寫了出來。

第一封是寫給委奴，十分簡單，告訴她調任京職，重聚在即，讓她整頓行囊，他隨時會派人去接她。

第二封是寫給妻子，也是請調京職的事，同時又一次勸她，不如來京團圓，極力申說，委奴對她一定會恪盡妾侍之道，尊以大婦之禮。

第三封是寫給令狐綯。主要是謝謝他的關照，因為在盧弘正面前，是令狐綯提起，他有調任京職的意願；這就等於變相的推轂，理當致謝。寫完三封信天色已將破曉，人也相當疲乏了，著枕入夢，這一覺睡得非常舒暢，起身以後，交代德興，洛陽與盩厔的信，送到驛站遞發；令狐綯的信，則命德興專程送達。

傍晚德興回家，帶來了令狐綯的覆信；信上只寥寥數語，為已聽溫庭筠談起他調職之事，這是盧弘正自己所作的決定，他不敢居舉薦之功。但最後一句話：「何時得暇、顧我小酌」，卻頗令李義山引以為慰，因為這便是令狐綯，並未拒人於千里之外。

他怎麼會遇見溫庭筠的呢？他心裡這樣在想，便又動了去訪溫庭筠一詢究竟的念頭。

「你不來，我也要差人去請你。」溫庭筠說：「今天一早，我忽發興，想去看令狐子初。我是想去看看他對你到底是怎麼回事？結果非常，你的機會來了。」

「什麼機會？」

「消散楚天疑雲的機會。」

據溫庭筠，他是作為路過順道來訪，閒閒談起李義山調職之事，表示李義山對他的照拂，頗為心感。

「子初似乎覺得你頗識好歹，臉上有欣慰之意。接下來便問你，近來有何新作？我說：『他近來似乎詩興不佳，只聽說他作了四首小詩；如果你要看，我可以帶信給他，讓他直接寫給你。』子初答說：『好！請你帶個信給他。』這不是機會嗎？」

李義山點點頭，沉吟了好一會說：「良朋愛我，令人感激。既然如此，我倒有個不情之請。」

「何謂『不情』？」

「將麻煩你再辛苦一趟，你把我這四首詩帶了去給他看。」

「喔！」溫庭筠的意思是，「如果他要問這四首詩意何所指，我就可以代你解釋了。」

「是的。」李義山問說：「你以為如何呢？」

「似乎痕跡太露。」

「我有一樁難處。」李義山說，「子初見了這四首詩，一定會有話問我，甚難措詞。」

溫庭筠細想一想，確是甚難；首先解釋那四首詩，就有很多礙口之處；其次是與他妻妹的那段孽緣的曲折變化，他自己亦很難表達，如果是第三者，便能暢所欲言了。

「也罷！」溫庭筠笑道：「『蓬山此去無多路，青鳥殷勤為探看。』我就再替你走一趟好了。」

「承情之至。」李義山致謝之餘，不免感慨：「我幸而還有良朋，不然這段豔情誣恨，只有帶入九泉了。」

「你先別這麼說，能不能如你我所願，尚在未定之天。」

「盡人事而無功，也就可以拋得開了。」李義山又說：「反正這個世界上，總還有你知道真相；這就是我唯一的安慰。」

「閒話不提。我先要請問，提到『畫樓』上的那位人物，我怎麼說？」

「能不談最好不談。」李義山說：「即便要談，亦請出以含蓄之詞。」

「這怕很難。好吧，我勉力為之。」

「這四首詩，自然是有感而發；甚至有所為而作。飛卿，」令狐緒問：「是他託你抄給我看的？」

「不——」溫庭筠故意否認，「我覺得既然是好朋友，為他辯誣，責無旁貸。」

「你又怎麼知道他是被誣？」令狐緒以微帶歉疚的神情說，「飛卿，恕我直言，別種誣，你可以為他辯；這一種誣，你的辯解，恐難以取信於人。」

溫庭筠笑一笑說：「大郎，你亦是以世俗眼光看我。我溫庭筠，平生別無所長；只有一樣，為人所厭，而自覺可取，就是說真話。對人如此，對己亦然，你們說我儇薄無行，好替人作槍手，我都承認。如果大郎真的了解我，就會覺得我說的話最可信。」

「好吧！我信。」令狐緒問道：「義山有一首牡丹詩，你知道不？」

「何能不知？」溫飛卿神采飛揚，倒像是談自己的得意之事，「這首詩是義山生平傑作之一，一氣流轉，真把牡丹的儀態萬方都寫出來了；聽說是在府上所作。」

「是的。」令狐緒又問：「這首詩的結句你還記得不記得？」

「『我是夢中傳綵筆，欲書花片寄朝雲。』」

「朝雲是誰？」

「這是被誣的由來。大郎，你要問朝雲是誰？我唸義山另一首七律中的兩句給你聽。」溫庭筠清晰而緩慢地唸：「『神女生涯原是夢，小姑居處本無郎。』」

「喔，這朝雲是指巫山神女？」

溫庭筠接著他的話說：「亦是小姑的身分。」

「那麼，小姑又是誰呢？」

「這——，」溫庭筠說：「亦真是義山的難言之隱。」

「你總知道囉？」

「是的。事關閨閣，我不便為大郎告。」

溫庭筠想了一下說：「這樣吧，我為大郎唸一句王摩詰的詩：『洛陽女兒對門居。』」

「原來『踰東牆而摟其處子。』」令狐緒對李義山的豔遇，大感興趣：「後來呢？始亂而終棄？」

「不錯。不過被棄的是義山。」溫廷筠說：「我再唸他的一首詩給大郎聽：『鳳尾香羅薄幾重，碧文圓頂夜深縫。扇裁月魄羞難掩，車走雷聲語未通。曾是寂寥金燼暗，斷無消息石榴紅！斑騅只繫垂楊岸，何處西南任好風。』」

令狐緒聽未真切，請溫庭筠寫了下來；細細參詳了好一會說：「上半首勉強可解，起兩句是趕製行李，三、四兩句是送行。後面四句，不知所謂。」他忽然抬眼問道：「這個洛陽女兒你見過沒有？」

「沒有。」

「應該是個圓臉？」

溫庭筠一楞，本想發問：何以見得？旋即領會，他是由「月魄」二字上猜想到的；同時省悟到一件事，暗暗為李義山高興──田二姨是瓜子臉，絕不能用「月魄」去形容。令狐緒留意及此，自然已經默識於心，李義山筆下的朝雲，另有其人，不會是田二姨。

「後半首呢？」令狐緒問：「義山總為你解過？」

「是的。大郎解前半首，大致不差，起兩句是趕製嫁妝；三、四句寫送嫁。後半首的關鍵在『斷無消息石榴紅』這一句上，原有密約，嫁後另圖幽會，時間是在榴開見子之時，但看到『扇裁月魄羞難掩』的模樣，才知道洛陽女兒喜新厭舊，此一去必是音信杳然。罷，死了心吧！不必再作策馬踐約的打算了。」

「層層曲折，虧他能把那麼幽微深奧的心境寫出來！才氣實在可驚。」令狐緒又問：「那『紫姑神』又是誰？」

原來他連「昨日」那首詩都知道。溫庭筠心想，這首詩中所透露的消息最多；看來誤會可以解釋得清楚，但必須以李義山的家庭祕密作代價。箭在絃上，不得不發，只好說實話了。

「這『紫姑神』不是指那家的妾侍，而是洛陽女兒未來的身分。」

「怎麼？」令狐緒無意中受了李義山那幾首詩的影響，對那圓臉的洛陽女兒，不知不覺地起了憐惜之心，因而關切地問：「竟是為人作妾？」

「比作妾略勝一籌，是嫁給人作次妻。」

「喔，」令狐緒一面想，一面說：「『昨日紫姑神去也，今朝青鳥使來賒』，看來還留得有信？」

「大概是吧。」溫庭筠漫然答應。

「『未容言語還分散，少得團圓足怨嗟。』上句自然是『車走雷聲語未通』的註腳；以下句來看，義山情深一往，似乎還沒有死心。」

「怎麼呢？」

「因為『賈氏窺簾韓掾少，宓妃留枕魏王才』，那洛陽女兒先是愛才，到有了韓壽，那怕才高八斗的陳思王，亦為她置諸腦後了。義山到後來知道了真相，自然灰心了。」

溫庭筠很巧妙地解釋了「宓妃留枕魏王才」，只是泛指，並不牽涉到曹氏兄弟為情敵一事。這個效果很好，令狐綯對李義山的誤會，已渙然冰釋了，但對他與洛陽女兒的那段情，卻是興趣不減，便又往下追問。

「第二聯很難解，怎麼叫『二八月輪蟾影破，十三絃柱雁行斜』？飛卿，你倒說我聽聽看！」

「下句無非指琴瑟復調；上句由『少得團圓』而來，二八者既望，每個月十六開始，月亮一天暗似一天，形容他跟洛陽女兒的那段情，逐漸淡忘，無足為慮了。」

「照這樣說，義山夫婦為了洛陽女兒，曾經琴瑟失調？」

「那是必然之理。」

「那麼那洛陽女兒是誰呢？」說到這裡，令狐綯突然頓住，然後失聲說道：「吾知之矣！」

「大郎知道是誰？」溫庭筠說：「試言其人。」

「彷彿聽說王節度使的小女兒，依姊而居；想來就是她了。飛卿，是嗎？」

溫庭筠微笑不答；不答就是回答。使得令狐綯探索其中原委的興趣更濃厚了。

「飛卿，你把他們離合的經過，細細說給我聽。」

「大郎，事涉閨閣，似乎不便。」

「這話出自他人口中，猶有可說；在以豔詞馳名天下的溫飛卿，亦有此語，大是奇事。」

這多少有激將的意味；溫庭筠考慮了一會說：「我們約法三章如何？」

「你說！」

「第一，出自我口，入於君耳，事情就算過去了，再也休提。第二，義山亦頗承厚愛，既有這段豔情誣恨，大郎應該為他洗刷。第三，義山頗寄望於八郎學士，得便請大郎為他推轂。」

「第一點，我遵辦。第二點跟第三點有聯帶關係；但為他洗刷乾淨，即不能不源源本本說清楚，豈不是又與第一點牴觸。」

「不然。」溫庭筠說：「大郎是方正君子，一言九鼎；只要說一聲：『朝雲在洛陽另有其人，內幕盡知，然未值為局外人告。』言以人重，自能取信。」

「好吧！」令狐綯又說：「其實告訴人也沒有什麼關係。」

「大有關係。」溫庭筠說：「第一，傳布此段豔情，適足授人以柄，尤其是在小人口中，振振有詞地說：『不是嗎？你們看李義山就是這樣儇薄無行的人；占了小姨的身子，還到處壞他小姨的名譽。』其次，這話如果傳到他小姨的夫家，說不定就會鬧出極大的風波；那作的孽就大了。」

「啊，啊，我倒沒有想到這一層！」令狐綯悚然動容，「此中委屈，我已盡知。義山是先公的得意門生，我一定替他辯誣。不過，話不能說得透徹；而且，在子直面前搬弄是非的小人，不一而足，所以能不能如願以償，卻無把握。」

「謀事在人，成事在天。」

「是的。足下為友朋謀，盡心盡力，十分佩服。飛卿，看來我以前是把你看錯了。」

「言重，言重！」溫庭筠心想，這是意外收穫；為人辯誣，連帶自己的形象也變好了，可見「為善最樂」這句成語，確是顛撲不破的格言。

「飛卿，請你帶個口信給義山，過幾天來看我。」

溫庭筠答應著起身告辭。進城以後，隨即來看李義山，將經過情形，細細告訴了他。有此結果，堪稱圓滿；相信過幾天去看令狐綯，會有進一步的好消息。

「前天我跟子直見了面。」令狐緒說：「你那兩首詩，我沒有拿給他看，因為情事複雜，說不清楚，不如不說。不過，我跟他說：蜚短流長，說義山如何如何，都是有意造作的讕言；義山是清白的，我可以擔保。看樣子，他是聽進去了。」

「是！」李義山站起身來，深深一揖，「你能為我極力洗刷，還我清白；感激之忱，無言可喻。」

「自己人，分所當為。」令狐緒的話頭突然一轉，「你跟盧京兆處得如何？」

「頗為相得。」李義山答說：「他說他或許會出鎮徐州，約我入幕。」

「你許了他了？」

「還沒有。」

「為什麼呢？」

「我跟內人這幾年會少離多，她又多病，憚於遠行；為此，我還躊躇未決。」

「你應該追隨盧京兆，不失為一條出路。」令狐緒停了一下說：「在京裡，恐怕一時沒有機會。」

李義山知道話中有話，令狐綯消除了對他的誤會是一回事；能不能薦他又是一回事。令狐緒的暗示，非常明白，令狐綯一時不能薦他，所以勸他從盧弘正出鎮。

「至於令正，你放心好了，」令狐緒又說：「不論在洛陽，還是在長安，有事我會照料。」

「承情之至。」李義山說：「你這麼說了，我明天就會告訴盧京兆，決定跟他到徐州。」

令狐緒點點頭問：「幾時納寵？」

「打算最近去接了她來。」

「有新寵照料你的起居，令正亦大可放心了。」令狐緒從一本書中抽出一個紅封袋，遞了過來，「既是納寵的賀儀，又是前程萬里的程儀。我話說在前面，不許不收。」

李義山接過封袋，躊躇了一下說：「卻之不恭，受之有愧。」

「別這麼說。」令狐緒問：「你要不要跟我同車進城？」

「我騎了馬來的。」

「那，我就不留你了。」令狐緒解釋原因：「有人薦醫，這位醫生，從不出診，所以我必得登門求教。」

「是。我告辭。」李義山說：「改日再來奉訪。」

「好，好！你挑個天氣好的日子，早點來，我們把杯看山，痛痛快快談一談。」

告辭上馬，在半路上茶亭中歇足時，他將紅封袋打開一看，裡面是十貫的寶鈔二十張。這份餽贈，頗為豐厚，一切費用都有著落了。

「德興，有錢好辦事。你看，該怎麼著手？」

德興盤算了一會說：「最要緊的是房子，這又要看娘子的意思，如果她不願意來，只添委奴母子兩個，現在的房子夠住了，稍微粉刷一下就行；倘或娘子搬了來，上上下下，大大小小，要添六口人，那就非另外找房子不可。」

「照這樣說，先得到洛陽問清了她的意思，才好安排。」

「是。」

「好，那就先談委奴這方面。」李義山說：「你明天就到盩厔去一趟，先看李主簿，然後接委奴母子。」

「接了來住在那裡？」

「自然是住在米海老那裡。」

「那得給他一點兒津貼。」德興又說：「我看這樣，郎君給她一筆錢，讓她自己去用；進門總也要有些全新的妝奩，才像個樣子。」

「好！」李義山隨即取了四十貫錢給他，「另外十貫，除盤纏以外，你看還有多少錢餘下來，辦一份豐腆的水禮替我送李主簿。」

「人家看重的是郎君的詩跟字。」

「當然，我要寫一幅字，也還有信，今天晚上我料理好了，讓你帶去。」李義山又說：「洛陽我叫阿新去。」

「不，不！要我去。他前後始末，弄不明白；娘子的脾氣是，什麼事不問得一清二楚，不會定主意。他去了，一問三不知，白跑一趟。」

「可是，你得到盩厔，替委奴搬家，不是三兩天的事。」

「有辦法。」德興真的有辦法，立即有了個很好的主意：「我把米海老帶了去，把話交代明白，由米海老接她們母子回來。我來去三天，一回長安，再到洛陽，既不耽誤什麼工夫，郎君在這裡也有阿新用，豈不妥當？」

「說得也是，就這麼辦。」

原來德興要討這樁差使，另有盤算，他自從聽了阿新說阿青「細皮白肉，身上凹的地方凹；凸的地方凸，真正一等一的好身材」這番形容以後，不免動心，等回到了洛陽，細看果如所言，便在阿青面前大獻殷勤。阿青對他亦不似以前那樣拒人於千里之外；加以紫雲的拉攏，所以對他有說有笑，頗假詞色。因而德興念念不忘，一直想再有個接近的機會；如今機會來了，豈肯交臂而失。

但在阿新，這也是個機會，「上回是你去，這回該輪到我了。」他說：「不能好差使都讓你一個人占了。」

「不是我搶差使，這差使你辦不了。」德興又說：「我知道你的心事，你放心好了，如果娘子願意來，你跟紫雲馬上就可以見面；萬一不肯來，我會想法子說動娘子，把紫雲派到長安，作為娘子的耳目，那一來，你還不是天天跟紫雲膩在一起？」

「你不是哄我？」

「我為什麼要哄你？」德興又說：「我跟阿青的事，還要靠你跟紫雲替我敲邊鼓呢？」

這句話說得再透澈不過了，阿新便不再跟他爭。當夜到西市找到米海老，略說原委；米海老自是樂於同行，但他有他的生意要料理，次日即行，萬萬來不及，約定第三天午後上路。

「朝命不日可下。」盧弘正說：「李十六兄，承你不棄，願助一臂，我十分感激。不過，我亦深知疾病纏身之苦；倘或嫂夫人離不開你，我絕不勉強。」

「主公厚愛，感何可言。我已遣小价到洛陽，問內人的意思。我想，無論內人能不能隨我東行，我都會有妥善的安排。只是年內恐不能成行。」李義山加重了語氣說：「來年早則二月，遲則春暮，一定會到徐州。」

「太好了。我們一言為定。」

賓主談得非常融洽。盧弘正留李義山小飲，席間出示他父親盧綸的詩稿；話題便更不愁枯竭，直到月上東山，方始散席。

策騎回家，發現德興已較預定的日子，提前一天回到長安。李義山不知道他急於想去洛陽，不免略感訝異。

「你何以這麼快就回來了？」

「我一到就去見李主簿，呈上書信禮物；李主簿派人帶我到委奴住處，我把三十貫寶鈔交了給她，事情亦都交代明白，以後是她們姊弟的事了。」

「喔，」李義山問：「委奴怎麼樣？」

德興不解所謂，「什麼怎麼樣？」他問。

「她的近況。又譬如母子相聚，是不是很高興？」

「那是一定的。」

「委奴有沒有將她自己的事，跟她兒子談過？」

「我不知道。」

話一出口，他才發覺自己這回辦事，跡近荒唐。主人對委奴當然很關心，希望從他口中獲知消息；而自己一心在阿青身上，所以話都顧不得多說，連夜賦歸。這樣子對主人實在不好交代。

他很機警，念頭一轉到，便有了掩飾的話，「我本來想問的。」他說：「後來覺得不大好措詞，所以沒有問。不過，我想一定告訴他了。」

「阿利呢？你看他怎麼樣？」

「比在他舅舅那裡胖了些。」德興說道：「這也是可想而知的事，孩子們一到了父母身邊，自然兩樣了。」

這一說勾起李義山的舐犢之情，「你這趟回去，最好能說動娘子到長安來住。」李義山說：「她如果真的不肯來，我想把委奴帶了去讓她看看？」

「郎君能請得准假嗎？」德興問說：「府裡的奏章怎麼辦？」

「盧公快要出鎮徐州了。我晚點去，正有一段空閒日子，可以回洛陽。」

「是。」德興想了一下問：「郎君到徐州，是不是接了娘子一起去？」

「那要看她的意思。」

「我看娘子不願意出遠門。」德興又說：「既然如此，娘子也根本不必到長安來了。如今是兩個辦法，一個是接了娘子，直接從洛陽動身往東走；一個是娘子不肯去，仍舊住在洛陽，郎君帶了委奴去服侍。」

「嗯，嗯，你說得不錯，娘子移居長安，全無必要。只看這兩個辦法，由她來挑一個。」

「如果娘子仍住洛陽，我跟阿新就得去一個留一個；郎君是帶誰去？」

「自然帶你。」

「是。我心裡有數了。」

「怎麼？」李義山問：「你是有什麼打算嗎？」

「不是為我。」德興答說：「是為阿新。他今年二十二了。」

遽聽不解所謂，細想一想方始明白；「他二十一，你比他大三歲。男大當婚，我心裡也有數。」

李義山說：「我會跟娘子商量。」

李義山倒是將這件事看得很認真，這晚上為他妻子寫信，便提到了這件事。不過，他只知道阿青跟德興有芥蒂；不知道情形已經不同了，更不知阿新跟紫雲已打得火熱，所以在信上主張將阿青配給阿新，而以紫雲為德興作配。當然信上的話，德興是不會知道的。

「令狐大郎待郎君很不薄，送了兩百貫。這裡是五十貫，叫我帶回來的家用。」德興又說：「郎君交代，娘子不必太儉省，該花的儘管花。」

「他說得容易，以後是支持兩個門戶，不省著行嗎？」說著，李夫人又是一陣劇烈的咳嗽。

德興心想，照此口氣，是決定仍住洛陽了；但仍舊要把話說清楚，「娘子，」他說：「郎君要調到徐州去了。這回特為要我回來，要接娘子一起到徐州。」

「喔，怎麼會調到徐州？」

「是盧京兆邀郎君入幕。」德興將經過情形約略說了一遍。

李夫人微感詫異，「令狐八郎拜相了。」她問，「倒沒有薦郎君？」

那「楚天雲雨盡堪疑」的情況，德興在李義山與溫庭筠談論時，亦略有所聞；但不宜告訴李夫人，所以只簡簡單單地答了兩個字：「沒有。」

「為什麼？彼此這樣的交情，令狐八郎得意了，倒不拉他一把？」

「大概一時還沒有機會。」德興又說：「跟了盧京兆也很好，大家都說他遲早也會入閣拜相。」

李夫人似乎沒有注意他這話，仍是關心丈夫與令狐綯的關係，「郎君是不是常到晉昌坊去？」她問。

「不大去。」

「感情疏遠了？」

「看樣子是比以前疏遠了一點。」德與加了一句：「令狐八郎身邊有小人，妒嫉郎君。」

李夫人不作聲，好半晌嘆口氣說：「他都是恃才傲物的脾氣害了他。」

「娘子，」德興故意這樣說道：「你該把身子早點養好，明年春天好跟了郎君到徐州。」

「我不會去的。死在他鄉，不如死在洛陽。」

出語不祥，德興黯然不知所對；沉默了一會，李夫人問起委奴。德興據實而答，已經由米海老去接她了。

「此人的性情，到底如何？」

「性情是不錯的。不過，」德興乘機說道：「到底如何？我們在外頭的人，不大看得出來。娘子何妨派紫雲到長安，細細看她個十天半個月就知道了。」

已經看了信的李夫人笑道：「你喜歡紫雲？」

「不是，不是。跟我沒有關係。」

「那你為什麼不說派阿青？」李夫人問：「你仍舊在恨阿青？」

「不恨，不恨！」德興極力分辯，「我為什麼要恨她？」

「那好！」李夫人又笑了，「郎君懵懵懂懂，一點都不明白他們的事。」

德興不知她在說些什麼，只好默然不答。

「郎君會不會回來過年？」

「會，一定會。」

「那好！你們的事，等郎君回來了，我自有道理。」李夫人停了一下說：「徐州，我決定不去；讓委奴跟了郎君去好了。」

「是。」

「你說派紫雲去看看委奴為人到底怎麼樣，可以不必。不過，紫雲我另有用她之處。」李夫人問：「你預備什麼時候回長安。」

「聽娘子的吩咐。」

「你不必耽擱太久。我想叫紫雲去看看十七姨，你把她送了去。」

「是。」德興問道：「送到以後呢？」

「看十七姨的意思。如果要留她多住，你就回長安；十七姨會另外派人送她回來。倘或只住三、五天，你就在那裡等一等，把紫雲送回來。」

「娘子，我看這樣，我把紫雲帶到長安。年下郎君帶了委奴來見娘子，再一起回來，豈不兩面都顧到了？」

「再說吧！」

等德興退了下去，李夫人隨即找劉二娘來商量，將李義山為德興與阿新婚配的事，告訴了她，向她討主意。

「郎君不知道阿新跟紫雲好，亂點鴛鴦譜。」劉二娘說：「我剛才聽見德興說，他不恨阿青；不知道阿青是不是仍舊在嫌德興?娘子何妨問一問她?」

「問她,她一定仍舊那樣子嘴硬。阿青的脾氣很僵,莫非你還不知道?」李夫人又說:「你替他們拉攏,拉攏。」

劉二娘沉吟了好一會說:「有個法子最靈。娘子改派阿青去看十七姨;叫德興送去。德興果然不恨她,一路上自然會獻殷勤,那就用不著旁人來拉攏了。」

「好!這個法子也顧到了紫雲跟阿新。」李夫人深深點頭:「德興的花樣很多,倘或路上跟紫雲出了什麼花樣,事情就麻煩了。」

每回德興或阿新從長安來,在下房中都有個小小的聚會,由紫雲或阿青添兩樣菜,沽一瓶酒請他們,一則算是接風,再則也聽他們談談長安的新聞。

這天是阿青下廚,入座時聲明:「我是替紫雲餞行。」

正在替她跟德興拉攏的紫雲,怕德興聽了這話不悅,氣氛就會變樣,所以趕緊接了一句:「也是替你接風。」

德興非常知趣,「不管是替你餞行,還是替我接風,反正牛心炙是我最愛吃的。」說著,夾了一塊烤炙的牛心,送入口中,大嚼了兩口,連連稱讚:「阿青的手藝,越來越高明了。」

「少來奉承!我不領情。」阿青說道:「我是看牛心新鮮才買回來的,不管你愛吃不愛吃。」

越是這樣撇清,越顯得她有心。德興向紫雲作了個會心的微笑,低頭大嚼。

「別那樣窮形極相!」阿青說道:「你等劉二娘來了再吃也不遲。」

「來了,來了!」是劉二娘在外面接口。

德興便站起身來,扶著她坐下,為她斟了一鍾酒說:「劉二娘,我替你帶來一塊虎骨,泡酒來喝,能去風濕,靈驗得很。」

「難為你。」劉二娘看著肴饌問：「是紫雲做的菜？」
「不是。是我。」阿青說道：「我替紫雲餞行。」
「紫雲怎麼？」
「不是娘子叫她去探望十七姨嗎？」阿青問。
「你弄錯了！」劉二娘說：「娘子是派你去。」
此言一出，無不大感意外，但各人的想法不同，紫雲失去一個與阿新相晤的機會，不免失望；阿青則頗為困惑，不知為何有此變化；而德興自然是暗喜在心。
「怎麼叫我呢？」阿青說道：「理當紫雲去才是。」
「沒有甚麼理當不理當？『吃人一碗，聽人使喚。』」
「總有個緣故吧？」
「要問緣故，我告訴你，阿衮離不開紫雲。」
原來小美、衮師姊弟二人，各有所親；但比較起來，小美卻真是離不開阿青。
「我走了，小美會鬧。」
「鬧也不過鬧一兩天，多哄一哄就沒事了。」劉二娘向德興說道：「阿青不比紫雲，很少出遠門；一路上，你要多照應她。」
「當然，當然！那還用說嗎？」
說著，德興抬眼偷覷阿青；不道她也正好抬起頭，視線一碰，她受驚似地趕緊轉臉。
「劉二娘，」阿青說道：「請你跟娘子說一說，探望十七姨，還是讓紫雲去好。紫雲陪伴十七姨好幾年，她們見了面，有好些老話可以談。」
「那些老話，還是不要談的好。」

阿青默然；看著紫雲，原意她自己提出要求。但紫雲已從劉二娘的話中，聽出因頭，這樣安排是有深意在內的。如果德興跟阿青能成好事，自己得以與阿新同諧白首，便也成定局了。

由於是這樣的想法，所以反而慫恿阿青，「你不大出門，去逛逛多好。」她看著德興說：「你不要口是心非，嘴裡說照應，在路上將阿青丟下來不管。」

「那裡會有這種事。不過，你這樣說，我倒要問問，路上要怎樣照應，才算周到。」

「你問阿青。」說著，紫雲推一推阿青。

阿青卻很快地答一句：「不知道。」

紫雲想了一下，要開玩笑了，忍著笑說：「她不大出遠門，所以宿店的情形不知道。我來替她說：第一，早晚上車，你要替她提行李，扶她一把。」

「那當然。」

「第二，住店，你要睡在她房門外面。」

「房門外面怎麼睡？」

「打地鋪啊！」

「你別瞎說。」劉二娘接口，「都是爛泥地，怎麼打地鋪？住得近，晚上多留意一點就是了。」

「這才是。」德興又問：「還有呢？」

「旅店都是大廚房，亂糟糟的；阿青不方便去，所以你要替她打洗腳水。」

「去你的！」阿青啐著，推了她一把。

「這倒也是實話。」劉二娘說：「有的旅店，只有一兩個夥計，忙不過來，不如自己動手，來得省事。」

「好！我動手。」

「阿青啊，」紫雲格格地笑著：「你好福氣，連洗腳水都有人替你打。」

阿青頓時漲紅了臉，「你呢，」她反脣相稽，「還不是有阿新替你打。」

話一出口，她才知道失言。紫雲與阿新相愛，是個公開的祕密；自己這樣相提並論，豈不表示也愛上了德興？轉念及此，益發羞得抬不起頭來。

「德興，」劉二娘問道：「你打算那天動手。」

「我沒有事，隨時好走。就看阿青了。」

「你聽，」紫雲又推一推阿青，「人家多體恤你！」

阿青惱了，一言不發，站起來就走；劉二娘便埋怨紫雲：「你開玩笑，也要有點分寸。阿青臉皮薄，不像你瘋慣了的，甚麼都不在乎。你看，好好兒吃著喝著，這一下弄得多沒趣。」

阿青就在門外，聽得這話，心裡舒服得多。想想真的弄得一座不歡，也沒有甚麼意思，便繃著臉，復又走了回來。

「好了，好了，開開玩笑，你別生氣。」紫雲說道：「我們談談正經，你打算那天走？」

「我怎麼知道？要問娘子。」

「總得要預備、預備。」劉二娘接口：「去看親戚，也不能空手上門；看看要打點甚麼禮物，起碼也要三、五天以後。」

「對了！」紫雲說道：「我總也要給十七姨捎點東西，盡盡我的心。阿青，你看給十七姨捎點甚麼去？」

看她好言商量，阿青就不便再擺出負氣的臉色，「最好是繡點甚麼東西。不過，」她遲疑了一下說：「來得及嗎？」

「那要看繡甚麼？繡一件襦，當然費事；繡一雙鞋面，不過兩三天工夫。」

「我看你也不必費事了。」阿青答說：「我今年夏天沒事，繡了一件襦，作為你送她的好了。」

「那怎麼行！這是你——，」紫雲驀地裡頓住，她本來想說：這是你自己的嫁妝。但想到此言一出，又會招致她的不悅；所以停了一下，改口說道：「你何不用你自己的名義送十七姨。」

「我跟十七姨，還不到那樣的情分。」阿青又說：「我送她繡襦，你又該送她甚麼呢？」

「這話不錯。」劉二娘接口說道：「做人總要分得清親疏遠近，才合道理。」

這就顯得阿青的見識比紫雲高明；默然在一旁靜聽的德興，覺得心裡很舒服，不由得就斟滿了酒，大喝一口。

「可是，我送了她繡襦，你也不能空手啊！」紫雲想了一下說：「這樣吧，我繡一雙鞋面，作為你送她的，好不好？」

「這樣交換很好。」德興插了一句嘴。

阿青看了他一眼，沒有作聲；紫雲笑道：「好是好，不過我占了便宜了。」

「自己好姊妹，何必分彼此？」

「咦！」紫雲這回把玩笑開到德興身上，「你的口齒是越來越伶俐了。不過，阿青有話，自己會說，何用你來代勞？」

德興卻不會像阿青那樣紅臉，「我是一視同仁。」他笑笑說道：「要替你說話的時候，我也會代勞。譬如對——。」

「好了，好了！」紫雲知道他要提到阿新了，「多喝酒，少開口。」

這下算是替阿青稍稍出了口氣。她得意地看一看阿青，不自覺地又轉臉來看德興。

「閒話少說，」德興問道：「你看是那一天走？」

「要問娘子。」

「娘子不會有意見的，你說那一天就是那一天。」劉二娘說：「紫雲繡一雙鞋得三天的工夫，那就在三天以後挑日子。紫雲，你拿曆書來看。」

曆書拿來，她也看不明白。不過，不識字的人看曆書有個訣竅，行事那一欄，記得越長越好；如果只有四個字，必是「諸事不宜」的破敗日子。

等接過曆書，她轉交給德興，「今天是初八，」她說：「你從十一開始，替我唸一唸，看那天是好日子。」

於是德興一天一天唸，唸到十四是：「宜長行、會親、行聘……。」

「好了！」劉二娘突然打斷，「就這天好！你們十四走吧。」

第二天告訴了李夫人，她自然同意；阿青便問：「我去看十七姨，要待多少日子？」

「那要看十七姨。」

「十七姨難得有娘家人去，自然要留她多住幾天。」劉二娘說：「這是想得到的。」

「我說要看十七姨，不是這個意思。」李夫人說：「是看看她的境況，他們夫婦和好，上下也都和睦，可以放心，那樣，看了就可以走了；倘或有甚麼不如意之處，得聽她細談，自然要多住些日子，拿十七姨的難處都弄明白了，回來好想辦法。」

聽這一說，阿青頓感責任艱鉅，「這得劉二娘去才好。」她說：「我怕看不出來。」

「這那裡會看不出來！」劉二娘說：「一看就知道了。」

劉二娘是天氣漸寒憚於遠行，所以把話說在前面；不過李夫人倒覺得她的話，不無考慮的餘地。不過她也深知劉二娘的心意，想了一會對阿青說：「你在那裡不必多住，待兩三天就走。十七姨一切平安，自然最好；倘或有甚麼不如意，咱們另想辦法，或者明年春天暖和了，由劉二娘去一趟，或者乾脆把十七姨接回來。」

「是！」阿青答說：「那就讓德興在那裡待兩三天，仍舊送我回來。」

「回來幹甚麼？你跟了德興到長安去。」

「到長安又是幹甚麼呢？」

「看看新姨娘啊！」李夫人又說：「將來你們相處的日子會很長；趁現在早下點工夫，才好相處。」

這是很強烈的暗示，因為委奴要跟到徐州，而德興是李義山少不得的人；這樣，阿青嫁了德興，不就是要跟委奴日夕相處？

聽得這話，阿青有話想說；但礙著劉二娘與紫雲，不好意思出口，只好另找時間，私下跟李夫人傾訴心曲了。

不過，有句話此刻是可以說的：「如果十七姨境況不如意，要劉二娘去細談，或是派人接她；我如果不回來告訴娘子，可怎麼知道呢？」

「那也不忙！你到長安寫信告訴我好了。反正最晚到年下，你跟郎君一起回來，我總可以知道了。」

「是啊！」劉二娘接口，「就要想甚麼辦法，也是明年春天的事了。」

談到有了一個結果，劉二娘與紫雲都退了下去。到得深夜，阿青將孩子們都哄得睡下了，服侍李夫人卸妝時，開口問道：「娘子怎麼說，我跟新姨娘相處的日子會很長？」

「你不也會到徐州去嗎？」

「叫我去服侍新姨娘？」她說：「那我可不願意。」

「不願意也沒有辦法。嫁雞隨雞！」李夫人急轉直下地說：「德興很有出息，他也很喜歡你；嫁了他，你的日子一定會過得很舒坦。」

阿青不作聲。不過李夫人從鏡中看到她嘟著嘴，是一臉不情願的神氣，少不得還要問問她。

「你到底對他是怎麼個看法？覺得他那裡不中你的意？」

「我也說不上來。反正不情願就是了。」

「你還是那點成見去不掉。」李夫人對他們的情況很樂觀，覺得這時候不妨採取開明的態度，「好吧，男女之間的情分，本來就很難說。這件事，我暫且不說；好在你跟德興在長安還有一段日子，真的到那時候還不願意嫁他，我也不勉強你。不過，我可告訴你，易求無價寶，難得有情郎。你最好不抱成見，冷眼旁觀；有道是觀人於微，小地方最容易見真情。看德興是真的對你好，還是只看上你相貌齊整？」

最後這段話，阿青倒是聽進去了；從這天起，便暗中留意德興的舉動，但幾天的工夫，卻還看不出甚麼來。

「你明天要走了。」紫雲問說：「穿甚麼衣服上路。」

「還不就是身上的衣服嗎？」

「你該穿件綢衣服，別露出低三下四的身分來。」紫雲又說：「我已經告訴德興了，叫他穿件長袍。」

「就算我扮成小娘子，他扮成書生；走在路上，他叫我阿青，我叫他德興，旁人一聽就知道他跟我是甚麼身分了。」

「你們不會把稱呼改一改。」

阿青心想，現在那裡談得到改稱呼？因而默然不答。

紫雲知道她誤會了，「我不是說改別樣稱呼；改那個稱呼，起碼也是過年的事。」她說：「我的意思，你們兄妹相稱，一路上不是方便得多？」

阿青臉一紅，自慚想得太遠了。她心裡在想，此去宿店，少不得彼此穿房入戶，若是不用兄妹的稱呼，會引起旁人的誤會猜測，反為不美。心裡是同意了，但知自己必然靦腆地開不出口，因而仍是保持沉默。

「怎麼回事？老不開口？」

「你想，」阿青苦笑道：「怎麼叫得出來？」

「有甚麼叫不出來？你看我。」

當時便將德興找了來，問他在家行幾？德興答說行二。

「我在家是老大。我叫你二哥，你叫我大妹！」紫雲神氣地手一指：「你先叫！」

「好！大妹子。」

「不要加個『子』那是對外頭人的稱呼。光叫大妹！」

「大妹！」

紫雲立即接口：「二哥，你找我？」

「對了！我找你。」

「為了路上方便，阿青算是你的妹妹；她行三，你叫她三妹。」

「好！」

「現在就改口。」紫雲命令著：「叫！」

德興稍微遲疑了一下，叫一聲：「三妹！」

阿青窘笑著不作聲；紫雲便即推一推她：「答應啊！像我剛才那樣。」

連聲催促之下，忸怩的阿青，終於作了跟紫雲同樣的回答：「二哥，你找我？」

「對！三妹，我找你。」德興說道：「叫開頭，就不難了。」

真的，一叫開了頭，就不覺礙口了。先是在李夫人面前，仍舊互叫名字；後來是小美告訴她母親：「德興是阿青的二哥；阿青是德興的三妹。」李夫人問明了原因，自然也是鼓勵的，於是「二哥」、「三妹」越叫越熟，出口時絲毫不覺得有何異樣的感覺了。

德興騎馬，阿青坐車，車中除了兩人的行李以外，裝滿了送楊家上下的土儀。有時德興跨轅，空馬隨在車後，阿青無事，只看著那匹「菊花青」欵漫而行，心裡忽然有個衝動，敲著車篷喊道：「停一停，停一停！」

「甚麼事？」

「二哥。」阿青笑道：「這裡路很寬，也沒有甚麼人，我想騎一騎你的馬。」

「你以前騎過沒有？」

「沒有。」

「算了，算了！三妹，這不是好玩兒的事。這匹菊花青專會欺生。」

「我倒不信，莫非騎一回就會摔下來。」

「你到了長安，倒問問阿新。」德興說道：「他一直騎到第四回，那匹馬才跟他講交情。」

「你別瞎扯了，馬也會講交情？」

「怎麼不會？馬通靈性的。三妹，」德興好言慰藉，「到了長安，我來找匹脾氣好的馬；一定讓你過一過癮。今天，你就別騎了，出了事，叫我怎麼辦？」

不說出了事他擔不起責任，卻說「叫我怎麼辦？」其中含有痛苦的意思；阿青無法再堅持了。

「走吧！明天你就能見到十七姨了。」

當天到了盧氏，大雨傾盆，在車中的阿青還好；馬上的德興，衣履盡濕，到了客店，不巧的是只剩下一間屋子。德興便要另外找店，夥計勸道：「家家客滿，還不如我這裡，至少還有一間房。客人，這位堂客，是你甚麼人？」

「是我妹妹。」

「同胞手足，住一間房怕甚麼？」夥計不由分說，管自己動手替他們卸行李。

「沒有法子。只好將就了。」德興苦笑著對阿青說。

「閒話少說。」阿青指著他身上說：「你得趕緊把濕衣服換下來，這麼冷的天，會受病。」

到了屋子裡，一個大土匠、一張新木桌、兩張破凳子。幸好鋪蓋是油布包著的，並未打濕。

阿青一面解鋪蓋，一面交代。

「夥計，勞你駕，趕緊生個火盆來；柴炭錢另外照算好了。」

「好！」夥計問道：「兩位吃甚麼？我早點交代廚房，今天下大雨，客人都在店裡吃飯；晚了，飯菜都賣完了。」

「有甚麼吃甚麼，別忘了帶瓶酒！」阿青格外叮囑：「務必先把火盆送了來，能有熏籠最好。」

等夥計一走，阿青交代，將門窗都關了起來，同時手下加快，將寢具都鋪設好。回頭一看，德興已凍得瑟瑟在發抖了。

「快把衣服都脫下來，鑽到衾中去睡！」她命令著，然後將身子背了過去。

「都脫？」德興問說。

「你的內衣濕了沒有？濕了還不脫？」阿青嗔道：「虧你問得出來！」

德興自己想想也好笑；很快地脫得精赤條條，鑽入衾中，口中說道：「好了。」

有這一聲，阿青才轉臉過來，望著雜木桌上的一堆濕衣服，手捏了一把，皺著眉說：「雨水把棉絮都滲透了，不知道甚麼時候才能烤乾？」

「我箱子裡有內衣。回頭光烤袍子好了。」

於是阿青開了他的箱子，取出一套內衣，遞了給他；德興卻從衾中伸出手來，一把握住了她的手。

「我摸摸你的手，冷不冷？」德興陪著笑說。

「幹嗎？」

「摸過了，該放手了吧！」

德興拉緊了她的手，親了一下，方始鬆開。門上也就響了，夥計端來一個火盆；「熏籠可沒有。」

他又問：「飯食是不是就送來？」

「行！」

這時德興已將內衣在衾中摸索著穿好了，「要不要我起來幫你？」他問。

「你不怕凍死？」阿青問。

「從來沒聽說火盆旁邊凍死過人。」德興道。

阿青笑了，「等一下。」她說：「等你身子暖過來，火盆也旺了，那時候再起來。」

德興便睡在床上，靜靜地看她烘衣服，口中有一搭沒一搭地找話說；阿青有時回答，有時沉默。

「你把身子轉過來，好不好？」

「為甚麼？」

「讓我看看你的臉。」

阿青不答，不過，停了一下，她還是將凳子移到火盆另一面，臉朝德興；火光映照，色如朝霞。

「三妹，」德興說道：「你的臉，像抹了胭脂。」

「廢話，火這麼烤著，臉有不熱得發紅的嗎？」

「你是不是嫌熱？」

「熱也沒有法子。」

「我跟你換班。你息一會兒，我自己來。」

「算了，等火再旺一點兒。」

「不要緊！」德興欠身而起；恰好窗縫中吹來一陣風，不由得便打了一個噴嚏。

「好了，好了！趕緊睡著吧！受寒得了病，你又給我添麻煩。」

聽這一說，德興便不敢硬充好漢，仍舊臥入匠中，鼻子裡息率息率地，已有傷風的模樣了。

「是不是，你就是不聽勸。」說著，阿青將衣服放在一旁，起身走向門口。

「你幹嗎？」

「我去找個銚子來燒水。你得喝點熱茶湯，才能卻寒。」

「回頭等夥計送飯來——。」

一語未終，門外夥伴接口：「飯送來了。」

門啟處，夥計端來一個托盤，上面一盤饃、兩樣菜，是白煮羊肉、炒野菜，一葷一素，另外還有一瓶酒。

「夥計！」阿青說道：「勞駕幫個忙，把桌子移過去。」

兩人合力將雜木桌移到土匠前面，然後又移火盆；最後請他拿銚子來燒水。

「這下好了，暖和得多。」說著，德興又要坐起來。

「你別動！」

阿青打開自己的鋪蓋，拿出她的一床衾來；然後才讓他坐起來，將她的衾披在他的肩上。

「真是香衾！」德興撈起衾角，使勁嗅了兩下。

「作死！」阿青罵了一句：「你再這副樣子，看我理你！」

德興得意地笑著，撈起酒瓶，先嘴對嘴喝了一口說：「有這瓶酒下去，我就不怕傷風了。」於是德興喝酒，阿青吃飯；不一會夥伴送來一個裝滿了水的銅銚子，等燒開了，阿青將隨攜的魚乾泡了一碗湯，吃得就更香了。

「你慢慢兒吃吧！」阿青只吃了一個饃，便擱箸了，起身又去烤衣服。

「三妹，你今天可真是受累了。」

「一路上都是忙這忙那的，今天我累一點也是應該的。但盼明天放晴就好了。」阿青停了一下問說：「我自然是在十七姨那裡睡兩三天；你呢？是住在楊家，還是仍舊住在這裡？」

「我仍舊住這裡。在楊家作客，上不上，下不下，人家尷尬，我自己也彆扭，不過，」德興微皺著眉說：「只怕晚上會睡不著。」

「為甚麼？」

德興不答，只慢慢地喝著酒，神色茫然地望著空中。

「怎麼不說話。」

「我說了，你會罵我。」

「你別老以為我會說你。」阿青說道：「只要你不是油腔滑調，我為甚麼罵你。」

「你說我油腔滑調，其實我是心裡的話。」

「那就說給我聽聽！」

「說實話，我怕我有半天不見你，心裡就會放不下。你住在十七姨那兒兩三天，我想你會睡不著。」

阿青抬眼看了看他，憂愁滿面，倒像真的分了手，思而不見的神情，便不忍呵斥他了。

「三妹，我想問你句話，你願意不願意老老實實回答我。」

「那要看甚麼話？」

「當然是我們兩個人之間的事。」

「不！」阿青斷然決然地說：「我還不想談這件事。」

「那麼要到甚麼時候才能談呢？」

「到我想談的時候。」

「可是，」德興緊釘著問：「我怎麼知道你甚麼時候才想談呢？」

「你不會拿眼睛看？」

德興想了半天，下定決心，「好！」他說：「我有耐性！總有等到你自己來跟我談的一天。」

「對了！這算你聰明。」

這一夜，德興與阿青同榻異衾，各睡一頭，德興意馬心猿，到得愛慕之心最熾烈時，忍不住連衾帶人，緊緊摟著。這一下，自然將阿青驚醒了。

「你幹什麼？」

「我想你想得睡不著。」德興央求著，「讓我隔著衾抱一抱你。」

阿青不作聲，顯然是默許了。德興便抱得愈緊了；心裡正在忖度，如有進一步的行動，她將會有怎樣的反應時，只聽阿青冷冷說道：「夠了！放手。」

平靜的聲音，卻是有極大的權威，德興乖乖地放開手。阿青卻披衣下了匟，從銅銚子中倒出來一碗冷開水，走到德興面前。

「把這喝下去！你就舒服了。」

果然，等他坐起來將這碗冷開水一口氣喝完，熱衾頓披在德興身上，溫柔地說：「我已經一覺睡足了；你如果睡不著，我們說說話。」

「好啊！」德興答說：「你居然能一覺睡足，我真服你。」

「為甚麼不能？」

「我總以為你跟我睡在一起，心裡會東想西想，或者怕我不規矩，不容易睡得著。」

「我才不怕你不規矩。」阿青一探手，不知從那裡掏出來一個小小的長形皮袋；裡面是一具牙柄的小刀，銀光閃閃，鋒利非凡。

德興駭然，「你就帶著這把刀睡？」他問。

「不錯。」

「為了防我？」

「也不光是防你。不過，今天晚上，當然是防你。」德興倒抽一口冷氣，以手加額，「虧得我不是太糊塗。」他說：「否則，挨了你的刀子，有冤沒處訴呢！」

阿青笑笑不作聲，將刀入鞘，隨手往雜木桌上一丟；似乎撤除戒備了。

「你餓不餓？」她說：「肚子餓也會失眠；我替你弄點吃的東西，吃了睡覺，明天好去探親。」說著，她又拾起小刀，將吃剩下的饃，切成薄片，用刀尖挑著，就炭火上烤得微黃，然後夾一片羊肉，又再倒碗水，一起拿給德興。

「同樣是一把刀，」他說：「這會兒我一點都不怕，只覺得可愛。」

「人也是一樣。」

聽得這話，德興樂不可支；不免又有些得意忘形了，「三妹，」他說：「我覺得我們好像是患難夫妻。」

阿青鼻子裡「哼」了一下，欲言又止；而就在此時雞鳴了。

「睡吧！」她說：「天快亮了，你不睡明天怎麼辦事？」

「『寒雞午夜啼』，天亮還早。」

「早也要睡，你不睡我可不陪你了。」

說著，阿青用炭灰浮蓋火盆；燈燄也撥小了，德興發現她的小刀仍在桌上，便笑著問說：「你不帶刀睡？」

「你不是說是患難嗎？我想你也不至於乘人之危。」

這等於默許願嫁；德興喜不可言，想選句甚麼話表達心境，卻怎麼樣也找不出合適的話。

德興最後說了句：「這下我睡得著了。」說完，身子向下一縮，蒙頭而睡。

這一覺睡得很沉，醒來時晴日滿窗，只見阿青已梳洗得頭光面滑，正在檢點送楊家的禮物。

「睡得真舒服。」神清氣爽的德興從側面望去，看到阿青的臉上燦若朝霞，不由得又輕狂了，「你真像個新娘子！」他說：「我自己覺得像個新郎倌。」

「你可小心我那把刀！」阿青冷冷地答說。

「我不在乎！死在你手裡也值。」

「別說瘋話了。」阿青正色說道：「我們商量商量正事，回頭怎麼去法？」

德興一楞，「自然是你坐車，我騎馬。」他說：「莫非走了去？」

「我不是這個意思。」阿青遲疑著。似乎不知從何說起。

原來阿青是不願德興以僮僕的身分出現在楊家。世家士族，皆守禮法，探望故主，自然穿著舊日衣飾，倘或德興是以前的德興，與她毫不相干；如果在她心目中，彼此的名分已定，她是青衣侍兒，卻不願人知道她未來的夫婿亦是低三下四的人——縱令沒有任何人知道他們的關係，但她內心中仍感到對德興、對她自己是一種屈辱。這種心境很難表達得恰到好處，因而一向理路清楚，言語犀利的阿青，竟訥訥然無法出口了。

「你倒是說啊！」德興有些著急了，「你心裡的意思，不說出來，我怎麼知道？」

「這樣，」阿青決定不講原因，只是指揮行動：「你光送我到楊家，不必見十七姨了。」

「為甚麼？」

「別問。」

「好！我就不問。不過，我要打聽你的消息呢？」

「你也別到楊家去打聽，有甚麼事，我自會想法子通知你。」

「是了。我就在這裡傻等。」

聽他微有怨懟，阿青不免歉然，想了一下說：「你儘管到處去逛逛，明天午後，我回來一趟；到那時候，十七姨是怎麼個情形，你都知道了。」

「這還差不多。就這麼辦吧！」

「還有，」阿青又說：「車伕跟我說：只能等三天。又說，最好讓他回洛陽，只收一半的車價。看樣子，他在這裡兜攬到了回洛陽的旅客。你看呢？」

從洛陽到盧氏，再從盧氏到長安，路程差不多是各半，但洛陽到此，須經車不能方軌的函谷關，崎嶇難行。因此，只收一半車價，是占了車伕的便宜；德興立即同意。

於是等吃了午飯，先用車子將阿青及禮物載到楊家，然後又回旅店；付了一半車價，打發了車伕，德興瀟瀟灑灑地去逛了一下午，然後鬧市買醉，喝得醺醺然而歸。

一進院落，便覺有異，屋子裡何以亮著燈？急急奔過去一看，只見阿青獨對孤燈，悄然無語；再細看時，容顏慘淡，彷彿遭受了極大的刺激似地。

「你怎麼回來了？」

阿青不答他的話，只問：「車子走了沒有？」

「走了。怎麼？」

「明天一早另外雇車回洛陽；讓劉二娘來接十七姨回去。」

德興既驚且駭地問：「出了甚麼事？」

「說來話長。」阿青撫著胸口說：「這會兒我心裡空空地發慌，等找點甚麼東西來填一填才好。」

「我去。」

德興掉頭就走；不一會端來一碗泡饃，另外一碟臘羊肉，同時也帶來了一壺茶。

「牛肉只剩下湯了。不過還好，有現成的臘羊肉。快吃吧！」

阿青喝了些湯，吃了些泡饃便擱箸了；不過臉色已顯得比較紅潤，精神也好得多了。

「一見十七姨，簡直不認得了，骨瘦如柴，臉上還有個疤——。」

「怎麼？楊九郎虐待十七姨？」

「不光是他；不過，也難免助桀為虐——。」

「桀是誰呢？」

「你別打岔，聽我慢慢兒告訴你。」阿青接著又說：「我一看這情形，心裡就嘀咕，自己對自己說：要格外小心。當下見了楊九郎的生身父母；然後見了十七姨的婆婆——。」

「慢點！」德興歉意地說：「你別罵我又打岔；十七姨的婆婆是誰？」

「原是楊九郎的嬸母，楊九郎兼祧兩房；十七姨算是二房的媳婦，所以管楊九郎的生身父母叫伯父、伯母。她的婆婆就是楊九郎的嬸母。這是當初娘子跟楊九郎當面說定規的。」

「好！我明白了，請你往下說吧！」

「十七姨的婆婆，面無四兩肉，皮笑肉不笑，一看就知道是個極厲害的腳色；十七姨只看到她的臉就害怕了。見此光景，我特別敷衍了好一會；好不容易才聽得她婆婆說了句：『娘家人來了，總有些體己話要說；回你屋裡去吧！』一到了——。」

十七姨一到了自己臥室，只叫得一聲：「阿青！」即時淚下如雨。好不容易將她勸得收了淚，細訴心曲，才知道十七姨不但受婆婆虐待，而且直欲置之於死地，一回十七姨下樓，樓上滾下來一個大木桶，重重地砸在她身上，仆倒在地，血流如注，臉上的傷疤，就是這麼來的。

「為甚麼？」德興覺得難以置信，「那來這麼大的仇恨？」

「我也是這樣子問十七姨。唉！」阿青嘆口氣，「真是冤孽！」

原來十七姨的婆婆，正值狼虎之年；丈夫去世以後，難耐寂寞，她家有個惡僕，乘虛而入，勾引成姦。楊家兩房，各立門戶，她那婆婆獨門獨院，可以任性而為，不道楊九郎要娶十七姨，說起來是接續香煙，題目正大，不便反對，但這一來，與「子媳」同住，尤其是十七姨整天在家，真正成了個「眼中釘」。

「十七姨說，早知如此，她寧願作楊九郎的次妻，在大房，省得礙了她婆婆的好事。」

「唉！娘子當初想得這麼一著，誰不說是著妙棋？那知道愛之適足以害之。」德興也嘆口氣：「如今該怎麼辦呢？」

「十七姨要我回來跟你商量。她的意思是讓我趕回洛陽，要娘子找個甚麼非讓十七姨回去不可的理由，再派劉二娘來接。」

「何以要這麼急呢？」

「你不知道，十七姨整天提心吊膽，不知道甚麼時候會送命在她婆婆手裡。有一回——。」

有一回，十七姨重感冒臥床起不來，她婆婆特地做了一碗酸辣鯽魚湯送來給她喝，說「趁熱喝了，睡一覺出一身汗就好了。」她婆婆從來沒有對她這麼好過，十七姨不免懷疑。嘗了一口湯，舌尖發麻，心知有異，假作失手，將一碗湯打翻在地上；來了頭花貓，叨了那條鯽魚就走，她婆婆趕緊叫丫頭攔住了貓，硬將鯽魚從貓嘴中奪了下來。

聽到此處，德興不解地問：「貓嘴裡奪下來的魚，還能吃嗎？」

「你好笨！」阿青答說：「她婆婆是怕貓吃了那條魚，中毒死了，她想害人的心，不就敗露了。」

「有這樣事！」德興問道：「楊九郎莫非就不管？」

「十七姨不敢告訴他。倒是跟她叫『大嫂』的，楊九郎的元配私下談過；她大嫂說『清官難斷家務事』，而且全家都忌憚她婆婆，也不敢出頭來管，只勸她自己小心。」阿青快刀斬亂麻地交代：「閒話少說。你這會兒就去找車，咱們明天一早就趕回洛陽。」

「不妥，不妥！」德興將腦袋搖得博浪鼓似地。

「怎麼不妥。」

「你倒想，她婆婆必已想到，十七姨把一切苦楚都告訴你了。你這突然一走，當然是回家搬救兵；她婆婆怕鬧開來，姦情敗露，自然先下手為強；劉二娘來了，連送終都趕不上，別說接她回去了。」

這番話說得阿青汗流浹背，心跳不止，「你說得不錯！」她焦急地問：「那怎麼辦呢？」

「只有一個辦法。你仍舊回去陪著十七姨，有你在，惡婆婆不敢下手。我明天一早趕回洛陽，跟娘子去商量。」

「可是，」阿青躊躇著，「這麼晚了！」

「晚了也得去！說不定惡婆婆今晚上就會下手。」德興又問：「你甚麼時候來的？」

「黃昏。」

「惡婆婆知道你來找我？」

「不知道。」阿青答說：「十七姨只叫我從側門溜走。她說她婆婆問起來，她自有話說。」

「好！我仍舊不必露面。我把你送了回去，不管你怎麼說，只別說你來找過我。」

阿青想了一下，點點頭說：「我明白。」

「我五天趕回來，仍舊住在這裡。從明天數起，到第六天上午，你中午來聽回音。」

「嗯。」阿青沉吟不語。

「你還有甚麼事交代？如果沒有，我送你回去吧！」

「我在想，」阿青抬眼答說：「要搬救兵，不如到長安去搬。」

「搬誰？」德興突然省悟：「搬王十三郎？」

「是啊！他來，不是比劉二娘來好？」

「說得對。王十三郎一來，人家先就忌憚三分了。不過，」德興說道：「劉二娘來，不如王十三郎來更合適，更有力量；這一層，十七姨當然也想到過，可是仍舊要你回洛陽，或許十七姨另有打算，亦未可知。」

「你的意思，是先要問一問十七姨？」

「我想先弄明白十七姨的意思，比較好。」

「那，你明天就不能走了。」

「至多耽誤半天的工夫。」德興回憶著說：「我記得楊家不遠就有座甚麼寺，明天一早我在那裡等你的信；往東、往西一定了主意，我上馬就走。」

「好！就這麼說。」阿青起身說道：「你送我回去吧。」

其時已將起更，無從雇車；德興從槽頭上牽出那頭「菊花青」來，加上鞍轡，說一聲：「我扶你上去。」

「先前我想騎，你不許；這會兒，」阿青笑一笑說：「你自己請我來騎。」

「騎是騎，我可擔著心事。」德興說道：「你上了馬，只緊抓住鞍子前面的『判官頭』；身子坐穩。我來替你拉轡。」

「知道了。」

於是德興牽過馬來；阿青踏上一步，攀住鞍子，將右腳抬了起來；德興不由得「噗哧」一聲笑了出來。

「你笑甚麼？」

「我笑你不會騎馬，莫非連人騎馬都沒有見過。人在左面，你右腳認了蹬，左腳可怎麼跨過去？」

阿青自己也覺得好笑，放下右足，改提左足。但那匹馬很高大；阿青又是嬌小玲瓏的身材，須將馬蹬收上去，否則雙足踩不到，但這一來馬蹬離地就高了，她的左足再怎麼提，也認不住蹬。

「怎麼辦？」阿青問說：「我跨不上去。」

「有個小板凳墊腳就好了。」德興故意這麼說：「可惜沒有。」

「那——」阿青沉吟了一下，毅然決然地說：「你抱我上去。」

「這可是你自己說的。別又罵我輕薄。」

「少嚕囌！」

德興笑一笑，左手拉住馬轡；右手將阿青攔腰一抱，有意無意地在胸前抹了一下。明知道他是有意討便宜，但因他有話在先，阿青亦只好隱忍了。

等右腳跨了過去；德興便又關照：「踩蹬只用腳尖，別把你兩隻腳都套了進去。」

「為甚麼？」阿青答說：「腳尖踩不穩。」

「踩不穩得學著踩穩了它。你把兩隻腳都套了進去，萬一摔下馬來，兩隻腳褪不出來，活活把你拖死。」

「你別嚇我！」

「我嚇你幹甚麼！」德興問道：「坐穩了沒有？」

阿青將雙手緊緊握住馬鞍前端，俗名「判官頭」的小圓木柱答說：「坐穩了。」

「好！」德興率馬前進。

馬一開步，由於皮鞍子過於光滑，阿青身子往右一滑；上身趕緊向左傾，想取得平衡，卻又矯枉過正，「啊呀」一聲，身子順勢往左倒了下來。

虧得先喊這一聲，德興趕緊站住；馬往前跨了兩步，恰好將墮馬的阿青接住，說也真巧，面對面地，她的嘴唇正好壓在他的嘴上。

阿青將雙手一掙，站立在地上，氣鼓鼓地說：「你使壞！」

「這也奇了，你自己騎不好馬，摔了下來，怎麼說我使壞。」

「這一切你都是料得到的，誠心算計我，還不是使壞。算了，我也不要騎這匹鬼馬了。」

「好吧！走了去。」

說著，德興牽馬向前；阿青攏一攏頭髮跟他並肩而行。這一夜月色如霜，曳出兩條長長的人影；馬蹄敲打著石板，在寂靜的長街上得得蹄聲，顯得格外清脆。

「你冷不冷？」德興伸左手攬著阿青的肩頭問。

「不冷。」

除了這兩個字，她別無動作。於是兩條人影併成一條了。

「快到了。」德興指著前面說：「就是那座寺；明天上午，咱們在那裡見面。」

走到寺前，但見山門已經關閉；阿青停了下來，仰頭看去，月光中照出一方藍地金字的直匾，上面題的是「敕建德願禪寺」。

「叫德願寺。」她說：「有了準地方，就一定錯不了。」寺東不遠，便是楊家，並排的兩所住宅，大房住東面；二房住西面，但大門卻在東宅，雙扉緊閉；阿青有些躊躇了。

「敲門啊！」德興催促著。

「夜這麼深了，把人家從熱衾中叫了起來開門，真不好意思。」

「怕甚麼！」德興說道：「你覺得不好意思，我來。」

「不！還是我自己來敲。」阿青說道：「你遠遠望著，看我進了門，你再走。」

於是德興牽著馬到不遠之處，隱在牆角，靜靜觀察；好久，才看到楊家的大門打開，等阿青的影子消失，才跨上菊花青，直回旅舍。

第二天起身，算清了店飯錢；德興向櫃上說道：「我五六天以後回來，仍舊住在你們這裡；有一口箱子，想寄放在你們這裡，行不行？」

「只要客人信得過我們，有何不可？」

「好，好，拜託了。」

德興帶上隨身包裹，跨馬到了德願寺；在寺前繫好了馬，進山門到了大雄寶殿前面的院子裡，定睛細看，不見阿青的影子，料想辰光還早，便在殿前台階上坐下來，靜靜等候。

不多一會，看見阿青姍姍而來，德興急忙迎了上去問道：「十七姨怎麼說？」

「十七姨說，請十三郎來也好。不過，她怕這件事，郎君會知道。」

「我不告訴他，他怎麼會知道。」德興問說：「你手裡拿的甚麼？」

「是十七姨給十三郎的信。」

「信上怎麼說？」

「她沒有說，我也不便問。」阿青又說：「十七姨要我告訴你，她的情形千萬別讓郎君知道。」
「我不是說過了嗎？我不會告訴他；我再關照十三郎好了。」
「可是——，」阿青沉吟了一下問：「你見了郎君，預備怎麼說？」
「我甚麼也不說。」
「那末，你還來不來呢？」
「怎麼不來？」德興答說：「我不來，誰接你回去？」
「你剛回長安，又要出門。郎君問你到那裡去，你怎麼說？」
這一問，德興楞住了；想了好一回說：「只有說實話，說我送你到這裡來探望十七姨；十七姨留你多住幾天，約定日子再讓我來接你。」
「那一來，郎君一定會問你，見了十七姨沒有？」
「我說沒有。」
「他會問十七姨的情形。」阿青又說：「你沒有見十七姨，猶有可說；如果連十七姨在這裡的情形都絲毫不知，這話怕很難交代吧？」
「你說得也有理。」德興吸著氣說：「這倒是件難事。」
「我看這樣，你也別來了。反正十三郎一定會來接十七姨，我跟著他們回長安好了。」
「那樣，郎君不是會問嗎：你怎麼跟十三郎到了長安？」
「到那時看情形，如果十七姨的事，決定不瞞郎君，一切都好說；倘或要瞞，就另外編一段話，十三郎說他洛陽公幹，娘子託他把我順便帶到長安。這麼說，不就天衣無縫了嗎？」
德興想想也只好如此，點點頭答道：「就這樣。不過我有一口衣箱存在旅舍裡，到時候別忘了替我帶回來；回頭我再到旅舍去一趟，關照店家把衣箱給你。」

「我知道了。」阿青說道：「你趁早上路吧！」

德興卻有點依依不捨，「咱們再聊一會兒。」他指著東廡說：「那面不有間空的禪房，咱們到那裡喝喝茶，你歇歇腿。」

「也好！」阿青說道：「我先到大殿拜佛。」

到得大殿禮了佛，阿青看見有人在求籤；心中一動，復又跪了下去，默禱良久，起身從神案上捧過籤筒，至至誠誠地搖了三下，往上一聳，跳出一支籤來，拾起看了看，隨手交給德興。是三十四籤。德興到殿角的香火道人那裡，付了香金，接過籤條一看，臉色大變。

「你怎麼求了這麼一支籤？」

聽他有嗔怪之意，阿青不免詫異，接過籤條一看，是一支中下籤；籤文是一首詩：「當時心事已相關，雨散雲收一餉間。更是孤帆從此去，不堪重過望夫山。」仔細體味了一下，明白了德興臉色不怡的緣故。

「你以為這支籤，我是為誰求的？」

「不是為你自己？」

「我幹嗎要我自己求籤。」阿青回答說：「我是為十七姨求的。」

聽這一說，德興臉上，頓時現出寬慰的神色，重新接過籤條來細看。

「不錯，不錯。咱們倆可是清清白白，談不到甚麼『雨散雲收』……。」

一語未畢，只見阿青輕喝一聲：「咄！」她沉下臉來說：「在菩薩面前，你胡說些甚麼？」

德興吐一吐舌頭，陪笑說道：「咱們到禪房裡談去。」

禪房裡有個知客僧，殷勤待茶，敷衍了好一會，方始離去；德興等他走遠了，方始開口。

「照這支籤看，十三郎將十七姨接了回去，她不會再回楊家了。」

「我也是這麼想。」阿青說道：「不過，你可別把這支籤告訴人家。」

「看吧！如果十七姨真的不回去了，不妨把這支籤說破，見得是命中注定。」

「甚麼『命中注定』？」阿青正色駁斥：「莫非你我注定了就是當奴婢的命？」

這是阿青第一次用做妻子的口吻，對德興說話；自然使得他大感安慰，「你放心好了。」他笑嘻嘻地說：「郎君已經許了我了，再過一兩年，就要放我了。」

原來唐朝將百姓的身分，分為「良人」與「賤民」兩類，賤民又分三等：最下的是「奴婢」，次則「番戶」，又次則「雜戶」。番戶隸屬於公家的，稱為「官戶」；屬於私人的就是所謂「部曲」。唐高宗顯慶二年，有一道敕令，鼓勵蓄有奴婢的人家，提高他們的地位。奴婢一放為「番戶」，便成了「部曲」。至於「雜戶」則另有一種世代相承，職業特殊的階級，如太常寺的樂工等等，與尋常百姓是不同的。

至於阿青，口中雖奴婢並稱，但眼前的身分，卻比德興來得高，她是李家雇用的青衣侍兒，有個專門名稱，叫做「隨身」；在律法上規定：「二面斷約年月，賃人指使為隨身。與部曲略同。」二面就是雙方，約定是到阿青二十歲為止；一到了那年她就是自由之身了。

「可是，就算郎君放你為部曲，還不是聽人使喚？」阿青又說：「就算放你為『良人』，要沒出息，還是沒出息。」

「要怎樣才算有出息？讀書趕考，求個正途出身是不是？」

「是啊！那得多少年？你又不是能空出身子來，可以專門下苦功的人。再說，你也不知道那一年才能成為『良人』？」

「『良人者，所仰望而終身也。』」德興唸了一句《孟子》，隨又笑道：「只要你一嫁了我，我就是良人了。」

「哼！」阿青冷笑一聲，沒有理他。

「我告訴你吧，我有我的打算。不過，這個打算，恐怕你不見得贊成。」

「你還沒有說，怎麼知道我不贊成？」

「好！我就跟你說。要想早早出頭，只有立軍功——。」

「甚麼？你是想從軍？」

「不錯，從軍。」德興又說：「郎君是節度使的女婿，如今又在節度使門下，如果不是在幕中掌筆而是領兵，早就自己有個局面了。」

阿青默然。德興的話，勾起她太多的回想；想到李義山所談的許多故事——詩的故事，但與從軍有關的，不知多少。她記得起好些殘句，開元宮人的「蓄意多添線，含情更著綿；今生已過也，重結後生緣」；以及「可憐無定河邊骨，猶是春閨夢裡人」、「醉臥沙場君莫笑，古來征戰幾人回」等等，反正給人的感覺是，一從軍便是生離等於死別。

她記得最清楚的是，聽李義山有一次由談迴文詩而連帶提到的一個故事。迴文詩順讀、倒讀，或依特為設計的形制而讀，皆能成本。武宗會昌年間，有個將官叫張暌，守邊防戍十幾年，猶自不能調回內地；他的妻子姓侯，是個才女，以絹紬綵絲繡了一幅龜形迴文詩，伏闕上獻。詩中第一首說：「暌離已是十秋強，對鏡那堪重理妝？聞雁幾回修尺素，見霜先為製衣裳。開箱疊練先垂淚，拂杵調砧更斷腸。繡作龜形獻天子，願教征客早還鄉。」武宗見詩以問李德裕；他的建議是，為了鼓舞士氣，安撫將帥，敕張暌回鄉，並賜侯氏絹三百匹，以彰美才。

阿青還記得李義山是這樣評論：「『一將功成萬骨枯』，士卒戍邊，幾人得回，自成疑問。將帥竟亦如此，可見『忽見陌頭楊柳色，悔教夫婿覓封侯』，真是寫得深。我幾次為專閫之帥，作文字頌揚武功，儘管寫得淋漓酣暢，人人道好，自己亦很得意，過後想一想，汗流浹背，彷彿覺得『舊鬼煩冤新鬼哭』，耳邊啾啾作聲，不知有多少人在冥冥中向我抗議。」

「怎麼？」德興問說：「你怎麼不說話？」

這一聲，才將阿青從悠悠的思緒中拉了回來，茫然地問：「你說甚麼？」

「我問你為甚麼不說話？」

「你要我說甚麼？」

「不是在談從軍立功，好早早出頭嗎？」

「立功也要看運氣。」阿青問道：「你真以為『將相本無種』？」

「這麼說，你是不贊成我從軍？」

阿青心裡是不贊成，但嘴上不肯說；因為她以前批評過他沒有志氣，而從軍立功是有大志，如果說不贊成，倒變得自己沒有志氣了。

「你說啊！我的事就是你的事。」

如果答一句「你是你，我是我」，可以想像得到他會如何沮喪！這不僅於心不忍，而且目前同辦一件救十七姨「性命」的大事，亦不宜潑他的冷水。因此，阿青便先把話宕開，「這件事要好好商量，不光是一聲贊成不贊成就能了事的。」她又加了一句：「你急甚麼？」

「不是我心急。凡事總要先定了主意，才好籌畫。這一回我到長安，就得跟郎君去談；如果你不贊成，我根本就不必跟他談了。」

「談談何妨！郎君比你我的見識，總要高明得多，你何妨先聽聽他的意見呢！」

「這倒也是。」德興馴順地說：「我就照你的意思去辦。」

阿青很滿意。心裡在想，自己不是要從他的小處考察他嗎？像這種態度，便是可以信賴的。

「好了，時候不早了。你該上馬了吧？」

德興卻還不想分手，「這裡到閿鄉，半天的路程，不忙。」他想了一下說：「咱們仍舊回旅舍，我把箱子的事，交代明白；你陪我吃了午飯我再走。你看好不好？」

「好吧！」

於是仍舊是德興牽著馬，陪阿青步行回到旅舍，向櫃上交代明白，然後到間壁的食肆中去進餐。

「有甚麼好吃的沒有？」

「剛到的黃河鯉魚。」跑堂問道：「抓一條來看？」

「好！別太大。」

跑堂的去抓了一條鯉魚來看，約莫有三斤重；看中意了，當場摔死，然後問道：「紅燒，你老？清蒸，你老？」

阿青忍不住「噗哧」一聲笑了出來；自覺失態，趕緊舉袖掩口，德興不知道她為甚麼發笑，一時不便發問，只交代跑堂說：「這條魚不小，兩做吧！」

「好！兩做。你老還要點兒甚麼？」

「夠了！」阿青回答。

「對！多要了菜，吃不完也可惜。」跑堂又說：「你老要不要酒？有新到的鳳翔酒。」

「好！來一壺。」等跑堂的走了，德興才問：「甚麼事好笑？」

「我笑跑堂的，拿你又紅燒、又清蒸。」

德興這才明白，跑堂的話說得太快，變成「紅燒你老、清蒸你老」了；想想也覺得好笑。

「我姊姊嫁在山西，有一回我去探親；到吃飯的時候，她的小姑幫著張羅，人多飯碗不夠用；她替我用大碗裝了一碗飯說：『舅爺不是外人，使個大碗吧！』我成了『大忘八』了。」

阿青也覺得好笑，笑停了說道：「你該娶你姊姊的小姑；人家深怕你餓著，用大碗替你裝飯，多賢德啊！」

德興心裡好笑，阿青竟會吃這種沒來由的飛醋。想調侃她兩句，怕她生氣，不敢造次。

「你姊姊的小姑，叫甚麼名字？」

「我不知道。」德興搖搖頭，「我也沒有問。」

「你叫她甚麼？」

「我跟著大家叫她三姑娘。」

「長得甚麼樣？」

德興心想，她對三姑娘的情形，追問不休，可能是一種試探；說長得俊，她會問：你怎麼不託你姊姊做媒，親上加親。說長得醜，她又會說：怪不得你不願意娶她。反正怎麼樣她都有話說，糾纏不休，令人厭煩。

因此，他想了一下說：「記不得了。當時我就沒有留意，現在更是一點影子都想不起了。」

他以為這句話可以封住阿青的嘴，那知道她還是有話說：「你看你，人家這麼關切你，你把人家都忘得光光了！真沒有良心。」

德興報以苦笑，也就罷了，卻又畫蛇添足說了句：「只要我對你有良心就行了。」

「那也不見得。你對別的女人沒有良心，對我說不定也一樣。」

德興領悟了，越說越多，惟有不談。因而回頭喊了一聲：「有人來一位。」

「來了。」跑堂的走來問道：「你老要甚麼？」

「先把酒拿來。有現成下酒菜，隨手帶一盤。」

跑堂答應著走了，德興裝著閒眺，把頭扭了過去；只聽阿青問道：「你嫌我話太多？」

「不是嫌你話多。」德興轉回臉來答說：「是你的話，問得我無法回答。」

「這不過是閒得無聊，沒話找話。你不願談這些，咱們談別的好了。」

「好啊！」

剛說得這兩個字，酒菜連兩做的鯉魚，都送上來了。品酒嘗魚，不愁無話可談。喝完一壺，德興還想再要，阿青便警告他說，喝醉了當心從馬上摔下來。他也聽從了，要了碗清湯，吃了兩個饃，會帳起身。

「我還是先送你回楊家。」

「也好！吃飽了得走一走，消消食。」阿青又說：「你還是送我到德願寺。」

「德願寺！」德興忽然發覺，很興奮地說：「好兆頭，我德興的心願，一定能了。我得去許個願，求支籤。」

「要許願，就別求籤。」

「對！只許願，不求籤。」

到了德願寺，他跟廟祝請了一副香燭，在佛前燃點以後，伏在蒲團上，喃喃地禱告了好久，方始磕頭起身。

「你知道我許的什麼願？」

「你不說，我猜得到。別說了。」

「你最多猜到一個。」德興說道：「你沒有看見我跪在蒲團上好大的功夫；我許的願心，可多著呢？」

「那好，你從第二個說起。」

「第二個是，如果從軍，必能立功；那時候我要帶了你來完願。」

「完什麼願？」

「我許了菩薩，重塑金身。」

聽這一說，阿青不由得抬眼看了一下，「丈八金身，重塑要不少錢，你完這個願心，還得先發財才行。」她接著又說：「從軍立功，賞賜有限。你當軍官想發財，除非剋扣軍餉，或者得了別的不義之財，那是犯法的！算了，算了你這個願不完的好。」

這真是兜頭一盆冷水，但話卻有理；他怔怔地想了好一會說：「好了好了，我也不打從軍的念頭了。反正你就是反對我從軍，我依你行了吧？」

「我不跟你辯。」阿青笑笑答說，心裡卻很得意。

「我去了。」德興意興闌珊，別的願心也懶得提了。

「別這個樣子！」阿青讓步了，「如果真有機會，我也不反對你從軍；不過還是那句話，要慢慢兒商量，別心急。」

「好了，我知道了。我都不打這個主意了，那裡還會性急。」

「對！凡事要看機緣。」阿青看一看天色，「你上馬吧！路上慢慢走，如果趕不到閿鄉，就住在靈寶好了。」

她說一句，他應一句；出寺上馬，還回頭看了幾眼，直到看不見阿青的影子了，方始加上一鞭，往北急馳而去。

一到長安，德興先不回家，逕自策馬到昭國坊來看王十三；將十七姨的信遞了上去。他拆開一看，臉色頓時陰沉得像山雨欲來的神氣。

「你見著十七姨沒有？」

「沒有。」

「阿青還在楊家？」

「是。我叫阿青留在那裡陪十七姨，比較可以放心。」德興問道：「十七姨信上怎麼說？」

「只說過的是非人所能忍的日子，而且隨時有性命之憂，如今有阿青在，暫時可保無虞，讓我趕快去接她。怎麼會有這樣子的情形呢？」

「我細細說給十三郎聽。」

德興將十七姨何以會成為惡婆婆的眼中釘的緣故，源源本本說了給王十三聽。只見他臉上青一陣、白一陣，聽完了，好久無法作聲。

「十三郎是怎麼個主意呢？」德興忍不住催問了。

「我得好好兒想辦法。」王十三郎說：「這趟虧得你有見識；我要接十七姨，還得請你陪了我去。」

「是。」德興答應著又說：「不過，十七姨讓阿青再三交代，她的這件事，不能讓我家郎君知道；所以，我要怎麼樣才能陪十三郎到楊家，恐怕還得想一個能瞞得了郎君的說法才好。」

「我明白。」王十三郎說：「這會兒我心很亂。你先回家，等我商量定了再告訴你。或者，請你明天上午來一趟。」

「好！我明天上午來。」

德興告辭回家，恰好李義山應溫庭筠之約，作文酒之會，入夜方能歸來。這給了他一個與阿新長談的機會；當然，他先要了解委奴的情況。

「米海老回來了。他說，委奴都預備好了，隨時可以到長安來。郎君要等你回來，看娘子的意思再說。」阿新加重了語氣說：「總而言之，一切的一切，都要你回來了，才能拿主意。」

這所謂「一切的一切」，不光是指委奴母子，也指阿新自己；德興明白他的意思，想了一下，也用「總而言之」作概括回答。

「總而言之一句話，將來是你跟紫雲陪著娘子住洛陽；阿青跟我隨郎君到徐州。」

阿新一直因為紫雲未隨德興同來而難以釋懷；聽此一說，自然寬心大放，但卻不知如何細問其詳。

「咱們先不談自己的事；談十七姨——。」

這一談就長了，十七姨的處境如此可憐，阿新亦為之嗟嘆不絕；不過他認為十七姨如由王十三接到長安，要瞞住李義山恐怕甚難。

正談著，李義山回來了；德興聞聲出迎，跟到書房，隨即將李夫人決定仍留洛陽，並希望李義山能帶著委奴回洛陽的意思，一一轉陳。當然他絕不會透露盧氏之行，但一句話不小心，幾乎露了馬腳。

「你是那天動身的？」

「十四。」

「十四？」李義山詫異，「今天二十五，你在路上連頭帶尾走了十二天？」

他一說到「二十五」三字，德興便知失言了；同時也想就了掩飾的說法，「我在閿鄉病了幾天。」他說，「因為路上遇見傾盆大雨，前不巴村，後不巴店；冒雨趕路，雨水把我的棉襖都濕透了，一到旅舍，立刻寒熱大作，好幾天不能起來。」

這段說詞，編得有頭有尾，加以從容畢詞，李義山自然深信不疑；「喔，」他關切地細看了德興的臉色：「你臉上倒沒有病容；而且春風滿面，復元得倒快。」

德興作賊心虛，臉上有些發燒，但靈機一動，正好乘此機會剖露私衷，「這有個道理在內。」他摸著臉笑笑說道：「娘子的意思，要我跟阿青，服侍郎君到徐州去。」

李義山越發詫異，「怎麼？」他問：「怎麼會有這樣子的變化？」

德興不知道李義山給妻子的信中，主張以紫雲配德興、阿青配阿新，因而瞠目不知所答。

「阿青不是跟你不大投機嗎？」

「那是以前的事。」

「喔，現在不同了？」

「是。」德興又說：「不過她到底肯不肯，也還難說。」

「那總是你還有不如她意的地方？」

「是的。她心裡有個兩難的結解不開。」

「喔，」李義山由關切而感興趣，「是怎麼一個兩難的結，你說來我聽聽。」

德興便很婉轉地解釋，阿青希望他上進，但又不贊成他從軍的志願，因為怕他成了無定河邊的枯骨；而在德興看，除卻從軍，別無上進之路。

「這是你的兩難，不是阿青的。」李義山說：「她的想法不錯，嫁了你，當然希望長相廝守。至於盼你上進，在她看，不一定要從軍；就從軍亦不一定要到邊疆才能立功。你有這個志向，我很欣慰。等到了徐州，我慢慢替你想辦法；譬如在節度使身邊，補個校尉之類的武職官，只當隨從，不必出征，不就解消了那個兩難的結了嗎？」

「是！」德興笑容滿面地說：「這就全靠郎君提拔了。」

這一夜德興興奮得失眠，直到天色微明，方始入夢；但惦念著王十三的約會，時時驚醒，只睡了兩個時辰便即起身。

「娘子不來了，不必另找房子；不過新姨娘進宅，總得粉刷、粉刷。」德興向李義山說：「我到西市去找匠人來。」

「好！」李義山點點頭：「你再去看一看米海老，商量一下，看是什麼時候去接委奴母子？」

德興答應著出了門，逕自到昭國坊來應王十三之約，出乎意料的是有韓瞻在座；他的臉色跟王十三同樣地凝重。

「我跟韓五郎一起去接十七姨；接回來以後，亦暫住韓五郎家。德興，」王十三問：「你能不能陪我們去一趟？」

德興心想，韓瞻在長安蕭洞的住宅，是當年他的岳父斥資為他起造的；如今容十七姨暫住，理所當然。

但所謂「暫住」，是否意味著仍舊有送她回楊家的一天？不過，這不是德興所當問，而且亦非此時所能解答，只有拋開，只思索他能不能陪行的難題。

轉念一想，這個難題用不著自己來承受，遂即答說：「怎麼不能陪？只請十三郎跟我家郎君說一聲好了。」

「就是不知道該怎麼跟你家郎君去說，所以等你來商量。」

王十三又把難題拋回來了。德興少不得要花些心思，「只有一個法子；不過，我不能在盧氏多耽擱。」他說：「只陪到了就要往回趕，我還要趕到盩厔去呢！」

「到盩厔去幹什麼？」

「接我家郎君的姨娘。」

「對了！」王十三對韓瞻說：「義山要納寵了。」

「我也聽說了，是個胡姬。據說，這還是十四妹慫恿的。」

韓瞻口中的「十四妹」，便是李夫人；德興插嘴說道：「是的。我家郎君先不願意，娘子再三交代；這回也是先派我回洛陽，問明白了，娘子說什麼也不願到徐州，事情才定局的。」

「喔，」王十三突然想了起來，「你家郎君什麼時候去徐州？」

「先回洛陽過年；開春動身。」

「是直接從洛陽動身？」

「照道理說，應該如此。」

王十三點點頭，「畏之，」他說：「最好等義山回洛陽以後，再把十七妹接回來。你看如何？」

「現在無從談起，一切都要等到了盧氏再斟酌。」

「也好。」

「請示十三郎，」德興問道：「預備那天動身到盧氏？」

「越快越好。就是後天吧！」

「是。後天一早我來伺候。」

德興辭出王家，逕到西市；先找妥了粉刷房屋的匠人，然後來訪米海老，商量接委奴母子的事。

「遲接不如早接。年下大家都忙。」米海老道。

「我也是這個意思。不過房子要粉刷，把你姊姊接了來，先在你這裡暫住一住，等房子收拾好了再進宅。你看行不行？」德興說。

「她是我姊姊，我這裡就是她娘家，我怎麼能說不行？不過，李大哥，我的境況，你是知道的。」

「你不用擔心！你姊姊也不會在你這裡白住的。」德興又說：「你過兩三天就動身，到了盩厔，幫你姊姊收拾收拾行李，在那裡等我來接。」

「是了。我稍微料理料理就走。」

這樣說定了，德興帶著匠人回家，指點該粉刷之處；然後悄悄關照阿新說：「我後天陪王十三郎、韓五郎到盧氏；然後到盩厔去接委奴母子。在郎君面前，我只說後天就上盩厔，你替我瞞著。」

「韓五郎也去嗎？」

「是啊！」德興覺得他似乎話外有話，便即問說：「韓五郎不能去嗎？」

兒。」

「不是韓五郎不能去。前一陣子我聽郎君說起，韓五郎有外放的消息，我以為他會留在京裡聽信

「這也不礙事，去一趟盧氏，來回至多十天的工夫；就算外放了，也不至於馬上就急著要上任。」

正在談著，李義山回來了，德興便將經手的事，一一陳述；說接了委奴來暫住米海老家。李義山自然同意。

「米海老說遲接不如早接，年下大家都忙；我想後天就動身。在那裡總要幫著料理料理未了之事，來回大概得十天的工夫。」

「好！」李義山說：「你看要帶多少盤纏去？」

「有十貫就夠了。」

領了十貫盤纏，至期到王家會合。一到才知道韓瞻不能到盧氏去了。原來他接到中書省的「堂帖」，署理果州刺史，而居然出乎德興意料的，竟是「馬上就急著要上任」。

這果州在西川中部，與蓬州接壤之間，有座雞山，為群盜盤踞作亂；這事已有好幾個月了，朝議不一，有的主剿，有的主撫。最近方始決定征討，派果州刺史王贄弘為「三川行營都知兵馬使」，另派韓瞻署理王贄弘的原職。韓瞻不到，王贄弘即無法專心致力於軍務，所以命下之日，中書省便催韓瞻火速赴任，自然沒有工夫來管親戚家的閒事了。

王十三也帶著一個奚僮名叫小武，連同德興一行三眾，到了盧氏，先投逆旅，亦就是德興以前住過的那一家，一遭生、兩遭熟，櫃房招待得很殷勤。

在路上德興就想到了，阿青不願他以下人的身分上楊家的門。所以略略安頓以後，便將預先想好的一套話說了出來。

德興道：「十三郎！我不便上楊家，因為我一去他們就知道了，你老是我搬請來的；那一下，人

家先就有了成見，對十七姨不好，你的交涉也難辦。我在想，十三郎你要我陪了來，是因為有阿青在這裡，可以打聽情形，同時給十七姨通消息。反正小武跟你到洛陽我家去過，他也認識阿青，只悄悄兒遞句話給她，她就會來看我；你老有什麼話沒有機會跟十七姨說，叫阿青轉達好了。」

「好，好！這樣辦很妥當。」王十三說：「最好我能先跟阿青見個面，把這裡的情形弄清楚了，再打主意。」

「你老要打的，是不是接不接十七姨回長安的主意？」

「對！接是大概非接不可！不過我想晚點兒接。」王十三說：「最好不讓你家郎君知道；但如接到長安，只怕很難瞞得住他。」

「是，是！」德興一面答應，一面思索，很快地有了一個主意，「我看這樣子，拿十七姨跟我家郎君錯開。十三郎先把十七姨接到洛陽，我回長安；等郎君回洛陽過年，有了確實行期，我會預先通知，十三郎再陪十七姨回長安，這樣不就見不著面了？」

「這個主意倒不錯，而且你家娘子身子不好，我也很想去看看她。不過，」王十三沉吟了一下，毅然決然地說：「到時候我再跋涉一回好了。」

「既然如此，十三郎亦就不必先跟阿青見面了。有什麼話，當著楊家的人不便說，我讓阿青告訴十七姨。」

「好！我們籌畫、籌畫。」

王十三打算到了楊家，只說老母想念愛女，接她歸寧。楊家絕無不許之理。不過，這一來就必須自備車馬，否則表面往西，其實往東；楊家發現了，會起疑心。

「十三郎的這個說法，可進可退，很妥當。車馬我來安排。」德興想了一下對小武說：「我寫張字條，請你悄悄遞給阿青。」

他寫的是：「今日有暇，請至逆舍一晤；不則明晨至德願寺，千萬。」下面著了個「德」字。

黃昏時分，阿青翩然而至；德興正在櫃房閒談，一見急忙迎了出來，站住腳叫一聲：「三妹。」便即定睛注視，發覺瘦了些。

「你別這樣盯著人看。」阿青輕聲說道：「多不好意思。」

「原是兄妹，怕什麼！」德興輕聲答了這一句，索性握住她的手，提高了聲音說：「三妹，外面冷，到櫃房裡來談。」

阿青無奈，只好大大方方跟著他，進了櫃房；有個夥計，立即端來一碗滾熱的茶湯，阿青道聲：「謝謝！」坐了下來。

「王十三郎到了楊家，怎麼說？」德興低聲問說。

阿青遲疑了一下問道：「你住那一間？到你屋子裡去談。」

「好！」德興站起身來，領頭前行。

阿青跟掌櫃說一聲：「回頭見。」亦步亦趨地跟在後面。一到了屋子裡，夥計跟著來了；是問晚飯吃什麼？德興想起上回吃的黃河鯉魚，問他有沒有？夥計答說，有比黃河鯉魚更好的魴魚。德興欣然道好，又要了有餡的胡餅，當然也要了酒。

「好了！你可以說了。」

「王十三郎遇到一件為難的事。」

「這個軍師不好當！」德興摸著下頦，在屋子裡踱了好久，突然「嗤」地一聲，「為什麼不能讓他去呢？讓他去！到了長安，不正好邀了王十二郎、韓五郎，當面跟楊九郎辦交涉。」

他說：「跟楊九郎提條件，十七姨到大房來住；如果楊九郎答應不下來，那就一刀兩斷。」

說著他還揮揮手，使勁作了個砍斷的手勢。

「這倒也是一個辦法。不過，那一來，郎君不也知道了嗎？」

「知道就知道！反正紙裡包不住火的事。」

「不！你再想個能迴避的辦法。」

「那就除非能捱到過年。」

「哼！」阿青冷笑一聲：「你可知道十七姨度日如年？再說是接她去探病的，怎麼能不走？」

「是啊！」德興很服善地點點頭，「不但要走，而且要快走。」

「這才像話。」阿青催問著，「你再好好想。」

「慢慢來！總有法子的。」德興一眼看到夥計便說：「吃了飯再說。」

等夥計將酒食端上桌，兩人相對而坐，德興喝酒，阿青食餅；談到別後光景，德興將李義山的近況，以及韓瞻將要入川的情形，細細說了給阿青聽，然後問她在楊家的生活。

「乏味極了。」阿青搖搖頭，「十七姨的婆婆，經常陰著一張臉；我看我再待下去，她大概要發話攆我了。」

「你要忍耐！熬過這幾天就好了。喔，」德興很興奮地說：「我告訴你一個好消息。」

這個好消息便是李義山願為他設法，到了徐州，在盧弘正帳下為他補個校尉之類的武職官，只當隨從，不必出征。

「有節度使提攜，不愁沒有升遷的機會。到那時候，你也可以用朱帶、戴花釵冠了。」

這是命婦的服飾，阿青心裡當然高興，而口中卻說：「不知道我有沒有那個福氣？」

「福氣要自己去求的。」德興又說：「十七姨當初如果心有定見，今天那裡有委奴的分？」

「你這話說得太玄，也扯得太遠了。十七姨跟委奴有什麼關聯？」

「怎麼沒有？你聽我講個道理你聽。」

照德興的想法是，倘或十七姨如今仍住在崇讓坊，則李義山到徐州服官，李夫人身弱多病，無法隨行，而中饋又不能無人，那麼順理成章地就會效娥皇女英的故事，讓十七姨也嫁李義山。

「你這話倒也有理。」阿青沉吟了好一會說：「十七姨有天晚上說，她是悔不當初——。」

「怎麼悔不當初？」德興打斷她的話問：「你是說她悔不該偷了姊夫？」

阿青皺起了眉說：「你說話別那麼難聽！」

「喔，」德興應了一下，方又再問：「悔不該看中了韓壽？」

「你說什麼？看中了誰？」

「韓壽。」

溫庭筠跟李義山談那首「賈氏窺簾韓掾少，宓妃留枕魏王才」的詩，德興曾在廊上聽得十分明白；此時便將韓壽偷香的典故講了給她聽。

「原來你是指楊九郎。不錯！」阿青又說：「看樣子，十七姨還是忘了不郎君；只怕郎君心裡也還是有她。」

「當然，如果真的拋得開，也不必做那麼多的詩了。」

「照此看來，十七姨的事，絕不能讓郎君知道。你想，十七姨婚姻又不如意，回過頭再來纏郎君，外加夾著一個委奴在中間，那麻煩可就大了！」

德興點點頭，喝完了杯中的酒，起身喊道：「夥計，夥計！」

「你要幹什麼？」

「想再來點酒。」

「別喝了！」阿青用命令的語氣說，「喝得糊裡糊塗，可怎麼辦正事？」

「你不知道，酒要喝到興頭上，思路才又快又清楚。」

「好吧！」阿青讓步了，「不過，我得管著你。」

於是找夥計又要了一壺酒來，阿青為他斟了一杯；隨即將酒壺放在自己手邊。

「辦法是有一個。這個辦法，你不樂意，我也不樂意；不過，除此以外，只怕別無善策了。」

「你先說給我看看？」

「我有辦法，能拖到年底；不過，為了保護十七姨，你仍舊要陪著她。」

果然一聽到最後那句話，阿青的眉心中擰起一個結，好久不作聲。

「是不是？我就知道你不樂意。」

「倘或非如此不可，我也只好陪著十七姨受罪了。你先說說你的辦法。」

於是德興說了他的辦法；阿青認為可行，但不願立即表示同意。

「你再想！你的鬼花樣多得很，看看還有更好的辦法沒有？」

「好！」德興說道：「你再給我一杯酒。」

喝這一杯酒時，他只是閒談；喝完一杯，又要一杯，阿青告訴他說：「這是最後一杯。」

德興不作聲，默默地喝完了最後一杯，開口說道：「沒有了！剛才的辦法就是最好的辦法。」

「鬼！」阿青罵道：「你根本就是騙酒喝。」

德興笑了，抓起一個胡餅，一面咀嚼，一面問道：「我明天什麼時候去？」

「還不知王十三郎贊成不贊成呢！」

「我想他不會不贊成，我也不相信他會比我想出更好的辦法。」

「你也別那麼自負！王十三郎也是讀了好些書的人。」

「『世事洞明皆學問。』光會讀死書，讀成一個書獃子，有什麼用？」德興又說：「我明天一早在德願寺等你，如果照我的辦法，你不必來；到時候我就去了。倘或事情有變化，你就早點到德願寺來通知我。」

「好！我先走吧！」阿青將酒壺交了給他：「喝完這一壺，可絕不能再要了。」

「好。」

德興聽她的話，喝完餘瀝，雖覺意猶未盡，仍舊結束了晚餐；讓夥計收拾完了，靜靜地坐著喝茶。

不道阿青卻又出現了，德興便問：「你怎麼去而復回？」

「我有塊手絹，是不是掉在這兒了？」說著，她裝模作樣地找了一下。

「你根本不是來找手絹，是抽冷子來查我，是不是又要了酒？」

阿青不善於作偽，讓他一語道破，忍不住「噗哧」一聲笑了出來。

「是不是？你那些花招，少在我面前使。我告訴你吧，你肚子裡有幾根腸子，我都清清楚楚。」

「你這麼說，不怕我聽了會覺得你這個人太厲害，處處會防備你？」

「你現在已經處處在防備我了。我告訴你吧，我這個人說話，最講信用，我答應你怎麼樣，就怎麼樣，絕不會變卦。」

「好！但願你心口如一。」說完，阿青又翩然舉步，轉身之間，嬝娜多姿，德興不由得心神蕩漾。

「慢一點！」

「幹嗎？」阿青轉身問說。

「讓我親一親，行不行？」德興一面說，一面已拉住了她的手。

「當心有人看見。」

「沒有人。」

德興一把捉住她，又親又摸；阿青卻只是將眼睛瞟向窗外，突然說一聲：「有人來了。」等德興將手一鬆，她很快地去遠了。

德興又得意、又悵惘；驀地裡省悟，急急追了出去，追出大門，望著阿青的影子喊道：「等一等，我送你回去。」

其時已經入暮，阿青不反對他相送；站住腳說：「你在路上可別動手動腳！」

「那當然。」

於是一路閒談著，送到德願寺門口，她停住足說：「你回去吧！」

「好！」德興突然想起，「還有句話，小武那個人很魯莽，你可千萬要告訴他。不然，他一見了我，說一聲：『你不在旅舍裡，怎麼到這兒來了？』那一下，我的戲就唱不下去了。」

「對！我會關照他。」

第二天一早，德興到了德願寺，看陽光從西面禪房屋頂，漸漸東移，一直過了殿前的大香爐，仍未發現阿青的蹤影，確定王十三已同意了他的辦法，便即出寺，逕往楊家求見。

到得楊家門房，恰好遇見小武；他很機伶地說：「咦！你怎麼從長安來了？」

「特為來送信給王十三郎。」

見此光景，楊家的門房不必再問；由小武領到廳上，只見王十三與楊九在閒談。行過禮後，道明來意。

「是韓五郎關照我來的。他放了西川果州的刺史；那裡正在剿匪，朝廷催他盡快上任。韓五郎說有好些要緊話交代十三郎；請趕快回長安。」

「喔，」王十三搓著手，似乎不知道說什麼好；歇了一會，方又開口：「你到我家裡去過沒有？」

「自然去了。太夫人的病，已經大好了；她說：到年下，請楊九郎帶著十七姨到長安來過年。目前，大家都忙，暫時就不必來了。」德興說道。

「喔，好！」王十三轉臉問道：「妹夫，你看怎麼樣？」

「岳母這麼交代，理當從命。」楊九又問：「十三哥，你打算什麼時候走？」

「當然越快越好。」

「是。我叫人來預備車馬。今天是來不及了，明天動身吧！」

「好，好！」王十三轉臉問道：「德興，你呢？是不是明天跟我一起走？」

「我要趕回去。」德興答說：「給十七姨請個安，我就走了。」

「也好！」

於是由楊家的丫頭，領著德興去見十七姨；穿過一道角門，另有天地，他一路留心，想看看十七姨的那個惡婆婆，長得什麼樣子，但他是失望了。

領到十七姨院子裡，迎面遇見阿青；由於有楊家的丫頭在，阿青不能不裝出久別乍逢的神情，「咦！」她說，「你怎麼來了？」

「是韓五郎派我來的。」德興問說：「十七姨呢？」

「在裡面。」阿青掉轉身領路，「十七姨，德興來了。」

十七姨早就聞聲在堂屋中等候；德興作了個揖，少不得又將此行的任務說了一遍。一面講話，一面打量，只見十七姨容顏憔悴，那一頭原來如黑緞、如烏雲的膩髮，乾枯有如敗草，加以臉上一個疤，益顯得形容醜怪。他口中不言，心裡卻在想，年下回到長安，王太夫人見了，不知道會怎麼樣的心疼。

等他講完，十七姨冷冷地問些長安的情形；及至楊家丫頭一走，她換了一副關切的神色，「那胡姬的為人，」她問，「到底怎麼樣？」

「喔，十七姨是問委奴？脾氣很好的。」

「善不善持家？」

「這倒不大清楚。」

「她，」十七姨指著阿青說：「好像娘子要把她配給你；她又害臊，不肯細說。你倒說給我聽聽，到底怎麼回事？」

阿青一聽說到她身上，雖未溜走，卻裝作整理瓶花，將臉背了過去，德興笑笑答道：「她既然害臊，我就不便多說了。」

十七姨想了一下，點點頭說道：「我明白了。她常批評你，可也常誇你。將來你要拿出良心來待她。」說著，十七姨的眼圈，無緣無故地紅了。

德興明白她的心事，只是無從慰藉，只說得一句：「留得青山在，不怕沒柴燒。十七姨請自己保重。」

十七姨沒有答他的話，拿手絹擤一擤鼻子，然後問道：「你什麼時候回長安？」

「我有事，今天就得走。」

「那，」十七姨看了看阿青的背影說：「你們總要談點知心話吧？」

難得她有此表示，德興立即答說：「請十七姨准她送一送我。」

十七姨尚未答話，阿青轉臉說道：「你出門上馬就走了，還用得著送嗎？」

「你就送一送。」十七姨說：「送到德願寺好了。」

阿青先不作聲，然後才說了句：「你先走。」

這表示她隨後會到；德興便先辭十七姨，後辭楊九郎與王十三。出了楊家大門，牽著馬到了德願寺；不久，阿青也到了。

「十七姨怎麼變成了這個樣子？」德興嘆息著說：「什麼叫紅顏薄命？我算是懂了。」

「事情還不知道怎麼樣呢！看樣子，跟楊九郎辦交涉，也不會有結果。」

「怎麼？楊九郎有什麼表示？」

「照我看，想讓楊九郎把她接回來，在大房住，恐怕是妄想。」阿青又說：「照我這些日子看，楊九郎是巴不得把十七姨休掉。」

「那就難了！十七姨的一生毀在他手裡了。」德興又說：「我總以為以十七姨的人才，只要肯委屈，也還不愁不能再醮。如今這副樣子，有誰會要她？」

阿青不答；好半天才長長嘆了口氣，臉上也是萬般無奈的神氣。

「嗐！」德興突然一頓足：「事不干己，何必替她發愁。我們談談自己的事。」

「自己有什麼事要談？」

「我這回去接了委奴到長安，會勸郎君儘早回洛陽；到家一看，不見你的影子，自然會問，到那時候該怎麼說？」

「你說呢！該怎麼說？」

德興想了一會，沒有什麼好辦法來掩飾，索性丟開。「算了！慢慢兒想。」他說：「你陪我找個地方吃了飯，我好上路。」

「不！王十三郎要走了，也許十七姨有什麼話，要我傳達；我得早點回去。」

這是託辭，真正的原因，還是怕楊家的人發覺她跟德興的關係，非比尋常。德興無奈，只好依依不捨地，上馬而去。

洛陽花雪夢隨君

見了德興，委奴滿面笑容，顯得非常高興。稱呼都改過了，德興稱委奴為「姨娘」，她跟著米海老管德興叫「李大哥」，又命阿利：「叫李叔叔！」

「不，不！現在不要這麼叫。」

原來德興因為阿利可能成為李義山的義子，將來名分有關，改口不便；但如成了盧弘正帳下的校尉，身分提高，那時的阿利，叫他「李叔叔」就可以受之無愧了。

「那麼叫什麼呢？」

「就叫德哥了。」

這個稱呼，尊卑不甚分明；有時小主人對年輕僮僕，也是如此叫法。委奴不曾想到他有深意在內，阿利便這樣叫開了。

「德哥？我會唸郎君的詩。」一臉得意之色的阿利，拉高了嗓子唸道：「『宣室求賢訪逐臣，賈生才調更無倫。可憐夜半虛前席，不問蒼生問鬼神。』」

德興不知道李義山有題為「賈生」的這麼一首詩；當然更不知道漢文帝在未央宮正殿宣室召見賈誼的典故，聽不懂他唸的是什麼，只覺得聲調鏗鏘，想來是一首好詩。

「誰教你的?」他奇怪地問。

「是李主簿。」委奴答說,「李主簿倒跟他有緣。」

原來委奴雖不便再到她舅舅所設的那家酒樓,但阿利卻是常去,有時還幫著打打雜。有一次,李主簿去喝酒,看阿利頗為伶俐;一問才知道是委奴之子,便越發加添了三分親切之感。

從此每一回去,都要找阿利來相陪,教他識字,也教他唸詩。

「好啊!」德興說道:「你把郎君的詩,多唸幾首在肚子裡。」

「我一共會——,」阿利想了一下說:「一共會七首。德哥要不要再唸一首給你聽。」

「好!」德興問道:「你懂不懂什麼叫七律?」

「懂!」阿利復又有腔有調地唸道:「『昨日紫姑神去也,今朝青鳥使來賒——。』」

「不,不!」德興急忙搖手制止,「阿利,有些詩,將來在郎君面前是不能唸的。」

「為什麼?德哥!」

「你不明白。你只聽我的話好了。」德興又說:「你把其餘的幾首,也唸給我聽聽。」

還好,有忌諱的就是這一首。德興本想叮囑,以後請李主簿教別人的詩;轉念一想,馬上要去長安了,阿利以後也沒有再見李主簿的機會,不說也罷。

當天晚上,米海老到他舅舅店中,弄來好些酒菜,為德興接風;席間自然要商量行程,決定三天以後動身。

到了長安,照預定的辦法,先住在西市米海老家,備辦妝奩;德興與阿新督飭匠人粉刷房屋,挑定了日子,預備辦喜事。消息一傳,好事的溫庭筠,糾合了李義山的一班好友,打算好好兒熱鬧一下。李義山幾番固辭;溫庭筠只說:「不用你費事!我們只是借這個機會,取樂一番而已。」

到了吉期,先發妝奩,然後新人坐一輛油壁帷車進屋;接著大張喜筵。堂前,鋪一張紅氍毹,廊上是一班胡樂，玉笛、琵琶、箜篌、觱篥、方響、羯鼓、檀板，先吹奏了一套隋煬帝命樂工所製的曲子：〈同心髻〉、〈玉女行觴〉、〈神仙留客〉，五音並作，熱鬧非凡。

接下來是西市張家酒樓的裏雲唱詩；第一首是朱慶餘的「洞房昨夜停紅燭」；第二首是張祜的〈贈內人〉；第三首是李義山的詩，題目叫做〈鳳〉，是一首七絕：「萬里峰巒歸路迷，未判容彩借山雞。新春定有將雛樂，阿閣華池兩處棲。」

「這首詩唱得好！」段成式說：「是新人生子的吉兆，我們賀一杯。」

主客都乾了杯，溫庭筠說：「還該賀新人才是。」

新人在洞房，溫庭筠要闖了進去，段成式攔住他說：「鬧房是晚上的事，這會兒別鬧，石野豬的參軍戲要上場了。」

石野豬是有名的俳優，生具急智，即景生情，善於滑稽，每一出場，不使座客捧腹不止。

參軍戲須兩人合演，一名參軍，一名蒼鶻，前者假作癡愚，對蒼鶻所問，答語每每出人意表，但自有無奈其何的歪理，這就是所以能逗笑的緣故。

這天的石野豬，打扮便令人發噱，頭戴儒巾，身披袈裟，手中執一柄道士常用的拂塵，一出場不理大家的哄笑，端然正坐，自稱「儒釋道三教總持」。

作配角的蒼鶻便問：「既言三教總持，自然博通三教，請問釋迦如來是什麼人？」

「婦人。」

蒼鶻故作吃驚狀：「怎麼是婦人？」

「《金剛經》說『敷座而座』。如果不是婦人，何必『夫坐』，然後『兒坐』？」

座中通佛經的人，無不大笑。蒼鶻等大家笑停了，又問：「那麼，太上老君是什麼人呢？」

「婦人。」

「愈出愈奇了！我不懂。」

「很容易明白。《南華經》說：『吾有大患，是吾有身；及吾無身，吾復何患？倘非婦人，怕什麼有「娠」』？」

哄堂聲中，那蒼鶻說道：「照你這麼說，只怕孔老夫子也是婦人了？」

「然也。」

「說個道理看！」

「《論語》上說：『沽之哉，沽之哉！吾待賈者也。』她是個待『嫁』的寡婦。」

「豈有此理！」蒼鶻拿他手中的聚頭箑，在石野豬頭上打了一下，「這個賈，不唸本音；唸如『果』。」

「照這樣說：今天新郎官李十六郎的詩，應該唸成『果氏窺簾韓掾少』？」

這一說，知道李義山那首七律的賓客都笑了；「不錯。」蒼鶻略停一下說：「今天新郎官又是什麼人？」

「也是婦人。你一定要問我證據；喏，『洛陽花雪夢隨君』，明明說他夢的是夫君。」

「強辯！」拍的一聲，石野豬頭上又著了一下，「這不是證據。」

「我再舉一個，『羞逐鄉人賽紫姑』，倘然不是婦人，怎會去祭紫姑神問蠶桑？」

「說得倒也有理。今天是李十六郎的好日子，我們去討杯喜酒喝。」

「有，有！」溫庭筠笑著應聲，命人斟了兩大杯酒，親自捧了給他們去慰勞。

「不愧名嘴！」令狐緒向李義山說：「三教總持是老笑話；後面開你的玩笑，雖說強詞奪理，畢竟要先讀讀你的詩，下一番工夫。」

「我很奇怪，像『賈氏窺簾韓掾少』這種句子，他是怎麼知道的呢？」

「你的詩，還少得了人傳抄？」

這一夜，李義山因為溫庭筠鬧酒，喝得大醉，扶入新房，嘔吐狼藉；委奴細心收拾乾淨。歸寢時已是三更將盡，但只睡得兩個更次，便即起身，親自執役，灑掃內外。等德興與阿新起來一看，自然都有好感。

「李大哥──。」

她一開口，德興便打斷了她的話：「姨娘你不能這麼叫，叫我名字好了。」

「我怎麼能叫你名字。」委奴想了一下說：「這樣吧，我跟著阿利叫，叫你們李哥、新哥。」緊接著她又問：「阿利沒有攪擾得你們不舒服吧？」

原來阿利是跟著他們一屋睡；「他很乖！我們起來，他也要起來；昨晚睡得遲，看他眼睛都還睜不開，我硬揿著讓他再睡。」德興又問：「郎君還沒有醒吧？」

「還沒有。」

「姨娘，」德興說道：「不知道郎君跟你談過沒有，那一天動身回洛陽？」

「還沒有。你看他醉得那個樣子，什麼事都不能辦。」

聽得這話，德興與阿新作了個會心的微笑，「姨娘，」德興接著談回洛陽的事，「明天就十二月初一了，再住下天氣變壞，又是雨、又是雪，路上很辛苦。請姨娘跟郎君說一說，儘快動身為妙。」

「那麼，你說一個日子。」委奴問說：「這回到了洛陽，還回不回長安。」

「不回了。開了年直接由洛陽往東走。」

「如果是這樣，所有的東西都得帶走；房子呢？」

「房子是溫家的，退給他們就是了。」

「那也得早點通知人家，讓人家好有預備。」

「是的。」

「如果要搬家，今天起，就得動手，我看十天都收拾不完。」

「十天太晚了。我看，準定臘八那天動身吧。」

「好！我來跟他說。」委奴又說：「路上照料的人手怕不夠，叫我兄弟陪了去。」

德興正要答話，只聽臥室有咳嗽的聲音，委奴急忙趕了進去；阿新聳聳肩，輕聲笑道：「這下我輕鬆了，以後都是新姨娘的事了。」

這是說李義山起身，阿新不必再服侍了。德興點點頭說：「還有炊事呢？」

「她會做不會？」

「會。」

「那我應該讓賢了。」阿新又說：「德興，你幫我一個忙，這話我不便開口，最好請你跟郎君來說。」

「行！」德興沉吟了一會說：「有件事要你幫我的忙；我回頭去通知王十三郎，告訴他，準定臘八動身，請他到盧氏去接十七姨，最好十一動身，那時候我們已經過了閿鄉，路上不會撞見了。」

「是啊！」阿新問說：「你要我幫什麼忙？」

「你早兩天走，就說先回洛陽去通知娘子，順便收拾房屋；其實先到盧氏，把阿青帶回洛陽。」德興解釋其中的緣故：「因為郎君一回洛陽，看阿青不在，自然要查問，那時候話很難說。」

「這倒是好差使。」阿新開玩笑地說：「我陪阿青一起回洛陽，路上你倒放心？」

「放心得很！」德興微笑著說：「不過，我要提醒你當心，阿青晚上帶著這麼長一把刀睡的。」說著，還作了個手勢。

阿新微微一驚，「你怎麼知道？」他說：「大概你領教過了？」

「什麼話？如果我領教過了，現在還有命？」

「那你是怎麼知道的呢？」

德興正要回答，委奴從臥室中走了出來；兩人便住了口，都用目迎，只見委奴臉上，七分喜氣，三分春色；口中說道：「新哥，你帶我到廚房去打洗臉水。」

這應該是阿新將熱水壺去提了來，再讓委奴去伺候盥洗；但新人進門第一遭，正好偷懶立個「規矩」，所以答應一聲，在前領路。

「德興！」是李義山在屋子裡喊。

「恭喜郎君。」德興垂著手笑嘻嘻地說：「新姨娘很會持家。」

「我也覺得她還不錯。」

「郎君，我有好些事，跟你請示——。」剛說到這裡，只見委奴出現，有些話不便當著她說，德興便改口說道：「我回頭再來吧。」

同樣地，李義山也有好些不便在委奴面前談的事，跟德興商量，所以直到她去「洗手作羹湯」時，才將德興喚進來談。

「我跟新姨娘商量好了，想定在臘八那天動身回洛陽。姨娘怕路上人手不夠，想找米海老來幫忙。郎君看如何？」

「日子來得及嗎？」

「要趕一趕。」德興又說，「我想讓阿新早幾天走，先去通知娘子。」

「可以。」

「阿利怎麼樣？」

「我正要跟你談這件事。委奴似乎希望早早定局；我覺得不能不慎重。第一，先要看看資質；第二，跟阿袞合得來，合不來；第三，總要尊重娘子的意思。她如果不願意，這件事就得另作計較。」

「照我看，最要緊的是第二點，如果他跟阿袞合得來，娘子就絕不會不願意。」德興又說：「等一等也好，我會告訴阿利，讓他怎麼討娘子的歡心。」

「好！」李義山說：「反正我一切都託付給你了。」

阿新是第一次到盧氏縣來，依照德興畫給他的地圖，找到了相熟的那家旅舍，安頓了行李，問明德願寺的路徑，總算找到了。

這是一個指標，照德興所說，那條東西向的巷子，就數楊家的房屋最大，接連兩家，但由一座大門出入。他在德願寺山門外，稍微仔細看一下，便發現了；但到了門口一望，不由得愣住了。

原來門上懸著喪幡，而在長安並未聽說楊家有人故世，莫非找錯了地方？正在躊躇時，有個老蒼頭上來搭話。

「你這小郎，是找人？」

「是的。」阿新問道：「這裡府上是姓楊？」

「不錯。你看！」

那蒼頭手一指，門楣上有「弘農」二字；這是姓楊的郡望，「果然不錯。」阿新說道：「我要求見你們二房的娘子。」

那老蒼頭定睛打量了一下問道：「你是什麼人？從那裡來？」

阿新本姓朱，但看問話的神氣，倒彷彿對他有什麼懷疑似地，便故意這樣說：「我姓王，從長安來？」

「喔，原來你是我們二房娘子娘家來的人。」那老蒼頭問道：「我們這裡派去的人，你沒有遇見？」

「沒有啊！我不知道府上派了人去；派去幹什麼？」

「是報喪。」

阿新大吃一驚，「怎麼？」他張口結舌地，「十七姨真的死了？」

「自然是真的！這是什麼事，還能假造嗎？」

他這一說，倒讓阿新警覺了；自己的話中有語病，說「真的死了」，是預知十七姨會死，有果不其然的意味在內。但到底是怎麼死的呢？在事實真相沒有弄清楚以前，措詞應該謹慎，否則會引起麻煩。

於是，他定定神問：「是什麼病？」

「心痛急病。」

這話不知是真是假，反正一問阿青就明白了；於是他想了一下說：「既然十七姨去世了，我也就不必拜見楊九郎了。實不相瞞，我是來接我們十四姨身邊的一侍兒阿青；請你把她叫出來，我領了走。」

「這，」那老蒼頭說：「你請等一下。」

等了好一會，才來領他入內；但見到的不是阿青，而是楊九郎。

「咦！你不是阿新嗎？」

「是。」阿新只得按規矩行禮，「楊九郎一向安好？」

「好什麼！你看十七姨一下子就去了，連醫生都來不及請。」說著，臉現淒然之色。

「唉！真是想不到。死生有命，楊九郎亦不必過於傷心。」阿新這樣泛泛地安慰著。

「你大概還沒有吃飯。」楊九郎對老蒼頭說：「他叫阿新，人很能幹的；我在洛陽作客，都是他照料。你帶阿新去，好好款待他。」

這頗有籠絡之意，不免又染濃了阿新心頭的疑雲，因此在那老蒼頭代表主人款待他時，不斷探詢十七姨得病的經過，所得到的答覆是：「在那邊，這邊不十分清楚；再說是二房娘子的內寢，我們亦不便進去。」

「喔！」阿新又問：「得病在什麼時候？」

「在夜裡。如果白天，也許還有救。」

「為什麼呢？」

「白天請醫生方便。」

再問，便只聽到「不清楚」三字了。阿新心想，反正見到了阿青便知真相，也就不再多問。

到得酒醉飯飽道過謝，只見阿青翩然而至；一見之下，阿新大為詫異，她面含笑容，滿頭珠翠，身上還穿一件繡襦，阿新覺得彷彿在那裡見過似地，凝神略想一想，隨即想起是十七姨到楊家，在崇讓坊上時所穿的。

「阿新，我們好走了。」

「阿青，十七姨——。」

「對、對！你該到十七姨靈堂上去磕一個頭。」她一面說，一面拋過來一個眼色。

「是啊！」阿新借話搭話，「我就是問十七姨的靈堂。」

「我帶你去。」

到了「二房」，居然是在正廳中設的靈堂，而且布置得很像個樣子，竟是以「冢婦」看待十七姨。阿新看在眼裡，默不作聲；在靈前磕過了頭，又去見楊九郎辭行。

「辛苦你了。你是回洛陽？」

「是。」

「請你代我向十四姨問好。你說：十七姨這件事，我心裡的難過，無言可喻。」楊九郎臉上所現的痛苦，給了阿新極深的一個印象。

「是。我一定把話帶到。」

「好、好！」楊九郎從袖中掏出來一個紅封袋，「你不必跟我客氣，小小一筆盤纏。」

阿新心想，不拿白不拿；便道了謝，將紅封袋接了過來。

「阿青，」楊九郎又說：「這一陣子，真要謝謝你，回到洛陽，請你多安慰安慰十四姨。」

「我知道。」阿青回顧阿新，示意可以走了。

「你們怎麼走法？」

「我有車來的。」阿新答說：「車伕要打尖，車停在旅舍，我們走了去就上車了。」

這是飾詞；阿新已經把車子打發走了，預備到旅舍另雇。好在阿青只有一個包裹，由阿新代她提著，辭別楊家，一出了門，便問十七姨的死因。

「上吊死的。」

「上吊？」阿新大駭，「為什麼？」

阿青答非所問地說：「我們現在到那裡？」

「到旅舍去雇車。德興還有口箱子在那裡，要我帶回洛陽。」

「好！那就到旅舍再談。」

「不過，今天怕走不了啦！得住在旅舍。」阿新又說：「一人一間屋，你把房門關緊，身上也不必帶刀睡了。」

「去你的。」阿青白了他一眼，「這個時候你還有心開玩笑，簡直是毫無心肝。」

挨了罵的阿新，不再作聲了。默默地走向旅舍，安頓了住處，他將那個紅封袋打開來一看，裡面是十貫寶鈔。

「這筆盤纏送得不少。」

「是買你的嘴。」阿青指著頭上說：「那個惡婆婆知道闖禍了；平時小氣得要命，這回很大方了。」

「怎麼？怎麼叫惡婆婆闖禍？」

「是這樣的，王十三郎一走，楊九郎跟惡婆婆去說，年底要送十七姨到長安。那惡婆婆先是不准，接下來就罵開了——。」

不准的理由是，過年事多，怎麼能回娘家。然後罵楊九郎不孝，越罵氣越大；話風一轉到十七姨身上，便罵得越來越刻毒，連「先姦後娶」四個字都出來了。

「十七姨不敢回嘴，只是哭。哭一回，照一回鏡子；我就知道事情不妙，抽冷子把鏡子收了起來。十七姨也不言語，坐在那裡發楞；到了半夜裡我起來上東廁，走到堂屋門口，撞著了甚麼，伸手一摸，是一個人的身子。我嚇得魂飛天外——。」

「這一下你自然極聲大喊，」阿新插嘴說道：「把大家都驚動了？」

「沒有。我當時身子發抖，心裡是清楚的；心想，先看看明白再說，掉頭回屋裡，掀開帳子一看，那裡有十七姨的影子？只有枕頭上一張字條，拿到燈下一看，寫的是：『阿青為我伸冤』六個字。」

「那張字條呢？」

「喏！你看。」

從阿青貼肉口袋中取出來的那張字條，一望而知是用眉筆所寫；螺黛與墨不同，字跡已有些模糊了。」

「楊家的人，知道有這張字條不？」

「我怎麼能讓他們知道？」

「做得好！這張字條是很要緊的東西，要好好保存；不要再擺在身上了，最好夾在書裡面。」

「那裡有書？」阿青想了一下說：「有了。」

她打開包裹，取出一本刺繡樣本，將字條夾好，接著再談當夜的情形。

「我藏好字條，趕出去摸一摸十七姨的手，已經冰冷了，馬上跑到天井裡，大喊一聲：『不得了啦！』這一喊自然驚動了兩家上下，七手八腳將十七姨放了下來；拖出好長的舌頭，惡婆婆一見昏厥——。」

「死了沒有呢？」阿新插嘴問說。

「傻話！一掐人中就醒過來了。當時——。」

當時是楊九郎的生母楊太夫人還沉得氣，說了句：「她死得可憐，要好好發送她。」然後回到大房去祕密商議；到得曙色初露時，有人來將阿青喚了去，只見胡床上擺了一堆首飾，楊太夫人和顏悅色地說道：「青姑娘，這一陣子辛苦你了！這是十七姨的東西，送你作個遺念。」

阿青心想，這明明是賄賂，要她隱瞞真相，如果不受，即有敵意；惡婆婆心狠手辣，須防她一不做、二不休，下毒手滅口。好在有那張字條在手，王家若要為十七姨報仇，便是個有力的證據。眼前自以明哲保身為上策。

念頭轉定，略辭一辭，也就受了。旋即為人引至楊九郎正室之處，相共臥起，宛如閨中好友；當然，居停在她身上很下了一番工夫。

但楊九郎正室儘管同情十七姨，責備惡婆婆，而到頭來總是說：家醜不可外揚，請阿青「成全」，免得楊家大房，亦受牽累，一味下軟工夫，拿情分來感動她。

聽到此處，阿新問道：「楊家要你怎麼『成全』呢？」

「楊家說十七姨是心痛患病，來不及請醫生就死了。要我幫著他們瞞這個謊。」

「你瞞不瞞呢？」

「瞞一時，不瞞久遠。」

「我不懂你這話。」

「是這樣的，」阿青理一理思緒說：「我沒有想到你會來接我，我原以為會跟王十三郎在楊家見面，那時候我暫且不說破，這就叫『瞞一時』。」

「為甚麼？」

為甚麼？阿青心想，很容易明白的道理，如果是德興，一下就想通了，絕不會問；由此可見阿新不如德興。

轉了這樣一個念頭，才作回答：「如果我在楊家跟王十三郎道破祕密，說不定馬上就會翻臉；王十三郎人單勢孤，有理也難占上風，所以我打算跟王十三郎上了路再告訴他。」

「說得是，說得是！阿青，你比紫雲能幹。」阿新緊接著又說：「現在呢？王十三郎應該快到了，我們是不是趕到閿鄉去等他，先把這些情形告訴他？」

「這一來不耽誤日子嗎？」阿青又說：「而且楊家只說去報喪，並沒有請王十三郎來；人已經死了，王十三郎也未見得會來。」

「那可說不定。」阿新沉吟了好一會突然很興奮地說：「有了！我聽德興說過，王十三郎跟閿鄉的吳縣尉是好朋友，來來去去，再忙也要去看吳縣尉；如果他仍舊在任，我去見他，留句話給王十三郎，豈不是很妥當？」

「留句甚麼話？」

「只說——，只說十七姨臨死有遺囑交給你；請他去了盧氏到洛陽來。」

「好吧！試一試。」阿青又說：「現在時候還不算太晚，不如趕到閿鄉去投宿。」

「也好！」

於是阿新開發了店錢，託店家雇車；由於盤纏充裕，他雇了一輛寬敞乾淨的好車，阿青帶著德興留下來的一口箱子，獨據車廂，阿新跨轅，與車伕並坐。

到得閿鄉，天色將晚，在縣署前面找了家旅舍，安頓粗定，首先打聽吳縣尉，仍舊在任；阿新決定第二天一早去謁見，留下了話，隨即動身。

計議已定，一起吃了飯，各自歸屋。阿新看為時尚早，便到櫃房去找人閒談；聽說驛館就在旅舍後面，他心中一動，算日子王十三郎如果要來，應該來了，一來，吳縣尉當然將他安置在驛館中，何妨去探望一下。

轉念到此，毫不遲疑地起身出了旅舍；側身靜聽，驛馬嘶鳴，辨知方位，由旅舍西側的夾道穿出去，很快地找到了驛館。

這閿鄉是四通八達的水陸碼頭。所以驛館中的過客甚多，門前小販雲集；過往官員帶來的隨從僕役，集在驛館附近，三五成群地，有的聚飲、有的賭錢，十分熱鬧。

阿新正在觀望，心裡盤算應該如何去打聽時，只聽見一個很熟的聲音喊道：「阿新，阿新！」回頭一看，喜出望外，喊他的正是十三郎的小廝小武，隨即問道：「十三郎呢？」

「讓吳縣尉邀了喝酒去了。」小武問道：「你怎麼在這裡？」

「你先別問我；說你自己，在這裡幹甚麼？」

「唉！」小武嘆口氣，「楊家的人來報喪，說十七姨得了心痛急症去世了。王十三郎不放心，特為要來看一看。」

「你們甚麼時候到的？」

「今天下午。只為吳縣尉一定要留十三郎住一宿，不然預備趕到靈寶去投宿。」

「還好，還好！差一點錯過。」阿新沉吟了一會說：「我是剛從盧氏來，有十七姨的消息告訴王十三郎；你看怎麼辦？」

「他快回來了。我先請你吃飯；吃完，也就差不多了。」

「不！我就住在那家旅舍，第二進的東跨院；王十三郎回來了，請他到那裡來，驛館人多，談話不便，而且還有十七姨的遺囑要交給他。」

小武想了一下說：「既然如此，諒必有極要緊的話；我馬上去通知王十三郎，免得他喝醉了，不能談正事。」

「好，好！我在那裡等。」

於是分道而行，阿新回到旅舍，直奔阿青的屋子，一片漆黑，便在窗外大喊。

從夢中驚醒的阿青，有些不悅，「幹甚麼？」她說：「我已經睡了；有話明天再說。」

「王十三郎已經來了，過一會就會來看我們，你趕緊起來吧！我在屋子裡等你。」阿新又說：「別忘了帶刺繡樣本。」

「喔，」阿青問道：「他住在那裡？」

兩人隔著窗子問答，阿青等弄明白了經過，衣服也穿好了；帶著刺繡樣本，隨阿新到了他屋子裡。

「阿新，我們要想一想，王十三郎知道這件事以後，會怎麼辦？」

「不知道。」阿新答說：「也許盧氏就不去了。」

「對！勸他不必到盧氏去了，一去了一定吵架，他一個人吵不過人家，也吵不出一個結果來，不如謀定後動。」

正在談著，窗外一盞紗燈，店夥已將王十三郎與小武引了進來；阿新、阿青雙雙站起，叫一聲：

「王十三郎。」

王十三臉色惶遽，彷彿不知道該說甚麼似地；好久，才問了句：「十七姨到底怎麼死的？」

「王十三郎，你請坐！」阿青說道：「等我慢慢兒告訴你。」

阿青不蔓不枝地，將經過情形說了一遍；最後取出十七姨的那張字條遞了過去。王十三一看便哭了。

「我現在該怎麼辦？方寸大亂，你們說。」

「我的意思，王十三郎也不必到盧氏去了；一個人孤孤單單，說不過人家，人家硬說心痛急症去世的，你有甚麼辦法？」

「阿青，」小武插嘴，「你可以去作證啊！」

她想起德興說過，小武為人魯莽；如今這話，便是不經思考，信口而言，便即答說：「不錯，我可以作證；不過，我作證是要在公堂上。到楊家作證，楊家不承認，你還能開棺查驗嗎？」

「你不是有十七姨寫的字條？」小武依舊自以為是的，「那就是老大的證據。」

「人家要說你是假造的，怎麼辦？又不是公堂上，官府可以調十七姨平時寫的字來對筆跡。」

他們這番對答，在心神略定的王十三，倒是一大啟發，「我得去找吳縣尉商量。」他說：「看看能不能打人命官司？」

這一打官司，牽涉很廣；阿青覺得事先要問清楚，而且得有妥當的安排，轉念到此，不由得以促起注意的眼光看了阿新一眼。

阿新當然也想到了，「王十三郎，」他問：「如果要打官司，在那裡打？」

「我不能到盧氏打。」王十三說，「那裡是他的地盤，打不過他。」

「那末，是在長安打？」

「對！不在盧氏，就在長安，那是一定的。」

「這樣說，阿青要到公堂作證。」

「是的。」王十三向阿青說：「替十七姨伸了冤，她在九泉之下也感激你的。」

「那是我義不容辭的事。不過，這一來，我家郎君就全都知道了！」

「那是沒法子的事；人命關天，顧不得那麼多了。」

「是。這是紙裡包不住火的事。」阿青問說：「官司甚麼時候打？」

「要打現在就打。」阿新接口說道：「這種事一拖下來，堂上只要問一句：你為甚麼早不來告？原告的話就不響了」

「說得不錯。」王十三連連點頭，「盧氏我是不必去了，我現在就去看吳縣尉；你們聽我的信。」說完，帶著小武匆匆而去。

「看樣子，你要在長安過年了。」阿新問說：「我自然仍舊回洛陽，見了娘子，要不要談十七姨的事？」

「不要！先瞞一陣子再說。」

阿新又說：「我在想，官司最好過了年，等郎君動身到徐州以後再打。」

「那不行——。」

「有個辦法。」阿青搶著說：「堂上如果問王十三郎，你為甚麼早不來告？他只要說，他最近才知道。那時候傳我去作證，到了堂上，我自有話說。」

「你預備怎麼說？」

「我說，我原以為冤家宜解不宜結，所以不肯說破真相。那知道前一陣子，接連夢見十七姨，責備我受了楊家的好處，不替她伸冤，簡直就是幫凶。而且，我是受了楊家的好處。」說著，她舉手將衣袖捋了上去，露出一截雪白的手腕，揚一揚腕上的碧玉鐲子：「這不是？」

「那一來更坐實了楊家犯罪心虛。阿青，你好厲害；我看德興將來一定怕得你要死。」

阿青笑笑不作聲；接著正一正顏色說道：「要瞞就要瞞到底，你在紫雲面前亦不可透露口風；她跟十七姨的情分不同，聽你一說，當時就會哭出來。」

「是啊！她老實無用；這回虧得是你來，如果是紫雲，一遇到那種情形，不知道怎麼應付，十七姨的那張字條，一定會落入楊家，證據一失，十七姨就冤沉海底了。」

聽完王十三的話，吳縣尉久久不語；王十三的一顆心更往下沉了。

「怎麼樣？」他催問著：「你熟於律例，倒看看這官司應該怎麼打？」

「你這場官司不能打。十七姨是自殺，楊家的人，並沒有犯罪。」

「她為甚麼自殺？」王十三有些激動了，「還不是惡婆婆的逼迫！平時虐待兒媳，楊家上下，無不盡知。」

「逼迫的證據在那裡？如說是毒詈，婆婆罵兒媳，並不犯法；你說婆婆平時虐待兒媳，楊家上下，無不盡知，可是你有沒有把握，楊家會有人挺身出來作證啊！」

王十三語塞，想了一會，方始想起：「阿青可以作證啊！」

「那不算，她是你們這方面的人。」

「可是，」王十三說：「明明是上吊，楊家來報喪，說是心痛急病；這不顯得情虛嗎？」

「他們不承認上吊，你又如之奈何？」

「有阿青在。」

「我剛才說過，她是你們這方面的人，作證的力量不夠。」吳縣尉緊接著又說：「聽你剛才所說，十七姨入殮時，阿青似乎並不在場，屍體是甚麼樣子，她沒有看見，縊死不久者，要掩飾上吊的痕跡，並不困難；如果雙方對十七姨的死因，各執一說，最後只有開棺相驗，驗出來沒有上吊的痕跡，徒然讓死者骸骨暴露，似亦不妥。」

王十三聽得這話，心裡難過極了；好半晌才說了句：「照你這麼說，舍妹就算白死了？」

這語氣彷彿在怪吳縣尉，蓄意使十七姨沉冤莫白，聽的人，心裡當然很不舒服，但他跟王十三是好友，當然能體諒他情急之下，口不擇言。

「十三兄，」他平靜地說：「照你剛才所談的情形，楊家對令妹的身後，似乎很能盡禮，這也算是補過的一端；過失在她婆婆，楊九郎身為人子，處境很為難。楊九郎跟你雖然也是熟人，但你我的交情，非他所能比，所以我絕不會站在他那方面說話。這一層，我想你一定信得過我。」

這番話委婉合理，王十三不免為自己的失態而感愧歉，含著淚說：「我明白。」

「這件不幸之事，亦真叫是令人無奈。官司未必能打贏；打輸了，你就輸到底了。」

王十三不解此語，想了一會，還是忍不住問了出來：「何謂輸到底？」

「對簿公堂，自然就談不到親戚的情分了；你官司打輸了，親戚也斷了。而且在對方會覺得自己沒有錯，那一來，原來覺得對不起令妹的一份歉疚，也就消失了。你想，豈非輸到底。」吳縣尉緊接著說：「為今之計，只有讓楊家補過，安慰令妹於泉下。」

「怎麼補法？」

「你開條件，我替你找楊九郎來談。」

王十三不知應開甚麼條件，心想，阿青在楊家多日，或許知道十七姨生前的心願，不如問了她以後再說。

「多謝開導。如果我願意善了，當然要拜託老兄作調人。」王十三站起身來揖別：「等我今晚好好想一想，明天上午奉復。」

「好！明天上午我到驛館來奉候。」

於是王十三逕回驛館，隨即命小武來邀阿青與阿新；一箭之地，隨喚隨到。

「吳縣尉說：這場官司沒法子打。我聽了很氣，不過，細想一想，實在也有難處。」接著，王十三將律例上站不住腳的地方，細細說了一遍。

「那麼，王十三郎，」阿青問說：「你打算怎麼辦呢？」

「吳縣尉說，這場官司打輸了，就輸到底；如今只有讓楊家補過，安慰十七姨。」王十三說：「他要我開出條件，由他跟楊九郎去談。我不知道該開甚麼條件？阿喜，十七姨總跟你談過心事，她生前有甚麼願心？」

「十七姨常常說，有個兒子就好了；可見得十七姨最大的願心，是想生子。」

「要她自己生是來生的事了。」王十三沉吟了一會說：「原來講定的，大房生的歸大房；二房生的歸二房，現在只有跟楊家交涉，大房生的第一個兒子，過繼給十七姨。」

「大房已經生了一個兒子了。」

「那就更沒有話說了，大房再生一個，立刻過繼。」王十三又問：「還有呢？」

阿青猶在思索，阿新開口了，「十七姨最大的願心，自然是想伸冤；不打官司要賠罪。」他加重了語氣說：「要惡婆婆在十七姨靈前磕頭！」

此言一出，沒有反應；停了一會，阿青說道：「殺人不過頭點地，果然如此，十七姨那一口冤氣，也嚥得下去了。不過，這話似乎說不出去。」

「是啊！」王十三亦有同感，衣冠士族，須講禮法；要婆婆給兒媳婦磕頭，這個條件提出來，會受人非議。

「一定要提。」激於義憤的阿新又說：「她又不是真的是十七姨的婆婆。」

「即令提了，人家表面答應，暗地裡不做。我也不能說，我非看著她磕不可。」

「那倒不必過慮。」阿青接著王十三的話說：「我有個法子能教惡婆婆乖乖兒會磕頭。」

「甚麼法子？」

「嚇她一嚇。」阿青說道：「我仍舊是用託夢的說法——。」

這個說法，必可見效。王十三也同意了，決定就提這兩個條件。計議已定，阿新便說：「王十三郎，明天一早，我們就動身回洛陽了；你老有甚麼口信要帶給我家娘子？」

「怎麼能帶口信？」阿青立即糾正他，「十七姨的事，要瞞著娘子；你如果一帶口信，娘子問你，是在那裡遇見王十三郎的，你怎麼說？」

阿新省悟了，但口仍不服，楞了一下答說：「我說在長安遇見的。」

「郎君就要回去了，王十三郎有話不會直接跟郎君說，用得著你來帶口信？」

「好了！」王十三向阿新說：「阿青的理路清楚，口才又好，你不必跟她強辯；好在我也沒有口信要帶。」他從身上掏出一捲寶鈔，剛要檢取，便讓阿新攔住。

「王十三郎，你不必給我盤纏；楊九郎給得儘夠了。」

「不！他是他的，我是我的。」

既然王十三堅持要送，阿新亦就不必客氣，道謝以後，收了下來，隨即告辭。王十三倒頗有戀戀不捨之意，特意關照小武送他們回旅舍。

「小武哥，」阿青心細，特加叮囑：「既然冤家宜解不宜結了，那末十七姨的情形，你到了長安，遇見熟人，不必再提起。你說是不是？」

「是的，是的。」小武也對她心悅誠服了，「十三郎說得不錯，你的理路清楚，說的話要聽。不過，」他問：「十七姨的事，你們回去總要告訴十四姨囉？」

「當然。在她面前是不能瞞的；我們郎君面前，就非瞞不可。所以，小武哥，你如果見了我們郎君，說話要格外小心。」

「好，我知道了。」

提起李夫人，阿新倒想起一件事，「小武，交涉辦得怎麼樣，我家娘子當然很關心。」他說：「請你跟十三郎說，有了結果，最好讓你到洛陽來通知。」

「我會說。不過，我到洛陽，大概是新年裡的事了。」小武笑一笑又說：「阿青姊，那時候要喝你的喜酒了。」

「胡扯！」阿青笑著啐了一口，「好了，你好請了。」

李義山攜帶委奴，定下日子回洛陽，這是預先就有信給李夫人的。她總以為阿青是由盧氏到長安，隨著李義山一起回來；沒有想到她竟先回洛陽，而且伴送的是阿新而非德興，已頗感意外。及至問到十七姨的境況，她含糊其詞地表示「慢慢再談」，便預感到凶多吉少了。

到時已晚，安頓行李，沒有工夫說話；吃了晚飯，李夫人與阿青有默契，早早將小美與袞師哄得睡了，兩個人交換了一個眼色，阿青另外點了一盞燈。

「娘子，」她說：「我到桂堂，細細告訴你。」

「好！走吧。」

「最好讓劉二娘也來聽聽。」

原來阿青意料，李夫人一聞十七姨的凶信，多半會痛哭失聲；怕驚醒了兩個孩子，所以易地相告。要劉二娘在一起，是為了有人慰勸李夫人，而且可以幫著出出主意。

果然，一聽「十七姨不在了」這句話，李夫人頓時熱淚滾滾而下，但強自抑制哭聲，為的是要聽阿青細說經過。

阿青是從後面說起，「十七姨是上吊死的。」她說：「死得可憐。」

「為甚麼上吊？」劉二娘問。

「婆婆太可惡——。」

阿青便談楊九郎稟告繼母，想送十七姨回長安省親；惡婆婆如何不許、如何用惡毒之詞，侮辱十七姨，以及她如何半夜裡發現十七姨自縊的經過；談到她在枕上發現十七姨所留的那張字條時，李夫人終於忍不住，一聲長號，痛哭不止。

「娘子，娘子，」劉二娘勸道：「阿青還有許多話呢，你先別哭，聽她細說。」

李夫人噙淚頷首，止住哭聲，但仍不時抽噎；見此光景，阿青不敢據實形容十七姨所受的凌辱，但惡婆婆要謀害十七姨的情形，她不能不說，否則德興定計，讓她陪著十七姨以為保護，他到長安將王十三搬了來的這段經過，就無從說起了。

儘管她沖淡了語氣，但李夫人的眼淚，還是一陣陣地流。這樣談到三更過後，阿青的話才講完，「唉！」劉二娘嘆口氣：「怪我！當時我去了就好了。」

「你去有甚麼用？你沒有看到惡婆婆的那張臉，面無四兩肉，一個鷹勾鼻子，眼珠是綠的；幾次晚上遇見，都嚇我一大跳。」

「你也說得過分了。我送親去的時候，她對我很客氣；我先禮後兵，要接十七姨回來，她不會不點頭的。」

阿青心想，這些「馬後砲」的話，無法也不必跟她爭辯；「如今就等吳縣尉去辦交涉了。」她說：「但願王十三郎提的兩個條件，楊家老老實實辦到，能讓十七姨的冤氣，稍微伸一伸。」

「娘子，」劉二娘說：「我看要做一場佛事，超度超度十七姨。」

「再超度也是冤鬼。」李夫人停了一下，說了句：「我好悔！」復又淚如雨下。

「人死不能復生。娘子，你看開一點吧！阿青，你扶娘子回去睡。」

第二天一早阿青尚未起身，只聽有人在喊：「阿青，阿青！」隨即有一雙小手摸到她臉上。睜開倦眼一看，小美面色驚惶地伏在她身邊；阿青是驚弓之鳥，一顆心猛然沉落，急急問說：「出了甚麼事？」

「娘的眼睛，腫得那麼大！你快去看。」

等阿青趕到，劉二娘卻已先在；她使了個眼色說：「你給小美去洗把臉，換件乾淨衣服，我要帶她到寺裡去。」

阿青會意，將小美帶了出去。原來李夫人哭了一夜，哭得雙眼紅腫，畏光不能睜眼，劉二娘一面用熱手巾為她敷罨，一面勸慰。

「娘子，這件事是瞞著郎君的；他快到家了。你一雙眼睛腫得核桃那麼大，他要問起來，該怎麼說？千萬不能再哭了。」

「不會再哭了。眼淚大概也哭乾了。」李夫人這時的聲音，居然很平靜了，「劉二娘，從小大家都說，兄弟姊妹當中，就數我最有主見；凡事三思，絕不會做錯。那知道不錯則已，做一件錯事，就把自己嫡親妹子的性命送掉了。你想，我心裡的這番悔，這層恨！」

劉二娘明白她的意思，當初如果不是她作主將十七姨許給楊九郎，就不會有今天的下場；正在找話安慰她時，李夫人又開口了。

「『我雖不殺伯仁，伯仁由我而死。』害了她，也害了郎君，或許還害了小美跟阿衮。」

「娘子，你也想得太離譜了。怎麼談得到害小美跟阿衮？」

「但願沒有害他們。」李夫人說：「當初如果我沒有私心，木已成舟，索性大方些，讓我們姊妹倆，一起嫁郎君，他就不會作那些詩，惹起令狐八郎的疑心，誤了他的功名。」

這些話，劉二娘無法理會，因而只好默然，聽她再說下去。

「那時候，我自己就覺得身子不好，只怕活不長。我一倒下來，小美、阿衮跟著十七姨，不會吃苦。現在呢？雖說委奴人很不錯；郎君也不是偏聽婦人之言的人，可是知人知面不知心，又是個胡人。如今有我在，當然駕馭得住她，但我一死，她對小美、阿衮是怎麼個樣子，誰包得定？如果薄待這兩個孩子，豈不是我害了兒女？」

「唁！娘子，你想太多了。」劉二娘大不以為然，「身子慢慢可以養好的——。」

「不！自病自知。劉二娘，我希望你活到八十歲，而且越老越健旺；能照看他們十幾年，長大成人，我做鬼都感激你的。」

這幾句話，說得劉二娘心中酸楚萬分，但怕又惹起李夫人的哀傷，不敢流淚，反用毫不在乎的語氣，大聲說道：「娘子，你放心，就算我活不到那麼長；還有阿青，還有德興。我倒沒有想到，他們年紀雖輕，辦事著實老練，真正是靠得住的人。」

緊閉著眼的李夫人，在枕上頻頻點頭，臉上露出欣慰的笑容，「你的話不錯。」她說：「這兩個人是靠得住。」

「阿新跟紫雲，雖說能幹不如德興跟阿青，靠也是靠得住。娘子，你不必擔心兒女，放寬心來，好好養病。」

李夫人不斷在枕中頷首，心裡的哀痛憂慮亦確是減輕了許多。由於雙目畏光，便在帳中臥了一整天，相伴的是她的愛子衮師，不是逗著他玩，便是摟著他睡；而一直在思考盤算的，也只是小美、衮師姊弟的將來。

到晚來，阿青將小美帶到她屋子裡，哄她入夢；李夫人便又將劉二娘找了來談心事。

「我今天想了一天。」她說：「他們的親事，我本想一個一個辦；德興比阿新大幾歲，自然占先。到明年下半年，看郎君在徐州的入息如何，能多寄一點，再讓阿新跟紫雲圓房。現在我想一起辦；你們挑個日子看，不知道元宵是不是黃道吉日？」

「既然定了元宵，就不必看日子了。一年頭一回月圓，當然是好日子。」

「這說得也不錯，就是元宵吧！不過只有一個多月了，要趕緊預備。」

劉二娘心想，不管辦妝奩、備酒筵，只要有錢，叱嗟立辦；可是力量如何呢？她想了一下說：「娘子，你好比又娶兒媳、又嫁女兒；而且一下子就是兩對。」

李夫人當然懂她的意思。「我有點私房，是我嫁到李家時，我娘給我的。」她說：「心想留給小美跟阿袞，所以一直沒有動；現在也說不得了。」

李夫人又說：「兒孫自有兒孫福，用不著我操心。他們四個人的終身大事，我總要早早替他們辦了，死了才能安心。」

「唶！娘子，你不要老是想到沒影兒的事。」劉二娘忽然很起勁地說：「他們兩對圓了房，一『沖喜』，娘子一定百病皆去。」

「但願如此。」李夫人從枕頭下面掏出一串鑰匙，交到劉二娘手裡，「你把大櫃子打開，抽斗裡面有一個檀木盒子，拿來給我。」

劉二娘如言照辦，取來檀木盒子，又照她的指示，開了小鎖，打開盒子；原來她的私房，只是一盒金珠玉石的首飾。

「你看能值多少錢？」

「估不出來。」劉二娘答說：「不過為他們成親辦喜事，綽綽有餘。」

「那就不必全數變價，挑幾件給阿青、紫雲陪嫁。」

「是。等娘子眼睛好了，自己來挑。」劉二娘將盒子蓋上，復又上了鎖，仍舊送回木櫃。就這時，阿青來了。

「阿青，」劉二娘笑道：「你要做新娘子了。」

阿青臉一紅，默不作聲；李夫人便問：「阿青，德興對你怎麼樣？」

阿青輕輕答了兩個字：「還好。」

「還好就好。」

一語甫終，紫雲來了，劉二娘便又笑道：「又來了個新娘子。」

紫雲比較放得開，笑笑說道：「那總要先讓阿青。」

「那個都不必讓。」劉二娘宣布了讓她們同日成親的喜訊，「日子都定了，明年元宵。」

兩人的反應不同，紫雲面現喜色，笑容更濃；阿青卻很沉著，默默地在盤算，這該花主人家多少錢。

「我有點倦了。」李夫人說：「劉二娘，你跟她們姊妹去好好商量。」

於是劉二娘將她們帶到下房中，細說了李夫人的計畫；然後感傷地說：「娘子這樣待你們，是把小美跟阿袞託付給你們；萬一娘子『走』了，我大概也快了，你們總要記住娘子待你們的好處。」

「劉二娘，你用不著關照的。」紫雲答說，「就娘子不是這樣待我們，我們也不會讓新姨娘薄待小美跟阿袞的。」

「對了，新姨娘不曉得那天到？」

「這要問阿新。」紫雲問道：「要不要叫他來？」

「好！你看他在那裡。」

紫雲答應著去了，好一會才見她跟阿新一起來；自然是先談他們的喜訊而耽誤了工夫。

「算日子，今天就該到了。我想，明天一定會到。」

「啊！為了十七姨的事，倒忽略了新姨娘進門這件事了。」劉二娘說：「總要預備預備吧？」

「要問問娘子。」紫雲說道：「譬如，讓新姨娘住那裡？」

「我看住畫樓。」阿新提出他作此建議的理由，「娘子的病，要新姨娘照料；住得近，才方便。」

「只怕郎君不願意。」阿青的顧慮比較周密，「那裡是傷心之地。」

「對！」劉二娘斷然作了決定：「讓新姨娘住桂堂；明天上午就要打掃乾淨，總還要備辦一份新家具，阿新你拿紙筆來開了單子，一早去採辦。」

第二天一早，劉二娘將前一天晚上商量好的事，向李夫人一一陳述，徵得同意後，隨即著手進行。到得中午，正在忙時，來了一名腳伕；他是由德興所託，特意來送信的，李義山一行，在函谷關中出了個亂子。

函谷關在閿鄉以東，有新故兩關，新關在新安縣以東，自此至洛陽，數十里之遙，盡是坦途；故關在靈寶以南，其中有一段，東西僅只十五里，但兩山壁立，中通一線，非正午谷中不見陽光，這段路極其狹窄，號稱「車不得方軌」，不容兩車並行，因此來往車輛，都須預先探路，對面若有來車，須挑略為寬廣之處等待，一方通過，一方再行，否則便成牴觸，極其麻煩。

這天一早入谷，共是五輛車，轆轆前進，谷底聚音，由東往西的來車遠遠就聽到了，卻不挑寬處停車等待。策騎在前探路的德興，急忙揚鞭示意，趕上前去，將來車止住；幸而是在較寬之處，估量勉強可以交會，便請對方儘量靠近山壁，前面四輛，總算擦車而過，最後一輛是委奴攜子同乘，車子較寬，不容通過。

當德興還在思索脫困之計時，不道來車的御者是個魯莽的小夥子，駕車硬擠，而用力又猛，車轂相擊，委奴所乘的那輛車，比較老舊，轂碎輪飛，傾覆一旁，委奴母子雙雙從車中摔了出來，阿利的頭摔出一個洞，血流如注。

這一下頓時大亂，幸好藥箱就在李義山手邊，先將阿利敷藥止血，包紮好了，闖了禍的車子，已自遠去，德興不知如何收拾殘局？

人比較好辦，大小兩個分到別的車中，但一車的箱籠行李，已費周章；而更麻煩的是，一輛破車不能委置在地，阻塞道路。德興略想一想，先派米海老趕出關外，警告來車，勿再前進，然後指揮另外四輛車子的御者，將那輛破車移向寬廣之處，行李亦只好暫且擱置，等出了關，另行設法搬運。

出關便是陝州，逆旅投宿以後，德興雇了挑伕去搬行李；另外雇車，卻不得其便，同時阿利傷勢轉劇，必須延醫診治。李義山跟德興商量，決定在陝州稍作逗留；寫了一封信，派那個無車可駕的御者，專程到洛陽來投送，信中說，等阿利傷勢無虞，立即上路，大概有兩三天耽擱。

兩天以後，李義山未到，意料不到的是，小武奉王十三之命，由盧氏專程到洛陽來報告與楊家交涉的情形。

「是吳縣尉陪著十三郎去的，楊九郎貓哭耗子，假惺惺地，有好些做作。及至十三郎把十七姨留下來的那張字條一拿出來，楊九郎頓時臉色大變，沒有話說了。」

「以後呢？」阿新問說：「是吳縣尉出面調停。」

「是的。吳縣尉提到的第一個條件，楊九郎滿口答應，說他大房的娘子已經有喜了，不管生男生女，都歸十七姨；如果是女的，到將來生了兒子再過繼。」

「還有一個條件呢？」

「還有一個，楊九郎就答應不下了；只是求十三郎，說他實在有難處。」說到這裡，小武突然轉臉，看到阿青方始開心，「阿青姊，我真佩服你，你那一計真妙！」

「別恭維我，請你說下去。」

「當時吳縣尉說：為府上平安計，請你勸令堂務必委屈；尊夫人含冤莫伸，已經託夢給那個青姑娘了，如果令堂不肯這麼辦，只怕府上家宅不安。楊九郎一聽這話，臉上的顏色又變了。」

「那，」阿新問道：「惡婆婆肯在十七姨靈前陪罪了？」

「當然！他們能不怕十七姨的鬼魂來鬧？」小武又說：「吳縣尉也很厲害，怕他們口頭答應，暗底下不辦，特為又說：最好趁王十三兄在這裡，辦了這件事；彼此至親，王十三兄親眼目睹了，祭告他令妹時，也好順便為令堂禳解。」

「可見得娘子當初派阿青去探望十七姨，還真是做得對了。」阿新看一看紫雲說：「如果派了紫雲去，就想不出這些高明招數。」

李夫人接口說道：「我派阿青去，那裡會想到十七姨會落得這麼一個下場。」

看李夫人又是泫然欲涕的神情，阿新急忙拉一拉小武說道：「來，來，我陪你去吃飯。」

「對了！小武，辛苦你了。」李夫人也說：「阿新，你跟劉二娘說，好好弄幾個菜請小武。」

阿新答應著，拉了小武就走；劉二娘照李夫人的意思，摒擋廚下食料，居然能湊出很豐盛的四樣菜，由阿新陪著他喝酒。吃到一半，阿青來了。

「小武哥，」她說：「娘子要我跟你說，本來想多留你住幾天，讓阿新陪你逛逛洛陽的名勝；可惜，我家郎君快回來了，一見了你，問起來意，恐怕十七姨的事會洩漏出來。所以——。」

她故意不說下去，小武當然亦能會意，「我知道，我知道。」他說：「我明天一早就回去了。」

「這，」阿青取出四貫寶鈔，「不算盤纏，娘子送你路上作零用。」

「十四姨賞我，不能不領。替我謝謝十四姨。」

「好！我替你說到。」阿青又問：「小武哥，你是騎馬來的？」

「是的。」

「明天怎麼走法？」

「當然走函谷道，來得近。」

「這樣，路上或許會遇見郎君。」

「不錯。」阿新接口，「這不可不防；如果遇見，應該有個說法。」

「那好辦。只說十三郎差遣我到洛陽去辦事。」

「假如郎君問你，到我家來過沒有？」阿新問道：「你怎麼說？」

小武想了一下答說：「我說，本來要給十四姨去請安問好，只為事情緊急，所以沒有去。」

「對了！就這麼說。」

「小武哥，」阿青又說：「還有件事，娘子要我託你帶個口信給十三郎；開了年，等我家郎君動身到徐州以後，請十三郎到洛陽來一趟。我家娘子有要緊話跟他說。」

「好。」小武停了一下問：「我看十四姨的氣色很不好，似乎身子很虛弱。一雙眼睛，又是怎麼搞的。」

「還不是哭十七姨哭出來的。」

小武嘆口氣，黯然無語。第二天一早，向李夫人辭了行，策騎西去。中午到了一處鎮甸名為孝水埠；孝水本名谷水，相傳二十四孝上晉朝「王祥臥冰」的故事，就出於此處，因而將谷水改名孝水。這裡是出函谷新關後，第一處鎮市，人煙稠密，過往行旅，多在孝水埠歇足打尖；小武在一處小飯鋪門前下了馬，正在繫韁時，遇見了德興。

「你不跟王十三郎到盧氏接十七姨，在這裡幹什麼？」

小武不即回答，先四下張望了一會，然後問說：「你家郎君呢？」

「喏，」德興手一指，「住在那家旅舍。」

「今天不回洛陽？」

「這裡離洛陽二十里，回家天黑了，種種不便，所以決定在這裡住一晚，明天一早動身，中午到家。」

「那你現在有的是工夫？」

「是啊！怎麼樣？」

「我告訴你，十七姨上吊自盡了！」

這句話恍如當頭一個焦雷，震得德興目瞪口呆，好半晌說不出來話來。

「來，來，我一面打尖，一面告訴你。」

於是在小飯鋪中，小武將他所知道有關十七姨的情形，細說了給德興聽；自然是詳於後而略於前，但其中的離奇曲折，已聽得德興在心中自語：「怎麼會有這種事？」

回到旅舍，李義山正在為阿利講孝水的故事。原來在長安雖只數日相處，李義山覺得阿利本性淳厚，資質極佳，「得英才而教育之」，人生一樂，決定收為義子；將來為袞師啟蒙時，可以作一個助教。

「你到那裡去了？」李義山突然發現，「德興，你怎麼有點神情恍惚？」

德興定定神料難掩飾，便編個謊說：「遇見一個同鄉，談我家鄉的事；有個姑母，死得很慘，心裡很難過。」

「那你去歇一會吧！」

德興因為小武說了句：「你家娘子為十七姨哭得眼睛都腫了，而且氣色非常之壞。」放心不下，想先回去看一看，所以這樣答說：「郎君我先回家；明天一早或是我，或是阿新來接。」

「這會兒回去，來得及嗎？」

「二十里路，我趕一趕，天黑總可以到家了。」

「好罷，你去吧！」

於是德興策馬急馳，到得洛陽崇讓坊，已是初更時分，應門的阿新訝然問道：「怎麼，都到了？」

「不！我一個人先回來的。」德興問道：「娘子怎麼樣？」

「已經睡了。」

「不是，我是問娘子，是不是連眼睛都哭腫了？」

「你怎麼知道？」阿新旋即省悟，「你一定在路上遇見小武了？」

「不錯。」

其時阿青聞聲來視，略詢經過，便即說道：「娘子已經睡了，不必驚動；先弄飯來吃，一面吃，一面談。」

於是都聚集在廚下，德興先聽阿青談李夫人，聽說眼腫已消，情緒亦已比較穩定，方始放心；接著，大家聽他談李義山及委奴母子。

「阿利總算交了一步好運，郎君很喜歡他，決定讓他改姓李。」德興又說，「郎君跟我商量，打算先讓米海老帶著阿利，住在外面；等他跟娘子說通了，一進門就行禮、定稱呼，免得將來改口麻煩。」

「那麼，新姨娘呢？」紫雲問說：「是不是先進門？」

「當然。」

「這樣辦，很妥當。」劉二娘問，「米海老住在那裡？」

「只好住旅舍。」德興看著阿新說：「就在坊口那一家；你明天去訂一間屋。」

這時阿青已將德興的晚餐整治好了，捧著食案走了來；阿新知趣，向紫雲使了個眼色，雙雙離去。

「德興！」劉二娘說：「喜事連連；明年元宵，吃你們兩對的喜酒。」

德興還不知道是怎麼回事，只漫然答應著。劉二娘笑一笑，也站起身來，「讓阿青自己告訴你。」她說，「喜事應該怎麼辦法，你們商量好了，告訴我。」

但德興急於要談的是十七姨之死；阿青卻是未曾開口，眼睛就紅了，原來她以剛強自許，在楊家所受的委屈驚恐，早就有一副眼淚蓄積著，只是強忍不發，如今在德興面前，心頭自設的一道樊籬，不知不覺地盡行撤除，熱淚滾滾，而心裡卻舒服得多了。

德興知道她的感受，默默地喝著酒，不問也不勸；「十七姨的事，」阿青收淚說道：「小武總告訴你了？」

「嗯，說得不夠詳細。」

「小武見了郎君怎麼說？」

「他沒有見著郎君；我也沒有告訴郎君，遇見了小武。」德興嘆口氣，「誰會想得到，十七姨落得這麼個下場。」

「娘子悔得要命！早知如此，當初倒不如成全了郎君；小美、阿衮交給新姨娘，總不如託給十七姨來得放心。」

「怎麼？」德興吃驚地問：「娘子要託孤了？」

「是有那麼點意思。如今是託給我們四個人。」接著阿青將李夫人願出陪嫁的首飾，變賣了為他們作嫁娶之用的計畫，說了給德興聽，然後嘆口氣加了一句：「唉！天下父母心。」

「那末，娘子的病，到底怎麼樣呢？」

「我看不妙！有心病、沒心藥。」

「心病？」德興不解地問：「什麼心病？」

「自覺對不起十七姨，又擔心身後的兒女會受苦。照我看，心病重得很。」

「如果是這樣的心病，那可真是沒藥醫了。」

「憂能傷人。娘子的身子本來就不好，如今更是不像人形了，你明天自己看了就知道。」

第二天一早去見李夫人；果然觸目驚心，不過兩個月不見，人竟「脫形」了，說話時咳嗽不斷，有氣無力。對於李義山的決定，她亦表示贊成；不過對阿利似乎並不抱什麼期望，只說了一句：「我把小美跟阿袞，交給你們四個人了。」

「娘子！你不要這樣說。」阿青勸道：「今天新姨娘進門，總是一樁喜事；娘子，我扶你起來，打扮打扮，好受新姨娘的禮。」

於是阿青與紫雲，合力為李夫人膏沐修飾，濃染脂粉，細畫長眉，但只能遮掩憔悴之色，並不能使她肌膚加豐。

「來了，來了！」一直在門口守候的德興奔進來通報。

於是，阿青攜著小美；紫雲抱著阿袞，劉二娘扶著李夫人，出來迎接；只見大門洞開，阿新領著車隊，轆轆而來，行李車由德興指揮，轉至東亭那面，坐人的兩輛車，直至堂前，頭一輛車中下來的是李義山；委奴自然是第二輛車，阿青放下小美，趨至車前攙扶。

「這是阿青。」阿新為委奴引見。

「喔，阿青姊姊，不敢當。」

這時李義山已經在跟妻子招呼了；小美撲倒父親身上，卻為劉二娘一把拉開，「郎君、娘子上坐。」她說：「好讓新姨娘見禮。」

「平禮相見好了。」

「沒有這個道理。」劉二娘一面攙扶李夫人上前，坐在胡床西頭，一面說道：「郎君跟娘子一起坐。」

等李義山在胡床東頭坐定，阿青扶著委奴踏上鋪在胡床面前的紅氍毹，到拜墊前面停住。

「新姨娘拜見主人、主母！」劉二娘權充贊禮郎：「一叩、再叩、三叩。」

三拜起身，劉二郎將預先備下的茶湯，連朱漆托交到委奴手裡；她捧到胡床前面說道：「郎君、娘子，請用茶。」

「生受你了。」李夫人左手取茶碗，右手將一支纏了綵絲的玉釵遞給委奴，說一句：「別嫌菲薄。」

「多謝娘子！」委奴將茶盤交還劉二娘，接過見面禮，隨手就插在髮髻上。

接下來是小美叫「姨娘」；婢僕正式見禮，委奴還了半禮，並又聲明：另有見面禮相送。

「請到新房去坐吧！」

新房是在桂堂，紅燭高燒，家具及帷帳衾枕，色色皆新；李義山頗感意外，但更多的卻是感激——其實他應該感激的，不光是妻子賢慧，而是劉二娘的深謀遠慮；她向李夫人說：想新姨娘待小美、阿袞好，我們先要待她好。李夫人深以為然，加以從她出示私房以後，劉二娘覺得多花費些，尚無大礙，所以放手辦事，將桂堂布置得煥然一新。

在紅燭照映之下，李夫人細看委奴；而李義山細看妻子，兩人的觀感，截然不同。李夫人看委奴，皮膚雖黑了些，好的是眼珠跟頭髮更黑，尤其是那雙眼睛，沉靜溫柔，看得出本性淳厚，心裡自然覺得很安慰。

而李義山呢，燭光燁燁，穿透了李夫人臉上的脂粉，一把瘦骨，萬分憔悴，看得清清楚楚；尤其是兩個極大的眼眶，看上去不但可痛、可驚，簡直是可怕了。

找個她們交談的空隙，李義山看著妻子問道：「上次盧公送的『白水黃耆』還有傳授的『六一湯』那個方子，你服了沒有？」

「先是服了，那知一喝下去就吐出來了；試了幾次不成功，只好不服。有人說，這是『虛不受補』。」李夫人又說：「很貴重的補藥，蟲蛀了也可惜，你帶到徐州去服用吧。」

「明天得請位好醫生來看看。」李義山答非所問地，「你人都瘦得『脫形』了。」聽這一說，一直垂著頭，不敢正眼看李夫人的委奴，不由得抬頭一望，隨即心頭一驚；趕緊又將頭低了下去，深怕李夫人會發覺她的驚惶的神色。

「娘子！」劉二娘來請示：「喜酒在那裡喝？」

「我看就是這裡吧。」

等劉二娘與紫雲將食案捧了來；委奴便起身照料，接過食案來，將李義山夫婦的兩份，置在上首，自己的一份，置於側面。就在此時，看見小美藏在紫雲身後，躲躲閃閃地在看熱鬧，便走過去拉住她的手說：「小娘子，來！」

「她叫小美。」李夫人說：「叫她小名好了。」

委奴遲疑了一下，打了個稱呼：「小姊姊，你來！跟我一起吃。」終於將小美拉得跟她坐在一起。見此光景，李夫人自然而然地想到了阿利，招招手將紫雲喚了來，轉聲問道：「你看德興，還是阿新，應該到旅舍去看看，不能丟下人不管。」

「德興已經去了。」

「那好。」李夫人轉臉向丈夫苦笑著說：「我支持不住，不能陪你們了。你們慢慢兒喝吧！」說完，她在紫雲扶持之下，掙扎著起身。委奴也急忙站了起來攙扶，扶出桂堂，李夫人站住了腳。

「你進去吧。」

「我扶娘子回去。」

李夫人已沒有跟她多說的氣力了，便任由她與紫雲扶回臥室；委奴還要陪著閒話，紫雲悄悄拉了她一把說：「姨娘，妳請回吧！娘子要憩息了。」

「好！」委奴很恭敬地說：「明天一早，我來服侍。」

「不須，不須。」也就是說得這兩個字，就無法再說下去了。

等委奴一走，紫雲說道：「娘子還沒有吃飯，想吃點什麼？」

「吃不下。」

「我去做一碗開胃的魚湯給你喝。」

紫雲到了廚下，做了一碗鮮魚湯，加上河東好酢；另外用胡蔥和湯麵，烙了兩張薄餅，做一個食盒裝了，送到李夫人那裡。她居然喝了大半碗湯，吃了半張餅，覺得精神好些了。

紫雲收拾食具，走到門口，迎面遇見李義山，便向裡大聲說一句：「郎君來了。」

「娘子的胃口怎麼樣？」

「喏，」紫雲打開食盒，「只吃了半張餅。」

「唉！」李義山微喟著，不由得想起兩句成語：「食少事繁，其能久乎？」

憂心忡忡地進入臥室，李義山在妻子對面坐了下來；一隻手撫在她肩上，定睛凝視，不由得想起新婚不久，恰逢妻子生日，是六月二十四日，相傳這天也是荷花生日，因而戲作〈贈荷花〉一首，描寫愛妻的風貌：「世間花葉不相倫，花入金盆葉作塵。惟有綠荷紅菡萏，卷舒開合任天真。此花此葉長相映，翠減紅衰愁殺人。」不想最後一句，竟成了詩讖。

轉念到此，雙眼模糊了。李夫人便問：「好端端地，為什麼傷心。」

李義山抹去眼淚，直抒感覺，「看你這副樣子，教我如何能不傷心？」他說：「我想把委奴留在家，替你分勞；好讓你靜養。」

「匪夷所思。」李夫人說：「娶她，原是為我代勞；你在徐州沒有人照料，我能放心得下嗎？」

李義山不再多說，否則就顯得虛偽了；想了一下，有件要緊事得先談，「委奴的兒子阿利，人很聰明，尤其是心地極好，我想讓他改姓李。」他問：「不過先要看你的意思。」

「德興告訴我了；都照你的意思辦。」李夫人停了一下說：「委奴，看樣子很忠厚；她生的兒子，應該也是好的。」

「我也是為阿袞將來打算。」李義山說，「我培植了阿利，他將來對阿袞自然也有一份感恩圖報的心。」

「你這樣說，我就放心了。」李夫人沉吟了好一會，作了個重大的決定，「情分都是靠辰光培養出來的；你把阿袞帶了去，由委奴撫養，一手帶大，自然情如母子了。趁阿袞現在還無知無識，將來也不必說破，就讓他當委奴親娘好了。」

這是她假設自己不久於人世才會有的話；李義山不由得心頭酸酸地想哭，同時也不知如何作答。

「這雖是我剛剛才起的念頭，不過我覺得我這樣做是對的。男孩子總要跟著父親，才是正辦。」李夫人又說：「十二哥就是個榜樣。」

王十二是庶出，他的生母失寵，王茂元將她送回濮陽老家去住；王十二一直跟著生母，自幼失去父教，以致養成了荏弱庸闇的性格。引此為喻，自是警惕，但李義山認為教育袞師，為時尚早；而且妻子的心情，更不能不顧慮，怕她思念愛子，病情轉劇。

「等你病好了從長計議；再說，我也得考查考查委奴。」

「對了！這倒是要緊的。你把我的意思告訴她，看她願意不願意；帶孩子是很累的一件事，要她樂意才行。我想，她總會想到一兩年以後，她自己也會有孩子，同時帶兩個，忙得過來、忙不過來要想周全。」

「好！我慢慢跟她談。」

「不！」李夫人的語氣很堅決，「你今天晚上就跟她談！」

「今天我住在這裡。」

「算了，你看我這樣子，能陪你嗎？走，走！」李夫人簡直在攆丈夫了。

「好吧！我再陪你談談。」

「話說得太多，我也累了。」

「那你就別說話，聽我談。」

李義山便談在長安的境況，談盧弘正、談李主簿、談溫庭筠，也談令狐緒，就是不提晉昌坊。

李夫人終於忍不住問了一句：「令狐八郎呢？」

「他很得寵。不過聲名並不怎麼好。」

「怎麼不好？」

「溫飛卿笑他『中書省內坐將軍』，又愛聽小人的讒言。」李義山不願多談令狐綯，起身說道：

「你歇息吧！我走了。」

「可別忘了！」李夫人叮囑，「明天要給我回話。」

回到桂堂，委奴已經關門上閂，敲開門來，只見她長髮紛披，已經卸妝要歸寢了。

「你怎麼不住在娘子那裡？」

「她把我攆回來的，你坐下，我有話跟你說。」

於是對倚熏籠，李義山將他妻子的話，源源本本告訴了委奴；等候她的答覆。

「我不會再生育了。」

這樣的回答，為李義山始料所不及，隨即問道：「為什麼？」

委奴遲疑了一會，方又開口：「我服的涼藥太多了。」

李義山略想一想，自能意會；多服涼藥，可使婦人不妊，委奴曾淪落風塵，為了免除後患，不得已出此下策。好在自己納姬，不是為了求嗣，就不必去談它了。

「天下做父母的，心思都是一樣的。」委奴從從容容地說：「我明白娘子的顧慮，她是怕我自己再生了，難免會偏心；如今請她可以放心了。」

「你是說，你願意撫育阿袞？」

「是。」委奴答說：「人心都是肉做的，娘子認了阿利，阿袞就跟我親生的一樣。」

李義山異常欣慰，料想他妻子也是一樣，「明天我把你的話告訴她，她胸懷一寬，也許病就日好一日了。」他想了一下又說：「我想你自己告訴她，比我轉述，更來得合適。」

「是。」委奴答說：「不過，我想我最好在家多待一些日子；阿袞現在還離不開娘，等我跟他混熟了，就不礙了。」

「這也可以。」李義山問：「阿利呢？」

「你帶去。」

「他離得開你？」

「從前在他舅舅那裡，不也是離開我嗎？」

「言之有理。就這麼辦。」李義山打個呵欠說：「睡吧！」

第二天曙色甫透，委奴便已起身；悄悄出了桂堂，尋到廚下，劉二娘與紫雲不約而同地說：「姨娘何不多睡一會？」

「我有擇席的毛病。」她問：「娘子不知道起身沒有？」

「剛起來。」

「我看看去。」

到得李夫人臥室，只見阿青正在為她梳櫛；委奴道了早安，坐在她身邊，幫著梳妝，「我剛跟阿青在談，」李夫人說道：「你倒沒有帶個人來？」

「一直都是我自己動手。」

「你該買個人才是。」

「是。將來到了徐州，我要帶阿袞，只怕非添個人不可。」

「喔，」李夫人問：「郎君跟你談過了？」

「是。他要我自己來回娘子的話。」委奴看了看阿青，才又說下去：「我是不會再生的了，娘子如果放心把阿袞交給我，我就當他親生的一樣。」

「怎麼？」李夫人亦復不解：「何以見得你不會再生了呢？」

「這也是迫不得已——。」

看她欲言又止的神情，似乎有難言之隱，李夫人自然不便再追問。說些閒話，問她以前來過洛陽沒有；委奴說是第一次，李夫人便說：「可惜你一過了年就要走了，不然，洛陽三月花如錦，我可以帶你去逛逛幾個有名的園子。」

「我還不走。」委奴答說：「阿袞一時還離不開親娘，我會先在家住幾個月，那時我跟阿袞混熟了，娘子的身子也好了，我再帶著阿袞走，娘子放心，郎君也放心。」

設想得體貼周全，措詞亦委婉盡致，委奴在李夫人心目中的分量，一下子加重了。阿青也覺得她的打算，極為妥當，所以不待李夫人有所表示，自作主張地說道：「就這樣最好。反正徐州也不愁沒有人伺候郎君。」

「是啊。」委奴接口，「有你在那裡，娘子也可以放心郎君的飲食起居。」

李夫人看她們都已經商量好了，自不必再多說什麼，只問：「阿利呢？」

委奴不便說實話，讓李義山帶了他去，反問一句：「娘子看呢？」

「各有利弊。不帶去，跟著你，你們母子都不必牽腸掛肚，而且跟阿衮玩在一起，很快地都熟了；不帶去呢，正是該管教讀書的時候，在這裡沒有什麼人能教他讀書。」

「自然讀書要緊。」阿青這一句話，解消了委奴難以實說的苦衷。

「好吧！讓郎君把阿利帶去。」李夫人轉臉說道：「阿青，這是件大事，你看看曆書，看今天是不是好日子；如果說，就讓德興把阿利接了回來。」

「行禮呢？」

「進門自然要行禮。」

阿青答道，收拾了妝台，找曆書來看；這天諸事不宜，第二天卻是黃道吉日。

「那就明天吧。你跟劉二娘商量、商量，能不能替阿利趕一身新衣服出來？」

「是。」

等阿青一走，委奴湊近了說：「娘子，剛才因為有人在，我不便細談。我之迫不得已，是因為——。」

委奴將她的身世，以及墮落風塵的經過，細細陳述；剖心輸誠，使得李夫人對她任何疑慮都不存在了。

委奴雖不願將她的一切，當著阿青的面談，但李夫人卻告訴了阿青，而且吐露了她的感慨與哀傷。

「將相本無種，男兒當自強，男人如此，女人又何嘗不然？你看委奴，命雖苦，自己知道爭氣上進，如今就快要修成正果了。」

「這實在也是郎君跟娘子的福氣。」阿青停了一下說：「世界上的事，有時候真是奇妙，當初我在想，委奴有個兒子帶過來，情勢顯得很尷尬，只怕郎君的好事多磨；那知道，有了阿利，反倒是件好事。她巴望郎君將阿利教養成人，自然也會將阿衮看成親生的一樣。娘子，你現在真的可以放心了，好好兒養病，將來享兩個兒子的福。」

「我的病不會好了。我心裡有個結，是永遠解不開的。一個人總要靠自己，出身好、相貌好、知書識字，要緊關頭，一步走錯，萬劫不復；我不知道是我害了人家，還是人家害了我。總而言之，我好悔！」

「呃，」阿青想起一件事，「郎君今天問我：你有好些日子不在家，到那裡去了？一下子把我問得發楞；當時是支吾過去了，可是看樣子郎君已經起了疑心，娘子要防備他問到。」

「這，奇怪，他怎麼會知道的呢？」

「大概是小美無意中說破的。」

「那麼，你當時怎麼回答？」

「我說我回了一趟家。」

「好！我知道了。」

正在談著，一聲咳嗽，是李義山來了；阿青隨即起身到廊下去料理茶湯，但李義山不要茶要酒，於是阿青去端來一瓶鳳翔酒、一碟乾果、一碟肉脯，悄然退到廊下。

更鼓已動，李義山說：「阿青，你去睡吧！今晚上娘子有我照應。」

這意味著，他這晚上要住在這裡；李夫人便說：「何必呢？我又不能陪你。」

「不要你陪我；我陪你談談，料也不妨。」

李夫人沉吟了一會，答了兩個字：「也好。」

聽得這番回答，阿青才悄然退去；李義山把著杯閒談家常，談到韓瞻，情不自禁地說了一句：

「人家是一州刺史了！我還是浮沉下僚，實在愧對賢妻。」

「你不要這麼說！」做妻子的這樣回答：「天下刺史幾百，夠得上稱詩人的，可只有幾十；而況你又負天下重名。照我看，你比畏之的成就，大得太多了。」

「你真是這麼想？」

「我幾時跟你說過假話。」

李義山不由得怡然引杯，「我這時候對你的感想，只有四個字可以形容：慚感交併。」他說：「我再浮一大白。」

「你的酒，也該有個節制才好。」

「委奴也這麼說，可是……，」李義山似乎下了決心，「好了，我節飲就是。」

「原來委奴也勸你少喝？」

「是的。」

「好！那我就放心了。」

從他回來以後，每次與妻子交談，聽她總是或多或少、或顯或隱地帶著關切身後之事的語氣，實在是不祥之兆，但李義山卻不知如何勸解？

「你打算什麼時候動身？」

「當然是在元宵以後。」

「那時候，阿袞應該很服委奴了，你帶了她跟阿袞一起走吧！」接著，李夫人將委奴跟她說的話，告訴了丈夫。

李義山已經聽委奴談過了，當即答說：「還是等你病好了，再定行止吧。」

「妄想！」李夫人說：「你聽我的話沒有錯。你早早把委奴阿袞帶走，我要看看她把阿袞帶得怎麼樣；能帶得又結實，又乖巧，我放心了，反倒於我的病有益。」

「原來你是這麼個打算！不過，我現在就可以告訴你；她很喜歡阿衮，也很會帶孩子。」接著，李義山將這天下午，委奴如何細心照料阿衮的瑣瑣屑屑，說了好些給妻子聽。

「那是因為有我在。」

「即使不在你跟前，也還有我在。」

「這倒是一句很踏實的話，俗語說：『有了晚老子，才有晚娘』，只要你愛阿衮，她自然會待阿衮好。不過，但願你心口如一。」

「怎麼回事？莫非你要我罰誓，才會相信？我自己的骨肉，又是獨子，我會不愛阿衮嗎？好了，好了，我們談些別的吧！」李義山想了一下說：「阿青回家去了一趟，我怎麼不知道？你應該在信裡提一筆。」

「這是小事，我忘了提了。」

「在我看，不是小事。」李義山說：「你的病根何在，只有阿青知道得最清楚；紫雲又是個粗心大意的，她照料你的病，必不如阿青來得細心體貼。也許就因為她回家去了，照料得不周全，你的病勢才會加重。你說，這是小事嗎？」

李夫人默然，因為丈夫的分析，多少接近事實，「好了，」她說：「事情過去了。」

「事情雖過去了，不過懲前毖後，我另有個打算，把阿新、紫雲帶去；留德興跟阿青在家。這樣，我才比較放心。」

「可是，沒有德興在你身邊，我不放心。」

「阿新固然不如德興能幹，但也不是不能訓練成材的人，你大可不必過慮。」

「不！」李夫人堅持著，「誤了德興的前程，我對不起阿青。心頭有這麼一個結揪著，你想，我的病好得了嗎？」

李義山無奈地嘆口氣，「真是左右為難！」他又乾了一杯酒。

「你別三心兩意，把已經安排好的事打亂了。」李夫人說：「我可要睡了。」

李義山點點頭，減低了雁足燈上的火燄，卸去外衣，在妻子身旁，展衾而臥；聽得枕旁鼻息漸起，他的心也慢慢靜下來了。

突然之間，他從夢中驚醒，是妻子在大喊：「妹妹，妹妹！你別尋短見，我答應你。快回來，快回來啊！」聲音到最後簡直是力竭聲嘶的狂喊了。

「醒醒，醒醒！」李義山使勁搖撼著她的身子。

李夫人哭醒了，夢境歷歷、深印腦際，是十七姨在東亭向她陳述心事，願與她共事一夫；而做姊姊的一口拒絕，話越說越僵，十七姨說得一聲：「我也不想活了！」奔出亭子去投水；她這才著急了，自願讓步，換取她的不死。但已難以挽救了。

「別傷心，別傷心！」李義山說；「那只是個夢，人好好兒在那裡，等我走了，你派人去接她回來陪陪你。」

原來從她夢中的嘶喊，李義山已可想見她的噩夢的內容；雖不知道「我答應你」的是什麼，但十七姨在尋短見，已從她的話中表明了，因而這樣安慰她。

那知效果適得其反，李夫人哭得更傷心了，「怎麼了？」李義山大為惶惑，噩夢驚醒，往往有一種化險為夷的快慰，除非夢境與事實相同，才會如此動感情。

轉念到此，李義山心頭立即浮起一片灰濛濛的疑雲，莫非十七姨不在人世了？怎麼自己會不知道？看來是自己瞎疑心。

可是，妻子的態度，卻越來越使他不能釋懷，她的由痛哭而轉為飲泣，由飲泣而轉為沉默，不就明明表示她的噩夢中包含一段難言之隱？

這樣一想，他陡然半仰身子，俯視著妻子問：「十七怎麼了？」

不問還好，一問使得她剛止住的眼淚，復又流個不住，「義山！」她掩面失聲：「我好悔！」

「悔什麼？」等了一會看她沒有作答，便又問說：「十七怎麼了？死了？」

她仍舊不作聲，顯然是默認了；人生在世，修短有數，倘或因病而亡，沒有瞞著至親之理。如果要瞞，必有特殊的緣故；李義山恍然大悟，十七姨是尋了短見。

剎那間，他覺得手足冰涼，頭上暈眩，心中空空，彷彿虛脫了似地。好久，他才能重新控制自己的思緒。

「到底怎麼回事？」他儘量用平靜的語氣說：「你詳詳細細告訴我。」

「我說不明白。」李夫人氣息微弱地說：「我也說不動；明天你問阿青。」

李義山那裡能等得到明天？悄悄起身，來到下房，在窗外大聲喊道：「阿青，阿青！」

屋子裡的紫雲先驚醒，急急推著阿青說：「快起來，快起來。」

「幹嗎？」阿青睡眼惺忪地問。

「只怕娘子不好了！你聽，郎君在喊。」

果然，「阿青，阿青！」是急促地在喊。

這一下，阿青睡意全消，高聲答一句：「來了！」她跟紫雲都披衣起身，打開房門問道：「娘子怎麼了？」

「她讓我來問你件事。你穿好衣服，到我書房裡來。」說完，李義山轉身而去。

「怎麼回事？」紫雲問道：「有什麼事要回，連明天都等不及？」

阿青一面繫衣帶，一面沉吟，「我明白了。」她說，「大概是問十七姨的事。」

儘管阿青在談十七姨的悲慘境遇時，沖淡了語氣，但李義山仍舊忍不住熱淚盈眶，而心裡卻不斷地在問：「何以致此？孰令致此？」

他實在不忍歸過於妻子，無奈管不住自己的思緒，不時浮起，「如果當時」怎麼樣，便會怎麼樣的假設，使得他在悲悼十七姨之死以外，另有一份難以言喻的痛苦。

「娘子說好悔，」李義山問，「你知道不知道，她悔什麼？」

「娘子是懊悔當時，沒有把十七姨嫁給郎君。不過，」阿青加強了語氣說：「娘子也絕沒有想到，如今會病成這個樣子；更沒有想到，十七姨的命是這麼苦。」

「唉！」一聲長嘆，雙淚交流，李義山心如刀絞，哽咽著說：「我也好悔。」

「如果郎君當時索性敞開來談，倒也好了。」

這話正說到李義山心坎中，他的「好悔」，正由於當時憂讒畏譏，不敢公然承認這段戀情，一直等十七姨動了身，才想到「直道相思了無益，未妨惆悵是清狂」已經晚了。

「娘子是最賢慧的人。」阿青又說：「如果郎君跟她開誠布公說明白，娘子一定也會成全的。」

「如今也不必說它了。」李義山又問：「你在楊家時，十七姨談到過我沒有？」

「沒有。不過她說了一句話，她說她嫁楊九郎是一誤再誤三誤。這好像是指郎君。」

當然是指李義山，一誤是不該熱戀姊夫；再誤是不該又失身於楊九郎；三誤便是嫁到楊家。

「唉，聚九州之鐵，不能鑄此錯。」李義山想了想問：「阿青，你看我現在要怎麼樣，才能稍減我對十七姨疚歉？」

「說起來是十七姨對不起郎君。」阿青答說：「郎君只要有這份心，也就夠了。」

李義山沉吟了一回又問：「你知道不知道，十七姨葬在那裡？」

「葬在楊家的祖塋上。」

「你知道不知道地方？」

「不知道。」阿青問說：「郎君問這個幹什麼？」

「我想到她墳前去祭一祭。」

「這回總來不及了。有機會讓德興陪了郎君去。」

「那就不知道是何年何月的事了？」李義山吟沉著，想找一座高山，望西南遙祭私祝，痛哭一場。

「郎君，請回房安置吧。」

「你檢寢具出來，我就睡在這裡。」

這一夜的李義山，輾轉反側，似夢非夢，眼前不斷地浮現著十七姨的影子，一顰一笑，清楚得如捧臉細看，連他自己都驚異了。

影子出現得最多的，便是「扇裁月魄羞難掩」那副新娘子的嬌態；看那種得意喜悅的神情，誰會想得到會有如此悲慘的下場？一誤、再誤、三誤，到底誤在誰手裡？李義山真希望能跟十七姨在夢中相會，談一談這番前因後果。

這天最困惑的委奴，僅僅一宵之隔，彷彿到了一個完全不同的所在，李義山的臉上陰沉得可怕；李夫人更是奄奄一息，瞑目待死的模樣；此外所見到的人，包括小美在內，無不拉長了臉，像一輩子都不會有笑容似地。

這是為什麼？驚疑困惑的委奴，終於忍不住要問阿青了：「是不是為了我，或者為了阿利的緣故，郎君跟娘子生了意見？」

「不是，不是！」阿青連連搖手，「跟你們毫不相干，你不必瞎疑心；不過，郎君確是有一件拂逆的事，以至於心境大壞。今天阿利進門，不免冷落，姨娘，你要安慰安慰他。」

果如所言，李義山夫婦雖受了阿利的跪拜大禮；也接受了阿利叫「爹」、叫「娘」的稱呼，但卻都淡漠地連句勉勵的話都沒有。倒是小美，似乎跟阿利很投緣，照劉二娘的關照，「小哥哥」、「小哥哥」地叫得很親熱。

不過，李義山對米海老倒沒有忘記待客之道，親自陪他吃了飯，又送了盤纏，等他告辭以後，才回到妻子身邊。

「阿青都告訴你了？」李夫人問。

「嗯。」李義山點點頭，「一誤、再誤、三誤，大家都有責任，可是受難的就只是十七。」

「你以為我不是在受難？」

李義山不作聲；心裡卻對妻子愧歉，聽她的語氣，明明需要安慰，但他開不出口。

「我在想我娘，她如果知道了十七的事——，」李夫人搖搖頭，「我想都不敢想。」

「她不會知道的。十三必然會瞞住。」李義山停了一下說：「十七這麼走了，我們總得有點表示吧？」

「表示！」李夫人問：「表示給誰看？」

「自表寸心而已。」李義山改了遙祭私祝的打算，「十七是枉死，要做場佛事為她超度。」

「也好。」李夫人想了一下，「你替我做個『疏頭』，訴訴我心裡苦。」

「心亂如麻，不知道做得出來不？」

「你試試看。」

「好吧。」李義山起身走了。

李夫人清清楚楚地感覺到，丈夫的神態，非常淡漠，一夕之隔，感情已有了變化，原因何在，可以想像，但不能確知。因此，她將阿青找了來，細問經過。

阿青自然和盤托出；同樣地，她也跟丈夫一樣，對十七姨所說的「一誤、再誤、三誤」格外注意。三誤是不應嫁楊九郎，但這頭婚事是她全力所促成，照此看來這第三誤，也就是造成後來悲慘結局的最後一誤，是她的錯誤。

怪不得丈夫會說：大家都有責任，而十七姨一個人受難。而且隱隱然有「如果你因此而受良心責備，也是自作自受」的意味在內。

一念及此，陡覺五臟翻騰，天搖地動，「哇」地一聲，張開口來，血如箭射，噴了阿青一臉。阿青嚇壞了，大喊一聲：「快來啊！」

這一喊，喊來了四個人，紫雲與小美、李義山、阿新，看她滿臉是血，無不駭然，小美更是嚇得哭了。

「娘子吐狂血，阿新，快請大夫！」

李義山直往裡奔，只見妻子倒在熏籠上，面如金紙，氣息僅屬；他只是搓著手，喃喃自語：「該怎麼辦？該怎麼辦？」

幸而來了老練的劉二娘，有條不紊地，先指揮阿青與及時趕來的委奴，將李夫人扶了起來，背墊衾枕，半臥半坐；然後拭去血痕，餵飲溫水；同時取一枝人參，在研缽中搗爛了，餵入口中。告誡大家，務必安靜，候醫診治。

請來的醫生姓吳，外號「吳三帖」；服他的藥，至多三帖，必定見效。但「望聞問切」以後，他不肯處方。

「脈已經散了。拖時辰而已。」

大限將至，到盡頭之處，竟以時辰而論；李義山不免心酸，「還能拖得幾個時辰？」他央求著說：「務必請大夫賜個方子，能多拖一個時辰也是好的。」

「也罷，姑且試一試。」

吳三帖凝神靜思了好一會，提筆先寫脈案：「虛損已久，真陰涸盡，驟遇拂逆，情思鬱結，以致脾不統血，養命無源，六脈皆散，姑投以生脈散、重用人參，聊盡人事而已。」所謂「生脈散」用人參、麥冬、五味子三味藥；吳三帖重用人參，分量加至三倍之多，等於「獨參湯」，完全是作續命之計，還談不到治病。

急急去抓了藥來，李義山親自看著煎好，捧到病榻前面喊道：「娘子，娘子！你的藥來了。」

李夫人緊閉的雙目，張開一線，復又閉上，再無反應；一直在按著她的脈息的劉二娘發號施令：「紫雲，你將娘子扶起來，阿青，你來灌藥。」

於是紫雲與委奴扶起李夫人，阿青用一把小銀匙灌藥，牙關倒是輕易撬開了，但藥一入口，旋即從嘴角流了出來，這該怎麼辦？

「紫雲，」劉二娘囑咐：「你把娘子的頭，扶得稍稍仰起。」

調整了姿勢，效果很好；阿青很細心，怕灌得太快，入喉時會嗆，所以儘量放慢，幾乎是一點一滴地經喉入肚。這一盞「生脈散」，足足花了快半個時辰，方始灌完。

輕輕將李夫人扶倒睡下，劉二娘說：「讓娘子好好睡一覺。要安靜！」她又悄悄附耳關照阿青，「你把小美、阿袞弄遠些；尤其是阿袞，如果他的哭聲讓娘子聽見了，就會睡不著，這劑藥的力量就發不出來了。」

阿青點點頭，想了一下朝委奴使個眼色，將她招至僻處說道：「外面太冷，我想讓小美、阿袞在桂堂玩；姨娘，你看行不行？」

「怎麼不行？走，走，一起去。」委奴一面回答，一面已將熟睡中的阿袞抱了起來，用個繡花的襁褓密密裹好，領頭先走。

不久，阿青也帶著小美來了，神情抑鬱，不言不語；委奴知道她很懂事，已能意識到母親的病勢沉重，但卻不能確知，她是否已意識到將會失去母親。

這樣轉著念頭，自然而然地自我激發出一種責任；坐在小美身邊，輕輕地摟著她，身子微微搖晃著，嘴裡在哼著一首有腔無字的波斯民謠，權當催眠曲。

小美居然就睡著了。但當委奴打算將她放下來時，她卻有掙扎的模樣，自是一種不願的表示；委奴便復又摟著她輕輕搖晃，讓她安靜下來。

這些景象看在阿青眼中，深感安慰，不自覺地將彼此的距離拉近了，「姨娘，」她說：「我看娘子的病，只怕沒有救了！」

委奴蹙起雙眉並說：「我心裡實在很難過，不知道娘子的病，突然之間變得這麼危險，跟我來了，有沒有關係？」

「沒有！」阿青答說：「是娘子自己不小心。」

「喔！」委奴雖未發問，但不解其語，希望阿青能有進一步說明的神色，是很顯然的。

「那面，」阿青遙遙一指：「那面畫樓上，從前住過一個人；這個人跟郎君好上了，可是郎君不敢承認。娘子呢，明知道有這回事，裝作不知；郎君不敢承認，正中下懷，把畫樓上的人嫁了出去，夫婦的感情，絲毫無損。這不是很好嗎？」

「是啊。」委奴想了一下問：「莫非後來又有變化？」

「對了！變化很大。嫁出去的那個人，丈夫是個浪子；婆婆極凶，以至於受盡委屈，最後上吊死了。姨娘，你說，這應該是誰的責任？」

「我不知道。這種事很難說的。」委奴問說：「畫樓上的那個人，是什麼人呢？」

「你想呢？」

委奴想了一會答說：「既然能住在一起，當然不是外人。」

「對了！絕不是外人。」阿青接著又說：「如果是外人，娘子就不必為她的死而傷心。」
「我有些明白了。」委奴點點頭說：「這個人的死，當然要瞞著郎君，免得他傷心，是不是？」
「正是。」阿青答說：「我跟德興為了把這件事瞞住郎君，費盡心機，那知道最後前功盡棄。」
「毛病出在什麼地方呢？」
「出在娘子自己不小心，睡夢頭裡，自己洩漏了消息。」
「是說夢話？」
「不但說夢話，而且醒來哭個不停，郎君當然知道了。」
「日有所思，夜有所夢，娘子對這個人的情分真不算薄。」
這是心地忠厚的人的口吻，凡事總是往好的地方去想，因此使得阿青越發覺得與委奴不妨深談。
「那麼，這個人到底是誰呢？」
「你不是說你有些明白了嗎？」阿青答說：「你不妨猜上一猜。」
「當然是跟娘子極有關係的人。是，是娘子的表妹？」
「不是。關係還要深一點。」
「那就是胞妹了。」
「是的。我們叫她十七姨，是娘子最小的妹妹，而且是一母所生的。」
「喔！」委奴落入一種沉思的神態，而且是相當專注的；好久，她問：「如果當時郎君承認了，會怎麼樣？」
「你說呢？」阿青故意反問一句。
「娘子是很賢慧的人，郎君如果承認了，兩好變一好；她會成全了郎君，也成全了十七姨。」委奴停了一下又說：「不知道我猜得對不對？」

「對與不對，現在無從知道了。不過，照情理來說，應該是這樣子的。」

「如果是這樣，我今天就不會在這裡了。」

委奴說這話時，臉上的表情，非常複雜，看不出她是慶幸、惋惜、悵惘，或者是不可思議；每一種都是，也每一種都不是，但可以斷定的是，對於十七姨的遭遇，她內心的震動，並不下於李義山夫婦。

「我不知道娘子，現在對我是怎麼樣的一種想法？」委奴停了一下，又加一句：「把我看成怎麼樣的人？」

「你願意娘子把你看成怎麼樣的人？」阿青問。

「我——，」委奴答說，「我也許是妄想，娘子會不會把我看成十七姨？」

這個念頭很古怪，不過倒是道出了她的心聲；阿青心裡在想：她的意思是，如果娘子當時是錯了，她願意來彌補這個錯誤。對阿衮，她會像十七姨那樣，視如嫡親的外甥。

「十七姨落得這麼一個悲慘的下場，想不到倒是成全了我。阿青姊，十七姨有沒有什麼未了的心願，看看我能不能替她來了？」

「我不知道。」阿青搖搖頭，「我也想不出。」

「娘子服了藥，不知道怎麼樣。」

「對了！倒提醒我了，我看看去。」

「你去吧！他們姊弟倆醒了，我一個人對付得了。」

阿青點點頭，出得桂堂，冷風撲面，打了個寒噤，但頭腦卻更清醒了；一路回想著委奴的話，不免深有感慨。

悄然行到李夫人臥寢後窗之下，聽得內有語聲，阿青便即停了下來；找個窗戶空隙，向內張望，只見李夫人伏倚熏籠，一旁是李義山端然正坐，臉正對著光，看得出是關懷且有些著急的神色。

「娘子，你就不要再說了；藥力剛剛發出來，好好息一息，等好了，有多少話不能說，何苦此時勞神？」

「不！」李夫人的語聲雖弱，但很清晰，「我自己的病，自己知道，此刻是迴光反照；趁我最後還有點氣力能說得動話，我要把心事交代清楚。否則，我死不瞑目，你亦遺憾半輩子。」

「好吧！」李義山無奈，只能這樣要求：「要言不煩。」

「自然，這不是敘家常的時候，對於兒女，我已經放心了；不放心的是你。義山，我死了以後，你會不會續弦？」李夫人又加了一句：「不要作違心之論。」

「我不騙你，我不會再續娶了。」

「那麼，我倒有個主意，或者說是求你，為了你，為了兒女，我請你把委奴扶正。」

「這──，」李義山說：「現在談不到此。」

「不錯，在你來說，不是很急的事；可是在我，得看這件事，成了定局，才覺得安慰，否則，你是讓我帶了一件心事進棺材。」

看丈夫沉吟不答，李夫人便又說道：「你跟我說老實話，如果不能把委奴扶正，你總也有個理由；何妨跟我說一說，說得我心服，我也好死了這條心。」

「好！我答應你。」

「你是說，你願意把委奴扶正？」

「是的。」

李夫人枯瘦的臉上，浮現出多時未見的笑容，但張口露出兩排白牙，卻顯得森森可怕。

「勞駕，你把阿青找來。」

「我在這裡。」阿青在窗外應聲，接著便推開了門，掀帷而入。

「阿青，你把姨娘請來。」

「是。」

「還有，把劉二娘也找來；紫雲——不，讓紫雲帶小美、阿袞，暫時不要到這裡來。」

阿青答應著，先通知劉二娘；然後找到紫雲，一起到了桂堂說道：「紫雲，娘子交代，你在這裡看著小美、阿袞，我得把姨娘請了去，娘子有話交代。」

委奴急急問說：「娘子怎麼樣了，好點沒有？」

「姨娘去了就知道了。」

相偕到了李夫人那裡，委奴伏身問道：「娘子好多了？」

「你請過來，」李夫人手指著說：「坐這裡。」

她指定的地點，介乎她與李義山之間；但等委奴坐定下來，她卻抬頭看著劉二娘與阿青有話說。

「郎君已經答應我了，將來把姨娘扶正；你們倆作個見證。」

此言一出，除了李義山以外，無不驚異，心地忠厚謙和的委奴，更有福來非分，難以消受之感。

「娘子，」委奴說：「我實在不敢當。」

「現在談不到此。」劉二娘勸道：「娘子安心養病要緊。」

「黃泉路上，我已經看得到了。」李夫人看著委奴說：「等我走了，你就是我，我的兒女，就是你的兒女——。」

「娘子請放心。」委奴打斷她的話，「萬一娘子有個三長兩短，小美、阿袞都交給我；如果我虧待了他們，娘子儘管顯靈來捉我。」

「我知道，我知道，我很放心；不過，你也不要溺愛！我說過，就當是你自己的兒女，該管一定要管；寵壞了他們，我死了也不安。你一定要把我的話，記在心裡。」

「是。」委奴莊容答道：「我一定牢牢記住。」

「還有頂要緊的，你代我服侍郎君。」

「那原是我的本分，不必娘子叮囑。」

「不！這裡面有分別的。夫婦是敵體，郎君有什麼做錯了的地方，你要規勸他。」

委奴想了一下，將她的意思弄明白了，方始答一聲：「是。」

「來！把你們的手給我。」

這「你們」是指李義山跟委奴；他倆互看了一眼，都將右手伸了出來。李夫人顫巍巍地將那兩隻手疊在一起，把自己的手也按在上面。

「義山，我讓委奴代替我服侍你；你待她，要像待我一樣。你能那樣子，我雖死猶生。」

李義山閉起雙眼，點一點頭，不讓眼中噙著的淚水流下來。但委奴已是淚流滿面，她不能確知自己的感覺是感傷還是感激。

「義山，」李夫人又說：「你、我、十七，今生今世都有恨事，只好期望來生彌補了。來生，我仍舊跟十七作姊妹；我們姊妹倆嫁你一個人，好不好？」

將三個人拴在一起，在李義山便是三倍的感傷，想到十七姨的慘死、眼前妻子的訣別，也想到自己懷才不遇，半生坎坷，那副蓄積已久的眼淚，便再也忍不住了。當然，李夫人自己也在流淚。

「娘子！」劉二娘上前勸道：「你別傷心，一切都會好起來的。你歇歇吧，話說多了勞神。」

「我不傷心，我這時候心裡很舒坦。義山，」李夫人看著眼淚婆娑的丈夫說：「一著錯，還不算滿盤輸，總算讓我還有個補過的機會。我該走了！」她怔怔望著室中，忽然兩眼上插：「十七、十七，等一等我——。」

高陽作品集·世情小說系列

鳳尾香羅 新校版

2023年5月三版　　定價：平裝新臺幣350元

精裝新臺幣600元

著者	高陽
叢書編輯	杜芳琪
校對	吳美滿
	吳浩宇
封面設計	兒日

出版者	聯經出版事業股份有限公司	副總編輯	陳逸華
地址	新北市汐止區大同路一段369號1樓	總編輯	涂豐恩
叢書編輯電話	(02)86925588轉5394	總經理	陳芝宇
台北聯經書房	台北市新生南路三段94號	社長	羅國俊
電話	(02)23620308	發行人	林載爵
郵政劃撥帳戶第0100559-3號			
郵撥電話	(02)23620308		
印刷者	世和印製企業有限公司		
總經銷	聯合發行股份有限公司		
發行所	新北市新店區寶橋路235巷6弄6號2樓		
電話	(02)29178022		

行政院新聞局出版事業登記證局版臺業字第0130號

本書如有缺頁，破損，倒裝請寄回台北聯經書房更換。

ISBN 978-957-08-6881-4 (平裝)

ISBN 978-957-08-6882-1 (精裝)

聯經網址：www.linkingbooks.com.tw

電子信箱：linking@udngroup.com

國家圖書館出版品預行編目資料

鳳尾香羅 新校版/高陽著．三版．新北市．聯經．2023年
5月．368面．14.8×21公分（高陽作品集·世情小說系列）
ISBN 978-957-08-6881-4（平裝）
ISBN 978-957-08-6882-1（精裝）

863.57　　112004611